AF169253

Harper
Collins

Zum Buch:

Sechs Jahre ist es her, dass Martinas Mann bei einem Autounfall ums Leben kam. Seitdem ist sie für die beiden Kinder und das Unternehmen verantwortlich, und es macht ihr Spaß. Doch manchmal wünscht sie sich, jemanden an ihrer Seite zu haben, mit dem sie ihre Sorgen und Ängste, aber vor allem die kleinen alltäglichen Freuden und das Schöne im Leben teilen kann. Als Thorsten sie überraschend zu einem Date einlädt, zögert Martina trotzdem. Sie hat ihrem Ehemann einst ein Versprechen gegeben – und es zu brechen, fühlt sich noch immer an wie Betrug. Sie weiß nicht, wie sie es schaffen soll, die Vergangenheit hinter sich zu lassen und wieder glücklich zu werden.

Zur Autorin:

Seit Petra Schier 2003 ihr Fernstudium in Geschichte und Literatur abschloss, arbeitet sie als freie Autorin. Neben ihren zauberhaften Weihnachtsromanen schreibt sie auch historische Romane. Sie lebt heute mit ihrem Mann und einem Deutschen Schäferhund in einem kleinen Ort in der Eifel.

Petra Schier

Die Liebe gibt Pfötchen

Roman

Harper
Collins

HarperCollins®

2. Auflage: März 2020
Originalausgabe
Copyright © 2020 by HarperCollins
in der HarperCollins Germany GmbH, Hamburg

Umschlaggestaltung: bürosüd, München
Umschlagabbildung: Sabine Schurhagel/Getty Images, Gordon John Taylor,
Matt Gibson, PhuchayHYBRID, Elenamiv/Shutterstock
Satz: GGP Media GmbH, Pößneck
Printed in Germany
Dieses Buch wurde auf FSC®-zertifiziertem Papier gedruckt.
ISBN 978-3-95967-412-6

www.harpercollins.de

Werden Sie Fan von HarperCollins Germany auf Facebook!

1. Kapitel

»Basti, halt den Hund fest!« Verzweifelt hastete Martina hinter dem beigefarbenen Mudi her, der ihr frisch gewaschenes T-Shirt von der Wäscheleine geklaut hatte. »Capone, bleib stehen! Aus! Au, verdammt.« Sie war auf die Schienen der Spielzeugeisenbahn getreten und konnte sich gerade noch fangen, um nicht der Länge nach hinzufallen. Stöhnend hob sie ihren lädierten Fuß und rieb mit der Hand darüber.

»Man sagt nicht ›verdammt‹, Mama!«, rief Basti und flitzte ebenfalls hinter dem Hund her. Der Siebenjährige war flink, aber nicht flink genug. Capone sauste an ihm vorbei die Treppe ins Obergeschoss hinauf.

Yay, ist das heute wieder lustig bei uns. Ich wusste gleich, dass hier das beste Zuhause ist, das ich jemals haben kann. So spaßig, wenn meine Menschen mir nachlaufen. Fangen spielen könnte ich den ganzen Tag lang. Wau!

»Halt, Capone, warte. Das ist doch Mamas gutes Silber-T-Shirt!«, hörte Martina ihre neunjährige Tochter Annika von oben rufen. Etwas polterte. »Bleib stehen, bleib stehen!«

Nö, bestimmt nicht. Dann wäre das Spiel ja vorbei.

»Mist. Mama, Capone hat dein T-Shirt geklaut!«

»Weiß ich.« Vorsichtig trat Martina auf, stellte fest, dass sie zumindest einigermaßen laufen konnte, und hinkte zur Treppe. »Fang ihn ein. Das T-Shirt wollte ich heute anziehen.«

»Christina hat gesagt, wir sollen Capone nicht nachlaufen, wenn er was angestellt hat.« Annika erschien am oberen Treppenabsatz. »Weil er dann glaubt, wir wollten Fangen spielen.«

Tun wir das denn etwa nicht gerade? Hat doch so viel Spaß gemacht. Was ist denn jetzt? Macht niemand mehr mit?

Capone schüttelte sein struppiges Fell und trat neben Annika. Da offenbar tatsächlich niemand mehr mitspielte, ließ er das T-Shirt einfach fallen. *Schade. Ich hätte gerne noch weitergespielt.*

Annika hob das Kleidungsstück rasch auf. »Äh, Mama, ich glaube, das ziehst du heute nicht mehr an. Das ist total angesabbert.«

»Na, toll.« Seufzend stieg Martina die Treppe hinauf und nahm ihrer Tochter das Shirt ab. »Das hätte so gut zu der schwarzen Hose gepasst.« Noch trug sie einen giftgrünen Schlafanzug mit kurzen Shorts, den ihre Kinder ihr zu Weihnachten geschenkt hatten. Ihr welliges, leuchtend rotes Haar fiel ihr in einem locker geflochtenen Zopf bis über die Schultern. Sie musste es noch waschen. Duschen. Frühstück für die Kinder machen. Die Unterlagen für das Meeting mit der Bank zusammenstellen. Die Notizen für die Stadtratssitzung am Abend ordnen.

Kaffee. Sie brauchte dringend Kaffee. Und etwas Neues zum Anziehen.

»Schatz, steckst du bitte schon mal Toast in den Toaster und deckst den Tisch?« Flüchtig strich sie ihrer Tochter über die Schulter.

»Ich will aber heute Schokopops zum Frühstück!«, kam es prompt von unten. Basti, ebenfalls noch im Schlafanzug, hüpfte vor der Treppe auf und ab. »Schokopops, Schokopops. Mit ganz viel Milch.«

Innerlich seufzend wandte Martina sich um. »Basti, es ist Montag. Schokopops gibt es nur am Wochenende, das weißt du doch.«

»Aber ich will ...«

»Du kannst dir was von der Mandelcreme auf deinen Vollkorntoast schmieren, wenn du willst, und ein Glas Milch dazu trinken«, bot Martina rasch eine Alternative an, bevor ihr Sohn seinen Protest aussprechen konnte.

»Aber ...«

»Und Erdbeeren sind auch noch welche da. Die magst du doch gerne, nicht wahr?«

Bastis Gesicht hellte sich auf. »Ich darf Erdbeeren zum Frühstück?«

»Na klar, warum denn nicht?«

»Erdbeeren will ich auch.« Annika stieg langsam die Treppe hinab und drehte sich auf halbem Weg noch einmal um. »Du beeilst dich besser, Mama. Wir müssen gleich schon los.«

»Du hast recht.« Sie hatte verschlafen. Das kam selten vor, aber sie war ja auch erst gegen halb zwei ins Bett gefallen, weil sie noch über der Kalkulation für die Erweiterung des Schwimmbads gebrütet hatte. Kein Wunder, dass sie den Wecker überhört hatte. »Ich bin gleich bei euch. Basti, komm mit nach oben. Du musst dich auch noch waschen und anziehen.«

Zu ihrer Erleichterung gehorchte ihr Sohn unverzüglich. »Zähneputzen aber noch nicht. Erst nach dem Frühstück. Oder Mama?«

»Ganz genau.« Zärtlich strich sie ihm über den roten Haarschopf. »Hast du deine Schultasche schon gepackt?«

»Na klar.« Der Junge nickte heftig. »Alles fertig.«

»Dann ab ins Bad!«

Sie wollte gerade die Tür zu ihrem Schlafzimmer öffnen, als sie von unten fröhliches Bellen und das Quietschen und Kichern ihrer Tochter hörte. Dann schepperte etwas. Abrupt hielt sie inne und lauschte. Das Kichern wurde lauter. »Alles okay bei euch, Annika?«

»Ja, Mama. Ich hab nur das Hundefutter ausgekippt. Räume ich wieder auf. Geh duschen.«

Duschen. Ja. Kurz schloss Martina die Augen. Und dann Kaffee. Viel, viel Kaffee.

2. Kapitel

Lächelnd blickte Thorsten vom Deich aus auf das in der Morgensonne glitzernde Watt hinaus. Eine leichte Brise umwehte ihn, gerade genug, um den salzigen Geruch der Nordsee herüberzutragen. In knapp zweieinhalb Stunden erst würde das Wasser den Niedrigstand erreichen, deshalb konnte er von seinem Aussichtspunkt aus das in der Ferne schillernde Wasser in den Prielen sehen.

Vor rund zwei Jahren war er nach Lichterhaven gezogen, um gemeinsam mit seinem älteren Halbbruder Lars das stillgelegte Werftgelände wiederzubeleben und Sportboote und Jachten zu bauen. Seitdem hatte Thorsten es sich zur Gewohnheit gemacht, morgens vor Arbeitsbeginn einen kurzen Moment hier auf dem Deich innezuhalten und eins mit der Welt zu werden.

Er war mehr als zufrieden mit sich, denn er hatte bereits seine morgendliche Joggingrunde hinter sich, ebenso wie ein wenig Krafttraining an der Hantelbank, die er in einer Ecke seines Wohnzimmers aufgestellt hatte. Bei allzu schlechtem Wetter ließ er die Joggingschuhe im Schrank und trainierte lieber auf dem Rudergerät, aber der heutige Morgen war der Inbegriff guten Wetters. Kleine Schäfchenwolken zogen am fernen Horizont vorbei, ansonsten war der Himmel postkartenkitschig blau, und die Sonne wärmte für einen Frühsommermorgen schon recht ordentlich. Noch hatten nirgendwo die Sommerferien begonnen, sodass Lichterhaven vorerst von den großen Touristenmassen verschont blieb. Mit einer erklecklichen Anzahl von Tagesausflüglern würden sie dennoch rechnen können – obwohl heute Montag war.

Für einen Moment schloss Thorsten die Augen und genoss

die laue Brise, das Schreien der Möwen, die in halsbrecherischen Kapriolen übers Watt sausten und sich ihr Frühstück suchten, das Knattern der Wetterfahne, die ein Stück weiter rechts von ihm neben einem der Holzhäuschen stand, in denen in der Hauptsaison freiwillige Sanitäter und Rettungsschwimmer ihren Dienst taten. Auch ein Kiosk war in jedem der Häuschen untergebracht. Momentan waren sie alle noch fest verschlossen.

Als er die Augen wieder öffnete, musste er kurz blinzeln, weil die Sonne ihn blendete. Gleichzeitig hörte er von irgendwoher eine wütende weibliche Stimme etwas rufen, das er gegen den Wind nicht verstand. Doch jetzt erkannte er: Es lag keine Wut in der Stimme, sondern Verzweiflung!

Alarmiert blickte er sich um und hielt unwillkürlich die Luft an, als er unten auf dem Uferweg eine rothaarige Frau hinter einem struppigen beigefarbenen Hund herrennen sah. Der Hund schien sich losgerissen zu haben, denn seine Leine schleifte auf dem Boden hinter ihm her. Er bellte fröhlich, drehte sich immer wieder zu der Frau um, machte aber keine Anstalten, auf ihre Rufe zu hören.

Das Lächeln auf Thorstens Lippen vertiefte sich eine Spur. Heute war eindeutig sein Glückstag. Spontan ging er zur nächstgelegenen Deichtreppe und stieg sie eilig hinab, nahm den gepflasterten Weg zwischen den Liegewiesen und erreichte den Uferweg gerade rechtzeitig, als die rothaarige Frau vollkommen außer Atem stehen blieb und damit die Verfolgung aufgab.

»Guten Morgen, Martina.« Immer noch lächelnd trat er auf sie zu.

»Komm zurück, Capone! Hierher. Verdammt noch mal.« Erst jetzt schien sie Thorsten zu bemerken. Irritiert hob sie den Kopf. »Was? Oh, ja, guten Morgen.« Sie richtete ihren Blick wieder in die Ferne. »Capone! Hierher. Oh Mann, das darf doch nicht wahr sein. Heute ist nicht mein Tag.«

»Sagen Sie so was nicht. Es ist ein wunderschöner Tag.« Thorsten hätte ihr am liebsten die Hand auf den Arm gelegt, um sie zu beruhigen, doch ihr gehetzter und wenig freundlicher Blick verriet ihm, dass er besser Abstand hielt. »Ist Capone ausgebüxt? Ich dachte, Sie gehen jetzt mit ihm in Christinas Hundeschule.«

Die Irritation in Martinas Blick steigerte sich noch. »Woher wissen Sie das?«

Er lachte. »Wir sind in Lichterhaven. Hier weiß jeder alles von jedem. Oder doch zumindest fast. Das müssten Sie als Eingeborene doch besser wissen als ich. Abgesehen davon ist meine Schwägerin Christinas Schwester und über irgendwas muss ich ja mit ihr und meinem Bruder reden, wenn wir uns sehen.«

»Aber doch nicht ausgerechnet über mich und meine Misserfolge in der Hundeschule.« Seufzend ließ Martina sich auf das Ufermäuerchen sinken und zupfte an ihrem welligen Haar herum. »So ein Mist. Jetzt ist meine Frisur schon wieder zum Teufel.«

Thorsten musterte sie mit großem Wohlgefallen. Seit er sie vor über einem Jahr zum ersten Mal gesehen hatte, hielt er sie für eine der schönsten Frauen, die ihm je begegnet waren. »Mit Ihrer Frisur ist alles in Ordnung, Martina. Ein bisschen zerzaust, sonst nichts.«

Verärgert funkelte sie ihn an. »Das beweist wieder einmal, dass Männer von so etwas überhaupt keine Ahnung haben. Ich werde eine halbe Ewigkeit brauchen, bis ich das ›Bisschen zerzaust‹, wie Sie es nennen, wieder in etwas Salonfähiges verwandelt habe.«

»Sie übertreiben.« In seinen Augen war sie perfekt, aber das verschwieg er tunlichst.

»Kein bisschen.« Ihr Blick wanderte an ihm vorbei. »Capone! Komm her. Ich habe weder Zeit noch Lust, noch länger hinter dir herzurennen.«

Langsam drehte Thorsten sich um und sah etwa fünf Schritte hinter sich den Mudi, der Martina und ihn neugierig und abwartend musterte und dabei leicht hechelte, was verdächtig an ein freches Grinsen erinnerte. »Hallo Capone.« Thorsten gab seiner Stimme bewusst einen sehr ruhigen, gleichmütigen Klang. »Lernen wir uns also endlich auch mal kennen. Ärgerst du dein Frauchen?«

Hallo, hallo. Capone kam zwei Schritte näher und hob schnüffelnd die Nase. *Wer bist du denn? Du siehst nett aus. Aber eigentlich finde ich fast alle Menschen nett. Dich aber besonders. Du strahlst so was Ruhiges aus. Das mag ich. Obwohl ich eigentlich weiter Fangen spielen wollte. Aber anscheinend kann Frauchen nicht mehr. Sie sieht ein bisschen erschöpft aus. Und wütend. Dabei wollte ich doch nur spielen. Ärgern wollte ich sie ganz bestimmt nicht. Ich hab sie doch lieb, weil ich bei ihr und Basti und Annika ein neues Zuhause gefunden habe. Das ist viel schöner als das Tierheim.*

»Stehen Sie mal langsam auf und gehen um mich herum.« Thorsten ging in die Hocke und streckte vorsichtig die Hand aus, damit Capone daran schnüffeln konnte. »Dann können Sie die Leine nehmen. Machen Sie aber keine hektischen Bewegungen.«

»Ich mache nie hektische Bewegungen.« Vorsichtig erhob Martina sich. »Na gut, vielleicht manchmal schon. Aber nur, weil ich gleich einen wichtigen Termin bei der Bank habe und schon viel zu spät dran bin. Und ausgerechnet jetzt ist Capone mir auch noch weggelaufen, weil ich mit dem Fuß umgeknickt bin und mir die Leine aus der Hand gerutscht ist.«

»Sie haben sich den Fuß verletzt?« Besorgt hob Thorsten den Kopf. »Haben Sie Schmerzen?«

»Nicht mehr als heute früh, als ich mit demselben Fuß auf Bastis Spielzeugeisenbahnschienen getreten bin.« Martina winkte ab. »Halb so wild.«

Inzwischen war Capone noch näher gekommen und schnupperte neugierig an Thorstens Hand.

Hm, du riechst auch sehr nett. Also mag ich dich jetzt ganz offiziell. Ich finde es großartig, wenn die Menschen meine Freunde sind. Wuff.

»Du bist ja ein ganz Hübscher, was? Bisschen struppig, aber das gehört wohl so.« Thorsten lächelte Martina zu. »Vielleicht sollten Sie mit dem Fuß sicherheitshalber zum Arzt gehen, wenn Sie sich heute schon zum zweiten Mal wehgetan haben.«

»Was an *Ich bin viel zu spät dran* haben Sie nicht verstanden?« Genervt verdrehte Martina die Augen. »Für einen Arztbesuch habe ich keine Zeit. Und so schlimm ist es nun auch wieder nicht. Immerhin bin ich einen halben Kilometer hinter Capone hergerannt.«

»Höchstens dreihundert Meter, wenn Sie vorn an der Hauptstraße über den Deich gekommen sind.«

Martina machte einen Schritt neben ihn und schnappte sich die Leine. »Wie Sie meinen. Mir hat es als Frühsport jedenfalls gereicht.«

»Frühsport und Stress vertragen sich so früh am Morgen nicht.« Thorsten streichelte Capone sachte über Kopf und Hals und erhob sich dann wieder. »Gern geschehen.«

»Was?« Irritiert runzelte Martina die Stirn. Dann räusperte sie sich. »Ach so, ja, danke, dass Sie Capone angelockt haben.«

»Haben Sie schon mal versucht, einfach in die entgegengesetzte Richtung zu laufen, wenn er ausbüxt? Lars hat das anfangs immer mit Jolie gemacht – und es hat gewirkt.«

Hey, ich büxe nicht aus. Ich spiele nur. Weglaufen würde ich nie, nie tun. Dazu bin ich viel zu glücklich in meinem neuen Zuhause und mit meinen neuen Menschen!

Martina fasste sich, nun sichtlich entnervt, an die Stirn. »Warum wissen eigentlich immer alle alles besser, wenn es um meinen Hund geht? Ich habe keine Zeit ...«

»Vielleicht sollten Sie sich die Zeit einfach mal nehmen,

Martina.« Thorsten bemühte sich, ihren giftigen Ton nicht persönlich zu nehmen, weil er ihr ansah, dass sie wirklich gestresst war. »So ein Hund braucht nun mal viel Zeit und Zuwendung.«

»Weiß ich.« Nun verschloss sich ihre Miene und sie zog den Kopf leicht zwischen die Schultern. »Heute ist nur einfach nicht mein Tag.«

Mitleid regte sich in ihm, obwohl er annahm, dass sie selbiges gar nicht gut vertrug. »Vielleicht ändert sich das ja noch. Der Tag ist jung.«

»Und ich bin wie bereits erwähnt in Eile.« Entschlossen fasste Martina die Leine kürzer. »Ich muss los.«

»Okay.« Er trat bewusst einen halben Schritt zurück. »Wann ist Ihr Termin bei der Bank?«

Sie blickte auf ihre Armbanduhr. »In einer halben Stunde.«

»Und danach?«

Sie hob leicht die Brauen. »Was danach?«

»Was machen Sie danach?«

»Ich habe im Schwimmbad einiges zu tun und muss mich mit den Leuten von der Heizungsfirma besprechen. Eine der Umwälzpumpen scheint bald ihren Geist aufzugeben.«

»Wann machen Sie Mittagspause?«

Sie erstarrte leicht. »Gar nicht.«

Thorsten sah ihr an, dass sie es ernst meinte. Auch wenn er sich auf dünnes Eis begab und sein Bruder ihn schon einmal gewarnt hatte, fasste er spontan einen Entschluss. »Um halb eins. Ich hole Sie am Schwimmbad ab.«

»Was?« Entgeistert riss sie die Augen auf, doch er machte rasch kehrt und lief in großen Schritten den Weg zurück zur Treppe, die den Deich hinaufführte. Als er sie zur Hälfte erklommen hatte, drehte er sich kurz um und stellte fest, dass sie noch immer am selben Fleck stand und ihm hinterhersah. Also hob er kurz zum Abschied die Hand und wandte sich entschlossen ab.

Das war besser gelaufen, als er gedacht hatte. Martina hatte ihn schon des Öfteren abblitzen lassen. Das war allerdings schon eine ganze Weile her, und seitdem hatte er sich der Forderung seines Bruders gebeugt, die junge Witwe in Ruhe zu lassen. Aber was konnte es schon schaden, sie ein wenig aus ihrem Schneckenhaus herauszulocken? Immerhin sah sie einfach umwerfend aus mit ihrer kurvigen Figur, dem herzförmigen Gesicht mit den strahlend blauen Augen und dem herrlichen feuerroten Haar. Und nett war sie auch, wenn sie nicht gerade unter Stress stand und damit beschäftigt war, ihn in seine Schranken zu weisen. Was konnte also schlimmstenfalls passieren?

Mit diesen Gedanken machte er sich endlich auf den Weg zurück zur Werft, um sich dort an seinen Arbeitsplatz hinter dem Schreibtisch zu begeben und die Materialbestellungen für das Motorboot durchzugehen, das Lars ab kommendem Monat für einen reichen Geschäftsmann aus Hamburg bauen sollte.

3. Kapitel

Zum gefühlt tausendsten Mal schielte Martina auf die Funkuhr an der Wand neben der Bürotür. Der Sekundenzeiger drehte sich lautlos und gleichmäßig im Kreis. Es war Viertel nach zwölf, und in ihrer Magengrube schien ein kleines Vögelchen aufgeregt umherzuflattern. Sosehr sie sich auch anstrengte, ihr fiel kein plausibler Grund ein, die Verabredung mit Thorsten Brunner abzusagen. Eigentlich war es ja auch gar keine Verabredung. Sie hatte nicht zugestimmt. Nur einfach den Moment verpasst, ihm einen Korb zu geben – weil er einfach weggegangen war.

Er spielte ganz eindeutig unfair, und darauf würde sie sich nicht einlassen. Dafür hatte sie weder Zeit noch Energie. Außerdem war sie verheiratet.

War verheiratet gewesen. Früher einmal.

Unweigerlich wanderten ihre Gedanken zurück zu jenem Märztag vor sechs Jahren, als die Polizei bei ihr geklingelt hatte, um ihr mitzuteilen, dass ihr Mann Axel einen tödlichen Autounfall gehabt hatte. Es war selbst verschuldet gewesen. Er war zu schnell gefahren, wie immer, und hatte die Kurve an der Autobahnausfahrt nicht gekriegt. Durch den Schwung hatte er sich mit dem Wagen mehrfach überschlagen. Noch heute wallte manchmal Zorn in ihr auf, wenn sie daran dachte, wie unvorsichtig er gewesen war. Er hatte sie einfach im Stich gelassen. Und wofür? Um ein paar Minuten eher am Ziel zu sein?

Stets war er auf der Überholspur gefahren, nicht nur im wörtlichen Sinne. Schon in der Schule hatte er sich in alles reingehängt, sich mehr als andere angestrengt. Seit sie ein Paar gewesen waren, war er es gewesen, der den Ton und die Richtung vorgegeben hatte. Sie hatten sich verliebt, als sie in der elften Klasse gewesen war und er bereits im dritten Jahr seiner Banklehre, die er nach dem Abitur begonnen hatte.

Niemand hatte zunächst geglaubt, dass ihre Beziehung lange halten würde. Fünf Jahre waren in diesem jungen Alter einfach zu viel Unterschied. Zumindest hatten ihre Schwiegereltern das so gesehen. Doch Martina, die ein wenig schüchtern gewesen war, hatte sich bei dem selbstbewussten, zielstrebigen und geradlinigen Axel wohl und geborgen gefühlt. Und er hatte ihre Nachgiebigkeit und ihr Organisationstalent zu schätzen gewusst – und auch die Tatsache, dass sie ausgleichend auf seine temperamentvolle Art gewirkt hatte. Schon früh hatten sie Pläne für die Zukunft geschmiedet. Dabei war es für sie beide vollkommen klar gewesen, welche Rolle sie beide jeweils einnehmen würden.

Axel hatte etwas Eigenes auf die Beine stellen wollen. Er konnte auf ein nicht geringes Erbe seitens seines Großvaters zurückgreifen und wollte damit einen eigenen Betrieb aufbauen. Etwas Besonderes. Ein Schwimmbad. Oder vielmehr ein Meerwasserwellenbad, wie er es in anderen, größeren Touristenorten gesehen hatte.

Martina war bei ihrer Hochzeit dreiundzwanzig gewesen und vierundzwanzig, als Axel den Kaufvertrag für das Grundstück vor dem Deich unterschrieben hatte. Im selben Jahr war Annika zur Welt gekommen und hatte das Familienglück komplett gemacht. Hatte sie zumindest gedacht. Doch von Familienidylle war kaum etwas zu merken gewesen, weil Axel all seine Zeit und Energie in die Planung des Schwimmbades gesteckt hatte. Martina hatte ihm den Rücken freigehalten. So war es schließlich abgemacht gewesen, und sie hätte es auch niemals infrage gestellt. Sie war glücklich gewesen. Zufrieden. Eine junge Mutter und Ehefrau eines aufstrebenden Unternehmers. Mehr hatte sie gar nicht sein wollen.

Zwei Jahre später waren sie zwar hoch verschuldet gewesen, doch der Schwimmbadbau war so gut wie abgeschlossen und schließlich Basti zur Welt gekommen. Endlich hatten sie ein paar wenige Wochen für sich gehabt, Zeit zum Aufatmen, um eine Familie zu sein. Wenigstens über die Weihnachtszeit. Im Januar des darauffolgenden Jahres gingen dann die Vorbereitungen für die große Neueröffnung los. Wieder hatte Martina sich alle Mühe gegeben, Axel zu unterstützen, war trotz Übermüdung, weil Basti stets die Nacht zum Tag gemacht hatte, von Pontius zu Pilatus gefahren, hatte organisiert und nebenher auch noch selbst die Internetseite für das Wellenbad erstellt und Flyer und Plakate konzipiert.

Es war eine anstrengende, aber auch aufregende Zeit gewesen. Eine Zeit voller Erwartungen und Hoffnung. Das Schwimmbad musste einfach ein Erfolg werden. Alle Welt schien nur auf den Tag der Eröffnung am fünfzehnten Juni zu warten. Gespannt und voller Vorfreude.

Doch dann kam jener Tag im März, der alles verändert hatte. Manchmal fragte Martina sich, wie sie diese schreckliche Zeit überhaupt überstanden hatte. Es war ihr nicht möglich gewesen, die Eröffnungsfeier zu verschieben. Alles war fest geplant gewesen. Die drei Monate von der Beerdigung bis zu jenem lange vorbereiteten Tag waren in ihrer Erinnerung ein einziger nebliger Albtraum.

Selbstverständlich hatten ihre Eltern ihr beigestanden, ebenso wie ihre Schwiegereltern. Ohne sie wäre sie vermutlich gänzlich verzweifelt. Doch sie hatten unter dem Verlust genauso gelitten und waren ebenfalls wie betäubt gewesen, sodass vieles am Ende doch auf Martinas Schultern gelastet hatte. Die zweijährige Annika, Basti, der noch so winzig gewesen war, ein Schwimmbadbetrieb, von dem sie so gut wie gar nichts verstanden hatte. Nach dem Abitur hatte sie zwar angefangen, Betriebswirtschaft zu studieren, das Studium aber nie abgeschlossen. Schnell hatte sie festgestellt, dass ihr andere Themen, wie zum Beispiel Tourismus, mehr lagen. Nach ihrer

Hochzeit hatte sie den Studiengang wechseln wollen, doch dann war sie schwanger geworden und hatte ihre Zukunftspläne auf Eis gelegt.

Mit Axels Lebensversicherung hatte sie sich über Wasser halten können, aber viel Geld war in die Abtragung der Schulden geflossen, und sie hatte auf die harte Tour lernen müssen, wie man einen Betrieb leitete und was es hieß, ganz allein für so vieles verantwortlich zu sein.

Axel hatte die Erfüllung seines Traumes nicht mehr erlebt, doch über die Jahre war das Schwimmbad nun auch zu Martinas Traum, zu ihrem Leben geworden. Sie konnte sich inzwischen nicht mehr vorstellen, den Betrieb wieder herzugeben. Zu viel Schweiß und Herzblut steckten darin – von Axel natürlich, aber jetzt auch von ihr selbst.

Als Martina nach nicht ganz zwei Jahren endlich angefangen hatte, die roten Zahlen in ihren Büchern durch schwarze zu ersetzen, und der Erfolg ihr Mut machte, hatte sie begonnen, sich für den Lichterhavener Tourismus einzusetzen, mit dem Touristikverband und dem Gewerbeverein Projekte anzustoßen und Kooperationen zu schließen. Seit vergangenem Sommer war sie Mitglied des Stadtrates und engagierte sich noch mehr für die Zukunft ihrer Heimatstadt.

Sie hatte ihr Leben im Griff, nun schon seit gut sechs Jahren. Etwas anderes wollte sie nicht. Schon gar nicht einen Mann, der sie von ihren Zielen ablenkte. Auch wenn Thorsten zugegebenermaßen gut aussah. Sie konnte und wollte nichts riskieren. Der Schmerz und die Trauer in ihrem Herzen waren abgeklungen, zu einer dumpfen, unangenehmen Erinnerung verblasst. Sie hatte Axel geliebt. Sehr. Auch wenn sie vielleicht aus heutiger Perspektive einiges anders gemacht hätte. Ihr Leben damals war für sie richtig gewesen und wäre es bestimmt auch heute noch, wenn er noch leben würde. Doch alles war anders gekommen, und das, was sie jetzt hatte, war gerade so viel, wie sie stemmen konnte – und wollte.

Unwillkürlich griff sie nach dem goldenen Ring, den sie an einer Kette um den Hals trug. Es war ihr Ehering, den sie etwa ein Jahr nach Axels Tod vom Finger genommen hatte. Sein eigener war mit ihm zu Grabe getragen worden. So hatten sie es einmal, ganz früh in ihrer Ehe, eher spaßeshalber verabredet. Wenn einer von ihnen stürbe – und sie hatten gedacht, dass sie dann mindestens achtzig Jahre alt wären –, würde der Ehering mit begraben und der überlebende Partner würde den eigenen Ring nach der Trauerzeit ablegen, aber weiterhin bei sich tragen. Sie erinnerte sich noch, dass sie scherzhaft hinzugefügt hatte, dass Axel ruhig nach ihrem Tod wieder heiraten dürfe und dann den Ring in den Safe legen solle, um seine neue Frau nicht damit zu belästigen. Doch das hatte für ihn außer Frage gestanden, denn für ihn war sie, so hatte er gesagt, die einzige perfekte Frau und nach ihrem potenziellen Tod würde er nie eine andere ansehen.

Trotzdem – oder gerade deswegen – war ihr Ehering so etwas wie ein Anker, eine Motivation. Sie hatte alle Schwierigkeiten nach Axels Tod überwunden. Der Ring erinnerte sie daran, dass sie alles schaffen konnte, wenn sie wollte – oder musste. Und das war momentan wieder einmal mehr denn je vonnöten.

»Sie sehen aus, als würden Sie jetzt wirklich eine Pause brauchen.«

Beim Klang von Thorstens Stimme hob Martina ruckartig den Kopf und den Blick von ihrem Computerbildschirm, den sie seit mehr als zehn Minuten angestarrt hatte, ohne auch nur ein Detail darauf zu erkennen. Ihr Herz machte einen unangemessenen Satz – vor Schreck natürlich –, als sie ihn im Türrahmen stehen sah. Automatisch suchte sie Zuflucht in Verärgerung. »Du meine Güte, haben Sie mich erschreckt.« Sie richtete sich ein wenig auf, straffte ihre Schultern. »Was tun Sie denn hier?«

»Ich hole Sie ab, wie ausgemacht.« Er lächelte sie friedfertig an, wodurch sich neben seinem linken Mundwinkel ein winziges Grübchen bildete. Es war anbetungswürdig!

Nein. Rigoros schob sie jegliche aufwallende Anziehung beiseite. »Wir hatten nichts ausgemacht.«

»Doch, hatten wir.«

»Ich habe Ihrem Vorschlag nicht zugestimmt.«

»Ihn aber auch nicht abgelehnt.« Sein Lächeln vertiefte sich. »Kommen Sie, ein bisschen frische Luft und gutes Essen werden Ihnen guttun. Sie sind ganz blass. Schlafen Sie nicht genug?«

»Ich glaube nicht, dass Sie das etwas angeht, Herr Brunner.«

Er trat dicht an den Schreibtisch heran. »Wir waren schon einmal bei unseren Vornamen angelangt, Martina. Machen Sie das bitte nicht rückgängig, nur weil ich Sie ein bisschen überrumpelt habe.«

»Ein bisschen ist gut.« Am liebsten hätte sie die Arme vor der Brust verschränkt, aber das kam ihr dann doch zu kindisch vor.

»Ihr Magen knurrt.« Aus dem Lächeln wurde ein Grinsen. »Leugnen Sie es nicht. Ich habe gute Ohren.«

»Ich werde Sie nicht los, bevor Sie Ihren Willen bekommen haben, oder?«

Seine Miene wurde bei ihrem defensiven Ton ernst. »Sie können mich jederzeit vor die Tür setzen, wenn ich Ihnen zu aufdringlich bin. Damit kann ich leben, Martina, denn ich bin schon ein großer Junge.« In seinen Augen funkelte der Schalk. »Natürlich würde ich vermuten, dass Sie einfach Schiss haben.«

»Schiss?« Empört runzelte sie die Stirn. »Wovor? Doch nicht vor Ihnen!«

»Vielleicht nicht vor mir, aber davor, dass Ihnen meine Gesellschaft nicht so unangenehm sein könnte, wie Sie gerade hoffen.«

»Das ist vollkommener Quatsch und noch dazu paradox.«

»Finde ich nicht.« Das Lächeln kehrte auf seine Lippen zurück. »Lassen Sie es auf einen Versuch ankommen. Ich beiße auch nicht.« Er hüstelte. »Zumindest nicht beim ersten Date.«

Das Vögelchen in ihrer Magengrube flatterte wieder. »Das ist kein Date. Nur eine Mittagspause.«

»Besser als nichts.«

Seufzend erhob sie sich. Sie hatte sich selbst ein Bein gestellt. Aber Hunger verspürte sie tatsächlich. »Ich nehme an, Sie haben etwas geplant?«

»Nur einen Tisch im Möwennest reserviert. Draußen an der Straße. Das Wetter ist zu schön, um drinnen zu sitzen.«

»Im Möwennest kann man keine Tische reservieren.« Sie griff nach ihrer Handtasche, die über der Stuhllehne hing.

»Kann man sehr wohl, wenn man die richtigen Argumente vorbringt.« Galant bot er ihr seinen Arm an, doch sie ignorierte ihn und ging entschlossen an Thorsten vorbei durch die Tür.

»Sie haben Sonja bestochen.«

Er lachte. »Nein, Kai. Er war gerade zufällig dort, um in der Küche nach dem Rechten zu sehen und hat versprochen, dass er sich höchstpersönlich um unser Essen kümmern wird.«

»Angeber.« Sie konnte sich ein Lächeln nun doch nicht mehr verkneifen. »Ich liebe Kais Matjessalat.«

»Wer nicht?« Thorsten folgte ihr die Treppe hinab zum Hinterausgang des Schwimmbadgebäudes. »Dazu knusprige Bratkartoffeln und ein schöner gemischter Rohkostsalat. Sie werden sehen, das weckt Ihre Lebensgeister im Nullkommanichts wieder auf.«

»Mit meinen Lebensgeistern ist alles in Ordnung.«

Als sie auf der Straße standen, musterte Thorsten sie eingehend von der Seite. »Ich glaube, da haben Sie unrecht. So wie ich es sehe, sind Ihre Lebensgeister noch blasser als Sie selbst. Vermutlich, weil Sie sie seit Ewigkeiten im Keller einsperren.«

»Ich tue was?« Mehr verblüfft als verärgert hob Martina den Kopf.

»Sie vergraben sich in Ihrer Arbeit und Ihrem Engagement für die Stadt. Nicht, dass ich das nicht zu schätzen wüsste. Es ist bewundernswert, was Sie alles schaffen, vor allem mit zwei kleinen Kindern.«

Sie verzog leicht die Lippen. »Ich höre, dass gleich ein Aber folgt.«

»Und das gefällt Ihnen nicht.« Er lachte leise. Ein warmer Ton. Viel zu angenehm.

»Ich wüsste einfach nicht, was Sie meine Lebensart angeht«, schoss sie deshalb umso heftiger zurück.

Langsam gingen sie nebeneinanderher in Richtung Hafen und Lichterhavener Hauptstraße.

Thorsten warf ihr erneut einen Seitenblick zu. »Sie haben die Verteidigung Ihrer Festungsmauern gut im Griff. Lassen Sie auch irgendwann mal locker?«

»Nein. Wozu auch?«

Er legte den Kopf etwas schräg. »Ist das eine Fangfrage?«

Sie runzelte die Stirn. »Nein.«

»Okay, dann probieren Sie es aus, und ich zeige Ihnen, wozu es gut sein könnte.«

Das Vögelchen in ihrem Bauch war ein mieser kleiner Verräter. Sein beständiges Flattern ließ sie unvorsichtig werden. »Wie oft muss ich Sie abblitzen lassen, bevor Sie kapieren, dass ich kein Interesse an Ihnen habe, Thorsten?«

»Sie gehen mit mir essen, also nehme ich an, dass zumindest ein Fünkchen Interesse Ihrerseits besteht, mich näher kennenzulernen.«

Sie verdrehte die Augen. »Sie haben mich praktisch genötigt, mitzugehen.«

Er stieß sie ganz leicht mit dem Ellenbogen an. »Sie sind viel zu selbstbewusst, um sich von mir zu irgendetwas nötigen zu lassen, was Sie nicht wollen.«

Selbstbewusst? So kam sie sich im Augenblick ganz und gar nicht vor. Aber sie konnte es vortäuschen – zumindest solange sie nicht in seine herausfordernd funkelnden Augen blickte.

»Weshalb gehen Sie mit mir essen, wenn nicht aus Interesse?«

»Public Relations.« Sie richtete ihren Blick vorsichtshalber geradeaus.

»Was?«

Sie schluckte an ihrem erneuten Lächeln. »Sie haben mich in den Stadtrat gewählt. Zumindest haben Sie gesagt, ich hätte Ihre Stimme.«

»Hatten Sie und haben Sie.« Neugierig musterte er sie. »Also ist dieses Mittagessen für Sie so eine Art Wählerstimmenfang?«

»Wählerstimmenpflege. Die nächste Wahl findet erst in vier Jahren statt.«

»Na, das ist doch immerhin etwas. Denn wenn Sie wollen, dass ich Sie weiterhin unterstütze und Ihnen meine Stimme gebe, müssen Sie mich verdammt gut kennenlernen. Wie sonst wollen Sie wissen, wie Sie mich zukünftig am besten im Stadtrat vertreten?«

Ein unfreiwilliges Lachen stieg in ihr auf. »Sie drehen sich alles immer so hin, wie es Ihnen am besten in den Kram passt, oder?«

»Wenn es sich einrichten lässt. Aber Sie müssen doch zugeben, dass ich nicht ganz unrecht habe.« Er grinste breit. »Und Sie haben damit angefangen. Mit den Public Relations, meine ich. Bedenken Sie, wenn Sie eine gute Beziehung zu mir aufbauen, kann ich eine Menge anderer Menschen positiv in Ihrem Sinne beeinflussen. Meinen Bruder.«

»Er würde mich auch ohne Ihre Hilfe wählen.«

»Seine Frau und deren gesamte Familie.«

»Dito. Ich bin schon mein Leben lang mit ihnen befreundet.«

»Unsere Angestellten und Kunden«, zählte er unermüdlich weiter auf. »Die Handwerker, die manchmal bei uns aushelfen. Die Leute vom Gewerbeverein. Alle Restaurant- und Imbissbudenbesitzer, bei denen wir tagtäglich Essen ordern.«

»Schon gut, schon gut!« Lachend winkte sie ab. »Ich hab's verstanden. Sie geben so leicht nicht auf.«

»Warum sollte ich auch, wenn sich das Ziel, das ich vor Augen habe, so dermaßen lohnt.«

Ihr Herzschlag holperte. »Es mag Ihr Ziel sein, aber nicht meines.«

»Nur weil Sie noch nicht an der richtigen Weggabelung angekommen sind, die Sie auf meinen Pfad führt.« Inzwischen hatten sie das Café und Bistro Möwennest erreicht, und auf einem der kleinen Tische vor dem Eingang stand tatsächlich ein Reserviert-Schildchen mit dem Namen Brunner. Zuvorkommend zog Thorsten einen der beiden Stühle für Martina hervor. »Bitte sehr, schöne Frau. Nehmen Sie Platz.«

Zögernd setzte sie sich. »Haben Sie etwa auch schon für mich bestellt?«

»Würde mir niemals in den Sinn kommen.« Er zwinkerte ihr zu, als er sich ihr gegenübersetzte. Der Tisch war so klein, dass ihre Knie leicht gegeneinanderstießen, was ein leichtes Kribbeln in Martina auslöste. »Sie sind keine Frau, die sich bevormunden lässt.«

»Gut, dass Sie das einsehen.« Martina griff nach der Speisekarte, die auf dem Tisch bereitlag, obwohl sie längst wusste, was sie essen wollte. Kais Matjessalat mit Bratkartoffeln war zu verführerisch, auch wenn er Gift für ihre Figur sein würde. Beiläufig blätterte sie die Seiten um und musste seltsamerweise daran denken, dass Axel sehr oft einfach für sie mitbestellt hatte, wenn sie ausgegangen waren. Weil er sie so genau gekannt und genau gewusst hatte, was ihr schmeckte.

»Hallo Thorsten, da bist du ja wieder.« Sonja, die abwechselnd an der Theke bediente und kellnerte, war neben dem

Tisch erschienen und lächelte ihnen zu. »Und wie ich sehe, hast du es geschafft, deine Eroberung mitzubringen. Guten Tag, Martina. Lange nicht gesehen.«

»Hallo.« Martina stellte instinktiv die Stacheln auf, obwohl sie Sonja mochte. »Ich bin nicht seine Eroberung. Wir essen nur zu Mittag.«

»Public Relations«, ergänzte er grinsend.

»Hä?« Sonja schüttelte verwirrt den Kopf. »Na, was soll's! Nennt es, wie ihr wollt. Kann ich euch schon etwas bringen?«

Martina schob Thorsten die Karte zu. »Eine Cola light und den Matjessalat mit allem Drum und Dran.«

»Für mich auch, und bitte ein alkoholfreies Bier dazu.« Thorsten hatte die Karte unbesehen beiseitegeschoben und hob die Brauen, nachdem Sonja wieder verschwunden war. »Cola light?«

Martina zuckte mit den Achseln. »Irgendwie muss ich mir vorgaukeln, dass ich wenigstens ansatzweise auf meine Kalorienbilanz achte.«

»Kalorienwas?«

»Bilanz. Bratkartoffeln sind Gift für meine Figur.«

Verblüfft starrte er sie an. »Ihre Figur ist perfekt.«

Fieses Vögelchen! »Annehmbar. Solange ich regelmäßig Sport treibe und vernünftig esse.«

»Tun Sie doch.«

»Matjessalat und Bratkartoffeln sind nicht vernünftig.«

»Aber lecker.«

Sie seufzte. »Das ist das Problem. Zu viel davon und ich kann mich von der Kleidergröße vierzig verabschieden. Was glauben Sie, wie hart ich nach den Geburten kämpfen musste, um wieder zurückzuschrumpfen?

Thorsten runzelte die Stirn und lehnte sich in seinem Stuhl zurück. Sein Blick verriet neben Verwunderung auch leichten Ärger. »Kann es sein, dass Sie einen ziemlich falschen Eindruck von sich selbst haben? Seien Sie mutig. Bestellen Sie eine richtige Cola. Das Leben ist zu kurz für Lightprodukte. Zumindest, wenn sie wie in Ihrem Fall alles andere als angebracht sind.«

»Sie würden anders reden, wenn ich vor Ihren Augen wie ein Hefekuchen aufgehen würde.«

»Was Sie nicht tun werden, nur weil Sie mal etwas essen, das Ihnen schmeckt.«

»Ich neige nun mal zu Übergewicht. Aber das geht Sie überhaupt nichts an.«

Er sah sie sehr eingehend an, dann schüttelte er den Kopf. »Ich glaube eher, Sie neigen dazu, sich selbst fertigzumachen. Was war denn die größte Kleidergröße, die Sie jemals getragen haben?«

Wärme stieg in ihre Wangen und kurz erwog sie, ihm einfach nicht zu antworten. Aber andererseits war das vielleicht ein Weg, ihn endlich zu desillusionieren. »Vierundvierzig, jeweils nach Annikas und Bastis Geburt. Ich habe in beiden Fällen über ein Jahr gebraucht, um wieder knapp in eine Vierzig zu passen. Und beim zweiten Mal noch länger, um aus dem Knapp ein Bequem zu machen.« Das hatte allerdings damit zu tun gehabt, dass sie mit dem Stress nach Axels Tod nicht gut zurechtgekommen war und zum Trost viel zu viel Schokolade in sich hineingestopft hatte.

»Und Sie halten sich allen Ernstes für fett?«

»Wie bitte?« Entgeistert riss sie die Augen auf.

Er lachte trocken. »Zumindest für zu dick. Was der größte Humbug ist, den ich je gehört habe. Schauen Sie doch mal in den Spiegel.«

»Tue ich. Jeden Tag.« Sie zog die Schultern hoch.

Erneut schüttelte er den Kopf. »Dann sehen Sie nicht, was ich sehe. Eine wunderhübsche Frau mit einer Wahnsinnsfigur. Von den grandiosen roten Haaren ganz zu schweigen.«

Am liebsten hätte sie das Flattervögelchen erschlagen, doch da das nicht ging, flüchtete sie sich in Sarkasmus. »Nun sagen

Sie bloß noch, ich bin der Traum Ihrer schlaflosen Nächte.« Er sah sie nur schweigend an, und sie erschrak. »Machen Sie sich nicht lächerlich.«

»Mache ich nicht, keine Sorge.« Er lächelte leicht. »Und falls doch, ist es allein mein Problem. Wo haben Sie eigentlich Capone gelassen?«

Sie entspannte sich wieder ein wenig. »Bei meinen Eltern. Wenn ich im Schwimmbad bin, kümmern sie sich meistens um ihn – und auch oft um Annika und Basti. Sie wechseln sich mit meinen Schwiegereltern ab.«

»Das ist gut. Schön, dass Sie eine Familie haben, die Sie unterstützt.« Anerkennend nickte er. »Und wie war der Termin bei der Bank?«

»Nervig.« Erleichtert folgte sie ihm auf sicheres Gesprächsterrain. »Ich brauche eine solide Finanzierung für meine Erweiterungspläne. Aber die kriege ich wohl nicht.«

»Warum nicht?« Überrascht hob er den Kopf. »Der Schwimmbadbetrieb scheint doch gut zu laufen. Oder schreiben Sie rote Zahlen?«

»Nein, glücklicherweise nicht.« Sie seufzte unterdrückt. »Was ein Wunder ist, wenn man bedenkt, wie es vielen öffentlichen Schwimmbädern geht. Aber solange ich keine Zusage für das betreffende Grundstück habe, hänge ich in der Luft. Woandershin kann ich ja nicht expandieren.«

Thorsten kräuselte die Lippen. »Das Grundstück gleich neben dem Schwimmbad?«

»Ja.« Sie zuckte mit den Achseln. »Es gehört Ihrem Vater.«

»Ich dachte, Lars hätte ihn überredet, es Ihnen zu verkaufen.«

»Das dachte ich auch, aber jetzt fängt Verhoigen, Verzeihung, Ihr Vater, wieder damit an, dass er eigene Pläne hat. Er zögert die Unterschrift immer wieder hinaus und hat neulich sogar ein Team von Architekten losgeschickt, um das Grundstück zu besichtigen. Er …« Sie schloss kurz die Augen. »Er will das Schwimmbad haben.«

»Ihr Schwimmbad?« Thorsten hielt inne, weil Sonja ihnen in diesem Moment ihre Getränke brachte. Erst als sie wieder gegangen war, fuhr er fort: »Er will es kaufen?«

»Sogar zu einem lächerlich hohen Preis.«

»Was will mein Vater mit Ihrem Schwimmbad?« Verständnislos runzelte er die Stirn. »Das ergibt keinen Sinn.«

»Doch, tut es. Carl Verhoigen will alles, was in Lichterhaven Geld bringt, an sich reißen. Das war schon immer so.« Sie hielt kurz inne. »Er wollte damals schon bei Axel mit einsteigen, als er das Schwimmbad geplant hat. Mit einundfünfzig Prozent wohlgemerkt.«

Thorsten maß sie mit einem eindringlichen Blick. »Axel war Ihr verstobener Mann?«

Sie griff unwillkürlich nach dem Ring an der Kette und nickte vage.

»Aber er wollte nicht mit meinem Vater zusammenarbeiten.«

»Nein, Axel wollte es allein schaffen. Hat er ja auch. Oder hätte er, wenn nicht ...« Sie schluckte.

»Und jetzt versucht mein Vater es bei Ihnen.« An Thorstens Miene war abzulesen, dass ihm dieser Gedanke missfiel. »Wenn es Ihnen hilft, werde ich mal mit ihm reden.«

»Sie?« Ebenso verblüfft wie verärgert schüttelte sie den Kopf. Da Sonja nun das Essen brachte, entstand erneut eine kurze Pause. »Haben Sie vielleicht einen besseren Draht zu Ihrem Vater als Lars?«

Thorsten griff ruhig nach seiner Gabel, kaum dass Sonja wieder verschwunden war. »Ich habe gar keinen Draht zu ihm.«

»Gar keinen ...?« Nun überwog die Verblüffung.

»Wir sind uns bisher noch nicht begegnet.«

Martina, die ebenfalls nach ihrem Besteck gegriffen hatte, ließ es auf den Tisch zurückfallen. »Sie haben, seit Sie in Lichterhaven wohnen, noch nicht mit ihm geredet?«

»Ich sah keine Veranlassung dazu, und er offensichtlich ebenso wenig.«

Fassungslos schüttelte sie den Kopf. »Nicht einmal auf Lars' Hochzeit?«

»Mein Vater ist nicht lange dort gewesen. Seine derzeitige Frau ist aber recht angenehm.«

»Und dann glauben Sie, dass Sie Ihren Vater überreden können, mir das Grundstück zu verkaufen und mich mit seinen Übernahmeangeboten in Ruhe zu lassen?«

»Das kann ich wohl kaum glauben, aber einen Versuch ist es allemal wert.«

»Nein danke.« Entschlossen griff sie erneut nach dem Besteck. »Ich komme schon zurecht.«

»Meinen Bruder haben Sie letztes Jahr um Hilfe gebeten.« Interessiert musterte er sie. »Warum jetzt nicht mich? Immerhin bin ich der gelernte Banker in der Familie. Und ich hege, im Gegensatz zu meinem Bruder, keinen Groll gegen unseren Vater.«

»Wirklich nicht?«

Thorsten hob die Schultern und griff nach seinem Bierglas. »Weshalb sollte ich ihm grollen? Abgesehen davon, dass er meine Mutter nicht gerade wie ein Gentleman behandelt hat. Aber sie war es, die mir von klein auf eingetrichtert hat, dass das ihre Sache ist und nicht mein Problem. Er hat ihr damals eine Menge Geld gegeben, das sie in meine Ausbildung gesteckt hat. Ich bilde mir sogar ein, dass es diese Ausbildung und mein Werdegang gewesen sind, die meinen Weg schließlich den von Lars haben kreuzen lassen.« Lächelnd trank er einen Schluck. »Etwas Besseres hätte mir nicht passieren können. Ich bin endlich an dem Ort angekommen, den ich mein Zuhause nennen kann.« Er hielt kurz inne. »Mag sein, dass um meiner Mutter willen noch eine gewisse Wut auf ihn in mir schlummert, aber andererseits muss ich dagegenhalten, dass meine Kindheit wohl deutlich besser war als die meines

Bruders, weil ich sie ohne Carl Verhoigen verbringen durfte. Lars hatte es nicht leicht und musste sich jeden Tag mit unserem Vater arrangieren – bis er es nicht mehr ausgehalten hat und weggegangen ist. Ich bin dieser seelischen Tortur entgangen.«

»So habe ich das noch nie betrachtet.« Nachdenklich begann sie zu essen – und befand sich augenblicklich im siebten Himmel. »Dieser Matjessalat ist Weltklasse! Ich schwöre, Kai mixt da irgendwas hinein, das süchtig macht.«

Thorsten aß ebenfalls einen Happen und grinste dann. »Liebe.«

»Wie bitte?« Ihr wurde unnatürlich warm.

»Er mixt eine ordentliche Portion Liebe mit hinein. Deshalb können wir davon nicht genug bekommen.«

Erleichtert und irritiert zugleich atmete sie auf. »Ja, vielleicht haben Sie recht.«

»Erzählen Sie mal, was genau Sie überhaupt vorhaben. Hinsichtlich der Schwimmbaderweiterung meine ich.« Auffordernd nickte er ihr zu und für den Rest des Essens beschrieb sie ihm genau, was sie für die Zukunft ihres Betriebes geplant hatte.

4. Kapitel

»Wieder nur die Spitzen schneiden?« Prüfend griff Henrike Liebherr in Martinas üppige Wellen und wuschelte sie einmal durch. »Ich könnte sie ein klein wenig stufen, dann hätten sie mehr Fasson. Was meinst du? Von der Grundlänge würde ich nur höchstens zwei oder drei Zentimeter wegnehmen.«

Martina lehnte sich in dem drehbaren Friseurstuhl zurück und betrachtete sich selbst im Spiegel. »Ja, warum nicht! Mach das mal.«

»Waaaas?« Ungläubig starrte Henrike sie im Spiegel an und fasste sich an ihre eigenen, derzeit blauschwarz marmorierten Haare, die zu einem Pagenkopf geschnitten waren. Ihre Frisuren wechselten mindestens einmal pro Monat, oder zumindest kam es Martina so vor. Henrike war seit vielen Jahren ihre Lieblingsfriseurin und ihr Salon, der am oberen Ende der Lichterhavener Hauptstraße lag, stets gut besucht. Für heute hatte Martina hier einen Termin gemeinsam mit ihrer jüngeren Schwester ausgemacht, doch Hannah war noch nicht da. Vermutlich war sie wieder einmal von einem Kunden aufgehalten worden.

Martina zuckte nur mit den Schultern. »Mach mal, was du gesagt hat. Das mit dem Stufen und so.«

»Ist das dein Ernst?« Immer noch machte Henrike große Augen.

»Was ist dein Ernst?« Gerade kam Hannah hereingehastet und warf sich ächzend in den Stuhl neben Martina. »Entschuldige, aber Frau Maibrecht war wieder mal total anstrengend und hatte Änderungswünsche in letzter Sekunde. Diese Goldhochzeitsfeier ihrer Eltern wird mega. Ihre Worte, nicht meine. Ich bin nur megaerschöpft.« Lachend richtete sie sich wieder auf und zupfte an ihrem schon etwas verwachsenen Pixie-Haarschnitt herum, dessen Rot mit dem von Martinas Haaren um die Wette leuchtete. »Wo ist Aisha? Sie muss meine Haare in Ordnung bringen, sonst kriege ich hier und jetzt sofort eine Krise!«

»Bin doch schon da.« Die schlanke schwarzhaarige Friseurin trat aus dem Hinterzimmer, in der Hand noch ein letztes Stückchen eines belegten Brotes, das sie sich rasch zwischen die Lippen schob. »Geh doch schon mal zu den Waschbecken, Hannah, dann legen wir gleich los.«

»Okay, aber zuerst will ich wissen, warum Henrike meine Schwester wie ein Mondkalb anstarrt.« Spielerisch stieß Hannah Henrike an. »Was ist los? Hat sie dich hypnotisiert?«

»Wohl eher paralysiert.« Henrike schüttelte sich leicht, ohne ihren Blick von Martina abzuwenden. »Noch mal zum Mitschreiben: Ist das dein Ernst?«

Martina seufzte. »Nun mach doch nicht so ein Drama daraus!«

»Okay, jetzt will ich es wirklich wissen.« Hannah beugte sich so weit zu Martina herüber, dass ihre Nase beinahe gegen deren Wange stieß. »Was ist dein Ernst, und warum fällt deine Friseurin deshalb fast in Ohnmacht?«

»Sie will, dass ich ihr die Haare schneide.« In Henrikes Augen glitzerte es seltsam.

»Die Spitzen, wie immer, deswegen sind wir hier«, folgerte Hannah und runzelte ratlos die Stirn. »Na und?«

»Nein.« Henrike wuschelte erneut durch Martinas Haare, diesmal regelrecht liebevoll. »Richtig schneiden! Mit Stufen und Fasson und allem.«

»Guter Gott!« Nun riss auch Hannah die Augen weit auf und starrte Martina ungläubig an. Dann sprang sie unvermittelt auf und hüpfte jauchzend herum. »Wow, wow, wow! Meine Schwester lässt sich die Haare schneiden! Ich werd nicht mehr.« Schon saß sie wieder auf dem Stuhl und beugte sich erneut zu Martina herüber. »Das hat einen Grund. Sag schon!«

»Hört auf damit.« Martina wand sich. Sie hätte damit rechnen müssen, dass Henrike ausflippte. Und natürlich sprang ihre Schwester ebenfalls darauf an. Dabei war doch überhaupt nichts Unnormales dabei, wenn man sich die Haare ein wenig zurechtschnippeln ließ. »Ich dachte bloß, es wäre mal eine nette Abwechslung.«

»Ich predige dir schon seit Jahren, dass du deine Haare ein bisschen aufhübschen sollst!« Verärgert und überglücklich zugleich gestikulierte Henrike hinter ihr und rupfte an den roten Strähnen herum, als gälte es, sie mit bloßen Fingern in Form zu ziehen. »Aber du wolltest ja nie. ›Spitzen schneiden reicht‹«, äffte sie Martinas Worte überspitzt nach. »Dabei kann man aus deinen Haaren sooo viel mehr machen! Und das sage ich nicht nur, weil ein neuer Haarschnitt teurer ist als das Einkürzen der Haarspitzen. Du, nein, deine Haare, haben einfach mehr verdient. Und jetzt ist es endlich so weit!« Sie vollendete ihren Satz mit einem seligen Seufzen.

»Ich bin baff.« Auch Aisha grinste breit. »Dass ich diesen Tag noch erleben darf.«

»Nun lasst es endlich gut sein!« Allmählich wurde es Martina zu bunt. »Wenn ihr so weitermacht, überlege ich es mir wieder anders.«

»Nein, bitte nicht!« In gespieltem Entsetzen ließ Henrike die Haare los und umarmte Martina stattdessen sanft von hinten. »Ich bin ja schon still. Die Kundin ist Königin.«

»Danke.« Martina atmete auf.

»Aber du musst uns trotzdem sagen, was der Anlass ist«, forderte Hannah energisch.

»Es gibt keinen.« Martina winkte betont gleichmütig ab.

»Na, na, wenn das nicht mal geflunkert ist«, kam es in diesem Moment von der anderen Seite des Salons, wo Francesca

Hayderoglu, die Ehefrau des früheren Besitzers des internationalen Imbisses *Alibaba* und zugleich Aishas Mutter, unter einer Infrarothaube saß. Inzwischen hatte zwar ihr Sohn Mustafa das Geschäft übernommen, doch Akbay stand immer noch täglich mit in der Küche, ebenso wie Francesca, die mit ihrem italienischen Temperament nicht selten Leben in die Bude brachte, wie sie es selbst bezeichnete. Außerdem hatte sie viele der italienischen Rezepte beigesteuert, die die Speisekarte des *Alibaba* so bunt machten. Wenn sie nicht dort aushalf, beschäftigte sie sich mit dem Stadtklatsch – und sie liebte es, gute Ratschläge zu geben und sich als Kupplerin zu betätigen. Sie schien das gesamte Gespräch belauscht zu haben und lächelte nun breit. »Wenn ihr mich fragt, hat dieser plötzliche Sinneswandel eine Menge mit Martinas neuem Freund zu tun.«

Im Salon wurde es totenstill.

Martina fluchte innerlich. »Ich habe keinen Freund.«

»Na, na, das sah aber vorgestern ganz anders aus.« Francesca lachte ihr fröhliches, wissendes, ansteckendes Lachen. »Ich bin zwar recht schnell am Möwennest vorbeigelaufen, weil ich es eilig hatte, aber trotzdem war ich – wie sagt ihr das heutzutage? – ganz von den Socken, als ich dich mit dem Verhoigen-Jungen gesehen habe. Oder Brunner heißt er ja. Thorsten. Ein wirklich netter junger Mann. Kauft regelmäßig Akbays Pizza. Das nächste Mal kommt ihr hoffentlich zum Essen zu uns.«

»Es gibt kein nächstes Mal. Es war nur ein Mittagessen. Nichts weiter.« Martina hörte selbst, wie verzweifelt ihre Stimme klang.

»Du hattest ein Date mit Thorsten? Zum Mittagessen?« Vollkommen entgeistert starrte Hannah sie an. »Und du sagst mir kein Wort davon? Seit wann geht das mit euch denn schon?«

»Seit gar nicht.« Zwischen Ärger und Resignation schwankend, schlug Martina die Hände vors Gesicht. »Da läuft überhaupt nichts zwischen uns. Er hat mich mehr oder weniger gezwungen, mit ihm zu Mittag zu essen ...«

»Gezwungen?« Francesca schnalzte missbilligend mit der Zunge. »Das sieht ihm so gar nicht ähnlich. Ich werde mich doch nicht in ihm getäuscht haben? Andererseits ... du hast nicht ausgesehen, als wärst du gegen deinen Willen dort gewesen. Ihr habt gelacht. Das habe ich gesehen und gehört. Und außerdem hat mir Sonja gestern beim Bäcker bestätigt, dass ihr eine nette Zeit zusammen hattet.«

Wieder seufzte Martina. Man musste höllisch aufpassen, was man in Francescas Gegenwart sagte, denn sie hatte ihre ganz eigenen Vorstellungen von Sitte und Moral. »Natürlich hat er mich nicht mit vorgehaltener Pistole gezwungen. Es war nur einfach ... Er hat mich überrumpelt, und da ich sowieso Hunger hatte, bin ich eben mitgegangen.«

»Überrumpelt, soso.« Hannah grinste.

»Hinterher wart ihr außerdem noch bei *Eisträume* und habt jeder eine große Eiswaffel gegessen.« Aisha grinste triumphierend, als alle Blicke sich auf sie richteten. »Hab ich gestern Abend von Gabriella gehört. Wir sind im selben Pilateskurs. Und sie muss es ja wissen, schließlich hat sie das Eis selbst an euch beide verkauft.«

»Dafür gebührt ihm das Bundesverdienstkreuz.« Hannah machte große Augen. »Nein wirklich, guck nicht so böse, Martina. Bisher ist es noch keinem Mann gelungen, dich auch nur zu einem Spaziergang zu bewegen. Und Thorsten ergattert gleich ein ganzes Mittagessen plus Eis zum Nachtisch. Hat er dich eingeladen?«

»Ja, aber ich habe abgelehnt.«

»Sehr gut.« Francesca lächelte wieder. »Eine Frau muss für sich selbst einstehen. Zumindest ganz zu Anfang einer Beziehung. Man darf den Männern nicht gleich alles in den Schoß werfen.«

»Es gibt keine Beziehung ...«, wandte Martina erneut ein, doch niemand hörte darauf.

Henrike beugte sich vertraulich über ihre Schulter. »Er sieht unglaublich gut aus, genau wie Lars. Aber der ist ja längst vergeben. War er schon immer. Wusste er bloß selbst nicht.«

»Genau«, pflichtete Francesca ihr sogleich bei. »Das mit Lars Verhoigen und Luisa Messner war und ist eine epische Liebesgeschichte. Ich wusste immer, dass die beiden mal zueinanderfinden würden. Es hat zwar länger gedauert, als die Polizei erlaubt, aber sieh sie dir jetzt an! Und die Hochzeit war so unglaublich schön! Hach, ich wünsche den beiden alles Glück der Welt. Und jede Menge Babys. Na ja, zwei oder drei mindestens.«

»Francesca!« Kichernd schlug Hannah die Hand vor den Mund. »Die beiden sind gerade mal aus den Flitterwochen zurück. Sie müssen doch nicht gleich mit dem Kindermachen anfangen. Wo Luisas Tierarztpraxis gerade so gut anläuft.«

»Ja, ja, stimmt schon.« Francesca nickte gnädig. »Luisa ist ja auch noch jung, und Männer können eh bis ins hohe Alter …« Nun kicherte auch sie. »Ach was, Lars ist ja bloß zehn Jahre älter. Die beiden haben noch eine Menge Zeit, eine Familie zu gründen. Erst mal ist ja wohl auch Christina dran, sie ist schließlich die ältere Schwester. Sie wird doch nach ihrem Bruder Alex sicher auch bald Nachwuchs bekommen. Das werden ganz bestimmt zauberhaft süße Kinder. Und allesamt Künstler, ganz wie Ben.«

»Das kann man doch überhaupt nicht wissen«, widersprach Aisha ihrer Mutter. »Solche Begabungen überspringen auch oft eine Generation.«

»Ach, selbst wenn. Trotzdem werden die Kinderchen zuckersüß aussehen!«

Dem widersprach keine der Frauen. Martina überlegte indes fieberhaft, wie sie aus dem verfänglichen Thema wieder herauskommen sollte. Doch sie hatte kein Glück. Hannah klebte wie eine Klette an ihrer Seite.

»Nun sag schon, Schwesterherz! Wie war das Date?«
»Es war kein Date!«
»Dann eben Mittagessen? Was gab es denn zu essen?«

»Kais Matjessalat mit allem.« Das war zumindest eine unverfängliche Information. Hatte sie gedacht.

»Du hast Matjessalat gegessen?« Hannah grinste breit. »Mit Bratkartoffeln?«

»Ja, warum denn nicht?«

»Und er?«

»Das Gleiche.«

»Und hinterher auch noch Eis. Also hattet ihr Spaß.«

»Wir haben uns unterhalten.«

»Gut?«

Fragend runzelte Martina die Stirn. »Was gut?«

Hannah schnaubte ungeduldig. »Gut unterhalten?«

»Es war ganz nett.«

»Mit Bratkartoffeln und Eis.«

Allmählich wurde Martina nervös. »Was soll denn mit den Bratkartoffeln sein? Die serviert Kai immer zu seinem Matjessalat.«

»Du lässt sie so gut wie immer weg.«

»Das war eine Ausnahme. Genau wie das Eis. Für den Rest der Woche werde ich fasten.«

»Du hast noch nie für einen Mann ausnahmsweise fettige gebratene Kartoffeln gegessen und ein Eis obenauf gesetzt.« Hannah grinste breit. »Noch niemals nie nicht.«

»Ich habe nicht für ihn eine Ausnahme …« Martina verdrehte die Augen. »Henrike, bitte wasch mir jetzt die Haare. Ich habe keine Zeit für solchen Unsinn.«

»Kein Unsinn, mein Schatz.« Hannah gab ihr einen liebevollen Kuss auf die Wange. »Ein Zeichen des Universums. Aber gut, ich bin schon still. Vorerst. Aisha, ab ans Waschbecken. Im Gegensatz zu meiner Schwester weiß ich schon lange, was gut für mich ist. Eine perfekte Frisur. Und die meine ist im Moment weit davon entfernt.«

***

Eine Dreiviertelstunde später trat Martina endlich wieder auf die Straße und wurde sofort von einer frischen Brise erfasst. Der vorhin noch wolkenlose Himmel hatte sich bezogen, und die Dichte und Färbung der Wolken versprachen Regen. Rasch knöpfte Martina ihre Windjacke zu und wollte schon losgehen, doch ihre Schwester, die gleich hinter ihr den Salon verlassen hatte, hakte sich energisch bei ihr unter. »Halt, stopp, große Schwester. Hast du wirklich gedacht, du entkommst mir so leicht?«

Das hatte sie tatsächlich, aber sie hätte es besser wissen müssen. »Ich muss los. Mama und Papa wollen nachher noch in den Baumarkt, und ich muss die Kinder vorher bei ihnen abholen.«

»Wo hast du geparkt? In der Marktgarage? Ich begleite dich einfach bis zum Auto.« Triumphierend lächelte Hannah sie an. »Auf dem Weg kannst du die Beichte ablegen.«

»Es gibt nichts zu beichten.« Starr blickte Martina geradeaus.

Ihre Schwester lachte nur. »Dann hoffe ich sehr, dass sich das ganz bald ändern wird. So rattenscharf, wie du mit der neuen Frisur aussiehst, dürfte es wohl nicht lange dauern, bis Thorsten über dich herfällt und dich zur Sünde verführt.«

»Rattenscharf?« Entsetzt starrte Martina ihre Schwester an. »Du spinnst doch.«

»Nein, gar nicht. Die neue Frisur ist einfach umwerfend. Dazu noch dein schickes Silbertop mit dem V-Ausschnitt und ein enger Rock – und er wird auf der Stelle zu sabbern anfangen.«

»Das Silbertop ist im Kleidersack gelandet. Capone hat es vorgestern von der Wäscheleine geklaut und dabei ein Loch hineingebissen.«

»So ein Mist.« Hannah stieß sie leicht mit dem Ellenbogen an. »Aber hey, ein guter Grund, um etwas Neues zu kaufen. Was richtig Scharfes.«

»Ich dachte, ich bin schon rattenscharf.«

»Dann wirst du eben ... chilirattenscharf.«

»Du hast sie nicht mehr alle.« Martina tippte sich an die Stirn, konnte sich ein Schmunzeln jedoch nicht verkneifen. »Es war wirklich nur ein Mittagessen. Nichts weiter.«

Hannah wurde wieder ernst. »Ja, wahrscheinlich. Aber auch nur, weil du nicht mehr zulässt.«

»Das ist meine Sache.«

Nun legte Hannah ihr den Arm um die Hüfte und drückte sie leicht an sich. »Das ist es natürlich, keine Frage. Aber weißt du, Martina, es sind jetzt schon sechs Jahre. Glaubst du wirklich, Axel hätte gewollt, dass du für immer allein bleibst?«

Ja, hätte er. Oder zumindest hatte er gesagt, dass er nie eine andere ansehen würde. Das hatte doch etwas zu bedeuten, oder? Schweigend blickte Martina wieder geradeaus.

Sachte lehnte Hannah ihren Kopf gegen Martinas Schulter. »Du musst wieder anfangen zu leben.«

»Ich lebe doch.«

»Du existierst und ackerst und engagierst dich.« Ihre Schwester hob den Kopf wieder und küsste sie erneut auf die Wange. »Und das ist alles sehr wichtig. Aber du lebst nicht. Wahrscheinlich hast du Angst davor, nicht wahr?«

»Angst wovor?« Das Vögelchen, das seit dem Mittagessen mit Thorsten noch immer in Martinas Bauch zu flattern schien, stürzte plötzlich ein wenig ab und löste ein flaues Gefühl in ihrer Magengrube aus.

»Davor, mal etwas nur für dich zu tun. Glaubst du wirklich, Axel würde dir das übel nehmen? Das kann ich mir nicht vorstellen, Martina. Und wenn es so wäre ... Nein, lassen wir das.«

»Was meinst du?« Verwundert und leicht besorgt blieb Martina vor dem Eingang der Marktgarage stehen.

»Nichts.« Hannah winkte ab. »Ich will damit nur sagen, dass du dich einfach mal trauen solltest, ins kalte Wasser zu springen. Warum nicht zusammen mit Thorsten? Er ist ein netter Typ, sieht klasse aus und scheint dich zu mögen. Was willst du mehr?«

»Ich will gar nichts, Hannah.« Seufzend trat Martina durch die Tür und stieg die Treppenstufen hinab.

Hannah folgte ihr auf dem Fuße. »Was wäre denn so schlimm daran, einfach mal ein kleines Abenteuer zu erleben?«

»Ich bin nicht der Typ für Abenteuer. War ich noch nie.«

»Das kannst du gar nicht wissen, wenn du es nicht mal ausprobierst.«

Automatisch griff Martina wieder an ihre Ringkette. »Ich will nicht. Reicht das nicht?«

Hannah seufzte, drehte ihre Schwester am Arm zu sich herum und umarmte sie. »Doch, Schatz, natürlich reicht das. Ich würde mir nur wünschen, dass du deinen Trauerkokon endlich verlässt. Das Leben da draußen ist so schön.«

»Das weiß ich.« Martina erwiderte die Umarmung. »Ich bin nicht unglücklich. Und ich mag mein Leben, so wie es ist.«

Vorsichtig trat Hannah einen halben Schritt zurück und blickte ihr prüfend ins Gesicht. »Wie ist es denn? Dein Leben, meine ich? Ich sehe dich immer bloß arbeiten und mit den Kindern hantieren oder von Stadtratssitzung zu Stadtratssitzung hasten. Wo bleibst du selbst dabei?«

»Aber ...« Leicht verzweifelt, weil sie spürte, dass ihre Schwester einen wunden Punkt traf, zupfte Martina an ihren leicht gestuften, nach Apfelshampoo duftenden Haarsträhnen herum. »Genau das sind alles die Dinge, die ich mag. Ich arbeite gerne, weil das Schwimmbad meine Existenzgrundlage ist und die Leitung mir Spaß macht. Ich liebe meine Kinder und möchte gerne so viel Zeit wie nur möglich mit ihnen verbringen. Und mein Sitz im Stadtrat ist mir ebenfalls wichtig. Er ist wichtig für unsere Stadt. Lichterhaven ist unsere Heimat. Was ist falsch daran, alles dafür zu tun, dass sie sich verschönert und verbessert und dass die Menschen gerne hier leben und die Touristen mit Freude herkommen und ...«

»Schon gut, schon gut.« Hannah lachte resignierend. »Du hast recht, und ich habe meine Ruhe.«

Martina atmete auf.

»Trotzdem bin ich der Ansicht, dass ein bisschen heißer Sex mit einem tollen Mann dir nicht schaden würde.«

»Hannah!« Zwischen Entgeisterung und Heiterkeit hin- und hergerissen, schüttelte Martina den Kopf. »Du bist unmöglich.«

Hannah grinste nur. »Ein bisschen unmöglich würde dir auch gut stehen. Probier es einfach mal aus. Vielleicht gefällt es dir ja.«

»Unmöglich zu sein?«

»Ja. Und den Sex.« Lachend sprang Hannah zur Seite, als Martina nach ihr schlug. »Grüß Basti und Annika von mir, ja? Und gib Capone einen Knutscher. Er ist so ein Süßer!«

»Wenn er nicht gerade Klamotten klaut, Schuhe zerbeißt oder sein Futter im ganzen Haus verstreut.« Inzwischen hatten sie Martinas blauen Ford Focus Kombi erreicht. »Wenn ich gewusst hätte, dass er so anstrengend ist, hätte ich einen anderen Hund adoptiert. Einen ruhigeren. Vielleicht einen Bernhardiner.«

»Hättest du nicht.« Hannah kicherte. »Komm schon, ich war dabei. Das war Liebe auf den ersten Blick, bei ihm genauso wie bei dir. Er ist halt ein ehemaliger Straßenhund aus Ungarn. Woher soll er wissen, wie man sich benimmt? Ist er denn wenigstens inzwischen stubenrein?«

»Ja, zum Glück.« Martina lächelte etwas gequält. »Aber er macht echt viel kaputt und gehorcht nicht die Spur. Gerade vorgestern ist er mir wieder unten auf dem Uferweg ausgebüxt. Deshalb bin ich ja auch mit Thorsten zum Essen gegangen.«

»Weil Capone abgehauen ist?« Irritiert zog Hannah die Augenbrauen zusammen.

»Nein, weil Thorsten mich ausgerechnet da abgepasst und mir geholfen hat, Capone wieder einzufangen.«

»Ein Mann der Tat.«

»Irgendwie schon.«

Hannah grinste. »Also bist du aus Dankbarkeit mit ihm ausgegangen.«

»So ein Quatsch!«

»Warum dann?«

Martina seufzte. »Fang bitte nicht schon wieder damit an.«

»Du hast damit angefangen, Schatz, nicht ich.« Hannah drückte sie kurz an sich. »Ich muss jetzt los. Hab noch ein Meeting mit meinen beiden *Foodsisters*. Ella und Caroline werden sich tierisch freuen, wenn sie hören, was Frau Maibrecht sich auf den letzten Drücker wieder ausgedacht hat.«

»Ella wird sie doch bestimmt geschickt in ihre Schranken weisen.«

Hannah lachte. »Ich fürchte, an der Maibrecht beißt sich sogar unsere Organisationsqueen die Zähne aus.« Sie tätschelte noch einmal Martinas Arm. »Bis bald, Schatz. Und versuch es doch einfach mal mit dem Leben. Nur ein kleines bisschen.« Sie wandte sich ab und eilte davon.

Gerade als Martina sich in den Fahrersitz gleiten ließ, hörte sie von Ferne noch einmal die Stimme ihrer Schwester. »Und das mit dem Sex!«

Das Vögelchen in Martinas Bauch vollführte einen Purzelbaum, doch sie ignorierte es und konzentrierte sich voll und ganz darauf, ihren Wagen aus der engen Parklücke zu manövrieren.

5. Kapitel

Mindestens zum fünften Mal innerhalb der vergangenen Stunde versuchte Thorsten, Martina telefonisch zu erreichen. Er hatte seit Montag überlegt, wie viel Zeit er am besten verstreichen lassen sollte, bis er sie um ein weiteres, ein richtiges Date bat. Natürlich würde sie erst einmal rundheraus ablehnen, so wie immer. Doch das gemeinsame Mittagessen war nach den ersten Startschwierigkeiten wirklich angenehm gewesen. Nein, das war sogar weit untertrieben. Es hatte ihn darin bestärkt, Martina aus ihrem Schneckenhaus herauslocken zu wollen. Sie war eine intelligente, tatkräftige und überaus liebenswerte Frau mit einem feinen Sinn für Humor, die er unbedingt näher kennenlernen wollte. Viel näher. So nah wie nur irgend möglich. Dass er tatsächlich schon hin und wieder in dem einen oder anderen Tagtraum über sie – oder mit ihr – versunken war, tat ein Übriges.

Dass er sie allerdings zu Hause nicht erreichte, ließ ihn mit einem diffusen Gefühl der Besorgnis zurück – und der Enttäuschung natürlich. Er besaß ihre Handynummer nicht, und das musste sich dringend ändern.

Wo sie sich wohl um diese Zeit noch aufhielt? Er war davon ausgegangen, dass sie an einem Mittwochabend gegen achtzehn Uhr mit den Kindern zu Hause sein würde. Eine Sitzung des Stadtrates lag heute nicht an, das hatte er online bereits überprüft. Vielleicht war sie bei ihren Eltern oder den Schwiegereltern zu Besuch. Wenn er nicht so genau wüsste, dass sie ungehalten darauf reagieren würde, hätte er sich in seinen Wagen gesetzt und wäre kurz bei ihr vorbeigefahren, um nach dem Rechten zu schauen. Doch dazu war es eindeutig noch zu früh. Viel zu früh. Außerdem wollte er sie ja auch nicht verschrecken. Aber verdammt noch mal, er vermisste sie.

»Thorsten, ich mache jetzt Feierabend.« Seine Mutter war in der Tür erschienen und lächelte ihm zu. »Ich habe heute Abend noch ein Treffen meines Buchclubs.« Sie zupfte mit der einen Hand an ihrer roten Bluse herum und ordnete gewohnheitsmäßig mit der anderen ihr kurz geschnittenes dunkelbraunes Haar. »Entschuldige, willst du gerade telefonieren?«

»Hm?« Er riss sich von seinen Gedanken los. »Was meinst du?«

»Du starrst dein Telefon an.« Ingrid Brunner lachte. »Von selbst wählt es noch nicht. Du musst die kleinen Tasten drücken.«

»Haha.« Er lächelte schwach. Dann kam ihm eine Idee. »Sag mal, du bist doch öfter in diesem Frauentreff, oder? Der, den Martina Clausen ins Leben gerufen hat.«

»Wiederbelebt trifft es besser. Den Treff gibt es schon lange, aber bevor sie mit ihren großartigen neuen Ideen für Aktivitäten gekommen ist, war es wohl bloß ein ziemlich langweiliger Haufen. Zumindest sagen das die anderen Frauen, ich bin ja erst seit einem Dreivierteljahr dabei. Warum fragst du?«

»Hast du zufällig ihre Handynummer?«

»Martinas Nummer?« Ingrid trat einen Schritt auf Thorsten zu. »Wozu brauchst du die denn?«

»Um sie anzurufen, was sonst?«

Seine Mutter kam noch zwei Schritte näher und musterte ihn mit diesem eindringlichen Blick, den nur Mütter beherrschten. »Du warst am Montag mit ihr essen.«

»Hat sich das schon herumgesprochen?« Er lächelte leicht. »Auf die Buschtrommeln ist Verlass.«

»Und sie hat dir danach nicht ihre Nummer gegeben?«

»Würde ich sonst danach fragen?«

Ingrid hüstelte. »Mein Junge, wenn sie dir ihre Nummer nicht freiwillig gibt, wie kommst du darauf, dass ich sie dir dann so einfach verraten würde?«

Er stutzte. »Mama! Du bist … meine Mutter!«

»Da hast du wohl recht. Aber deswegen werde ich nicht einer jungen Frau in den Rücken fallen, die möglicherweise gar nicht will, dass du ihre Nummer bekommst.«

»Das kannst du doch gar nicht wissen. Ich habe sie am Montag nicht nach ihrer Nummer gefragt.«

Mit gekräuselten Lippen musterte seine Mutter ihn erneut. »Warum nicht?«

Er seufzte leise. »Das ist ein bisschen kompliziert.«

»Mag sie dich nicht?«

»Kann man so nicht sagen.«

Interessiert setzte Ingrid sich auf die Tischkante. »Sie ist eine sehr beschäftigte Frau, Thorsten. Und sie hat zwei Kinder.«

»Das ist mir bewusst.«

»Gut. Wirklich?«

»Mama, ich bin schon groß. Ja, sie hat zwei Kids. Na und? Die zwei sind klasse.«

»Aha.« Sie schmunzelte. »Hat sie dich nicht vergangenes Jahr schon mal abblitzen lassen?«

»Kann sein.«

»Wer hat dich abblitzen lassen?« Lars Verhoigen, groß, dunkelhaarig und Thorsten äußerlich frappierend ähnlich, betrat das Büro. Er trug schmutzige grau-schwarze Arbeitsklamotten und roch nach Motoröl. »Entschuldige, ich brauche mal schnell einen Ausdruck von der neuen Maßliste für das Sportboot.«

»Kommt sofort.« Thorsten rief die gewünschte Datei auf und klickte auf Drucken.

»Wir reden gerade von Martina Clausen.« Ingrid erhob sich und nahm den Ausdruck aus dem Drucker. »Hier, bitte sehr.«

»Martina.« Lars runzelte die Stirn. »Du warst am Montag mit ihr essen.«

»Exakt.« Thorsten nickte.

»Und hast mir nichts davon erzählt. Luisa hat es mir heute Morgen verraten.« Lars nahm den Ausdruck mit einem kurzen Nicken entgegen.

»Ich muss dir doch nicht jedes Detail aus meinem Leben erzählen, nur weil du mein großer Bruder bist.« Thorsten grinste. »Hast du ihre Handynummer?«

»Klar.« Lars hob die Augenbrauen. »Du nicht?«

»Würdest du sie mir bitte verraten?«

»Nein.« Lars legte den Ausdruck auf den Tisch. »Wenn sie dir ihre Nummer nicht selbst gibt, werde ich den Teufel tun. Außerdem habe ich dir schon mal gesagt, dass du deine Griffel von ihr lassen sollst.«

»Das war vor einem Jahr.« Thorsten runzelte leicht die Stirn. »Ich habe mich daran gehalten. Bis jetzt.«

»Warum jetzt nicht mehr?« Lars war sichtlich ungehalten. »Sie hat viel durchgemacht. Außerdem hat sie zwei Kinder. Lass sie in Ruhe.«

»Sie ist jetzt seit sechs Jahren Witwe.« Thorsten verschränkte die Arme vor der Brust. »Und die Kids sind für mich kein Problem. Ich mag Kinder.«

»Das ist ja gut und schön«, mischte Ingrid sich ein, »aber trotzdem solltest du nicht hinter ihrem Rücken Leute nach ihrer Nummer fragen. Wenn sie sie dir bisher nicht gegeben hat, dann bestimmt aus gutem Grund.«

»Wahrscheinlich mag sie dich einfach nicht.« Lars feixte.

»Wir hatten eine nette Zeit miteinander am Montag«, protestierte Thorsten.

»Und trotzdem hat sie dir ihre Nummer nicht gegeben.« Aus dem Feixen wurde ein Grinsen. »Den Wink mit dem Scheunentor solltest selbst du verstehen. Sie will nix von dir.«

»Das ist noch längst nicht erwiesen.« Thorsten winkte ab. »Was soll's! Versuche ich es eben noch mal auf dem Festnetz. Irgendwann wird sie ja wohl mal zu Hause sein.«

»Braver Junge.« Ingrid tätschelte seine Schulter. »Aber wenn sie wirklich nicht interessiert ist, lass sie bitte in Ruhe.«

»Ich bin keine zehn Jahre alt, Mama.« Thorsten verdrehte die Augen. »Ich weiß, was sich gehört und was nicht.«

»Dann ist es ja gut.« Nach einem kurzen Blick auf ihre Armbanduhr eilte Ingrid zur Tür. »Ich muss los, sonst komme ich zu spät zum Buchclubtreffen.«

»Welches Buch lest ihr denn gerade?« Lars hatte sich seinen Ausdruck erneut geschnappt und war ebenfalls auf dem Sprung.

Ingrid warf einen kurzen Blick über die Schulter zurück ins Büro. »Kein Buch diesmal. Wir gehen ins Kino. Da ist heute lange Jane-Austen-Nacht. Die gesamte BBC-Verfilmung von *Stolz und Vorurteil* mit Colin Firth.«

Beide Männer stöhnten gleichzeitig entsetzt auf.

»Ihr wisst ja nicht, was gut ist.« Lachend eilte sie davon. Augenblicke später hörte man die Eingangstür zuklappen.

Lars drehte sich in der Bürotür noch einmal um. »Sei vorsichtig mit Martina. Sie hatte es wirklich nicht leicht.«

»Ich weiß schon, was ich tue, großer Häuptling.« Thorsten grinste, wurde aber gleich wieder ernst. »Wusstest du, dass Vater ihr das Grundstück beim Schwimmbad immer noch nicht verkauft hat?«

»Was?« Lars kehrte ins Büro zurück und zog sich seinen Drehstuhl vom gegenüberliegenden Schreibtisch heran. »Das sollte doch schon vergangenen Herbst unter Dach und Fach gewesen sein.«

»Martina hat mir erzählt, dass unser Erzeuger sich immer noch ziert. Oder vielmehr scheint er es sich anders überlegt zu haben und will jetzt doch wieder selbst ins Schwimmbadgeschäft einsteigen.«

»Das ist ein Scherz.« Zwischen Lars' Augen entstand eine steile Falte.

»Wenn es einer ist, dann ein schlechter. Er hat ihr angeboten, das Schwimmbad zu kaufen. Für fast vierzig Prozent über dem Marktpreis. Angeblich will er es ebenfalls erweitern und verschönern, was auch immer das heißen mag.«

»Nichts Gutes, wenn es von Carl Verhoigen kommt.« Verärgert fuhr Lars sich durch sein kurzes dunkelbraunes Haar. »Ich rede mit ihm.«

»Vergiss es, das habe ich auch schon angeboten. Martina will das selbst regeln.«

»Sie hat mich letztes Jahr auch um Hilfe gebeten.«

Thorsten zuckte mit den Achseln. »Meine Rede an sie. Aber jetzt will sie unsere Hilfe nicht mehr.«

Lars kniff leicht die Augen zusammen. »Deine oder unsere?«

»Unsere.«

»Dann rede ich wohl besser mal mit ihr. Allein kommt sie gegen Vater nicht an.«

»Lars.« Mit einem Hüsteln beugte Thorsten sich zu seinem Bruder vor. »Das würde ganz gerne ich übernehmen.«

»Glaubst du, das geht gut? Du willst ihr an die Wäsche. Das verträgt sich nicht gut mit Geschäftlichem.«

Thorsten schüttelte den Kopf. »Ich will ihr nicht an die Wäsche. Okay, will ich schon, aber nicht nur, dass das gleich mal klar ist. Darum geht es mir ganz und gar nicht. Martina ist eine Klassefrau, innen wie außen. Das fand ich schon, als ich sie zum ersten Mal gesehen habe, und an meiner Meinung hat sich seither nichts geändert. Und ja, mir ist bewusst, dass sie Witwe ist und ebenfalls noch einmal ja, sie hat zwei Kinder. Roll das gar nicht erst noch mal auf. Ich habe mich ein ganzes Jahr zurückgehalten, weiß der Himmel, warum. Soweit ich sehen kann, hat sie ihr Leben ziemlich gut im Griff. Warum sollte ich nicht versuchen, ein Teil davon zu werden?«

»Ein Teil davon?« Lars starrte ihn überrascht an. »Wow, Moment mal. Haben wir gerade fünf bis sieben Schritte übersprungen? Ihr wart gerade einmal miteinander zum Mittagessen.«

»Ja, und wenn ich nicht auf dich gehört hätte, wären wir heute schon bedeutend weiter. Zumindest hoffe ich das.«

Nun beugte auch Lars sich vor und musterte Thorsten eingehend. »Da soll mich doch. Der lütte Jong hat sich verguckt.«

»So lütt bin ich nun auch wieder nicht.« Gespielt beleidigt verzog Thorsten die Lippen.

»Warum hast du nicht gleich gesagt, dass du da was so Ernstes im Sinn hast?« Lars lehnte sich wieder in seinem Stuhl zurück.

»Hättest du mir dann etwa deinen Segen gegeben?«

»Keine Ahnung. Wahrscheinlich nicht. Ich war zwar nicht hier, als Axel verunglückt ist, aber Luisa, Christina und Alexander haben mir alles darüber erzählt. Es muss sehr hart für Martina gewesen sein. Sie hat schrecklich gelitten. Ich meine, stell dir nur mal vor, von jetzt auf gleich mit einer Zweijährigen, einem drei Monate alten Säugling, einem fast fertigen Schwimmbad und einem Haufen Schulden allein dazustehen. Von der Tatsache, dass sie mit Axel schon seit ihrem siebzehnten Lebensjahr zusammen war, ganz zu schweigen. Die beiden waren immer wie Pech und Schwefel. Zumindest kam es uns immer so vor. So ein perfektes Traumpaar, wo beide dasselbe wollen und sich total ergänzen.«

»Du glaubst, dagegen komme ich nicht an.«

Lars überlegte einen Moment. »Gegen Axels Geist?«

»Ich glaube nicht an Geister.«

»Gut für dich, aber trotzdem wirst du es schwer haben.« Lars reckte sich ein wenig und blickte zur Decke. »Ich erinnere mich noch daran, wie Martina früher war. Ein ganz liebes, aber schüchternes Mädchen. Als Axel sich für sie zu interessieren begann, ist sie irgendwie …«

»Aufgeblüht?«, hakte Thorsten nach, als sein Bruder kurz stockte.

»Ja, aber auf eine ganz stille Art. Sie hat anscheinend in ihm genau den Typ Mann gefunden, an den sie sich anlehnen konnte.«

»Für einen ehemaligen Herumtreiber hast du einen scharfen Blick auf die Menschen«, befand Thorsten lächelnd.

Lars zuckte nur erneut mit den Schultern. »Axel war immer ein Überflieger, und anfangs kam es uns allen komisch vor, dass er sich ausgerechnet in Martina verliebt hatte. Aber vielleicht war sie auch genau das, was er brauchte. Oder suchte. Von Tag eins an wirkten sie wie eine Einheit. Wenn er nach rechts ging, ging sie nach rechts. Wenn er sich gedreht hat, dann sie auch, simultan. Sie hat ihn auch ungeheuer unterstützt, als er anfing, die Pläne für das Schwimmbad zu schmieden. Ich habe gehört, dass sie manchmal Tag und Nacht dafür unterwegs war oder organisiert hat. Das konnte sie wohl schon immer gut. Dann hatten sie endlich alles, eine Familie, zwei süße Kids, das Schwimmbad so gut wie fertig und der Eröffnungstermin in greifbarer Nähe. Und dann fliegt Axel mit seinem Auto aus der Kurve und ist tot. Einfach so.«

»Ich kenne die Geschichte.« In leichter Abwehr hob Thorsten beide Hände. »Du brauchst sie mir nicht bis ins Detail zu erzählen. Mir ist schon klar, dass das furchtbar gewesen sein muss. Aber glaubst du, dieser Axel hätte gewollt, dass seine Frau auf ewig um ihn trauert?«

»Wenn er sie wirklich geliebt hat, wird er das natürlich nicht gewollt haben.« Lars erhob sich wieder. »Aber das menschliche Herz reagiert zuweilen seltsam. Davon kann ich ein Lied singen. Also noch ein letztes Mal: Sei vorsichtig – und geh behutsam mit Martina um. Und wenn sie dich nicht will, nimm es hin wie ein Mann.«

»Aye, aye, Captain.« Thorsten salutierte halb ernst, halb im Scherz. »Wie weit bist du mit dem Motor? Lentner wird mich spätestens morgen Mittag damit löchern.«

»Es geht voran.« Vage hob Lars den Ausdruck. »Ich muss noch einmal alle Maße überprüfen. Danach mache ich Feierabend. Luisa hat heute ein Treffen mit ihrer Doktormutter und ich muss mich um Jolie kümmern.«

»Dann wird es aber langsam Zeit für dich.« Thorsten tippte auf seine Armbanduhr.

»Ich weiß. Wir sehen uns morgen.« Schon war auch Lars verschwunden. Thorsten griff erneut nach dem Telefon und wählte Martinas Nummer. Nach dem zehnten Klingeln gab er es auf. Anscheinend war sie immer noch nicht zu Hause.

***

»Capone, Capone, komm her! Hierher, zu mir, komm!« Bastis helle Jungenstimme überschlug sich fast. Aufgeregt hüpfte der Siebenjährige vor dem Wohnzimmersofa auf und ab.

»Basti, bitte nicht so laut und auch nicht so wild.« Ein Auge auf den Jungen gerichtet, griff Martina mit einer Hand nach einem schmutzigen Teller, mit der anderen öffnete sie die Spülmaschine. Dann bemerkte sie, dass sie diese nach dem Spülgang am Morgen noch gar nicht ausgeräumt hatte. Seufzend stellte sie den Teller zurück auf den Stapel mit Geschirr vom Abendessen und begann, das saubere Geschirr in die Hängeschränke über der Spülmaschine einzusortieren.

»Aber Capone soll zu mir kommen und gehorchen!« Der Junge hüpfte immer noch hin und her.

Pah, das habe ich schon begriffen, kleiner Mensch, aber ich habe gar keine Lust zu gehorchen. Außerdem hüpfst du so lustig herum, da spiele ich doch viel lieber mit und mache das Gleiche. Bellend sauste Capone um den Jungen herum, hielt sich aber stets knapp außer Reichweite.

»Menno, ich will in Ruhe lesen!«, maulte Annika, die auf der Couch lag und ein aufgeschlagenes Buch in Händen hielt. »Halt mal den Rand, Basti.«

»Lass mich, ich spiele mit Capone, und der soll jetzt gehorchen.«

»Du gehorchst doch auch nicht. Sei endlich still. Ich kann mich gar nicht denken hören.«

»Du denkst ja überhaupt nicht.« Basti klang plötzlich eingeschnappt. »Und lesen ist blöd.«

»Du bist blöd! Kannst ja nicht mal richtig lesen. Kleinkind.«

Martina fasste sich an die Stirn. »Annika, nenn deinen Bruder nicht blöd. Und Basti, ich habe dir gerade gesagt, du sollst es nicht so wild treiben. Lass Capone jetzt mal in Ruhe.«

Ach nö, warum denn? Ich will nicht in Ruhe gelassen werden, sondern spielen! Wau! Ist doch so lustig hier.

»Und lesen ist gar nicht blöd, sondern total toll. Mama, sag Basti, dass lesen toll ist.«

»Lesen ist toll, aber Basti ist noch nicht so weit, dass er ein ganzes Buch lesen kann.« Martina rieb sich den Rücken, der vom langen Stehen bei mehreren Besprechungen mit Handwerkern heute ein wenig schmerzte. »Basti, setz dich jetzt mal hin. Capone flippt sonst wieder total aus.«

Au ja, ich flippe gerne rum. Das ist so ... Hach, wuff. Weg da, hier komme ich! Mit noch mehr lautem Gebell legte Capone die Ohren an und raste wie wild im Kreis durch das Wohnzimmer, um die Couch und den Tisch herum. Mit der Rute fegte er eine leere Milchtüte und mehrere Zeitschriften vom Couchtisch, bekam die Kurve nicht, schlitterte gegen die Stehlampe, die daraufhin bedrohlich schwankte und schließlich umkippte. Dabei traf sie beinahe Capones Hinterteil. *Jau, was war das denn? Angriff! Weg hier!* Quietschend raste der Hund erneut los und warf dabei fast das Bügelbrett um. Ein Stapel gefaltete Wäsche segelte zu Boden. *Hilfe, ich werde von bösen Gegenständen verfolgt! Rettet mich! Frauchen, wo bist du? Wau?* Wie von Sinnen bellend raste Capone durch den Rundbogen-Durchgang in die Küche und versteckte sich wild hechelnd hinter Martinas Beinen.

Basti kugelte sich vor Lachen am Boden, und auch Annika kicherte, verbarg ihr Gesicht jedoch hinter dem Buch.

Hin- und hergerissen zwischen Erheiterung und Verärgerung, ging Martina in die Hocke und streichelte den Hund. »Ist ja schon gut, Capone. Ganz ruhig. Was ist denn nur schon wieder mit dir los? Hast du mal wieder deine hektischen fünf Minuten?«

Wenn du es so nennen willst. Manchmal packt es mich einfach, dann muss ich losrennen und mich austoben, sonst platze ich vor Energie. Zutraulich drückte Capone seinen Kopf gegen Martinas Knie. *Aber so gestreichelt und gekrault zu werden, finde ich auch sehr schön.*

»Mama, darf ich noch ein bisschen fernsehen?« Basti kam ebenfalls in die Küche und tätschelte Capone den Kopf.

Martina warf einen Blick auf die Uhr. Fast halb acht. »Du gehst jetzt nach oben und putzt dir die Zähne, kleiner Mann. Und dann geht es ab in die Falle.«

»Nööö!«

»Oh doch. Es ist schon spät. Morgen ist ein Schultag.«

»Ich will aber noch fernsehen.«

»Um diese Zeit läuft doch gar keine Kindersendung mehr.«

»Aber auf Netflix immer. Oder auf DVD. Büüüüüttte, Mama. Nur ein bisschen.« Der Junge setzte sein bestes Bettelgesicht auf und sah sie mit treuherzigem Blick an.

»Du kannst dir eine CD anmachen, bis du einschläfst.«

»CD ist doof.«

»Benjamin Blümchen. Dabei schläfst du doch sonst immer so gut ein. Oder Pumuckl.«

»Ich will fernsehen!«

»Ich nicht. Mein Buch ist tausendmal schöner als Fernsehen«, verkündete Annika. »Und deshalb werde ich mal total schlau und klug und erfolgreich und verdiene ganz viel Geld, und du bleibst dumm und ein armer Schlucker.«

»Gar nicht wahr! Ich bin nicht dumm. Mama, sag Annika,

dass ich nicht dumm und ein Schlucker bin.« Basti war eindeutig übermüdet, denn seine Stimmung schlug in Sekundenschnelle in weinerlich um. Schon standen ihm Tränen in den Augen. »Annika ist doof und gemein. Ich bin nicht dumm.«

»Doch, und du bleibst es, weil du Bücher nicht magst und immer nur Filme gucken willst.«

»Annika!« Martina warf ihrer Tochter einen strafenden Blick zu.

Die Neunjährige schnitt eine Grimasse und steckte ihre Nase wieder ins Buch.

»Kannst du mir nicht was vorlesen, Mama?« Basti hatte eingesehen, dass er mit dem Wunsch nach Fernsehen nicht weiterkam, und änderte die Taktik.

»Ich dachte, Bücher wären blöd«, schnappte Annika.

»Nicht, wenn Mama mir vorliest. Das ist immer schön und kuschelig.«

Martina seufzte erneut. Sie hatte noch hundert Kleinigkeiten zu erledigen. »Aber nur ein paar Seiten, Basti. Und zuerst mal musst du deinen Schlafanzug anziehen und dich waschen und die Zähne putzen.« Sie warf ihrer Tochter einen auffordernden Blick zu. »Du auch, Mademoiselle.«

»Ich darf eine halbe Stunde länger aufbleiben als Basti!«

»Du kannst dich aber schon mal bettfein machen.«

»Aber ich will erst noch das Kapitel zu Ende lesen!«

»Annika muss ins Be-hett, Annika muss ins Be-hett!«, singsangte Basti und ging zurück ins Wohnzimmer, um seinen Teddybären zu holen, den er in letzter Zeit überallhin mitschleppte. »Du, Mama?«

»Ja, mein Schatz, was ist denn?« Martina hatte erneut begonnen, das schmutzige Geschirr in die Spülmaschine zu räumen. »Bist du denn noch immer nicht oben im Bad?«

»Mama, da ist ein Mann an der Terrassentür!«

Vor Schreck hätte Martina beinahe die Porzellanschüssel fallen lassen. »Ein Mann?«

Ein Mann ist da? Wo? Oh, wie peinlich, warum habe ich das nicht gleich bemerkt? Ich muss doch hier alles bewachen. Wer ist das denn? Wuff? Wild bellend raste Capone zu der Glastür und sprang an ihr hoch.

»Das ist Thorsten.« Annika war von ihrem Leseplatz aufgesprungen. »Also Herr Brunner, aber er hat gesagt, dass wir Thorsten sagen dürfen. Das war auf Luisas Hochzeit. Weißt du noch?«

Martinas Herz setzte für einen Schlag aus und rumpelte dann unanständig schnell wieder los. Eilig wischte sie ihre Hände an einem Geschirrtuch ab. »Thorsten?« Was in aller Welt hatte er hier zu suchen? Noch dazu in ihrem Garten!

»Soll ich die Tür aufmachen, Mama?«, fragte Basti.

Ja, ja, mach auf! Thorsten mag ich. Den will ich unbedingt begrüßen.

»Ich mach schon.« Annika drehte bereits den Türgriff, ehe Martina etwas erwidern konnte. Aber was hätte sie auch sagen sollen?

»Hallo Thorsten!«, zwitscherte Annika fröhlich. »Warum bist du, äh, sind Sie, äh, denn hier?«

»Du darfst mich ruhig duzen.« Thorsten lächelte dem rotlockigen Mädchen freundlich zu. »Hatten wir das nicht neulich ausgemacht?«

»Weiß ich nicht mehr so genau.«

»Dann ist es hiermit abgemacht. Guten Abend, Annika. Hallo Basti.«

»Hallo.« Basti, der Fremden oder entfernten Bekannten gegenüber eher zurückhaltend reagierte, blieb in angemessener Entfernung stehen und beäugte den Besucher abschätzend.

Hallo, hallo, hallo, wau, wie schön, dass du uns besuchst! Wild kläffend und wedelnd rannte Capone um Thorsten herum, stupste ihn mit der Nase an und sprang an ihm hoch.

»Schon, gut, Capone, beruhige dich.« Erheitert wehrte Thorsten den übermütigen Mudi ab. »Ich war zufällig in der

Nähe und dachte, ich besuche euch mal eben.« Er suchte Martinas Blick. »Ich habe geklingelt, aber anscheinend funktioniert Ihre Türklingel nicht.«

»Das ist eine Funkklingel«, erklärte Annika. »Aber die Batterien sind leer, und Mama hat noch keine neuen gekauft. Deshalb müssen jetzt alle anklopfen oder haben Pech gehabt.«

Thorsten lachte. »Oder sie schleichen sich wie ich durch den Garten an.«

Annika kicherte. »Ja, genau. Wie ein Einbrecher.«

»Du bist aber kein Einbrecher, oder?« Basti hielt noch immer respektvollen Abstand.

Quatsch, natürlich nicht. Thorsten ist mein Freund. Ich mag ihn ganz, ganz gerne – und hach, ja, er krault mich hinter den Ohren. Das maaag ich!

»Nein, ich bin kein Einbrecher.« Thorsten richtete seine Aufmerksamkeit auf den Jungen und ging dazu sogar in die Hocke. »Du kennst mich doch noch, oder?«

Basti nickte. »Klar, von Luisas Hochzeit und so.«

»Und du hast Basti mal ins Auto getragen«, fügte Annika eifrig hinzu. »Das ist aber schon ganz lange her und war, als wir mal bei Christina und Ben gewesen sind und da gefeiert haben, weil sie ihre Wohnung fertig hatten.«

»Das weiß ich gar nicht mehr.« Verblüfft hob Basti den Kopf. »Echt, du hast mich getragen?«

Thorsten lachte. »Stimmt, das ist schon fast ein Jahr her. Du hast geschlafen, Basti, deshalb kannst du dich nicht mehr daran erinnern.« Er warf Martina einen kurzen Blick zu, die sich daraufhin räusperte.

»Basti, es wird jetzt wirklich Zeit fürs Bett.«

»Ich will aber vorher noch wissen, warum Thorsten in unserem Garten gewesen ist.« Der Junge trat einen Schritt auf Thorsten zu. »Besuchst du Mama?«

Wieder traf Martina Thorstens Blick. »Im Grunde euch alle, aber es ist wirklich schon spät. Wenn deine Mama sagt, dass du ins Bett musst, dann solltest du darauf hören. Außerdem muss ich mit deiner Mama noch etwas wegen des Schwimmbads besprechen.«

»Bett ist aber langweilig, und Mama hat versprochen, mir was vorzulesen.« Basti schob die Unterlippe vor. »Wenn ihr jetzt über Erwachsenensachen redet, kann sie das nicht machen, und dann kann ich nicht einschlafen.«

Thorsten erhob sich wieder »Weißt du was, ich warte einfach hier im Wohnzimmer, bis deine Mama dir vorgelesen hat.«

»Thorsten, das ist jetzt ...« Martina stockte. Sie wusste nicht, was sie davon halten sollte, dass er einfach hier aufgetaucht war. Am liebsten hätte sie ihn wieder hinausgeworfen, aber einen triftigen Grund dazu hatte sie nicht, und sie wollte ihre Kinder auch nicht verwirren.

»Ich weiß, ich tauche ein bisschen ungünstig auf.« Er lächelte ihr zu. »Ich hätte ja vorher angerufen, aber Ihr Festnetztelefon geht anscheinend nicht, und Ihre Handynummer besitze ich leider auch nicht.«

»Oh.« Irritiert ging sie hinüber zu dem kleinen Schränkchen im Flur, auf dem normalerweise das Telefon in der Ladestation stand. Es war verschwunden. »Kinder, wo ist denn unser Telefon hin?«

»Weiß nicht.« Basti kam angerannt und sah sich überall um. »Ist weg.«

Auch Annika begann zu suchen. »Ich kann es auch nicht finden.«

Was macht ihr denn da Lustiges? Kann ich mitspielen? Fröhlich sauste Capone zwischen Wohnzimmer und Flur hin und her und schnüffelte am Boden, in den Ecken, unterm Esstisch. *Guckt mal, ich habe einen Kauknochen gefunden!*

»Anscheinend haben wir unser Telefon verloren.« Verlegen blickte Martina in Thorstens Richtung. Es war ihr unangenehm, dass er mitbekam, wie chaotisch es im Augenblick hier zuging. Nach außen hin gab sie sich immer besondere Mühe, alles perfekt zu machen, doch zu Hause ging es leider oft drunter und drüber.

»Ich hab's!« Annika fischte das Mobilteil aus Martinas rechtem Gummistiefel, der auf einer Abtropfmatte unter der Garderobe stand. »Wie ist es denn da reingekommen?«

Oh, äh, wau, das kann ich wohl erklären. Das Telefon hat neulich mal geklingelt, als ich kurz allein hier war. Ich wollte es mir näher ansehen, hab es mir geschnappt, aber das Ding ist so glatt und unhandlich, dass es mir aus der Schnauze gerutscht und in den Stiefel gefallen ist. Ich hab es dann auch nicht wieder rausgeholt, weil es aufgehört hat zu klingeln. Mit leisem Bellen tänzelte Capone um das Mädchen herum und stupste es immer wieder an.

»Sieht aus, als hätte Capone maßgeblichen Anteil daran gehabt.« Thorsten lachte auf. »So ein Schlawiner.«

»Wie ärgerlich.« Martina drückte ein paar Tasten an dem Telefon und stellte es dann in die Ladestation. »Der Akku ist leer. Kein Wunder, dass Sie uns nicht erreichen konnten.« Sie hüstelte. »Sie hätten doch Lars nach meiner Nummer fragen können.«

Thorsten grinste. »Das habe ich getan, aber er hat sich geweigert, sie rauszurücken. Ebenso wie meine Mutter.«

Verblüfft starrte Martina ihn an. »Warum das denn?«

Er hob die Schultern. »Erzieherische Maßnahme. Ich habe es versäumt, Sie neulich nach Ihrer Nummer zu fragen, und da Sie sie mir nicht von sich aus gegeben haben, sind meine lieben Anverwandten der Ansicht, dass ich kein Recht darauf habe. Es könnte ja sein, dass Sie mich nicht ausstehen können und mir Ihre Nummer deshalb nicht gegeben haben.«

»Aber …« Sie schüttelte irritiert den Kopf.

»Mama, magst du denn Thorsten nicht?« Annika schob sich neben sie und blickte Thorsten abschätzend an, so als müsse sie herausfinden, ob sie ihr eigenes Urteil über ihn zu ändern hatte.

»Nein, ich meine, doch.« Sie fluchte innerlich, als sie das Interesse in seinem Blick aufflackern sah. »Das ist bloß ein Missverständnis. Ich dachte, Sie hätten meine Nummer längst.«

»Von meinem Bruder?« Er legte den Kopf ein wenig schräg.

»Oder von irgendwem. In Lichterhaven haben wahrscheinlich fast alle Leute meine Handynummer.«

»Also magst du Thorsten doch?«, hakte nun Basti neugierig nach.

Martina hätte sich am liebsten selbst gegen das Schienbein getreten. »Basti, du gehst jetzt sofort nach oben und putzt dir die Zähne. Und du, Annika, auch. Deine halbe Stunde ist fast um.« Streng musterte sie ihre beiden Kinder, die daraufhin maulend die Treppe hinauf verschwanden.

Und was jetzt? Capone sah unschlüssig von einem zum anderen. *Ach, ich gucke einfach mal, was die Kinder oben treiben. Vielleicht wird ja noch ein schönes Spiel daraus.*

Thorsten schmunzelte. »Also mögen Sie Thorsten doch?«, wiederholte er Bastis Worte.

Sie verschränkte die Arme vor der Brust. »Ich verweigere die Aussage, da ich Sie nicht gut genug kenne, um mir ein Urteil bilden zu können.«

Er nickte ihr zu. »Akzeptiert. Denn daran können wir ja arbeiten.«

Seufzend schielte sie durch die Küchentür auf die Unordnung rund um die Spülmaschine. »Was wollen Sie denn überhaupt hier? Sie sagten, es geht um das Schwimmbad. Hätte das nicht Zeit bis morgen gehabt?«

»Wahrscheinlich.« Er war ihrem Blick gefolgt. »Ich bin Ihnen zu aufdringlich. Aber ich habe tatsächlich seit dem späten Nachmittag versucht, Sie telefonisch zu erreichen. Schließlich habe ich überlegt, dass es besser ist, wenn ich mal eben bei Ihnen vorbeifahre. Und ein Gutes hatte es ja: Wir haben Ihr abgeschaltetes Telefon gefunden. Stellen Sie sich vor, Sie hätten es noch länger nicht bemerkt und jemand wirklich Wichtiges hätte versucht Sie anzurufen. Wegen eines Notfalls oder ...« Er verstummte, als ihm klar wurde, dass er sich auf gefährlichen Grund begab.

Martina nickte jedoch nur knapp. »Sie haben recht. Es war gut, dass wir das Telefon gefunden haben.« Sie kräuselte ein wenig die Lippen. »Warum?«

»Was meinen Sie?«

Sie trat, die Arme noch immer verschränkt, einen halben Schritt auf ihn zu. »Warum haben Sie so lange versucht, mich zu erreichen? Was ist mit dem Schwimmbad?«

»Nichts.« Er lächelte schief. »Abgesehen davon, dass ich Ihnen noch einmal meine Hilfe – und die von Lars – anbieten wollte ...«

»Und weiter?« Unter seinem interessierten Blick wurde ihr ganz warm.

»Ich würde Sie gerne zu einem zweiten Date einladen. Und diesmal zu einem richtigen.«

Sie schluckte und fasste automatisch nach dem Ring an ihrer Kette. »Nein.«

Auf seinem Gesicht zeichnete sich ehrliche Enttäuschung ab. »Nein?«

»Lieber nicht.« Sie räusperte sich. »Ich ... bin viel zu beschäftigt.«

»Zu beschäftigt.«

»Ja, und ich habe keine Zeit.«

»Das ergibt sich aus einem hohen Beschäftigungsgrad.« In seinen Augen blitzte es hoffnungsvoll auf.

»Und dann sind da die Kinder ...«

»Haben Sie keinen Babysitter – oder vielmehr Kidssitter – wenn Sie abends mal wegmüssen?«

»Äh, doch, natürlich.«

»Wir können uns auch tagsüber treffen, wenn die Kinder in der Schule sind. Nirgendwo steht geschrieben, dass ein Date abends stattzufinden hat.«

»Maaaamaaa, kommst du vorlesen?«, unterbrach Bastis helle Stimme das Gespräch. Martina atmete auf. »Ich muss mich um die beiden kümmern.«

Thorsten nickte ihr verständnisvoll zu. »Kein Problem, ich warte so lange.«

»Aber ...«

»Nun gehen Sie schon.« Er zwinkerte ihr zu und begab sich demonstrativ zur Couch, setzte sich und betrachtete das Buch, das Annika dort mit einem Lesezeichen versehen liegen gelassen hatte. »Und lassen Sie sich Zeit.«

Verunsichert und mit leicht zittrigen Knien flüchtete Martina ins Obergeschoss.

***

Thorsten blieb nicht lange auf der Couch sitzen. Sobald Martina im Obergeschoss verschwunden war, erhob er sich wieder und ging in die Küche. Interessiert betrachtete er das Chaos von benutzten Tellern, Besteck, Töpfen und Pfannen und entdeckte in der Spüle zwei leere Plastikbeutel von Tiefkühlgemüse und Gnocchi sowie eine Aluschale und den Pappkarton eines fertigen Hühnerfrikassees. Überrascht betrachtete er die Verpackungen, öffnete auf gut Glück die Türen unter der Spüle und fand einen ausziehbaren dreiteiligen Mülleimer und daneben eine Kiste für Altpapier. Den Karton drückte er flach und entsorgte ihn in der Kiste, die übrigen Verpackungen landeten in dem vorderen Müllbehälter, der wohl für Verpackungsmüll vorgesehen war. Er war schon ziemlich voll – mit weiteren Beuteln von Fertig- oder Halbfertiggerichten. Alles teure Marken und überwiegend in Bio-Qualität.

Rasch schloss er die Türen wieder und begann, das Geschirr in die Spülmaschine zu räumen. Danach ließ er heißes Wasser und Spülmittel ins Becken laufen und reinigte mit wenigen Handgriffen das Kochgeschirr.

Bis er Martinas Schritte wieder auf der Treppe vernahm, hatte er auch noch den Müll hinausgebracht, die Oberflächen der Anrichte und der Kochinsel gereinigt und ein paar herumliegende Spielsachen in die große Box neben der Couch geräumt. Lächelnd drehte er sich zu ihr um, als sie das Wohnzimmer betrat.

***

Wie angewurzelt blieb Martina mitten in ihrem Wohnzimmer stehen. Hatte Thorsten etwa aufgeräumt? Als ihr Blick durch den Raum schweifte und dann auf die saubere Kochinsel fiel, stockte ihr der Atem. Ihr wurde unnatürlich heiß. »Was …?« Mit wenigen Schritten war sie in der Küche und starrte entgeistert auf die glänzenden Oberflächen und das nicht mehr vorhandene Schmutzgeschirr. Langsam drehte sie sich um. »Was soll das?«

Thorsten war hinter sie getreten. »Ich habe mir erlaubt, Ihnen etwas Arbeit abzunehmen. Das ist nur recht und billig, wenn ich Sie schon so einfach in Ihrer Abendroutine störe.«

»Sie haben aufgeräumt? Und gespült? Das wäre nicht … Ich meine …« Noch niemals hatte ein Mann so etwas für sie getan. Nicht einmal Axel. Das hatte zu ihrer Abmachung gehört. Der Haushalt war ihre Angelegenheit gewesen. Er wäre im Traum nicht darauf gekommen, auch nur einen Finger in der Küche krumm zu machen. »Ich … weiß nicht, was ich sagen soll.«

»Ein einfaches Danke reicht vollkommen aus.« Thorsten zwinkerte heiter. »Und nicht einmal das erwarte ich. Wirklich, das war keine große Sache.«

Doch, war es. Sie war vollkommen aus dem Gleichgewicht gebracht. »Entschuldigen Sie, dass es hier überhaupt so durcheinander ist. Ich hatte viel zu tun und bin einfach noch nicht dazu gekommen …«

»Hey.« Er legte ihr eine Hand auf den Arm. »Es besteht kein Grund für eine Entschuldigung. Sie haben zwei Kinder und einen Hund. Und einen anstrengenden Job, von den vielen ehrenamtlichen Tätigkeiten und dem Stadtrat ganz zu schweigen. Wenn ich ehrlich sein soll, ist mir schleierhaft, wie Sie das alles ganz allein schaffen, ohne durchzudrehen.«

Sie erschauerte leicht unter seiner Berührung, bemühte sich aber, sich nichts anmerken zu lassen. »Es geht nun mal nicht anders, und ich bin an viel Arbeit gewöhnt.«

Er räusperte sich leise. »Es ginge schon anders, Martina. Niemand zwingt Sie, sich neben Ihrem Job und der Familie noch so viele zusätzliche Aufgaben aufzuhalsen.«

»Ich halse mir gar nichts auf.« Verärgert entzog sie ihm ihren Arm. »Was ich tue, tue ich gerne.«

»So war das nicht gemeint.« Er wurde ernst. »Vergessen Sie einfach, dass ich etwas gesagt habe. Ich finde Ihr Haus übrigens sehr schön und ausgesprochen gemütlich eingerichtet.«

Angestrengt versuchte sie, den aufflackernden Unmut niederzuringen. »Leider alles nur IKEA und Billigmöbelhäuser. Ich konnte mir nach Axels Tod nichts anderes mehr leisten. Das Haus war damals gerade im Rohbau, als er ... Ich musste einen Teil der Hypothek auf das Schwimmbad umschulden, weil die Bank mir allein keinen weiteren Kredit geben wollte, und danach blieb nicht mehr viel übrig für besseres Mobiliar.«

»Martina.« Eindringlich blickte er ihr in die Augen. »Ich habe das ernst gemeint. Das Haus ist sehr anheimelnd eingerichtet. Ich besitze auch eine Menge Möbel von IKEA. Na und? Das Zeug ist zwar günstig, aber es erfüllt durchaus seinen Zweck, und wie man hier sehen kann«, er machte eine ausholende Geste, »kann man viel Schönes daraus zaubern. Eigentlich könnten Sie die Leute von IKEA mal einladen und ein Fotoshooting für den nächsten Katalog machen lassen.«

»Haha.« Zweifelnd, ob er das wirklich ernst meinte, sah sie sich erneut um. »Sie hätten nicht zu spülen brauchen. Wie stehe ich denn jetzt da?«

»Wie eine Frau mit ein bisschen weniger Arbeit.«

»Aber so etwas ... gehört sich einfach nicht.«

»So ein Quatsch.« Er deutete auf einen der Stühle am Esstisch. »Setzen Sie sich.«

»Warum?« Zögernd folgte sie seiner Aufforderung und bereute es sofort, als er sich dicht hinter sie stellte und begann, ihre Schultern zu massieren. »Das geht doch nicht!«

»Natürlich geht das. Entspannen Sie sich mal ein bisschen. Sie sind ganz verkrampft.«

Was kein Wunder war, denn das Gefühl seiner Hände an ihren Schultern, die Wärme, die durch ihre Bluse bis auf ihre Haut drang, machte sie ganz kribbelig. »Sie sind doch wohl nicht hergekommen, um zu spülen und mich dann auch noch zu massieren.«

»Ich nehme, was ich kriegen kann.« Wieder lachte er sein leises warmes Lachen. »Sie machen sich zu viele Gedanken. Ich bin von einer alleinerziehenden Mutter aufgezogen worden und weiß, wie hart es ist, Arbeit und Kind unter einen Hut zu bringen. Und Sie haben sogar zwei Kinder und mehr Aufgaben, als ich zählen kann. Meine Mutter war oft gestresst, aber ich glaube, das war fast schon ein Klacks im Vergleich zu dem, was Sie jeden Tag stemmen. Ich habe von klein auf gelernt, dass man zu helfen hat, ohne groß zu fragen, wenn man sieht, dass jemand Hilfe braucht.«

»Ich brauche keine Hilfe.« Beinahe hätte sie wohlig aufgestöhnt, als er mit den Daumen einen besonders verspannten Punkt zwischen ihren Schulterblättern bearbeitete. »Bisher bin ich ausgezeichnet allein zurechtgekommen.«

»Das bezweifle ich keine Sekunde.« Energisch und sanft zugleich strichen seine Finger über ihre Haut und hinterließen Entspannung und Wärme. »Sie sind es nicht gewohnt, dass jemand Ihnen hilft. Das ist nicht das Gleiche, wie keine Hilfe zu brauchen.« Er hielt einen Moment inne. »Verstehen Sie mich jetzt bitte nicht falsch, aber eins wundert mich dann doch ein wenig.«

Sie versteifte sich instinktiv. »Was meinen Sie?«

»Hey, ganz locker.« Er massierte vorsichtig weiter. »Es geht mich auch überhaupt nichts an.«

»Was? Nun fragen Sie schon!« Wieder reagierte sie patzig, was sonst gar nicht ihre Art war. In seiner Gegenwart geriet sie ständig aus der Balance. Aber wie sollte sie ausgeglichen bleiben, wenn er ihren Nacken- und Schultermuskeln zu wahren Wonnen verhalf?

»Warum geben Sie ein Vermögen für Fertiggerichte und Convenience-Produkte aus? Wenn ich mich recht entsinne, sitzen Sie in einem Ausschuss, der sich bessere Ernährungskunde in Schulen auf die Fahnen geschrieben hat. Und Sie setzen sich aktiv für die Müllvermeidung in der Stadt und Umgebung ein. Das stand sogar in Ihrer Wahlagenda.«

»Und jetzt halten Sie mich für eine elende Heuchlerin.«

»Ich habe nur eine Frage gestellt. Rein aus Interesse.«

Martina seufzte und schloss für einen Moment die Augen. »Ich kann nicht kochen.«

»Ach.«

»Nein, wirklich. Konnte ich noch nie. Zum Aufwärmen oder Aufbacken von Fertigbrötchen oder so reicht es gerade so. Ich weiß, was Sie jetzt denken.«

»Wohl kaum.«

»Ich bemühe mich, meinen Kindern jeden Tag ordentliches Essen vorzusetzen. Viel Obst und Gemüse, bio, wenn es irgendwie geht. Aber mir fehlt einfach das Talent … Backen ist sogar noch schlimmer. Jeder Kuchen, den ich in den Ofen schiebe, wird zu Holzkohle. Jeder Keks zu wahlweise Pappe oder Stein.« Sie spürte, dass seine Hände an ihren Schultern leicht zuckten und begriff erst verspätet, was das bedeutete. »Sie lachen mich aus!« Empört versuchte sie aufzustehen, doch er hielt sie fest.

»Nicht. Bleiben Sie bitte sitzen.« Er ließ von ihr ab und setzte sich neben sie an den Tisch. In seinen Augen war immer noch die Erheiterung zu erkennen. »Tut mir leid, ich lache Sie nicht aus. Es ist nur so …« Er schüttelte den Kopf. »Es ist etwas skurril, dass ausgerechnet Sie nicht kochen können. Dabei wirken Sie in allem so wahnsinnig perfekt. Aber wissen Sie was?«

Instinktiv stellte sie die Stacheln auf. »Was?«

»Jetzt will ich noch viel lieber mit Ihnen ausgehen. Und ich weiß auch schon, was wir machen.«

»Tatsächlich.«

»Oh ja, und wie! Wir machen ein Picknick.«

»Ein was?«

Er lachte wieder. »Keine Sorge, Sie müssen dafür nicht einen Finger rühren. Fürs Essen sorge ich.«

»Sagen Sie bitte nicht, dass Sie heimlich ein Gourmetkoch sind.«

»Ich?« Heiter grinste Thorsten sie an. »Nein, überhaupt nicht. Aber zumindest habe ich bisher weder Pappe noch Stein oder Briketts aus dem Ofen gezogen.«

6. Kapitel

Unruhig wälzte Martina sich in ihrem Bett hin und her. Immer wieder schielte sie auf die gedimmten Leuchtziffern ihres Weckers – es war bereits kurz nach Mitternacht, und sie müsste längst schlafen. Was hatte sie nur geritten, diesem Picknick-Date am morgigen – nein heutigen! – Samstag zuzustimmen? War sie von allen guten Geistern verlassen? Für so etwas hatte sie doch überhaupt keine Zeit. Ganz zu schweigen davon, dass sie keine Komplikationen in ihrem Leben wollte. Und ein Mann wie Thorsten versprach eine Menge Komplikationen. Er sah viel zu gut aus und zog wirklich alle Register, um ihr zu gefallen.

Notwendig war das im Grunde nicht, denn sie müsste schon taub und blind zugleich sein, um nicht an ihm interessiert zu sein. Aber was, wenn sie nachgab und ihn in ihr Leben ließ? Selbst wenn sie es auf ein Minimum zu beschränken versuchte – sie wusste nicht einmal, was genau auf sie zukommen würde und ob sie damit umgehen konnte. Sie war seit ihrem siebzehnten Lebensjahr nur mit einem einzigen Mann zusammen gewesen: Axel. Was wusste sie vom Flirten, von Dates, von diesem seltsamen Tanz, den Männer und Frauen vollführten, wenn sie einander kennenlernten?

Ihre Schwester kannte sich damit aus, sie war offener, unkomplizierter, traf sich hin und wieder mit einem Mann, der ihr gefiel, hatte ein bisschen Spaß mit ihm, solange es eben dauerte, und träumte in der Zwischenzeit von ihrem Mister Right, der vorzugsweise auf einem weißen Ross dahergeritten kommen sollte. Wie im Märchen. Aber Märchen gab es leider nicht. Zumindest zweifelte Martina stark an ihrer Existenz, denn das ihre war auf schmerzhafte Weise zu grausamer Realität geworden.

Wenn sie ehrlich zu sich war, hatte sie Angst davor, sich dumm anzustellen. War man so lange mit ein und demselben Mann zusammen, entstanden Routinen, und man wusste ganz genau, was man erwarten konnte und was nicht. Und natürlich auch, was der andere erwartete. Thorsten war aber so ganz anders als Axel, in jeder Hinsicht. Allein die Tatsache, dass er am Mittwochabend einfach so ihre Küche in Ordnung gebracht hatte, hatte sie vollkommen aus der Bahn geworfen. So etwas hätte sie nie im Leben erwartet, doch für ihn schien es das Normalste der Welt gewesen zu sein. Außerdem hatte er behauptet, dass ihre Unfähigkeit zu kochen ihm gefiel. Machte er sich über sie lustig? Sie konnte es nicht einschätzen, und das machte sie nervös.

Viel schlimmer jedoch als all das war ihr schlechtes Gewissen. Der Ring an ihrer Kette fühlte sich heiß auf ihrer Haut an, brennend. Sie war mit Axel verheiratet – und auch wenn er nicht mehr da war ... Sie hatten einander ein Versprechen gegeben. Vielleicht war es nicht ganz im Ernst ausgesprochen worden, aber deshalb galt es nicht weniger. Wer hätte denn ahnen können, dass das Schicksal einmal so grausam zuschlagen würde?

Unglücklich blickte Martina in der Dunkelheit zur Zimmerdecke empor. Bisher hatte sie sich nie Gedanken darüber gemacht, ob sie dieses Versprechen einmal brechen würde. Oder zumindest Gefahr lief, es zu tun. Allerdings war sie bis jetzt auch noch keinem Mann wie Thorsten begegnet. Sie wusste einfach nicht, was sie tun sollte. Hier, allein in ihrem Bett, kam ihr alles so falsch vor, dennoch hatte sie dem Picknick zugestimmt. Weil es sich in dem Moment einfach richtig angefühlt hatte, Thorstens Einladung anzunehmen. Oder doch zumindest verlockend. Jetzt, im Nachhinein, fragte sie sich, worüber sie überhaupt mit ihm reden sollte. Was sie tun sollte, wenn er versuchte, ihr näherzukommen. Dass er das im Sinn hatte, stand außer Frage. Auch wenn sie vollkommen aus der Übung war – oder vielmehr gar nicht erst jemals in Übung gewesen war, konnte sie sein Verhalten nicht anders interpretieren.

Wenn sie darüber nachdachte, dass er vielleicht sogar versuchen würde, sie zu küssen, flatterte das lästige kleine Vögelchen in ihrer Magengrube aufgeregt mit den Flügeln. Sie hatte tatsächlich noch niemals einen anderen Mann als Axel geküsst und fragte sich, wie es wohl sein würde. Und ob es sein durfte.

Seufzend drehte sie sich auf die rechte Seite, stopfte ihr Kissen unter ihrem Kopf fest, fühlte sich aber nicht wohl und drehte sich auf die andere Seite. Ihr Magen knurrte. Sie hatte sich, nachdem Thorsten am Mittwochabend gegangen war, eine Blitzdiät verordnet. Nur Obst, rohes Gemüse und ein bisschen Hähnchenbrust am Mittag. Vielleicht war es etwas kurzfristig, aber Männer mochten schlanke Frauen. Auch wenn Thorsten am Montag bei ihrem gemeinsamen Mittagessen gesagt hatte, dass sie ihm gefiel, wie sie war, ging sie doch davon aus, dass jedes Gramm weniger ganz bestimmt sinnvoll war.

Axel hatte sie immer darin bestärkt, viel Sport zu treiben. Er war selbst sehr sportlich gewesen, hatte Ausdauer- und Krafttraining betrieben und sie angespornt, nach den Geburten schnell wieder in Form zu kommen. Er hatte ihre Rundungen gemocht, keine Frage. Insbesondere die C-Körbchen ihres BHs oder vielmehr deren Inhalt hatten es ihm angetan, doch er hatte stets darauf bestanden, dass sie *gut* aussah. Und gut war gleichzusetzen mit schlank. Oder doch zumindest mit nicht mehr als Kleidergröße vierzig. Die achtunddreißig konnte sie sich leider wegen ihrer Oberweite und ihrer breiten Hüften abschminken. Um zu vermeiden, dass sie sich auch in vierzig wie eine Presswurst fühlte, verzichtete sie ziemlich konsequent auf kalorienreiche Lebensmittel und ihre geliebten Kohlehydrate. Und morgen früh, nein heute früh, würde sie gleich nachdem die Kinder auf dem Weg zu ihren Großeltern waren, eine Extrastunde auf dem Crosstrainer einschieben. Nur zur

Sicherheit. Obwohl sie ja eigentlich gar nicht vorhatte, sich noch mehr auf Thorsten einzulassen. Und schon gar nicht so weit, dass er sie ohne Kleidung zu sehen bekam.

Umgekehrt hätte sie zwar nichts dagegen ... Sie erinnerte sich daran, dass sie ihn im vergangenen Sommer einmal zusammen mit seinem Bruder und Luisa sowie Ben und Christina am Strand gesehen hatte. Das war irgendwann Mitte oder Ende August gewesen, bei über dreißig Grad im Schatten. Alle hatten Badesachen getragen und gemeinsam mit ihren Hunden am und im Wasser getobt. Noch heute erinnerte Martina sich sehr bildhaft an den Anblick schlanker Hüften, breiter Schultern und fein definierter Muskeln – das Ergebnis ehrlicher körperlicher Arbeit eines Handwerkers.

Entnervt seufzend drehte sie sich wieder auf den Rücken und starrte zur Decke hinauf. Das ging so nicht. Sie musste schlafen! Andernfalls würde sie morgen mit Ringen unter den Augen wie ein Zombie durch die Gegend laufen.

Hey, Frauchen, was ist denn mit dir los? Du wälzt dich schon seit Stunden hin und her. Stimmt etwas nicht? Capone, der bis eben in seinem Körbchen in der Zimmerecke gelegen hatte, tappte neugierig näher und legte seinen Kopf auf dem Bettrand neben Martinas Schulter ab. *Ich kann gar nicht einschlafen, wenn du so unruhig bist.*

»Ach, Capone, habe ich dich etwa geweckt?« Sanft tastete Martina nach dem Hundekopf und streichelte über das weiche Fell. »Tut mir leid. Ich kann einfach nicht einschlafen.«

Soll ich dich ein bisschen aufmuntern? Zärtlich leckte Capone ihr erst über die Hand, schnüffelte dann nach ihrem Gesicht und fuhr ihr mit der Zunge übers Kinn.

Martina kicherte unterdrückt. »Was denn, willst du etwa knutschen?«

Warum nicht, wenn es dich aufheitert? Aber ich hätte da noch eine viel bessere Idee. Bin gespannt, ob du damit einverstanden bist. Mit einem mutigen Satz sprang Capone aufs Bett.

»He, was soll das denn?« Erschrocken setzte Martina sich halb auf. »Du darfst doch nicht aufs Bett.« Sie bemühte sich, leise zu sprechen, damit die Kinder nicht aufwachten. »Runter mit dir.«

Ich möchte kuscheln. Hier oben ist es so schön warm und weich, und irgendwie kommt es mir so vor, als bräuchtest du ein bisschen Kuschelzeit. Umständlich trampelte Capone auf und neben Martina herum, drehte sich um sich selbst, dann ließ er sich schnaufend ganz dicht neben ihr fallen, streckte sich aus und legte ihr den Kopf auf die Schulter. *So, siehst du? Finde ich richtig klasse.*

»Ach herrje.« Ratlos blickte Martina in der Dunkelheit auf ihren Hund, der sich vertrauensvoll an sie drückte und ihr leise ins Ohr schnaubte. Dann lachte sie. »Na gut, du bist wohl das einzige männliche Wesen, dem ich garantiert nicht widerstehen kann.«

Ich darf also hier liegen bleiben? Oh, wau, das ist toll. Freudig schleckte Capone ihr erneut übers Gesicht, bis sie haltlos kicherte.

»Schon gut, schon gut. Aber bevor der Wecker geht, musst du wieder in dein Körbchen. Wenn Basti und Annika sehen, dass ich dich in mein Bett gelassen habe, ist meine Autorität für alle Zeit dahin.«

Mir egal. Capone kuschelte sich in Martinas Armbeuge. *Die Nacht ist ja noch lang.*

Mit einem Schmunzeln auf den Lippen kraulte Martina ihren Hund am Hals, wo er es besonders gerne mochte. Die Nähe eines Lebewesens tat ihr gut, und Capone war vielleicht schwierig und kaum erzogen, aber ein absolut liebenswürdiger Hund. Und er erwartete nichts, forderte nichts, akzeptierte sie, wie sie war.

Ihr Magen knurrte immer noch. Seufzend tastete sie nach der Schachtel Schokocrossies, die sie neulich unter dem Kissen auf der leeren Betthälfte versteckt hatte. Eines der beiden

Tütchen darin war offen. Rasch angelte sie sich zwei Crossies daraus hervor und schob sie sich zwischen die Lippen. Nur diese beiden, mehr gestattete sie sich nicht. Um sicherzugehen, schob sie die Schachtel so weit von sich, wie es ging, ohne den Hund zu stören.

Während sie die Schokolade langsam auf der Zunge zergehen ließ, tastete sie noch einmal neben ihrem Kopfkissen umher, bis sie die Fernbedienung ihres Fernsehers fand. Blind wählte sie das Streamingangebot aus und entschied sich nach kurzem Überlegen für die Actionserie *Hawaii Five-0*. Sie liebte die übertriebenen Abenteuer, die das Polizistenteam stets zu bestehen hatte, und ganz besonders den heldenhaften Steve McGarrett, der sich immer wieder in die irrsinnigsten Gefahrensituationen begab und sie so gut wie alle unversehrt überstand und dabei trotz seines rauen und tatkräftigen Äußeren ein sehr verletzliches Innenleben hatte. Irgendwie konnte sie sich gut mit ihm identifizieren.

Gähnend wählte sie eine Folge aus der ersten Staffel aus und ließ sie sehr, sehr leise laufen.

Hä? Was machst du denn da? Den Fernseher an? Warum das denn? Und was hast du da eben geknuspert? Das roch lecker süß. Frauchen? Hallo? Vorsichtig schnupperte Capone an Martinas Kinn. *Oh, ich glaube, sie ist eingeschlafen. Na gut, dann werde ich das jetzt auch tun.*

***

Zufrieden mit dem Ergebnis der beiden Stunden, die er an Herd und Ofen zugebracht hatte, inspizierte Thorsten die abgekühlten Schokomuffins, die er noch mit einem Vanilleguss überziehen wollte, den Geflügelsalat und die luftig weichen amerikanischen Brötchen, deren Rezept er vor Jahren von seiner ehemaligen Chefin in einer Bootsbaufirma in der Nähe von Baltimore erbettelt hatte.

Er wollte gerade den Kühlschrank öffnen, um die Butter herauszuholen und in die Butterdose mit dem praktischen Kühlakku umzufüllen, als es an der Wohnungstür klingelte. Verwundert blickte er auf die Uhr. Er erwartete keinen Besuch und hatte eigentlich auch keine Zeit dafür. In einer knappen Stunde wollte er Martina zu dem kleinen Ausflug abholen, den er so sorgfältig geplant hatte. Die Kinder waren heute bei Martinas Schwiegereltern, allerdings nur bis achtzehn Uhr etwa, und Martina hatte dem Treffen unter der Bedingung zugestimmt, dass sie rechtzeitig vorher wieder zurück sein würden.

Thorsten nahm natürlich, was er kriegen konnte. Ihm war klar, dass Basti und Annika bei Martina immer an erster Stelle stehen würden, und wollte sich auch gar nicht dazwischendrängen. Natürlich überlegte er bereits, was sie möglicherweise einmal alle zusammen unternehmen könnten. Doch so weit waren sie noch nicht. Er musste die Sache langsam, Schritt für Schritt, angehen und Martina Zeit lassen.

Doch zuerst hatte er sich um den störenden Besuch vor seiner Wohnungstür zu kümmern.

Rasch wischte er seine Hände an einem Küchenhandtuch sauber und eilte zur Tür. Als er sie öffnete, blieb ihm für einen kurzen Moment die Luft weg.

»Guten Tag.« Der hochgewachsene Mann mit dem steingrauen Haar und gepflegten Oberlippen- und Kinnbart musterte ihn abschätzend und hob leicht die Brauen, als er Thorstens mit Mehl bestäubte Küchenschürze und das feuchte Handtuch erblickte. »Darf ich hereinkommen?«

»Vater.« Thorsten schluckte. »Mit dir hatte ich nicht gerechnet.« Zögernd trat er zur Seite und ließ Carl Verhoigen eintreten. »Was führt dich hierher?«

Es kam ihm seltsam vor, seinen Vater anzusprechen. Sie hatten noch nie ein Wort miteinander gewechselt. Der Mann, der nun vor ihm stand, war ihm so fremd, dass er ihn beinahe gesiezt hätte.

»Ich bin in einer geschäftlichen Angelegenheit hier.« Beiläufig blickte Carl sich um und runzelte mehrmals die Stirn, als er die von IKEA-Möbeln dominierte Einrichtung sah und die leichte Unordnung, die sich irgendwie nie ganz beseitigen ließ. »Oder störe ich etwa?« Sein Blick war an dem Küchenhandtuch in Thorstens Hand hängen geblieben. »Hier riecht es wie in einer Bäckerei.« Aus seinem Mund klang es, als wäre das etwas Unwürdiges.

»Das liegt daran, dass ich bis eben gebacken habe.«

»Du hast gebacken?« Die Furchen auf der Stirn seines Vaters vertieften sich. »Warum?«

»Weil sich amerikanische Dinner Rolls gut für ein Picknick eignen.«

»Ist das nicht ein bisschen unmännlich?«

»Finde ich nicht.« Demonstrativ ging Thorsten in die Küche und hängte das Handtuch auf. Dann prüfte er noch einmal, ob die Muffins schon genug abgekühlt waren. »Aber wahrscheinlich sieht das meine Generation ein wenig anders als deine.«

»Wahrscheinlich.« Carl war anzusehen, dass er sich in der Küche deplatziert fühlte. Etwas fassungslos ließ er seinen Blick über die Mehltüten und übrigen Backzutaten, Schüsseln und Töpfe schweifen. Dann erblickte er den Picknickkorb auf dem Küchenstuhl. »Ich kann mir nicht vorstellen, wozu man eine solche Unordnung veranstalten sollte, nur um ... was ist das?« Er deutete auf die Salatschüssel.

»Geflügelsalat«, gab Thorsten bereitwillig Auskunft. »Nach dem Rezept meiner Mutter.« An der Reaktion seines Vaters – er zuckte leicht zusammen – erkannte er, dass er mit seinen Worten irgendetwas ausgelöst hatte. Eine Erinnerung womöglich?

Carl räusperte sich. »Wie geht es deiner Mutter?«

Thorsten stellte die Stacheln auf. »Fragst du das aus Verlegenheit oder weil du es wirklich wissen willst?«

Carl antwortete nicht darauf.

Thorsten nickte grimmig. »In dem Fall verweigere ich die Aussage. Wenn es dich wirklich interessieren sollte, frag sie selbst. Du weißt sicherlich, dass sie bei uns in der Firma arbeitet, und bestimmt auch, wo sie wohnt.«

»Ich bin nicht hier, um zu streiten.«

Wieder nickte Thorsten. »Davon gehe ich aus. Du willst etwas von mir, andernfalls wärst du im Leben nicht hier aufgetaucht.«

»Du hast wohl keine gute Meinung von mir.«

»Wundert dich das?«

Carl zuckte mit den Achseln. »Deine Mutter wurde von mir großzügig abgefunden. Es gibt keinen Grund für Feindseligkeiten.«

»Stimmt, für Feindseligkeiten ist mir meine Zeit auch zu schade.« Für Verachtung jedoch nicht. Je länger Thorsten sich mit seinem Vater in einem Raum aufhielt, desto mehr wuchs dieses Gefühl in ihm. »Also spuck's schon aus. Was willst du?«

»Das Wellenbad.«

»Aha, jetzt wird ein Schuh daraus.« Thorsten verschränkte die Arme vor der Brust. »Wie kommst du darauf, dass ich dir in dieser Angelegenheit weiterhelfen könnte – oder würde?«

»Lars war kürzlich bei mir und hat wegen des angrenzenden Grundstücks herumgeflennt.«

Thorsten verschluckte sich fast. Wenn sein Bruder eines niemals tun würde, dann herumflennen. Allein der Ausdruck war vollkommen lächerlich. »Und?«

»Anfangs dachte ich noch, es wäre ein gutes Geschäft, dem rothaarigen Feger das Land abzutreten. Aber ich habe die Sache mal durchgerechnet und mit meinen Investmentberatern durchgesprochen und bin zu dem Schluss gekommen, dass es mir weit mehr bringen wird, wenn ich das Schwimmbad übernehme, komplett saniere und umbaue und um das Doppelte vergrößere. Vielleicht mache ich auch einen kleinen

Ferienpark daraus mit Hotel. Dann können zwar nur noch Hausgäste das Wellenbad nutzen, aber die Rendite wäre unterm Strich auf lange Sicht deutlich höher. Und ich würde noch mehr Touristen anziehen. Das ist es doch, was das rote Mäuschen immer will.«

Thorsten verzog verärgert die Lippen. »Also erstens ist Martina weder ein Feger noch ein Mäuschen ...«

»Da bin ich anderer Meinung. Und wie ich hörte, bist du hinter ihr her, also hast du ihre Vorzüge«, hier machte Carl mit den Händen eine eindeutige Bewegung, die Martinas kurvige Gestalt darstellen sollte, »ebenfalls bereits bemerkt.«

»... und zweitens: Sie will dir das Schwimmbad nicht verkaufen.«

»Will nicht, will nicht. Sie kriegt eine hübsche Summe. Eine Summe, die weit über dem liegt, was das Gemäuer derzeit wert ist.«

»Es ist ihr Lebenswerk und das ihres verstorbenen Mannes.«

»Wenn sie will, kann sie ja für mich als Geschäftsführerin arbeiten. Stellvertretende Geschäftsführerin«, verbesserte er sich. »Für den Posten des Geschäftsführers habe ich bereits einen fähigen Mitarbeiter aus meinem Stab vorgesehen. Oder sie kann sich als Bademeisterin betätigen.« Er lachte anzüglich. »Diese Kurven in einem hübschen Badeanzug würden uns garantiert noch mehr Gäste bescheren.«

Angewidert schüttelte Thorsten den Kopf. »Rede gefälligst nicht so über Martina.«

Carl grinste. »Wie rede ich denn über sie? Ich habe doch nur ihre Vorzüge gelobt.«

»Nimmst du sie überhaupt als Person wahr?« Die Verachtung wuchs sich zu ausgemachtem Zorn aus. »Frauen sind keine Dinge, falls dir das noch nicht aufgefallen sein sollte. Und sie bestehen auch nicht nur aus irgendwelchen körperlichen Vorzügen.«

»Mach dir mal nicht gleich ins Hemd, Junge. Ich habe ja nicht behauptet, dass sie dumm ist. Für eine Frau hat sie schon ganz schön was auf die Beine gestellt. So jung schon in den Stadtrat zu kommen, das muss ihr erst mal einer nachmachen.«

»Für eine Frau?« Am liebsten hatte Thorsten das selbstgefällige Grinsen im Gesicht seines Vaters mit der Faust zerschlagen. Doch damit hätte er sich nur die Hände schmutzig gemacht. »Verlass bitte sofort meine Wohnung.«

»Ich bin doch noch gar nicht zu meinem Anliegen gekommen.«

Thorsten ging an seinem Vater vorbei in den Flur und öffnete die Wohnungstür. »Noch einmal sage ich nicht Bitte.«

Seufzend begab auch Carl sich in den Flur. »Dieses Herumgebocke hast du nicht von mir, genau wie Lars. Muss an euren Müttern liegen.« Kopfschüttelnd ging er bis zur Tür, drehte sich dort jedoch noch einmal um. »Wie war das noch gleich? Du willst ein Picknick machen?«

»Das hatte ich vor.« Thorsten wusste nicht, warum er überhaupt noch antwortete.

Carl hob interessiert die Augenbrauen. »Mit dem rothaarigen Feger? Na klar.« Er lachte. »Deshalb reagierst du so giftig. Keine Sorge, ich fahre dir schon nicht in die Parade, Junge. Hab ja ein Ehefrauchen, das gut auf mich aufpasst.« Er wurde wieder ernst. »Sag deiner Martina, sie soll sich nicht so anstellen. Mit dem, was ich ihr für das Wellenbad zahle, und dem Gehalt, das sie als meine Angestellte verdienen wird, kann sie sich ein schönes Leben machen. Oder meinetwegen alles in ihren Touristikverband stecken. Kommt mir dann ja letztlich auch wieder zugute.«

Bevor er seinem Vater doch noch einen Kinnhaken verpasste, knallte Thorsten ihm wortlos die Tür vor der Nase zu. Dann atmete er einmal tief durch und kehrte in die Küche zurück. Wenn er die Muffins noch mit Vanilleguss verzieren wollte, musste er sich sehr beeilen.

7. Kapitel

»Na, Capone, du bist ja schon ganz aufgeregt!« Lachend wehrte Thorsten den aufgeregten Hund ab, der ihn stürmisch begrüßte, als Martina die Haustür öffnete.

Aber klar bin ich aufgeregt. Bin ich immer, wenn wir Besuch bekommen. Und dich mag ich, deshalb freue ich mich umso mehr.

»Entschuldigen Sie bitte. Ich muss Capone noch kurz zu meinen Eltern bringen.« Martina war ein wenig atemlos, denn ihr ruhiger Vormittag war in puren Stress ausgeartet. »Ich wollte schon früher mit ihm los, aber dann hat das Telefon geklingelt. Der Bürgermeister. Und na ja, dann musste ich mich noch umziehen ...« Sie stockte. Unter keinen Umständen würde sie vor Thorsten zugeben, dass sie sich fünfmal umgezogen hatte, bis sie das richtige Outfit gefunden hatte. Sechsmal, um genau zu sein. Und sie war sich noch immer nicht sicher, ob sie sich richtig entschieden hatte. Die engen hellblauen Caprijeans standen ihr gut, das wusste sie, aber sie waren eben auch ... eng. Und kaschierten ihre Rundungen nicht. Die hellgelb geblümte Shirtbluse mit dem V-Ausschnitt und den halblangen Ärmeln war laut Katalogbeschreibung figurumspielend, was bedeutete, dass sie nicht ganz so wie eine zweite Haut an ihr klebte. Dank ihrer üppigen Oberweite wirkte aber auch dieses Kleiderstück eigentlich viel zu sexy für ein Picknick. Oder überhaupt.

»Warum wollen Sie Capone denn wegbringen? Wir können ihn doch mitnehmen.«

Habe ich da richtig gehört? Ihr nehmt mich mit? Ja, bitte, wau, wau, wau. Wild bellend fegte der Hund um ihre Beine herum.

»Sind Sie sicher?« Skeptisch beäugte sie den eifrig wedelnden Capone. »Er läuft noch nicht besonders gut an der Leine, und man muss immer aufpassen, dass er nichts anstellt oder ausbüxt.«

Thorsten ging vor dem Hund in die Hocke und ließ es lachend zu, dass dieser ihn freudig abschleckte und beinahe umwarf. »Ach was, Capone hat bestimmt Spaß, wenn er uns begleitet. Ich mag Hunde und habe mit Jolie schon ein bisschen geübt, was Hundeerziehung angeht.«

»Ja, aber Jolie ist ein absoluter Musterhund und Capone eher ein verrückter Derwisch.«

Grinsend erhob Thorsten sich wieder. »Ein Derwisch? Hübscher Ausdruck. Was sagst du, Capone? Benimmst du dich, wenn wir dich mitnehmen?«

Klar, wuff, was immer du willst. Hauptsache, ich darf mit, mit, mit!

Martina konnte sich ein Schmunzeln nicht verkneifen, als sie den treuen Blick aus den Augen ihres Hundes sah. »Er flunkert Sie an, das ist Ihnen schon klar, oder?«

»Und wennschon.« In Thorstens Augen blitzte es vergnügt. »Sind Sie so weit?«

»Ich denke schon.« Rasch nahm Martina die Hundeleine vom Haken an der Garderobe, legte Capone, der wild zappelte, mit einiger Mühe das Geschirr an und griff zuletzt nach ihrem Hausschlüssel. »Wohin wollen Sie denn überhaupt?«

»Zur Piratenbucht.«

Verblüfft hielt Martina inne. »Da war ich zuletzt, als ich noch ein Kind war. Woher kennen Sie die Piratenbucht? Das ist doch mehr was für … na ja.«

»Eingeweihte?«

Sie hüstelte. »Einheimische, wollte ich sagen. Fremde kennen dieses Plätzchen normalerweise nicht.«

»Woran man erkennen kann, dass ich in Lichterhaven inzwischen kein Fremder mehr bin. Zugezogen vielleicht, aber heimisch fühle ich mich hier allemal.« Er zwinkerte ihr zu und schnappte sich den Picknickkorb vom Beifahrersitz seines Wagens. »Lars hat mir von der Bucht erzählt, und vor einiger Zeit bin ich mal hingegangen und habe mich dort umgesehen. Ein klasse Versteck für Kinder und Jugendliche, die ein bisschen Abenteuer erleben möchten.«

»Wir haben als Kinder dort an einem Schiff gebaut«, erinnerte Martina sich. »Na ja, ich habe mich meistens zurückgehalten. Ich war nicht so mutig wie die meisten anderen. Aber spannend und lustig war es dort allemal.« Erleichtert nahm sie wahr, dass Capone heute anscheinend beschlossen hatte, nicht allzu stark an der Leine zu ziehen. Vielleicht lag es daran, dass er neugierig war, was sich in dem Korb befand, denn er trabte mit erhobener Nase dicht neben Thorsten her.

Thorsten, der, dem Umfang des Korbes nach zu urteilen, eine halbe Armee zu beköstigen beabsichtigte und der ein ungewöhnliches Ziel für dieses Picknick ausgesucht hatte. Axel wäre im Traum nicht darauf gekommen, mit ihr zur Piratenbucht zu gehen, um dort einen Nachmittag zu verbringen.

Sie musste aufhören, die beiden Männer miteinander zu vergleichen. Das war nicht fair. Und es bereitete ihr geradezu körperliches Unbehagen. Wie kam es nur, dass Axel bei all diesen ungewollten Vergleichen immer wieder so seltsam schlecht abschnitt? Nein, nicht schlecht – aber unvorteilhaft.

Sie war verwirrt, das war alles. Am besten versuchte sie, sich ganz auf den Moment zu konzentrieren. Das Wetter war bilderbuchmäßig – sonnig und warm, Thorsten ein angenehmer Gesprächspartner, solange ihr etwas einfiel, worüber sie mit ihm reden konnte, und zur Not konnte sie sich auch einfach auf Capone konzentrieren.

Für einen kurzen Moment musterte sie Thorsten von der Seite. Hatte er mit voller Absicht vorgeschlagen, den Hund mitzunehmen? Damit dieses Picknick nicht zu intim wurde? Nein, das war Unsinn. Kein Mann würde derart um die Ecke denken. Oder so viel Rücksicht auf ihre Befindlichkeiten nehmen. Schon gar nicht, wenn er, nun ja, interessiert an ihr war.

»Fünf Cent für Ihre Gedanken.« Thorsten fing ihren Blick amüsiert auf.

Sie riss sich zusammen und brachte sogar ein kleines Lachen zustande. »So billig kommen Sie nicht weg. Da müssen Sie schon mindestens einen Euro berappen.« Auf seinen überraschten Blick hin fügte sie grinsend hinzu: »Die Inflation, Sie wissen schon.«

»Kann ich anschreiben lassen, bis wir in der Bucht angekommen sind?« Fröhlich deutete er auf den Korb. »Vielleicht kann ich Sie auch in Schokolade bezahlen.«

In einer Mischung aus Erheiterung und Entsetzen starrte sie auf den Korb. »Sie haben Schokolade da drin?« Die durfte sie auf gar keinen Fall anrühren. Nicht mal angucken!

»Schokoladenmuffins, um genau zu sein.« Seine Miene verzog sich schelmisch. »Mit Vanilleguss. Teuflisch lecker.«

Und sie würde geradewegs in der Hölle landen. »Das ist gemein.«

Überrascht runzelte er die Stirn. »Warum?«

»Wenn Sie eine Frau mit Figurproblemen wären, wüssten Sie es.«

Abrupt blieb er stehen. »Hören Sie auf mit dem Unsinn. Sie haben kein Figurproblem. Wer auch immer Ihnen das eingeredet hat, ist blind und ein Dummkopf.«

»Das sagen Sie so einfach.« Warum hatte sie nur davon angefangen? Sie war so was von blöd! Über solche Themen redete man doch nicht bei einem Date. Picknick, verbesserte sie sich rasch gedanklich.

»Das sage ich nicht nur einfach, Martina, sondern weil ich Augen im Kopf habe ... und einen ausgezeichneten Geschmack besitze. Und den treffen Sie nun einmal zu einhundert Prozent. Wer auch immer Ihr Selbstbewusstsein in dieser Hinsicht gestaucht hat, gehört dafür ordentlich vermöbelt. In meinen Augen sind Sie eine Traumfrau. Gewöhnen Sie sich daran, und wagen Sie es ja nicht, meine Muffins zu verschmähen.« Energisch setzte er sich wieder in Bewegung, ohne darauf zu achten, ob sie ihm folgte.

In ihre Wangen kroch eine gefährliche Wärme. Was redete er denn da? Hastig holte sie ihn wieder ein. »Ich bin keine Traumfrau. Weder die Ihre noch sonst irgendjemandes.«

»Doch, sind Sie.« Seine zuvor aufgebrachte Stimme wurde wieder ruhiger. »Aber Sie sind noch nicht bereit, das zu hören, deshalb halte ich jetzt meine Klappe zu diesem Thema. Bitte, nach Ihnen.«

Überrascht blickte sie auf die steinerne Treppe, die den Deich hinaufführte. Sie hatte gar nicht bemerkt, dass sie bereits so weit gegangen waren. Etwa alle hundert Meter führten Stufen zur Deichkuppe hoch und auf der anderen Seite wieder hinunter zu den Liegewiesen, dem Uferweg, und ein Stückchen entfernt gab es sogar einen Strandabschnitt. Noch etwas weiter konnte man die künstlich angelegte Badebucht mit Lagune erkennen, die in diesem Jahr endlich eingeweiht worden war. Über drei Jahre lang war mithilfe von Baggern und herangekarrtem Sand eine Landzunge angelegt worden, die nun einen von der natürlichen Flut gespeisten Badesee umschloss. Dieses Projekt hatte die Stadt Lichterhaven Millionen gekostet, würde den Ort als Urlaubsziel aber langfristig noch weit interessanter machen, als er es bisher schon gewesen war.

Thorsten war ihrem Blick mit Interesse gefolgt. »Hatten Sie da Ihre Finger auch schon mit im Spiel?«

»Bei der Badebucht?« Froh, dass er ein unverfängliches Thema angeschnitten hatte, nickte sie, schüttelte aber gleich darauf den Kopf. »Als die ersten Pläne dafür gemacht wurden, hatte ich noch nicht viel mit der Touristik in Lichterhaven zu tun. Aber seit ich mich in diesem Bereich engagiere, habe ich auch an diesem Projekt mitgearbeitet. Mir war von allen Dingen wichtig, dass man versucht, der Umwelt keinen Schaden zuzufügen. Immerhin waren hier ziemlich lange riesige Bagger zugange, ganz zu schweigen von den Unmengen Sand, die antransportiert wurden. Dann die steinernen Befestigungen, die umfangreiche Bepflanzung der künstlichen Dünen mit Schilf und anderen Pflanzen und all das. Wir haben Ausgleichsflächen geschaffen und auf der anderen Seite der Stadt ein Biotop. Wenn es nach mir geht, wird auch eines drüben in der Nähe des Leuchtturmes angelegt. Ein kleines Natur- und Vogelschutzgebiet. Spätestens Ende des Jahres reiche ich den Vorschlag im Stadtrat ein.«

»Klingt spannend – und sehr ambitioniert. Glauben Sie, Sie werden damit Erfolg haben?«

»Ja.« Sie nickte entschlossen. »Vielleicht wird es ein bisschen holprig, bis die Profitgeier überzeugt sind, aber wenn wir unseren Planeten retten und ihn unseren Kindern und Kindeskindern erhalten wollen, müssen wir schon mehr tun als große Töne spucken. Und eben auch mal ein paar Hektar Land – oder Nordsee – für eine Sache abtreten, die keine klingende Münze abwirft. Sosehr ich den Tourismus forciere – was nützt er uns, wenn darüber alles, was unseren Ort, die ganze Gegend ausmacht, vor die Hunde geht?«

Was für Hunde? Wuff? Wovon redest du denn da? Neugierig blickte Capone zu ihr hoch und hüpfte um sie herum.

Thorsten lachte. »Ich glaube, da hat Sie jemand missverstanden.«

»Du warst nicht gemeint.« Ebenfalls amüsiert, tätschelte Martina Capones Kopf.

Schade. Dabei mag ich es, wenn ihr über mich redet. Zumindest, wenn es freundlich klingt.

»Sie gehen jetzt also auch noch unter die Naturschützer. Beeindruckend.«

»Und für Sie bestimmt ein rotes Tuch, oder?«

»Wie kommen Sie denn darauf?« Verblüfft blickte er sie an. »Naturschutz ist sehr wichtig.«

»Ja, aber Sie bauen Jachten und Motorboote und so. Das sind ja nicht unbedingt die umweltfreundlichsten Fortbewegungsmittel. Verstehen Sie mich nicht falsch.« Innerlich fluchte Martina, weil sie schon wieder ein Thema erwischt zu haben glaubte, mit dem sie sich aufs Glatteis begab. »Ich habe nichts gegen die Werft.«

»Sie sorgen sich bloß um die Natur.« Er lächelte leicht. »Es stimmt schon, Jachten sind überflüssige Luxusgüter. Motorboote ebenfalls. Aber was heute gebaut wird, gehört längst nicht mehr so sehr in die Kategorie Dreckschleuder wie die Schiffe von früher. Auch bei uns ist die Botschaft angekommen. Lars hat erst vor ein paar Monaten einen Workshop besucht, in dem es um E-Mobilität auf dem Wasser und weitere Alternativen ging. Auch wir versuchen, unseren Teil beizutragen. Das geht vielleicht nicht von heute auf morgen, aber es geht.«

Während sie weiter über das Für und Wider der aktuellen Möglichkeiten des Umweltschutzes sprachen, bewegten sie sich in östlicher Richtung immer weiter auf den Lichterhavener Leuchtturm zu und passierten ihn schließlich. Bis hierher waren ihnen immer noch vereinzelte Spaziergänger entgegengekommen, doch auf dem letzten Abschnitt vor ihrem Ziel hatten sie den Deichweg ganz für sich allein. Irgendwann verstummten sie und horchten nur noch auf das leise Säuseln des Windes und das Zwitschern der Vögel, das immer wieder vom Kreischen der Möwen unterbrochen wurde.

»Sollen wir mal tauschen?« Martina deutete auf den Picknickkorb, den Thorsten gerade von der linken Hand in die rechte genommen hatte. Fragend hielt sie ihm das Ende der Hundeleine hin.

»Nein, nein, lassen Sie mal. Der Korb ist schwer.«

»Deshalb frage ich ja.«

»Tut mir leid, aber ich bin leider ein Gentleman.« Er blinzelte fröhlich. »Da haben Sie keine Chance.« Mit dem Kinn wies er auf Capone. »Außerdem scheinen Sie beide sich gerade so gut aneinander gewöhnt zu haben. Da will ich nicht dazwischenfunken.«

Was? Redest du etwa wieder über mich? Capone drehte ihnen kurz den Kopf zu. *Tatsächlich, sieht so aus. Worum es wohl geht? Ich habe gerade nicht hingehört, sondern vor mich hin geträumt. So einen langen, interessanten Spaziergang haben wir schon lange nicht mehr gemacht. Ich mag es hier oben, wo mir der Wind um die Nase weht, und die seltsamen Gerüche, die von da draußen kommen, wo manchmal ganz viel Wasser ist und manchmal auch nicht, so wie jetzt gerade. Ebbe nennt man das und Flut. Komische Sache.*

Martina lächelte leicht. »So brav ist Capone noch nie an der Leine gelaufen. Aber vielleicht ist er nach dem langen Weg erschöpft.«

Nö, bin ich überhaupt nicht. Erschöpft, wuff, so ein Quatsch. Ich bin nie erschöpft. Aber du bist heute nicht so angespannt und gehetzt, da fühle ich mich auch nicht so getrieben. Außerdem ist es interessant, mit euch beiden spazieren zu gehen. Sonst sind höchstens mal die Kinder mit dabei, und die machen ja auch immer einen Superrabatz. Ist doch klar, dass ich da mitmischen will. Aber so ein ruhiger Spaziergang ohne herumzutoben hat auch was für sich. Da kriegt man viel mehr mit, was um einen herum passiert.

»Haben Sie das Grummeln gehört?« Amüsiert tätschelte Thorsten Capones Kopf. »Ich glaube, er hat Ihnen widersprochen. Müde wirkt er auch überhaupt nicht.«

Gut, dass du das so genau erkennst!

»Vielleicht sollte ich öfter mal mit Ihnen zusammen spazieren gehen«, schlug Thorsten grinsend vor. »Könnte ja sein, dass es meine positive Aura ist, die einen guten Einfluss auf Capone ausübt.«

Da könnte etwas dran sein, wenn ich es mir recht überlege. Ich hätte nichts dagegen, wenn du ab jetzt öfter mit uns spazieren gehst.

»Eingebildet sind Sie aber gar nicht.« Martina gluckste. »Sie finden sich wohl absolut toll.«

»Nein, wirklich nicht.« Er zwinkerte ihr zu. »Aber vielleicht bringe ich Sie eines Tages dazu, Ihre Meinung über mich in dieser Hinsicht anzupassen.« Er blieb stehen, als sie die große Felsnase erreichten, die praktisch durch den Deich hindurchwuchs. An dieser Stelle endete der Weg und zur seeabgewandten Seite führten Stufen hinab. Man musste dort hinuntersteigen, die Felsnase umrunden und dahinter dann wieder hinaufsteigen, um den Weg fortzusetzen. »Ich bin ein netter Kerl, Martina. Nur für den Fall, dass es Ihnen noch nicht aufgefallen sein sollte.«

Sie schluckte nervös und betrachtete angelegentlich den riesigen Felsen, der hier einfach so von der Natur platziert worden war. »Es ist mir aufgefallen, Thorsten. Ich weiß nur noch nicht, ob es mir recht ist ...«

»Dass ich ein netter Kerl bin?«

»Dass Sie versuchen, mein Interesse zu wecken.«

»Ich dachte, das wäre mir bereits gelungen.« Thorsten seufzte übertrieben. »Sie sind eine ganz schön harte Nuss.«

Und sie war entschlossen, es auch zu bleiben. »Um in die Piratenbucht zu gelangen, müssen wir hier drüben die Stufen hinab und dann um die Felsnase herumgehen.« Sie deutete auf die schmale Treppe, die seeseitig nach unten führte und auf einem schmalen Grasstreifen endete, der um den Felsen herumführte. Momentan war Ebbe, sodass es nicht weiter schwierig war, die Bucht zu Fuß zu erreichen. Bei Flut war dieser Zuweg versperrt und die Bucht vom Wasser so gut wie vollständig eingenommen. »Als Kinder haben wir immer einen oder zwei Späher abgestellt, die Bescheid gegeben haben, wenn die Flut hereinkam. Das geht nämlich schneller, als man denkt, und wenn man nicht aufpasst, ist man in der Bucht gefangen. Wir haben sogar geübt, die Treppe in der Höhle da drüben hochzuklettern, nur für den Notfall.«

»Da gibt es eine Treppe?« Neugierig ging Thorsten auf die Höhle zu. »Als ich neulich hier war, habe ich gar keine gesehen.«

»Sie ist auch kaum erkennbar und ziemlich steil.« Martina schob sich an ihm vorbei. »Sehen Sie, hier ist sie.« Sie deutete auf einen schmalen Gesteinsvorsprung, hinter dem sich mit viel Fantasie tatsächlich so etwas wie grobe Stufen im Stein erkennen ließen, die nach oben und dort nach draußen führten.

»Da sind Sie raufgeklettert?« Verblüfft beäugte Thorsten die Stufen. »Sieht ja gefährlich aus.«

»Ist es auch. Luisas Cousine Nina hat sich mal das Handgelenk gebrochen, als sie abgestürzt ist. Ich bin da nie hochgeklettert, das war mir zu schwierig – beziehungsweise ich hatte einfach zu viel Schiss.« Vorsichtig berührte Martina die Stufen. Sie fühlten sich kalt an, feucht und ein wenig glitschig. »Wenn ich hier in der Bucht in Not geraten wäre, hätte es mich ins Wasser gespült. Oder man hätte mich mit einem Seil hochziehen müssen. Ich konnte noch nie gut klettern. Als Kind schon nicht und später, als Teenager, erst recht nicht.« Verlegen blickte sie an sich hinab. »Das lag wohl an meiner ungünstigen Anatomie und Gewichtsverteilung.«

Thorsten trat dicht neben sie, jedoch ohne sie zu berühren. »Also ich kann daran nichts Ungünstiges erkennen.«

Ihr wurde unnatürlich warm in seiner unmittelbaren Nähe. Verlegen fingerte sie an ihrer Kette herum. »Da drüben sehen Sie die Reste des Wracks, das einmal unser Schiff werden sollte.« Sie deutete auf eine Ecke der Höhle, in der jede Menge verrottende Holzplanken lagen. »Lars hat übrigens den Entwurf für das Schiff geliefert.«

»Hat er mir erzählt.« Als hätte er ihre Befangenheit nicht bemerkt – oder hatte er das doch? –, entfernte er sich wieder ein wenig von ihr und inspizierte den Holzhaufen eingehend. »Wenn ich mir das hier so ansehe, wünschte ich fast, ich hätte als Kind auch schon hier gelebt. Dabei war ich bisher immer froh, dass dem nicht so war.«

»Wegen Ihres Vaters?« Verhalten trat nun Martina neben ihn, hielt aber eine knappe Armlänge Abstand.

»Lars hatte keine angenehme Kindheit, ich hingegen schon.« Er stellte den Korb neben sich auf den Boden. »Aber ich bin überwiegend in der Stadt aufgewachsen. Berlin«, fügte er auf ihren fragenden Blick hinzu. »Dort gab es weit und breit keine solchen natürlichen Abenteuerspielplätze.«

»Wie ...« Sie zögerte, beschloss dann aber, dass ihre Frage unverfänglich war. »Wie kam es denn überhaupt dazu? Ich meine, wie hat Ihre Mutter Carl Verhoigen kennengelernt? Berlin ist ja doch ziemlich weit entfernt von hier.«

»Sie stammt gebürtig aus Lübeck.« Thorsten wandte sich Martina zu, ging aber gleichzeitig in die Hocke und kraulte Capone hinter den Ohren.

Ah, endlich beachtet ihr mich mal wieder! Ich dachte schon, ihr hättet mich vergessen. Begeistert rekelte Capone sich.

»Mein Vater suchte damals neue Bürokräfte«, fuhr Thorsten fort, »und meine Mutter hatte gerade ihre Ausbildung als Bürokauffrau abgeschlossen und wollte von zu Hause weg. Also hat sie sich bei der Verhoigen-Gruppe beworben. Der Rest der Geschichte ist schnell erzählt: Sie war von Carl Verhoigen beeindruckt, er hat sie verführt, sie hatten eine Affäre, obwohl er verheiratet war, und als sie schwanger wurde, hat er sie rausgeworfen, ihr hunderttausend Mark überwiesen und von ihr gefordert, sich nie wieder bei ihm blicken zu lassen.«

»Du liebe Zeit.« Entsetzt starrte Martina ihn an. »Ich dachte immer, diese Geschichte sei über die Jahre irgendwie übertrieben worden.«

»Nein, ist sie nicht. Sie können meine Mutter gerne fragen.«

»Nein, auf keinen Fall. Ich will nicht, dass sie ... Nein, das würde ich niemals tun.«

»Können Sie aber ruhig. Sie geht damit sehr offen um. Was bringt es auch, die Dinge zu verschleiern oder zu beschönigen? Carl Verhoigen hat sich wie ein Schwein benommen, aber letztlich hat er mir einen Gefallen getan. Zwei sogar, wenn man es genau nimmt.«

»Was ist denn daran ein Gefallen?« Ungläubig runzelte sie die Stirn.

»Ganz einfach.« Er lächelte grimmig. »Ich musste ihn nie als Vater ertragen. Soweit ich das beurteilen kann, hat mir das so einige Traumata erspart. Lars hat eine Ewigkeit gebraucht, um sich davon zu erholen. Und zweitens hat Mama das Geld für mich angelegt und mir damit eine erstklassige Ausbildung ermöglicht. Wer weiß, ob ich andernfalls je nach Baltimore gelangt wäre und ob ich dann Lars kennengelernt hätte. Wenn das wiederum nicht geschehen wäre, würde ich heute nicht in Lichterhaven leben.« Das grimmige Lächeln wandelte sich zu einem verschmitzten. »Wenn ich es so betrachte, sind es sogar drei Gefallen. Denn wenn ich nicht hier leben würde, wäre ich Ihnen niemals begegnet. So gesehen hat mein Vater uns sogar zusammengebracht. Dafür muss ich ihm direkt dankbar sein.«

»Sie machen wohl Witze!« Entgeistert schüttelte sie den Kopf.

Er lachte zwar, doch seine Stimme blieb ernst. »Mitnichten. Ich bin sehr ... froh, Sie kennengelernt zu haben.«

An der winzigen Sprechpause erkannte sie, dass er etwas anderes hatte sagen wollen. Sie war erleichtert, dass er es nicht getan hatte. Sie fürchtete sich ein wenig davor, nicht zu wissen, was sie auf ein solches Geständnis antworten sollte. Ihr Herz holperte unregelmäßig in ihrer Brust und schien ebenfalls unentschlossen zu sein, wie es sich fühlen sollte. Rasch wandte sie sich dem Ausgang der Höhle zu. »Es ist kühl hier drinnen. Vielleicht sollten wir zurück in die Sonne gehen.« Ohne auf seine Reaktion zu warten, verließ sie die Höhle und blinzelte ein wenig, weil das helle Sonnenlicht sie blendete.

Yay, wuff, hier draußen gefällt es mir gleich viel besser. Was machen wir denn jetzt? Spielen? Ich würde gerne ein bisschen herumtoben, aber das geht an der Leine leider nicht. Capone tänzelte freudig um sie herum, biss in die Leine und zerrte spielerisch daran. *Komm schon, mach was mit mir, Frauchen!*

»Hey, Capone, hör auf damit. Aus!« Erschrocken drehte Martina sich einmal um sich selbst, als der Hund bellend um sie herumsauste.

Thorsten kam ihr lachend zu Hilfe. »Da hat wohl einer zu viel Energie. Warten Sie mal, Sie haben sich in der Leine verheddert.«

»Ich weiß.« Umständlich versuchte Martina, sich zu befreien.

Kommt schon, ich will spüieeelen!

»Bleib stehen, Capone, so geht das nicht.« Thorsten bemühte sich, ganz ruhig zu bleiben, konnte das Lachen jedoch kaum unterdrücken. Er prallte zweimal gegen Martina, bis er die Leine schließlich fest in der Hand hielt und sie wieder frei dastand. »So ist es besser.« Prüfend blickte er sich um. »Niemand zu sehen weit und breit.«

»Hierher verirren sich kaum jemals Touristen, weil man die Bucht vom Deich aus nicht sehen kann.« Sie streckte die Hand nach der Leine aus, doch zu ihrer Überraschung hockte Thorsten sich hin und hakte den Karabiner von Capones Geschirr los. »Was tun Sie denn da?«

»Na komm, Capone, lauf los!« Grinsend erhob Thorsten sich und klatschte auffordernd in die Hände. »Hopp, hopp!«

Wie denn, was denn? Echt jetzt? Ich darf ohne Leine losrennen? Wie waaauuu ist das denn? Mit einem schrillen Bellen, das in ein begeistertes Heulen überging, preschte Capone los, aufs Watt hinaus.

»Capone, halt!« Entgeistert starrte Martina dem Hund hinterher. »Was sollte das denn? Sind Sie verrückt geworden? Er haut doch ab!«

»Tut er nicht.« Thorsten fasste sie an der Hand. »Kommen Sie mit!« Ohne auf ihren Protest zu achten, rannte er los – hinter Capone her. Da er viel längere Beine als sie hatte und schneller vorankam, ließ er sie bald wieder los und stieß einen lauten Pfiff aus.

Capone antwortete mit hellem Bellen, machte kehrt – weit in der Ferne – und kam in wildem Tempo zurückgerast. Seine Ohren wehten im Wind, Wasser und Schlick spritzten unter seinen Pfoten auf. *Achtung, hier komme ich!*

»Passen Sie auf, Martina, sonst rennt er Sie um.« Lachend wich Thorsten dem Hund aus.

Martina machte einen erschrockenen Satz zur Seite, als Capone sie aus dem vollen Lauf heraus anzuspringen versuchte. Er landete neben ihr, schüttelte sich und sauste sofort wieder los. *Wiff, ist das schön. Mal so richtig austoben. Dieses matschige Zeugs ist einfach super. Und riecht auch so schön salzig und fischig. Herrlich!*

»Ach du liebe Zeit.« Mit einer Mischung aus Entsetzen und Resignation beobachtete Martina, wie Capone sich mit Anlauf in eine Wasserlache warf und darin wälzte. Sein cremefarbenes Fell verwandelte sich in ein matschiges Graubraun.

»Oha.« Thorsten lachte. »Ich schätze, wir müssen den Kameraden nachher noch baden – oder duschen. An den Treppen oben gibt es doch Duschen und Wasserhähne.«

»Das dürfen Sie machen.« Martina verschränkte die Arme vor der Brust, kam aber gegen die aufsteigende Erheiterung kaum an. »Das war schließlich nicht meine Idee.«

»Aber Sie sehen, dass Capone nicht wegläuft.«

Weglaufen? Weshalb sollte ich das denn tun? Ich will nur rennen und spielen. Aber ich würde doch nicht abhauen. Dazu hab ich mein Frauchen viel zu lieb. Und was sollte ich denn auch ganz allein ohne sie tun? Ich würde ja verhungern und wäre ganz, ganz einsam. Capone schüttelte sich, sodass Schlick und Wasser wie eine Fontäne umherspritzten. Dann setzte er sich hechelnd mitten in die Pfütze. *Super hier. Spielen wir noch weiter? Ih, was war das denn?* Mit einem Quietschen schoss er wieder hoch und drehte sich aufgebracht bellend einmal um sich selbst. *Waaaa...? Wau, was ist das denn für ein Ding? Das hat mich gezwickt! Unverschämtheit. Weg da, weg, du Ding. Hilfe, ein Ungeheuer!* Empört verbellte er den Krebs, der in aller Gemütsruhe aus der Wasserlache krabbelte und sich scheinbar unbeeindruckt von dem aufgeregten Hund entfernte.

Martina gluckste.

Thorsten hüstelte.

Wie auf Kommando prusteten sie los.

Hey, das ist nicht witzig, hört ihr. Wuff. Gar nicht witzig! Beleidigt bellte Capone dem Krebs hinterher, verfolgte ihn vorsichtig, stupste ihn mit der Pfote an, sprang aber sicherheitshalber sofort wieder rückwärts und suchte sich einen Platz neben der Pfütze, um sich erneut zu setzen. *Also, was ist jetzt? Spielen wir oder spielen wir?*

***

Erleichtert konstatierte Thorsten, dass Martina allmählich auftaute und lockerer wurde. Gemeinsam rannten sie mit Capone übers Watt, spielten Fangen und machen sich dabei ordentlich schmutzig. Nach einer Weile leinte Thorsten den Hund wieder an, und sie gingen ein paar Hundert Meter zurück bis zu der letzten Treppe, an der ein Wasserhahn und ein aufgerollter Schlauch zu finden waren, und wuschen sich – und den Hund –, so gut es ging, sauber. Danach kehrten sie in die Piratenbucht zurück und ließen sich auf dem sonnenbeschienenen Grasstreifen nieder.

»Das hat Spaß gemacht, geben Sie es zu.« Er öffnete den Picknickkorb und entnahm ihm neben einer Decke, die er rasch ausbreitete, den Salat, zwei Flaschen Wasser, Teller und Becher sowie Besteck.

»Es war lustig.« Martina blickte an sich hinab. Ihre Caprijeans wurde immer noch von Matschflecken verunziert, die sich nicht hatten herauswaschen lassen. »Aber auch anstrengend. Morgen habe ich bestimmt Muskelkater. Auf dem Watt zu rennen ist etwas anderes, als auf einem Crosstrainer zu strampeln.«

»Definitiv.« Er musterte sie aus den Augenwinkeln. »Sie sind aber ziemlich gut in Form.«

»Ich mache Sport, sooft ich kann, um … Oh Gott, Sie haben nicht gelogen.« Während sie sprach, hatte sie im Korb gestöbert und brachte nun die Box mit den Muffins zum Vorschein. »Und was ist das hier?« Neugierig hob sie die Butterdose hoch. »Fühlt sich kalt an.«

»Das ist Butter von Dennersens Hof.« Er klappte den Deckel auf. »Elke hat jetzt diese Butterdosen mit Kühlakku im Angebot, speziell für Picknicks geeignet. Oder wenn man an warmen Abenden noch draußen essen oder grillen möchte, aber keine weiche Butter mag.«

»Und die Butter ist für …« Martina griff erneut in den Korb und zog eine zweite Box hervor.

»Das sind Dinner Rolls nach einem Originalrezept aus Amerika.«

Erstaunt öffnete sie die Box. »Die riechen aber lecker. Haben Sie die gebacken?«

»Alles, was Sie hier sehen, bis auf Butter und Wasser, habe ich gemacht.«

Seufzend stellte sie die Brötchendose auf die Decke und ließ sich rücklings ins Gras fallen. »Sie sind also doch ein heimlicher Gourmetkoch und reiben mir jetzt meine Unfähigkeit an Herd und Ofen unter die Nase.«

Lachend ließ sich auch Thorsten ins Gras sinken, drehte sich auf die Seite und stützte seinen Kopf mit der Hand ab. »Ich bin kein Gourmetkoch, und ich wollte Ihnen auch nichts unter die Nase reiben. Außer vielleicht, dass wir uns in dieser Hinsicht ausgezeichnet ergänzen. Sie können nicht kochen, ich schon, zumindest einigermaßen. Bei mir gibt es aber eher gute Hausmannskost als irgendwelche verschwurbelten Dreisternemenüs.«

Martina drehte ihren Kopf in seine Richtung und musterte ihn misstrauisch. »Das mit den Schokomuffins ist wirklich hinterhältig.«

»Hatte ich den Vanilleguss erwähnt?«

»Hören Sie schon auf!« Empört schlug sie nach seinem Arm.

Lachend fing er ihre Hand auf und hielt sie kurz fest. »Ich habe doch gerade erst angefangen.«

Sie zuckte ein wenig zurück. Offenbar hatte sie es ebenfalls gespürt – ein elektrisierendes Kribbeln, als flösse Strom zwischen ihnen bei dieser Berührung.

Betont unbekümmert setzte Thorsten sich wieder auf und zog sie mit sich. »Zuallererst müssen Sie meinen Geflügelsalat kosten.« Er ließ sie wieder los und verteilte den Salat auf zwei Teller. Dann legte er je ein Brötchen dazu und reichte ihr Messer und Gabel.

Äh, hallo, Moment mal. Ihr habt da ganz viel zu essen. Und was ist mit mir? Capone, der eine Runde durch die Bucht gemacht und jede Ecke eingehend beschnuppert hatte, kam herangetrabt und schnüffelte neugierig an der Schüssel mit dem Salat.

»Nein, Capone, das ist nichts für dich.« Rasch verschloss Thorsten die Schüssel wieder mit dem Deckel. »Für dich habe ich das hier mitgebracht.« Er fischte eine lange Kaustange aus dem Korb. »Hier, bitte sehr.«

Oh, die ist für mich? Hm, lecker. Danke! Vorsichtig nahm Capone die Stange ins Maul und trug sie ein paar Schritte zur Seite. Mit einem Schnaufen ließ er sich im Gras nieder, legte seine Beute ab, schnupperte ausgiebig daran und begann dann genüsslich, darauf herumzukauen.

»Sie haben anscheinend an alles gedacht.« Ein Weilchen schaute Martina dem Hund zu, bevor sie sich ihrem Teller zuwandte. »Der Salat sieht gut aus.«

»Ich hoffe, so schmeckt er Ihnen auch.« Thorsten hatte es sich inzwischen im Schneidersitz bequem gemacht und bestrich sein Brötchen großzügig mit Butter. Die ausgelassene Stimmung von eben drohte wieder zu kippen. Offenbar fühlte Martina sich erneut verlegen oder gehemmt. Wahrscheinlich lag es daran, dass sie so lange allein gewesen war. Wenn er sie richtig einschätzte, hatte sie sich seit dem Tod ihres Mannes noch nicht wieder mit einem Mann getroffen. Es würde nicht leicht werden mit ihr, da hatte sein Bruder wohl recht. Aber es war für Thorsten noch nie ein Kriterium gewesen, ob etwas leicht zu haben war. Was man allzu mühelos errang, wusste man hinterher oft nicht genug zu schätzen.

»Der Salat schmeckt so gut, wie er aussieht.« Martina lächelte ihm anerkennend zu. »Möglicherweise sogar noch besser. Allerdings habe ich nach dem langen Spaziergang und dem Herumgerenne auf dem Watt auch ordentlich Hunger. Womöglich verschleiert das die Tatsachen.«

Verblüfft starrte er sie an. »Haben Sie gerade versucht, mich auf den Arm zu nehmen?«

Angelegentlich starrte sie auf ihren Teller. Ihre Wangen hatten sich leicht gerötet. »Käme mir nie in den Sinn. Sie wären mir viel zu schwer.«

»Ach ja?« Erheitert musterte er sie. »In mir wächst gerade der Verdacht, dass hinter Ihrer hübschen Fassade ein ganz schön freches Mundwerk lauert. Oder haben Sie mich etwa nicht gerade der Wettbewerbsverzerrung bezichtigt?« Er tat beleidigt. »Als hätte ich es nötig, Sie hungrig zu machen, damit Sie meinen Salat essen.« Er rückte unauffällig etwas näher an sie heran. »Da hätte ich ganz andere Mittel und Wege zur Verfügung.«

»So? Welche denn?« Arglos hob sie den Kopf.

»Ich könnte Sie füttern.« Er brach ein Stück von seinem Brötchen ab, gab etwas Salat darauf und hielt es ihr an die Lippen.

Ihre Augen weiteten sich, sie schielte auf den Bissen, schluckte leicht hektisch. Dann öffnete sie zögernd die Lippen.

Sehr vorsichtig ließ er sie die Kostprobe von seinen Fingern pflücken. Dass er dabei mit dem Daumen leicht ihre Unterlippe streifte, war reiner Zufall, sandte jedoch ein erneutes Kribbeln durch ihn hindurch.

Wieder sah er ihr an, dass sie es auch gespürt hatte. Sie zog sich etwas zurück und gab vor, sich ganz aufs Kauen zu konzentrieren. An ihrem Hals konnte er jedoch sehr deutlich das heftige Pulsieren ihrer Halsschlagader erkennen. Um die Situation zu entschärfen, setzte er ein schalkhaftes Grinsen auf. »Sehen Sie? Ganz einfach und effektiv.«

Martina lächelte leicht, fingerte dabei aber sichtlich nervös an dem Ring herum, den sie an der Kette um den Hals trug. Ihr Ehering, vermutete er. Lars hatte eindeutig recht. Vor Thorsten lag noch ein langer, steiniger Weg.

Nachdem sie den Salat verputzt und mit dem Mineralwasser hinuntergespült hatten, klappte er die Box mit den Muffins auf, nahm aber erst einmal keinen heraus, sondern deutete schmunzelnd auf Capone, der über seinem Kauknochen eingeschlafen war und leise vor sich hin schnarchte. »Schauen Sie mal. Der kleine Tunichtgut ist erschöpft.«

Sie folgte seinem Blick nachdenklich. »Wenn Sie da sind, benimmt er sich viel manierlicher. Ich habe gelesen, dass Hunde sich oft mehr an dunklen Männerstimmen orientieren. Bei mir gehorcht Capone immer nur, wenn er gerade mal Lust hat. Also meistens nicht. Christina sagt zwar, das kommt noch, aber bisher kann ich noch keine nennenswerten Fortschritte erkennen. Ich hätte ihn auch niemals ohne Leine losrennen lassen, wenn Sie nicht dabei gewesen wären. Mir wäre er garantiert abgehauen.«

»Nein, wäre er nicht.« Thorsten streckte sich wieder auf der Seite aus. »Er ist total auf Sie fixiert. Aber er hat eben auch seinen eigenen Kopf.«

»Das ist noch milde ausgedrückt. Ich wollte ja eigentlich einen viel ruhigeren Hund, aber als ich ihn im Tierheim gesehen habe ...« Sie seufzte und ließ sich ebenfalls wieder ins Gras sinken. »Ich konnte einfach nicht anders. Er war so putzig und lustig und kam sofort auf mich zu und so ... Und dann ist er mir einfach nicht mehr von der Seite gewichen, bis ich mich erbarmt und ihn mit nach Hause genommen habe.«

Thorsten lächelte leicht. »Beharrlichkeit scheint also eine Eigenschaft zu sein, die man besitzen sollte, wenn man Ihr Herz erobern möchte.«

Sie zuckte leicht zusammen und wich seinem Blick aus. »Möglicherweise«, gab sie überraschend zu. »Obwohl ich hier nur für den Hund sprechen kann.«

»Natürlich.« Er nahm einen Muffin aus der Box, brach ein kleines Stückchen ab und hielt es ihr an die Lippen. »Nachtisch gefällig?«

Diesmal zögerte sie nicht, den Bissen aus seiner Hand anzunehmen. Kaum hatte sie ihn zwischen den Lippen, verdrehte sie genießerisch die Augen. »Das ist wirklich niederträchtig«, nuschelte sie. »Gegen Schokolade habe ich keinerlei Abwehrkräfte.«

»Verlangt ja auch niemand, oder?«

»Doch, meine Waage.« Mit einem resignierenden Seufzen fischte sie sich einen Muffin aus der Box und biss ein Stückchen ab. »Gilt als Ausrede, dass ich vorhin so viel gerannt bin?«

Gerne hätte Thorsten noch einmal gegen ihr ungutes Selbstbild protestiert, entschied sich jedoch dagegen. Er hatte noch genügend Zeit ihr klarzumachen, dass sie perfekt war. Also spielte er das Spiel mit. »Wir haben auch noch einen langen Rückweg vor uns. Bis Sie wieder zu Hause sind, haben Sie die paar Kalorien längst wieder verbrannt.«

»Ihr Wort in Gottes Gehörgang.« Genüsslich leckte sie sich etwas von dem Vanilleguss von den Fingern. »Und was jetzt?«

»Jetzt?« Fragend hob er die Augenbrauen.

Sie blickte zum blauen Himmel hinauf, an dem ein paar kleine Schäfchenwolken vorbeizogen. »Das Picknick hätten wir ja wohl hinter uns.«

»Finden Sie?« Er schob die Muffinbox zur Seite und drehte sich auf den Bauch. Aufmerksam sah er sich in der Bucht um. »Sie könnten mir ein bisschen über die Geschichte der Piraten erzählen, die diesem Ort seinen Namen gegeben haben.«

Verblüfft drehte sie den Kopf in seine Richtung. »Wie kommen Sie darauf, dass ich etwas darüber weiß?«

»Weil Sie zwei Kinder haben und die in einem Alter sind, in dem Piratengeschichten so richtig Spaß machen. Garantiert haben Sie Annika und Basti schon mal etwas darüber erzählt.«

»Okay.« Sie blickte wieder gen Himmel. »Wenn Sie Kindergeschichten mögen. Viel mehr ist es nämlich nicht, was ich über die Bucht weiß und mir zusammengereimt habe. Niemand weiß, ob hier wirklich jemals Piraten gelandet sind. Die Legende behauptet es, aber Beweise gibt es dafür nicht.«

»Na gut.« Er sah sich weiter um. »Und was ist damit?« Er deutete auf den großen Traktorreifen, der neben dem Höhleneingang an einem dicken, leicht ausgefransten Seil von einem etwa beindicken Baumstamm herabhing. Es gab mehrere Bäume, die rund um den Felsen wuchsen und sich wie trunken in der Erde oder den Felsspalten festkrallten. Der mit dem Reifen war offenbar der kräftigste und stabilste.

»Das ist eine Schaukel.«

Er nickte lächelnd. »Das ist nicht zu übersehen.« Spontan stand er auf. »Haben Sie Lust?«

Erstaunt blickte sie zu ihm auf. »Worauf?«

»Zu schaukeln.« Ohne auf ihre Antwort zu warten, bückte er sich, griff nach ihrer Hand und zog sie mit einem Ruck auf die Füße.

***

Ein überraschter Laut verfing sich zusammen mit ihrem Atem in ihrer Kehle, als sie mit Schwung auf die Füße kam und gegen Thorsten prallte. Natürlich fing er sie auf und hielt sie ein wenig länger als nötig an den Oberarmen fest. Für einen langen Moment blickten sie einander schweigend in die Augen. Ehe sich ihr Herz vor Schreck überschlagen konnte, ließ er ihre Arme jedoch wieder los und nahm sie bei der Hand. »Na los, worauf warten Sie?«

Wider Willen kicherte sie, als er sie bis zu der Reifenschaukel zog und ihr bedeutete, sich hineinzusetzen. »Das ist albern!«

»Na und? Ein bisschen Albernheit gehört zum Leben dazu.« Er prüfte fachmännisch die Stricke und den Stamm, an dem sie befestigt waren. »Die Schaukel hält uns sogar beide zusammen aus.«

»Was?« Verblüfft hob sie den Kopf. Sie hatte sich gerade vorsichtig eine einigermaßen sichere Sitzposition gesucht und quietschte leise, als er ebenfalls auf den Reifen kletterte und sich hinter sie kniete.

»Festhalten!«, befahl er und stieß sich mit einem Fuß ab.

»Huch!« Erschrocken klammerte sie sich an den Seilen fest und wurde mit dem Rücken gegen ihn gedrückt.

»Na bitte, sag ich doch. Das geht.« Lachend gab er erneut Schwung, sodass sie heftig hin- und herpendelten.

Moment mal, was macht ihr denn da? Wau? Ich will auch! Lasst mich mitschaukeln! Aufgeregt bellend hüpfte Capone um die Schaukel herum und duckte sich jedes Mal, wenn sie ihm zu nahe kam. *Ich will hoch, ich will hoch! Menno.*

Martina lachte über den übermütigen Hund – und weil es in ihrem Magen herrlich kribbelte. Dieses Gefühl hatte sie seit ihrer Kindheit nicht mehr verspürt. Aber es war auch irgendwie anders, erwachsener, aufregender. »Sie sind verrückt, wissen Sie das?« Als sie ihm den Kopf zuwandte und ihre Blicke sich trafen, wurde ihr leicht schwindelig. Vielleicht lag es aber auch nur daran, dass der Reifen sich zu drehen begann.

»Kann schon sein.« Lächelnd sprang er von der Schaukel ab und hielt sie an. »Machen Sie es sich mal bequem, dann stoße ich Sie an.«

»Na gut.« Wenn sie sich schon kindisch benahm, dann wenigstens auch so richtig. Sie rutschte in den Reifen, sodass sie eher schon darin lag als saß. Obwohl es schon so lange her war, konnte sie sich noch genau an die richtige Sitzposition erinnern. »Ich bin so weit.«

»Alles klar, los geht's.« Schon stieß er den Reifen kräftig an, sodass er in weiten Schwüngen pendelte.

Für einen Moment schloss Martina die Augen und konzentrierte sich ganz auf das Gefühl, hin- und herzuschwingen, auf den Luftzug, der sie streifte, und das leise Knarzen der Seile auf der Rinde des Baumstamms. Als sie sich wieder umsah, stand Thorsten ein paar Schritte entfernt und machte Fotos von ihr mit dem Smartphone.

»Hey, was soll das?« Empört versuchte sie, das Gesicht abzuwenden und sich gleichzeitig aufzurichten. Der Versuch scheiterte natürlich, und der Reifen geriet ins Schlingern.

»Sie waren einfach ein zu verlockendes Motiv. Wie ein Model.«

»Ich bin kein Model und auch kein Motiv.« Zappelnd versuchte sie, sich von der Schaukel herunterzukämpfen. »Löschen Sie die Fotos sofort wieder.«

»Im Leben nicht.« Grinsend schob er das Smartphone in die Gesäßtasche seiner Jeans. »Es sei denn, Sie kaufen Sie mir ab.«

»Abkaufen?« Martina japste und kämpfte immer noch mit dem Reifen und ihrer halb liegenden Position.

»Wenn der Preis stimmt, lasse ich mich vielleicht überreden.« Er trat näher, hielt den Reifen fest und half ihr herunter. »Was bieten Sie denn?«

»Gar nichts! Das ist Erpressung.«

»Ich weiß.«

»Geben Sie schon her!« Flink versuchte sie, um ihn herumzugreifen, um das Smartphone zu ergattern, doch er war schneller und schnappte sich erst ihre eine Hand, dann die andere.

»Nix da.« Lachend hielt er sie fest. »Da müssen Sie schon mehr auf Zack sein.« Sein Blick fing ihren auf und hielt ihn fest. »Ich warte auf Ihr Angebot.«

»Auf gar keinen Fall bezahle ich Ihnen Geld für diese Fotos.« Die Haut an ihren Handgelenken kribbelte, wo er sie umfasst hielt, und ihr Herzschlag geriet außer Kontrolle.

»An Geld hatte ich auch nicht gedacht.« Er zog sie vorsichtig näher zu sich heran. »Sondern eher an Naturalien.«

»Was denn für … oh!« Sie schluckte hektisch. »Thorsten, das … geht … nicht.« Sie bekam kaum noch ein Wort heraus. Ihr Herz schlug ihr bis zur Kehle. »Das wäre falsch.«

Inzwischen stand sie so dicht vor ihm, dass ihre Körper sich leicht berührten. Thorsten blickte ihr unverwandt in die Augen. »Was wäre daran falsch, Martina?«

»Ich …« Sie schluckte erneut, unfähig, ihre Gedanken zu ordnen. »Ich weiß nicht. Das geht zu …« Sie brach ab, als seine Lippen nur Millimeter von ihren entfernt waren. Ohne es zu bemerken, schloss sie die Lücke zwischen ihnen, bis sie sich berührten, ganz sachte. Ein heftiger Stich durchfuhr Martina von der Magengrube bis hinauf in die Herzgegend. Das Vögelchen drehte Loopings. Vor Schreck stand Martina ganz still und bewegungslos da. Was war bloß in sie gefahren?

Thorsten verharrte einen Augenblick so, zog sich kurz zurück und streifte ihre Lippen dann erneut mit seinen, diesmal etwas fester.

Der Ring an ihrer Kette schien auf ihrer Haut zu glühen. Angst kämpfte mit Sehnen und wandelte sich im nächsten Moment zu Panik. »Nicht!« Sie fuhr zurück, riss sich los und stieß ihn ein wenig von sich. »Ich habe Nein gesagt!« Verzweifelt, weil sie sich jetzt, da sie die Verbindung unterbrochen hatte, noch panischer fühlte – panisch, unglücklich und schuldig. Abrupt drehte sie sich um und rannte ein Stück aufs Watt hinaus.

He, was ist denn jetzt wieder los? Wau? Frauchen, was ist denn mit dir? Stimmt etwas nicht? Hallo? Capone sauste hinter ihr her und stellte sich ihr in den Weg.

»Nicht, Capone, lass mich!« Martina wich dem Hund aus und ging noch ein paar Schritte weiter. Inzwischen brannten Tränen in ihren Augen. Sie machte alles falsch, wirklich alles. Aber was sollte sie denn tun? Sie hatte ein Versprechen gegeben und es gebrochen. Oder doch zumindest fast. Und sie wusste nicht, was mehr schmerzte. Dass sie es gebrochen hatte oder dass sie vor Thorsten weggerannt war.

***

Hallo? Frauchen? O je, etwas stimmt mit ihr nicht. Was mache ich denn jetzt bloß? Sie sieht ganz ängstlich und unglücklich aus. Thorsten? Weißt du vielleicht, was los ist? Kannst du was tun? Wuff? Ratlos trabte Capone auf Thorsten zu, der immer noch neben der Schaukel stand und Martina einigermaßen erschrocken nachblickte.

Als Capone sich neben ihn setzte und leise winselte, tätschelte er ihn beruhigend am Kopf. »Schon gut, Capone. Ich glaube, ich bin ein bisschen übers Ziel hinausgeschossen.« Verdammt noch mal, dabei hatte er sich geschworen, es so langsam wie nur möglich anzugehen. Sie nicht zu bedrängen. Aber er war auch nur ein Mann und sie so verdammt hübsch und sexy und ... Entschlossen riss er sich zusammen und ging langsam auf Martina zu, die inzwischen mit dem Rücken zu ihm im Watt stand und in die Ferne blickte. An ihren hochgezogenen Schultern konnte er genau erkennen, dass sie sich in ihr Schneckenhaus zurückgezogen hatte.

Vorsichtig trat er hinter sie, berührte sie jedoch nicht. »Tut mir leid. Ich wollte uns nicht den Tag verderben.«

»Schon gut.« Ihre Stimme klang alarmierend brüchig. »Ich habe überreagiert.«

»Nein, hast du nicht.« Langsam, um sie nicht zu erschrecken, umrundete er sie und blieb vor ihr stehen. »Ich hätte auf deine Signale achten müssen. Du hast Nein gesagt, und ich habe mich darüber hinweggesetzt. Das wird nicht wieder vorkommen. Versprochen.«

Zu seinem Entsetzen schniefte sie ein wenig, rieb sich über die Augen und wandte ihm erneut den Rücken zu. »Ich bin so blöd.«

Hilflos blickte er auf ihren Rücken. »Nein, bist du nicht. Es war einfach viel zu früh ...«

»Nein, war es nicht. Ich wollte ...« Sie schlug die Hände vors Gesicht. »Ich wollte, dass du mich küsst. Du hast mir doch die Möglichkeit gegeben, noch einmal Nein zu sagen, und ich habe sie nicht genutzt. Aber dann ... ging es einfach nicht. Mein Versprechen ... Vergiss es. Ich bin einfach nur blöd.«

»Hey.« Sachte berührte er sie an den Schultern und als sie sich nicht wehrte, drehte er sie wieder zu sich herum. »Was für ein Versprechen meinst du?«

»Vergiss es.« Beharrlich starrte sie zu Boden. »Das ist meine Sache.«

»Wenn es dich davon abhält, mich zu küssen, ist es wohl oder übel auch meine Sache.« Er versuchte, seiner Stimme einen heiteren Ton zu geben. Ihre todtraurige Miene schlug ihm heftig auf den Magen, und im Moment hätte er alles getan, um sie wieder lächeln zu sehen. »Erzähl mir davon.«

»Nein, ich ... Ach, was soll's.« Mit hölzernen Schritten kehrte sie zum Picknickplatz zurück, setzte sich, die Arme um die Knie geschlungen, auf die Decke und blickte aufs Watt hinaus.

Rasch ließ Thorsten sich neben ihr nieder und nahm eine ähnliche Haltung ein. »Hat es etwas mit deinem Mann zu tun? Mit Axel?«

Für einen langen Moment schwieg Martina, dann hörte er, wie sie schluckte. »Wir waren noch nicht lange verheiratet. Vielleicht ein halbes Jahr oder so. An den genauen Tag kann ich mich gar nicht mehr erinnern. Wir waren kurz vorher beim Notar gewesen und hatten unser Testament gemacht. Er wollte immer alles geregelt haben, und so was ist ja auch sehr wichtig.« Sie stockte kurz. »Wie wir darauf kamen, weiß ich auch nicht mehr, aber es war irgendwie in einer witzigen Situation. Ich glaube, wir haben einen Film geguckt oder so. Egal. Auf jeden Fall habe ich zu ihm gesagt, dass er, falls ich mal vor ihm sterben sollte, sich gerne wieder eine neue Frau nehmen dürfe. Schon wegen der Kinder und so, aber auch, weil er nicht ewig allein sein müsste, nur weil ich … nicht … mehr da bin.« Ihre Stimme schwankte bedrohlich.

»Und was hat er darauf geantwortet?« Nachdenklich betrachtete Thorsten die wunderschöne traurige Frau neben sich. Er hatte das ungute Gefühl, die Antwort bereits zu kennen.

»Er sagte, dass er auf gar keinen Fall eine andere haben wolle als mich. Weil ich alles sei, was er sich jemals an einer Frau gewünscht habe. Wenn ich also vor ihm sterben würde, wäre vollkommen sicher, dass er für den Rest seines Lebens allein bleiben würde.« Ihr Blick war starr geradeaus gerichtet. Selbst Capones Versuche, sie mit Anstupsen auf sich aufmerksam zu machen, blieben fruchtlos.

»Komm hierher, Capone.« Thorsten deutete neben sich. »Sitz. Lass dein Frauchen mal ein bisschen in Ruhe.«

Aber warum denn? Sie sieht so traurig aus, und ich will sie trösten. Capone winselte und blieb stur an Martinas Seite, legte sich jedoch schließlich mit einem resignierenden Schnaufen hin. *Na gut, dann bleibe ich aber genau neben ihr. Da kannst du machen, was du willst.*

Thorsten lächelte verhalten über den Hund, wurde aber gleich wieder ernst, denn das, was Martina da erzählte, gefiel ihm gar nicht. »Und du glaubst, dass du dieses Versprechen, das er dir gegeben hat – wenn man es so nennen kann –, nun deinerseits einhalten musst? Hat er das von dir verlangt?«

»Nein. Ja.« Sie zuckte leicht mit den Achseln. »Ich weiß nicht. Als er das zu mir gesagt hat ... Du hast ihn nicht gekannt. Es war irgendwie so, als wäre es beschlossene Sache für uns beide. Er hat immer alles beschlossen. So haben wir am besten funktioniert.«

»Funktioniert?« Er runzelte die Stirn.

»Wir waren glücklich und zufrieden.«

»Also hat er, ohne es auszusprechen, von dir verlangt, dass du nach seinem Tod für immer allein bleibst.«

»Ich weiß es einfach nicht.« Fahrig griff sie nach dem Ring an ihrer Kette. »Ich fühle mich nur so ...«

»Verpflichtet?«

»Ich sag doch, es ist blöd.«

Das war es wirklich, doch das behielt Thorsten tunlichst für sich. »Er hatte kein Recht, so etwas von dir zu verlangen.«

Empört hob sie den Kopf, sah ihn kurz an, blickte dann aber an ihm vorbei. »Er hat mich geliebt.«

»Auch wenn er dich geliebt hat, hatte er kein Recht dazu. Ganz abgesehen davon ...« Er brach ab. Es würde die Sache nur schlimmer machen, wenn er sich gegen Axel stellte. Er hatte den Mann ja nicht gekannt. Nur weil er sich in Martina verliebt hatte, bedeutete das nicht, dass er das Recht hatte, ihre Gefühle oder die ihres verstorbenen Mannes anzuzweifeln oder ein Urteil darüber zu fällen. Damit würde er sich auf eine Stufe mit Axel stellen, und das war etwas, das er dringend vermeiden wollte.

Nach einer kurzen Atempause versuchte er, einen anderen Weg einzuschlagen. »Du hast eben gesagt, du wolltest, dass ich dich küsse.«

Sie zuckte ein wenig zusammen und richtete ihren Blick erneut in eine unbestimmte Ferne. »Ja, habe ich. Wollte ich, meine ich.«

»Willst du das denn immer noch?«

Martina zog den Kopf zwischen die Schultern. »Ich weiß es einfach nicht.«

Thorsten wägte das Für und Wider ab und beschloss, dass er das Risiko eingehen wollte. Vorsichtig rutschte er auf sie zu und setzte sich so hinter sie, dass er sie mit den Armen umfangen konnte. Im ersten Moment machte sie sich ganz steif, doch dann gab sie nach und gestattete ihm, sie so weit an sich zu ziehen, bis sie mit dem Rücken an seiner Brust lehnte. Vorsichtig brachte er seine Lippen dicht an ihr Ohr. »Sollen wir es vielleicht zusammen herausfinden?«

***

Als sein warmer Atem ihr Ohr streifte, erschauerte sie. Seine liebevolle, dunkle, leicht raue Stimme brachte sämtliche Härchen in ihrem Nacken dazu, sich aufzurichten. Ihr Herz pochte schwer und schnell in ihrer Brust, und sie fühlte sich gleichzeitig panisch und seltsam geborgen. »Wie soll das denn gehen?«, fragte sie fast tonlos.

»Warten wir es einfach ab.« Er umschlang sie ein wenig fester mit den Armen. Seine Hände lagen auf ihren Unterarmen; seine Daumen streichelten sachte und wie zufällig über ihre Haut.

Die Berührung alarmierte Martina und beruhigte sie gleichermaßen. Sie blickte wieder hinaus auf die ununterbrochene Weite des Watts und entspannte sich ganz allmählich. Nur das Vögelchen in ihrem Bauch rüttelte und schüttelte sich und schlug ununterbrochen mit den Flügeln.

Sie saßen eine geraume Weile schweigend da. Martina konnte die Wärme spüren, die von Thorstens Körper ausging, und bildete sich sogar ein, seinen Herzschlag wahrzunehmen. Warum nur war sie mit ihm hierhergekommen? Sie hätte doch wissen müssen, worauf das hinauslief.

Sie hatte es gewusst und war trotzdem mitgegangen.

Und jetzt hatte sie eine ganz erbärmliche Angst.

Zögernd drehte sie den Kopf ein wenig zu ihm herum; ihre Blicke trafen sich, verhakten sich. Seine blauen Augen sprachen zu ihr, sein Blick tastete über ihr Gesicht, blieb für einen Moment an ihren Lippen hängen, glitt zurück zu ihren Augen, fragend, abwartend.

Sie wusste nicht genau, ob er zuerst den Kopf zu ihr herabgeneigt oder ob sie den ihren zu ihm hochgereckt hatte, doch ihre Lippen trafen plötzlich sehr, sehr sachte aufeinander. Nur kurz. Dann noch einmal, ein wenig länger. Das Vögelchen stob auf und machte einem sehnsüchtigen Brennen tief in ihrer Magengrube Platz. Als ihre Lippen einander ein drittes Mal begegneten, war es, als knistere die Luft zwischen ihnen. Winzigsten Stromschlägen gleich prickelte die Berührung, und ehe Martina darüber nachdenken konnte, verstärkte sie den Druck ihrer Lippen gegen seine. Er kam ihr sogleich entgegen; sein Atem streifte warm über ihr Gesicht. Mit der rechten Hand strich er ihr ein paar Haarsträhnen hinters Ohr. So zärtlich, so selbstverständlich, so …

Schön!

Sein Mund war weich und fest zugleich. Zurückhaltend und entschlossen. Eine Mischung, die ihr eine Gänsehaut bescherte und ihr den Boden unter den Füßen wegzog.

Als sich eine gefühlte Ewigkeit später ihre Lippen wieder voneinander trennten, bekam Martina kaum noch Luft. In ihrem Inneren tobten die unterschiedlichsten Gefühle einem Sturm gleich und wühlten sie so sehr auf, dass sie keinen klaren Gedanken mehr fassen konnte.

»Das ist doch ein ganz guter Anfang, findest du nicht?« Thorstens Stimme klang ganz ruhig, doch das raue Kratzen darin verriet, dass auch er mit seinen Gefühlen kämpfte.

Gefühle, vor denen sie sich fürchtete. Sie hatte einmal geliebt – und verloren. Sie hatte nie auch nur im Traum daran gedacht, jemals mit einem anderen Mann als Axel zusammen zu sein.

Sie hatte Angst.

Mit einem umständlichen Räuspern rappelte sie sich auf und begann, Boxen, Schüsseln und Geschirr in den Picknickkorb zu packen. Zuoberst legte sie die angeknabberte Kaustange von Capone und die zusammengerollte Decke. Dann erhob sie sich. »Ich denke, wir sollten allmählich den Rückweg antreten.« Ihre Stimme klang belegt und seltsam fern, das konnte sie selbst hören. »Die Strecke ist ziemlich weit, und ich muss noch ein paar Dinge erledigen, bevor die Kinder nach Hause kommen.«

Thorsten hatte ihr schweigend und mit ernster Miene zugesehen und stand nun ebenfalls auf. »Lass mich den Korb nehmen.«

»Okay.« Sie schnappte sich Capones Leine und ging einfach los.

Nanu, brechen wir schon wieder auf? Es war doch gerade so gemütlich hier. Aber gut, von mir aus. Ich gehe auch gerne noch ein bisschen spazieren. Brav trabte Capone neben ihr her, blickte sich aber immer wieder zu Thorsten um, bis dieser endlich zu ihnen aufschloss. *Jetzt sieht Thorsten so komisch aus. Und wo ist denn die lustige Stimmung hin? Die Menschen sind schon manchmal seltsam. Aber vielleicht sind sie ja bloß müde.*

Den gesamten Rückweg über schweigen sie. Martina wusste einfach nichts mehr zu sagen, und Thorsten schien es ebenso zu gehen. Ihr Herz schmerzte, aber sie konnte nicht genau sagen, warum. Sie wusste nur, dass sie einen Fehler gemacht hatte. Ihr Leben war schwierig und kompliziert genug, auch ohne einen Mann darin, der ihr durch seine bloße Anwesenheit den Atem nahm.

Als sie schließlich wieder vor ihrem Haus standen, brach Thorsten endlich das Schweigen. »Um noch einmal auf den Preis zurückzukommen.«

»Welchen Preis?« Verblüfft blickte sie zu ihm auf.

Er lächelte leicht. »Für die Fotos.«

Sie biss sich auf die Unterlippe. »Vergiss es, okay?«

»Nein, ich mache dir einen Vorschlag. Der Preis für die Fotos ist ein weiteres Date. Tag und Uhrzeit darfst du bestimmen.«

Er gab einfach nicht auf. Ein erschreckender Teil in ihr hätte liebend gerne zugesagt. Doch da war auch noch dieser andere Teil von ihr. Der, der sich fürchtete. Deshalb schüttelte sie den Kopf. »Ich möchte kein weiteres Date, Thorsten. Es ist zu ...« Schwierig. Gefährlich. Beängstigend. »Es wäre besser, wenn wir uns nicht mehr sehen.«

Seine Miene wurde ernst. »Bist du sicher?«

Sie antwortete nicht, sondern schloss die Haustür auf, zerrte den verblüfften Capone mit sich hinein und warf die Tür einfach hinter sich ins Schloss. Sie würde ihr Leben so weiterführen wie immer, deshalb ging sie hinüber in ihr Büro, schaltete den Computer ein und rief die Dateien auf, die der Bürgermeister ihr am Vormittag per E-Mail geschickt hatte. Dabei rannen ihr unablässig Tränen über die Wangen, doch sie wischte sie nicht fort.

8. Kapitel

»Nun rede schon. Was für eine Laus ist dir über die Leber gelaufen?« Mit ungehaltener Miene baute Lars sich vor Thorstens Schreibtisch auf. »Du bist seit Tagen ungenießbar. Jetzt reicht es mir allmählich. Wenn das so weitergeht, vergraulst du uns noch die Kundschaft.«

Thorsten starrte stur auf den Bildschirm seines Computers. »Lass mich in Ruhe arbeiten.«

»Du arbeitest doch überhaupt nicht. Zumindest hast du, seit ich im Büro bin, nicht einen einzigen Buchstaben getippt. Und deine Maus bewegt sich auch keinen Millimeter. Wenn du also nicht mittels telepathischer Kräfte versuchst, den Computer dazu zu bringen, irgendwelche Befehle auszuführen, würde ich mal behaupten, du brütest vor dich hin. Auf Kosten der Firma.«

»Ich brüte nicht.« Verärgert hob Thorsten nun doch den Kopf. »Ich denke nach, okay?«

»Worüber?« Lars zog sich seinen Bürostuhl heran und setzte sich. »Lass mich raten: eine gewisse Rothaarige. Hattet ihr einen Streit?«

»Nein.« Wenn es so einfach gewesen wäre, hätte er nicht das gesamte Wochenende und zweieinhalb weitere Werktage damit zugebracht, sich den Kopf zu zermartern, wie er mit der vertrackten Situation umgehen sollte. »Wenn du es so genau wissen willst ...«

»Dringend.« Interessiert rückte Lars noch etwas näher.

»Wir waren am Freitag in der Piratenbucht.«

»Das Picknick.«

Thorsten nickte. »Wir haben uns geküsst.«

»Hut ab! Das hätte ich nicht gedacht. Nicht so schnell jedenfalls.«

»Dann hat sie gesagt, dass sie mich nicht mehr wiedersehen will.«

Lars hüstelte. »Offenbar scheinst du ziemlich erbärmlich zu küssen.«

Thorstens Miene verfinsterte sich. »Hör auf mit dem Scheiß. Sie wollte das genauso wie ich.«

»Okay.« Prüfend musterte Lars ihn. »Redest du dir das jetzt nur ein oder …«

»Sie hat es selbst gesagt.«

»Oh.« Lars schwieg einen Moment. »Axel?«

»Sie glaubt, sie ist ihm was schuldig.«

»Ich habe dir gesagt, dass es nicht leicht wird, gegen ihn anzukommen. Die beiden waren wie Pech und Schwefel. Zumindest soweit ich mich erinnere. Daran hat sich bis zu Axels Tod aber wohl nicht viel geändert. Wenn sie ihn immer noch liebt und …«

»Dagegen ist ja nichts einzuwenden.« Wütend starrte Thorsten seinen Bruder an. »Ich würde nie von ihr verlangen, ihn zu vergessen oder ihre Gefühle für ihn. Würde ich das tun, wäre ich genauso ein Arsch wie …«

»Wie wer?« Aufmerksam beugte Lars sich vor.

»Kannst du dir vorstellen, dass er sie unter Druck gesetzt hat, indem er von ihr verlangt hat, nach seinem Tod für immer allein zu bleiben?«

»Was?« Irritiert runzelte Lars die Stirn.

»Nicht mit großen Worten, sondern indem er ihr weisgemacht hat, dass er, wenn sie vor ihm gestorben wäre, niemals eine andere auch nur angesehen hätte. Deshalb fühlt sie selbst sich jetzt genau dazu verpflichtet.«

Einen langen Moment blickte Lars ihn nur an, dann fuhr er sich mit gespreizten Fingern durchs Haar. »Scheiße.«

»Sie ist total von der Rolle.«

»Weil sie glaubt, sie würde ihn betrügen.« Nachdenklich rollte Lars ein wenig mit seinem Stuhl hin und her. »Das ist ein Problem.«

»Ich weiß selbst, dass alles ein bisschen sehr schnell ging. Wenn ich ihr mehr Zeit gelassen hätte ...«

»Das kannst du jetzt immer noch tun.«

Erbost sprang Thorsten von seinem Stuhl auf. »Ich warte nicht noch ein ganzes Jahr. Lars.«

»Und wenn du fünf oder zehn Jahre warten musst. Gegen einen Geist kommst du nicht an, Thorsten. Das muss Martina mit sich selbst ausmachen.«

Abrupt wandte Thorsten sich ab und trat ans Fenster. Ein paar Regentropfen wurden gegen die Scheiben geweht, und die Wetterfahne, die man von hier aus hinter dem Deich erkennen konnte, stand hart wie ein Brett im Wind. »Er hat sie manipuliert.«

»Mag sein.«

»Dazu hatte er kein Recht.«

Lars räusperte sich verhalten. »Er hat sie geliebt und vielleicht nicht einmal bemerkt, dass er sie so stark beeinflusst.«

»Wie kann er das nicht bemerkt haben?«

»Vielleicht wollte er es auch nicht sehen. Was weiß ich?« Lars stand ebenfalls auf und trat ans Fenster. »Die beiden waren glücklich miteinander.«

»Sie haben funktioniert.«

Lars stutzte. »Was meinst du?«

»Das hat sie gesagt. Axel hat bestimmt, wo es langgeht, und damit haben sie gut funktioniert.«

»Oha.« Mit erhobenen Händen trat Lars einen Schritt zurück. »Da halte ich mich heraus. Du kannst nicht einfach so im Nachhinein Eheanalyse betreiben. Und schon gar nicht Axel den Schwarzen Peter zuschieben.«

Ruckartig wandte Thorsten sich seinem Bruder zu. »Das weiß ich selbst. Ich verteile auch keinen Schwarzen Peter, sondern versuche, mir darüber klar zu werden, was ich jetzt tun soll.« Er seufzte. »Oder nicht tun soll.«

»Dir liegt eine Menge an ihr.« Lars stieß ihn leicht mit dem Ellenbogen an. »Dann musst du wohl oder übel Geduld haben.«

Immer noch wütend nickte Thorsten vor sich hin. »Ich nehme meine Mittagspause ein bisschen früher. Muss meinen Kopf irgendwie frei bekommen.«

»Okay, lass dir Zeit.« Lars schob seinen Stuhl an seinen Schreibtisch zurück und setzte sich. »Wenn du willst, kannst du uns später auch unten beim Plankenschmirgeln helfen. Schön schweißtreibend.«

»Ja, mal sehen. Vielleicht komme ich darauf zurück.« Thorsten schnappte sich seine Windjacke. »Bis später.«

***

Ein kalter, böiger Wind zerrte an Martinas Jacke und Haaren, als sie mit Capone die Deichtreppe seeseitig hinabstieg. Das heiße Frühsommerwetter des Wochenendes und der vergangenen beiden Tage war von einem unangenehmen Tiefdruckgebiet abgelöst worden, das Unwetterwarnungen im Schlepptau hatte. Sogar von Sturmflut war im Wetterbericht am frühen Morgen die Rede gewesen.

Capone hatte die Ohren angelegt und sah sich ein ums andere Mal nach Martina um, während sie auf den Uferweg zusteuerten. *Sag mal, ist das wirklich dein Ernst? Ich meine, ich bin ja gerne draußen, aber dieser Wind ist wirklich lästig. Man kann ja kaum die Augen offen halten. Außerdem riecht es nach Regen. Regen ist blöd. Den mochte ich schon nicht, als ich noch auf der Straße gelebt habe. Damals ganz weit weg von hier. Schauderhaft, wenn das Fell pitschnass ist und man niemanden hat, der einen trocken rubbelt und dann in eine warme Decke hüllt. Also wenn es nach mir geht, können wir gerne wieder umkehren. Sieht aber nicht so aus, als ob du schon zurückgehen willst. Oder? Frauchen? Wuff? Sie hört gar nicht auf mich. Seit Tagen ist sie schon so komisch, und dauernd macht sie so ein trauriges Gesicht. Sogar wenn sie mit den Kindern spielt und lacht. Ich wusste nicht, dass Menschen beim Lachen traurig aussehen können, aber das geht wirklich. Ich wünschte, ich könnte sie aufheitern, aber sie reagiert ja nicht mal, wenn ich sie anstupse. Schnüff. Oder doch? Jetzt guckt sie! Ja, hallo Frauchen! Was ist jetzt mit diesem Wetter? Hauen wir davor ab?*

»Na, was ist, Capone? Magst du den Wind nicht?« Martina musterte den Hund eingehend, dann lächelte sie leicht. »Ich finde ihn großartig. Der pustet einem so richtig den Kopf frei. Obwohl wir besser nicht zu weit laufen. Ich fürchte, die Regenfront da hinten kommt ziemlich schnell näher.«

Regenfront? Hab ich also richtig gerochen. Wenn das so ist, können wir auch sofort wieder umkehren. Wie ich schon sagte: Mir liegt nicht viel an diesem ungemütlichen Wetter. Capone schnaubte und machte ein paar Schritte in die entgegengesetzte Richtung. Doch Martina schritt flott voran, sodass er gezwungen war, ihr zu folgen.

Nach einigen Minuten blieb Martina stehen und blickte auf die Nordsee hinaus. Das Wasser hatte gerade seinen Höchststand überschritten und eine kalte graue Farbe angenommen, die der der Wolken stark ähnelte. Unruhig schwappten die Wellen ans Ufer. Schaumkrönchen tanzten auf dem aufgewühlten Wasser und kündigten das vorausgesagte Unwetter an. Vielleicht noch nicht für den Nachmittag, doch spätestens in der Nacht würde es ganz sicher ungemütlich werden.

Tief ein- und wieder ausatmend hielt Martina ihr Gesicht in die steife Brise und bemühte sich, für ein Weilchen an nichts zu denken. Etwas, das ihr seit Tagen nicht gelingen wollte. Sobald sie auch nur einen Moment Ruhe hatte, kehrten ihre Gedanken zu dem Picknick zurück, und wenn sie den Fehler machte, die Augen zu schließen, spürte sie Thorstens Lippen auf ihren.

Wenn das so weiterging, würde sie noch verrückt werden.

Dabei wollte sie ihn doch am liebsten vergessen, sich nicht vorstellen, wie es wäre, ihn in ihrem Leben zu haben.

Basti und Annika mochten ihn. Manchmal fragten sie sogar nach ihm, seit er neulich Abend einfach so vor ihrer Terrassentür aufgetaucht war. Natürlich konnten sie von der Bredouille, in der sich ihre Mutter befand, nichts wissen. Für die Kinder war Thorsten ein freundlicher, interessanter Mann, der sich gerne mit ihnen unterhielt. Ein väterlicher Freund. Nicht mehr, aber auch nicht weniger. Martina konnte ihnen keinen Vorwurf daraus machen, dass sie auf ihn mit solch offener Neugier reagierten. Sie waren es nicht gewohnt, dass sich außerhalb der Schule ein erwachsener Mann mit ihnen beschäftigte. Mal abgesehen von ihren Großvätern natürlich. Ihren Vater kannten sie ja nur von Fotos und Erzählungen. Annika war bei Axels Tod noch viel zu klein gewesen, um heute noch irgendwelche Erinnerungen an ihn zu haben, und Basti erst recht. Für die beiden war es so, als hätten sie niemals einen Vater gehabt.

Seltsamerweise kam es Martina inzwischen auch manchmal so vor, als habe sie nie einen Ehemann gehabt. Die gemeinsame Zeit mit Axel lag nun schon sechs Jahre zurück, und viele Erinnerungen verblassten zusehend, und das schon seit einem Jahr, vielleicht sogar zwei. Anfangs hatte sie sich noch dagegen gewehrt, doch inzwischen nahm sie es hin. Wahrscheinlich war das einfach eine Gegebenheit der Natur, die sicherstellen sollte, dass man nach einem Verlust nicht verrückt wurde, sondern möglichst normal weiterleben konnte.

Den Part mit dem Weiterleben hatte sie bisher wirklich gut gemeistert. Sie hatte sich ein neues, ein eigenes Leben aufgebaut, wenn auch auf den Ruinen ihrer Vergangenheit. Nur die Sache mit dem Irrwerden war leider noch nicht vom Tisch.

Sie wusste – rational betrachtet – ganz genau, dass es vollkommen irrational war zu denken, sie würde Axel betrügen, wenn sie etwas mit Thorsten anfing. Einen Toten konnte man nicht betrügen. Sie war klug genug, das ganz genau zu wissen. Doch warum fühlte es sich dennoch so an? Oder machte sie sich vielleicht nur etwas vor? Hatte sie einfach nur Angst, sich albern zu benehmen oder etwas falsch zu machen? Ihr bisheriges Leben war, zumindest seit ihrem siebzehnten Lebensjahr, vollkommen auf Axel ausgerichtet gewesen. Nach seinen Wünschen und Plänen war es stets gegangen – und sie hatte es nicht nur einfach akzeptiert, sondern diese Wünsche und Pläne zu den ihren gemacht, war vollkommen darin aufgegangen. Vielleicht hatte sie sich sogar ein wenig darin verloren und verlernt, eigene Träume zu haben, doch das war für sie in Ordnung gewesen. Erst nach seinem plötzlichen Tod hatte sie selbst Entscheidungen treffen, selbst einen Weg einschlagen müssen.

Sie hatte gelernt, sich zurechtzufinden, sich zu behaupten, sich Ziele zu setzen und sie zu erreichen. Sie besaß jetzt ein eigenes, vollkommen unabhängiges Leben, und es gefiel ihr. Sie war jemand und tat etwas für sich und für ihre geliebte Heimatstadt. Sie hatte Freunde, Verbündete und auch ein paar Gegner. Sie war erfolgreich und ehrgeizig, und sie wusste, dass sie alles schaffen konnte, wenn sie es nur wirklich wollte.

Doch wenn es um die Frage ging, was sie sich für sich selbst wünschte, nicht für die Kinder, nicht für das Schwimmbad, nicht für die Stadt, sondern ganz allein für sich selbst, hatte sie keine Ahnung, was die Antwort war. Was die Wege ihres Herzens anging, war sie ratlos. Sie hatte nie Gelegenheit gehabt, sich darüber klar zu werden, was sie in dieser Hinsicht wirklich wollte oder brauchte. Immerhin hatte sie ja alles gehabt, praktisch auf dem Präsentierteller war ihr die perfekte Beziehung serviert worden, noch bevor sie überhaupt alt genug gewesen war, um entscheiden zu können, welche Bedeutung das Wort »perfekt« eigentlich für sie hatte.

Und jetzt traute sie sich nicht, auch nur darüber nachzudenken, denn sie fürchtete sich davor, was dabei womöglich ans Tageslicht kommen könnte. Sie war mit Axel glücklich gewesen. Was, wenn diese für sie so feststehende Wahrheit ins Wanken geriet? Was, wenn sich herausstellte, dass sie nicht nur verlernt hatte zu träumen, sondern in Wirklichkeit ihre Ziele aufgegeben hatte, um mit Axel gemeinsam die seinen zu verfolgen. Das war einfach zu viel für sie. Das durfte nicht sein.

Also so allmählich wird es mir hier nicht nur zu ungemütlich, sondern auch zu langweilig. Spazierengehen ist ja an sich schön, aber Frauchen sagt nichts und geht nur einfach immer weiter geradeaus, und bei diesem Wetter sieht man nicht mal andere Leute oder Hunde oder ... irgendwas. Nur diese frechen Möwen, die wirklich bei jedem Wetter hier herumschwirren. Ich glaube, manche von ihnen lachen mich aus. Warum, weiß ich auch nicht. Vielleicht, weil sie fliegen können und ich nicht. Wenn ich nicht angeleint wäre, würde ich der einen oder anderen vielleicht mal nachjagen und versuchen, ihnen ein paar Schwanzfedern auszurupfen. Dann würde ihnen das Gekicher schon vergehen. Oder vielleicht würde ich auch ... Halt, Moment mal. Was war das? Capone hob den Kopf und die Nase in den Wind, der aus nordwestlicher Richtung wehte.

Da war ein interessanter Geruch. Kommt mir bekannt vor. Oder doch nicht? Dieser heftige Wind macht es ziemlich schwer, eine Witterung aufzunehmen. Aber ... Doch, doch jetzt bin ich ganz sicher. Das riecht nach Thorsten! Ist er hier in der Nähe? Aufmerksam blickte der Mudi sich um, während er vor der tief in Gedanken versunkenen Martina hertrabte. *Ich rieche ihn doch genau, also muss er hier irgendwo sein. Ha, ja, da, ich sehe ihn! Waaaauuu! Haaaallooo, Thorsten? Ich koooommeeee!* Mit Freudengeheul und einem riesigen Satz preschte Capone voran und riss Martina dabei die Leine aus der Hand. *Jaaaa, Thorsten, haaallooo! Wie schön, dich zu sehen. Hach, was freue ich mich. Jiff!*

»Huch, Capone!« Durch den harten Ruck abrupt aus den Gedanken gerissen, starrte Martina für einen Moment entsetzt hinter ihrem Hund her. Dann rannte sie los. »Halt, Capone, bleib stehen! Oh Mann, was soll das denn? Haaalt! Stopp! Komm zurück!« Nach etwa dreißig Metern blieb sie stehen und fasste sich an den Kopf. Was war nur in Capone gefahren? Und was sollte sie jetzt tun? Sich umdrehen und weglaufen? Aber Capone war schon so weit vorausgeprescht, dass er das gar nicht mitbekommen würde. Sie konnte ihn doch nicht einfach rennen lassen. Wohin wollte er denn überhaupt? Die ganze Zeit war er richtig brav an der Leine gelaufen.

Angestrengt blickte sie dem in der Ferne immer kleiner werdenden Hund hinterher und setzte sich ebenfalls wieder in Bewegung. Erst langsam, dann immer schneller lief sie den Uferweg entlang in Richtung Hafen. Schließlich erblickte sie den dunkelhaarigen Mann mit der dunkelblauen Windjacke und wusste sofort, dass er Capone zu seiner wilden Flucht animiert hatte. Er hatte sich hingehockt und begrüßte den Hund, wobei sein Lachen bis zu ihr herüberwehte.

Ihr Herz machte einen heftigen Satz und zuckte dann nervös in ihrer Brust. Das Vögelchen in ihrem Bauch erwachte aus dem Dämmerschlaf, in den Martina es die vergangenen Tage gezwungen hatte, und schlug ein paar Salti, die sich in wilde Achten verwandelten, als Thorsten sich erhob und ihr zuwandte. Langsam, aber entschlossen kam er ihr entgegen.

Ihr erster Impuls war wegzulaufen. Doch das war natürlich keine Option. Sie war schließlich kein kleines Mädchen mehr, sondern eine erwachsene, vernunftbegabte Frau. Eine selbstbewusste Frau ... die im Augenblick beim besten Willen nicht wusste, was sie sagen oder tun sollte.

✳✳✳

Capones freudiger Überfall hatte Thorsten vollkommen unvorbereitet getroffen. Er hatte am Ufer gestanden und auf die aufgewühlte See hinausgeblickt in der Hoffnung, der scharfe kalte Wind würde seine trüben Gedanken mit sich hinaus über das Meer nehmen. Als er nun Martina langsam und mit erschrockener Miene auf sich zukommen sah, durchfuhr ihn ein heftiger Stich. Im ersten Moment freute er sich, doch je deutlicher er ihre angespannte Miene erkennen konnte, desto wütender wurde er seltsamerweise. Auf sich, auf die Situation, in der sie steckten. Auch ein wenig auf Martina.

Mit diesen gemischten Gefühlen ging er ihr entgegen und stellte, als sie einander schließlich gegenüberstanden, fest, dass ihre Miene nicht etwa abweisend war, sondern zutiefst verlegen. Sofort verflog sein Ärger wieder und machte einer diffusen Ratlosigkeit Platz, die er sich aber nicht anmerken lassen wollte.

Hallo, Frauchen, da bist du ja endlich. Du bist ganz schön langsam. Schau mal, wen ich gefunden habe! Thorsten, meinen Freund. Hach, wie freue ich mich. Ich habe ihn doch schon sooo furchtbar lange nicht mehr gesehen. Hey, was ist denn, freust du dich nicht genauso wie ich, ihn zu sehen?

»Hey, halt mal still, du Verrückter.« Grinsend hockte Thorsten sich noch einmal neben den Hund, wuschelte ihm durch das cremefarbene Fell und schnappte sich dann die Leine. »Hier, bitte sehr.« Er erhob sich und reichte das Leinenende an Martina weiter. »Hat er sich einfach losgerissen?«

»Ja, einfach so.« Ihre Stimme klang belegt. »Anscheinend wollte er dich begrüßen.« Sie räusperte sich umständlich. »Er scheint dich zu mögen.«

Aber hallo, klar mag ich Thorsten. Du etwa nicht? Er ist doch so nett und riecht gut und krault mich immer genau an der richtigen Stelle hinter meinen Ohren. Mit einem freundlichen Bellen hüpfte Capone an Thorsten hoch und verpasste seiner Jacke ein paar bräunliche Pfotenabdrücke.

»Nicht doch!« Erschrocken versuchte Martina, den Hund zurückzuhalten. »Du machst doch Thorstens Jacke ganz schmutzig.«

»Die kann man waschen.« Thorsten musterte Martina eingehend und fand, dass sie ziemlich blass wirkte. »Was macht ihr denn um diese Zeit hier draußen? Bist du sonst nicht vormittags im Schwimmbad?«

»Ich brauchte frische Luft.« Angelegentlich fingerte Martina an der Leine herum. »Aber ich könnte dich dasselbe fragen. Musst du nicht in der Werft sein?«

»Mittagspause.« Er blickte zum Himmel hinauf, der sich innerhalb von wenigen Augenblicken verfinstert hatte. »Aber ich fürchte, die ist gleich vorbei. Oder ich muss sie zumindest irgendwohin verlegen, wo es trocken ist.«

Auch Martina hob den Blick zum Himmel. »Stimmt, es wird gleich anfangen zu regnen.«

Er überlegte, überlegte noch einmal. »Ich könnte dich auf einen Happen zu essen einladen. Ins Möwennest. Da ist es zumindest trocken.«

Ihre Augen weiteten sich, und er sah, wie sie schluckte. Dann schüttelte sie fast unmerklich den Kopf. »Ich sagte doch, ich will nicht ... Ich muss gehen. Komm, Capone!« Sie ruckte sachte an der Leine und machte auf dem Absatz kehrt.

Wie denn, wir gehen schon wieder? Ich wollte doch noch mit Thorsten spielen. Wie schade. Capone blickte über die Schulter zu Thorsten zurück. *Tschüss! Bis bald!*

Innerlich fluchend, weil er schon wieder zu unbedacht vorgeprescht war, wandte auch Thorsten sich zum Gehen.

In diesem Moment brach der Wolkenbruch los. Von jetzt auf gleich schien der Himmel sämtliche Schleusen geöffnet zu haben, sodass der Regen jetzt in Kaskaden zur Erde niederprasselte.

»Shit!« Martina zerrte sich die Kapuze ihrer Jacke über den Kopf, zog ihn ein und rannte los.

»Warte!« Ohne weiter nachzudenken, eilte Thorsten hinter ihr her. Als er sie eingeholt hatte, fasste er sie am Handgelenk. »Wo willst du denn hin?«

»Nach Hause, was denn sonst?« Verärgert blieb sie stehen.

»Das ist viel zu weit. Komm mit, bis zur Werft sind es nur ein paar Schritte, und da ist es trocken und warm.«

»Aber was soll ich denn in der Werft? Ich muss …«

»Nun komm schon!« Ohne weiter auf ihren Protest zu achten, zog er sie mit sich.

Ih, was ist das denn jetzt für eine kalte Dusche? Ekelhaft! Und wohin rennen wir jetzt plötzlich? Nicht nach Hause? Hoffentlich irgendwohin, wo es nicht so doll regnet. Laut bellend hetzte Capone neben ihnen her, die Stufen zur Deichkuppe hinauf. Oben angekommen, trieb ihnen der auffrischende Wind den Regen fast waagerecht ins Gesicht.

»Verdammt, komm, beeil dich!« Halb lachend, halb fluchend zerrte Thorsten Martina hinter sich her und atmete erst auf, als sie tropfnass im Foyer des Bürogebäudes der Werft standen. »So ein Schietwetter!«

»Um Himmels willen, was ist denn mit euch passiert?« Ingrid sprang erschrocken von ihrem Platz hinter dem Empfangstresen auf und eilte auf sie zu. »Habt ihr euch vom Schauer überraschen lassen? Du meine Güte. Wartet, ich hole euch Handtücher!« Hastig verschwand sie durch eine Tür links neben dem Aufgang zu den Büros und kam nur Augenblicke später mit zwei Frottierhandtüchern zurück. »Hier, bitte sehr.« Sie musterte erst Thorsten, dann Martina. »Frau Clausen, Sie sind das. Herrje, das Handtuch reicht hinten und vorne nicht. Und der arme Hund!« Sie beugte sich über Capone, der sich wild schnüffelnd im Kreis drehte.

Hier riecht es aber interessant nach Menschen und anderen Hunden. Ich glaube, die Duftnoten kenne ich sogar. Riecht nach Boss und Jolie. Ob die beiden wohl hier irgendwo sind? Und bah, ich bin so eklig nass! Mit einem Schnauben schüttelte er sich, dass die Wassertropfen nur so umherstieben.

»Igitt! Pfui Teufel!« Ingrid lachte und schüttelte sich nun ebenfalls. »Da war ich jetzt wohl selbst schuld, was?«

Kann man so sagen. Aber egal. Kannst du mir vielleicht auch so ein Handtuch besorgen? Wuff? Und mich trocken rubbeln? Oder du, Frauchen? Schnüff?

»Ich glaube, der Hund muss auch abgetrocknet werden.« Thorsten sah sich um. »Irgendwo haben wir doch noch ein Hundehandtuch von Jolie, oder?«

Oh ja, bitte, abtrocknen klingt himmlisch!

»Oben im Büro. Ich hole es rasch.« Ingrid ging zur Treppe. »Thorsten, geh mal in das Räumchen neben der Küche, da habe ich ein paar Klamotten zum Wechseln. Wahrscheinlich passt Frau Clausen da zweimal rein. Sie sind Größe zweiundvierzig, aber das müsste schon gehen, und alles ist besser, als sich in den nassen Sachen zu verkühlen. Du solltest dich auch umziehen.«

»Ja, Mama, zu Befehl.« Grinsend ging Thorsten hinüber zur Tür, die in die Kaffeeküche führte. Dabei rubbelte er sich kräftig mit dem Handtuch über den Kopf. »Warte bitte kurz, Martina. Bin gleich wieder da.«

»Okay.« Etwas hilflos zupfte Martina an ihrer triefenden Jacke herum, zog sie schließlich aus und hängte sie an die Garderobe neben dem Eingang.

Thorsten beeilte sich, in dem kleinen Vorratsraum den Schrank mit den Kleidern zum Wechseln zu durchwühlen. Er förderte ein Paar Jeans und eine pink und weiß gemusterte Bluse seiner Mutter zutage sowie eine seiner Arbeitshosen und ein graues T-Shirt. Die Hose tauschte er sofort gegen seine nassen Jeans, die er zusammen mit seinem Shirt an der Schranktür aufhängte. Das trockene T-Shirt schnappte er sich zusammen mit den Sachen seiner Mutter und eilte zurück ins Foyer.

Dort war Martina inzwischen dabei, Capone mit dem graubraunen Hundehandtuch abzutrocknen. Der Hund genoss es sichtlich und rekelte sich regelrecht.

Haaaach, guuut! Endlich ein bisschen von dem nassen Zeug aus dem Fell bekommen. Fehlt nur noch ein kuscheliges warmes

Plätzchen, um sich auszuruhen. Aber ich sehe hier nirgendwo eins.

»Hier, bitte sehr.« Er hielt Martina die Sachen seiner Mutter hin.

Ingrid, die am Empfangstresen lehnte, stieß ein erheitertes Kichern aus. »Oje, ausgerechnet die pinkfarbene Bluse? War da keine andere mehr im Schrank?«

»Ich habe keine andere gefunden.« Er hüstelte, als ihm klar wurde, was seine Mutter so amüsierte. Die Farbe der Bluse biss sich frappierend mit Martinas roten Haaren. »Tut mir leid. Hier, du kannst auch mein T-Shirt anziehen.« Er hielt ihr nun auch dieses Kleidungsstück hin.

Martina war endlich fertig mit Capone und blickte zu ihm auf. Ihre Augen weiteten sich, und er konnte sehen, wie sie schluckte. Hastig erhob sie sich und griff blindlings nach den Klamotten. »Ist doch egal. Ich meine, ähm ...« Sie zupfte nervös an dem T-Shirt herum. »Nicht, dass du jetzt nichts mehr zum Anziehen hast ...«

Thorsten winkte ab. »Ich nehme einfach eins von Lars' Shirts. Das geht schon.«

»Also gut.« Sie wandte sich an Ingrid. »Wo kann ich mich denn umziehen?«

»Da vorn im Bad.« Ingrid wies auf die entsprechende Tür. Sobald Martina fort war, wandte sie sich an Thorsten. »Nun zieh dir schon endlich was über, Junge. Du hast das Mädchen jetzt lange genug mit deinen Muskeln beeindruckt.«

»Was?« Verwundert riss er seinen Blick von der Badezimmertür los.

»Die Zurschaustellung männlicher Attribute hat eindeutig gewirkt.« Mit einer Mischung aus Strenge und Erheiterung schüttelte seine Mutter den Kopf. »Die Deern ist ganz verwirrt.« Spielerisch kniff sie ihm in die Seite. »Ich weiß nicht, ob ich stolz auf meinen attraktiven Sohn sein soll oder sauer, weil du zu solch niederen Mitteln greifst, um eine Frau zu beeindrucken.«

Thorsten räusperte sich. »Ich habe mitnichten zu irgendwelchen Mitteln gegriffen, um Martina zu beeindrucken.«

»Und warum bist du dann halb nackt hier aufgetaucht, anstatt ordentlich bekleidet?«

Er hob grinsend die Schultern. »Ich habe mich bloß beeilt, damit sie möglichst schnell aus den nassen Sachen kommt und sich nicht erkältet.«

»Ach so. Natürlich.« Halb amüsiert, halb ernst drohte sie ihm mit dem Zeigefinger. »Jetzt hast du deine Mission erfüllt, also hol dir ein Shirt von Lars, und dann koch uns einen Pfefferminztee. Ich kümmere mich so lange um diesen süßen Strolch hier.« Sie hockte sich neben Capone, der sie neugierig beschnüffelte.

Du scheinst ja auch sehr nett zu sein und riechst interessant. Hast du vielleicht auch ein Leckerchen für mich? In der Hosentasche?

»Huch, was machst du denn da, du frecher Kerl? Riechst du die Hundekuchen, die ich immer bei mir habe, falls Jolie zu Besuch kommt?« Lachend zog Ingrid einen davon aus der Tasche. »Na gut, hier, bitte sehr.«

Oh, hmmm, lecker! Danke. Wuff.

Schmunzelnd wandte Thorsten sich ab und ging zurück in den Vorratsraum, um sich an den Shirts seines Bruders zu bedienen.

***

Reglos stand Martina mitten in dem kleinen Badezimmer, die Handflächen fest gegen ihre glühenden Wangen gepresst. Was war nur mit ihr los? Sie hatte doch schon unzählige Männer mit nacktem Oberkörper gesehen. Auch gut gebaute, schließlich arbeitete sie in einem Schwimmbad. Warum in aller Welt wäre sie fast umgekippt, als sie Thorsten so nah vor sich stehen gesehen hatte? Gut, er gehörte eindeutig zu der Sorte »gut gebaut«. Schmale Hüften, fein definierte Muskeln, kräftige Arme. Nicht übertrieben, aber doch ausreichend, um ihren Blutdruck in ungeahnte Höhen schnellen zu lassen. Sie war nahe genug gewesen, um fast jedes einzelne der kurzen dunkelbraunen Härchen auf seiner Brust erkennen zu können und auch derjenigen, die sich in einem schmalen Streifen von seinem Bauchnabel hinab fortsetzten und unter dem Bund der Arbeitshose verschwanden.

Heiß. Er war viel zu heiß. Und ihr jetzt ebenfalls.

Als es leise an der Tür klopfte, zuckte sie erschrocken zusammen.

»Darf ich hereinkommen?« Ingrid wartete nicht auf eine Antwort, sondern schob sich rasch durch die Tür. »Ist alles in Ordnung mit Ihnen? Sie haben sich ja noch gar nicht umgezogen.«

»Ja, ich ... Entschuldigung.« Hastig griff Martina nach den Sachen, die sie auf dem Waschbeckenrand abgelegt hatte, legte sie aber gleich wieder zurück und begann, ihre nasse Bluse aufzuknöpfen. »Ich war nur gerade ...«

»Geben Sie Thorsten ruhig ordentlich kontra, wenn er es übertreibt.« Mit einem warmen Lächeln nahm Ingrid ihr das nasse Kleidungsstück ab. »Er ist halt ein Mann und balzt gerne in Ihrer Gegenwart, wie es scheint.«

»Er tut was?« Gegen ihren Willen kicherte Martina über den Ausdruck.

»Das Balzverhalten junger Männer in Gegenwart von attraktiven Frauen nimmt zuweilen Formen an, denen wir entgegenwirken müssen, damit sie nicht zu übermütig werden.« Schmunzelnd hängte sich Ingrid auch Martinas nasse Jeans über den Arm, als diese nach der anderen Hose griff. »Wenn mein Sohn Ihnen auf den Keks geht, sagen Sie ihm das bitte klipp und klar. Er kann das vertragen. Auch wenn es ihm schwerfallen wird, sich von Ihnen fernzuhalten. Er wird es tun, wenn Sie nicht wollen, dass er um Sie ...«

»Balzt?« Martina schloss die Knöpfe an der Hose und atmete innerlich auf, weil sie ihr doch eindeutig zu weit war.

»Ja, so in etwa.« Lachend zog Ingrid den Gürtel aus der nassen Jeans und reichte ihn Martina. »Dachte ich mir schon, dass Ihnen meine Sachen ein bisschen zu groß sind. Sie haben eine tolle Figur.«

»Na ja.« Zweifelnd strich Martina sich mit der Hand über ihren Bauch und die kurvigen Hüften. »Ich kämpfe jeden Tag darum.«

»Das kann ich mir gar nicht vorstellen. Sie sind eine bildhübsche Frau mit genau der richtigen Portion Fleisch auf den Rippen. Ich kriege immer die Krise, wenn ich auf der Straße oder im Fernsehen diese dürren Gestelle sehe, meistens auch noch junge Mädchen, die sich wer weiß wie aushungern, nur um irgendeinem eingebildeten Ideal nachzueifern. Schrecklich!«

»Da besteht bei mir wohl kaum Gefahr.« Endlich hatte Martina auch den Gürtel angelegt und die Schnalle geschlossen. »Vielen Dank, dass Sie mir die Hose leihen.« Zögernd griff sie nach dem T-Shirt.

»Ziehen Sie es ruhig an. Sie werden darin verschwinden, aber es ist eindeutig besser, damit herumzulaufen, zumindest bis Sie wieder zu Hause sind, als in meiner Bluse.« Wieder lachte Ingrid vergnügt. »Das Pink verträgt sich weder mit Ihren Haaren noch mit Ihrer Hautfarbe. Sie diese Bluse tragen zu lassen wäre regelrechte Körperverletzung – an Ihnen und an Ihren Mitmenschen.«

»Ich weiß. Rote Haare sind in dieser Hinsicht schwierig.«

»Ich finde Ihre Haarfarbe wunderbar. Ihre Kinder haben sie geerbt, nicht wahr?«

»Ja, und sie sind beide schon deswegen gehänselt worden.« Seufzend versuchte Martina, das T-Shirt in den Bund der Jeans zu stecken, gab es aber schnell wieder auf. Es war einfach zu lang, und sie würde aussehen wie ein wandelnder Puffärmel.

»Ich kenne das selbst nur zu gut. Es vergeht zwar irgendwann, aber manchmal ist es schon hart.«

»Sie bringen Ihren Kindern bestimmt das rechte Maß an Selbstbewusstsein bei, Frau Clausen. Oder darf ich Martina sagen?«

»Natürlich.«

»Schön, ich bin Ingrid.«

Die beiden Frauen schüttelten sich die Hände.

»Und nun kommen Sie mal mit in unsere Miniküche und trinken Sie einen Tee, damit sie sämtliche Erkältungsgeister in die Flucht schlagen, bevor sie sich bei Ihnen einnisten können.«

9. Kapitel

»Boah, Mama, was hast du denn da an? Das T-Shirt ist dir ja viiiiel zu groß!« Mit riesigen Augen blickte Basti Martina an, nachdem sie ihn ins Haus gelassen hatte. Ihre Mutter hatte sich nach der Schule um ihn und Annika gekümmert und die beiden nun pünktlich zum Abendbrot nach Hause gebracht.

»Das sieht ja aus wie ein Männer-T-Shirt«, pflichtete Annika ihrem Bruder bei. »So was hast du doch sonst nie an.«

»Stimmt, du bist heute nicht gerade ein Ausbund an Haute Couture«, stellte nun auch ihre Mutter schmunzelnd fest und küsste sie links und rechts auf die Wange. »Oder hast du gerade deine Tage? Dann war ich ja immer zu nichts zu gebrauchen und habe mich am liebsten in einen Jogginganzug gepackt und auf der Couch oder im Bett verkrochen.« Lisette Petterssen lachte ihr volles kehliges Lachen. Sie war ein älteres Ebenbild von Martina und immer noch sehr attraktiv mit ihren sechzig Jahren. Ihrer Aussage nach lag das an ihrem Beruf – sie war Lehrerin für Deutsch, Französisch und Geografie an der örtlichen Gesamtschule und glaubte fest daran, dass die Arbeit mit den jungen Leuten sie fit und jung erhielt, innerlich wie äußerlich.

»Nein, nein, das ist nur …« Martina stockte. Wie sollte sie erklären, dass sie sich seit dem Mittag nicht umgezogen hatte, weil es sich irgendwie gut anfühlte, eines von Thorstens Kleidungsstücken zu tragen? Sie war verrückt. Wenn er davon wüsste … Aber er würde es zum Glück nie erfahren. »Ich bin heute Mittag nass geworden und musste mir trockene Kleider ausborgen. Und danach bin ich nicht mehr dazu gekommen, mich umzuziehen.«

»Ach, in den schlimmen Regen bist du geraten? Mon Dieu! Du Ärmste.« Obgleich sie nur zu einem Viertel Französin war, liebte Lisette es, französische Ausrufe – und manchmal auch Flüche – in jede Unterhaltung einzuflechten. »Wie gut, dass du dir trockene Sachen leihen konntest.« Sie kräuselte leicht die Lippen. »Wer war denn der freundliche Spender?«

»Ja, äh, das war Herr Brunner von der Werft. Thorsten.«

»Der dich neulich Mittag zum Essen eingeladen hat?« Ihre Mutter legte den Kopf ein wenig schräg und musterte sie aufmerksam. »Und am Freitag wart ihr zusammen spazieren.«

Erschrocken hob Martina den Kopf. »Woher weißt du das denn schon wieder?«

»Ach, ma fille, du weißt doch, wie das hier in Lichterhaven ist. Man hat euch gesehen und die Information weitergetragen. Ich habe sie von Francesca.«

Natürlich, von wem sonst? Francesca Hayderoglu war das Tageblatt der Stadt – und wer wusste schon, was sie sich jetzt womöglich zusammenreimen und über sie und Thorsten verbreiten würde?

»Es war nur ein kleines Picknick ... in der Piratenbucht.« Es brachte nichts, ihrer Mutter irgendwelche Details zu verschweigen. Entweder kannte sie sie sowieso schon, oder sie würde sie ihr früher oder später aus der Nase ziehen.

»Ein Picknick, wie schön! Très belle!« Die blauen Augen ihrer Mutter blitzen vergnügt. »Er ist ein gut aussehender Mann.«

»Mhm.« Inzwischen war Martina in die Küche gegangen. Ihre Mutter folgte ihr auf dem Fuße.

»Was gibt es denn heute zu essen, Mama?« Annika hatte sich aus ihren Stiefeln und der Regenjacke geschält und betrat ebenfalls die Küche. »Es riecht nach Pizza.«

»Ich habe uns welche beim *Alibaba* bestellt.« Martina deutete auf den Stapel Pizzakartons, die kurz zuvor geliefert worden waren.

»Au ja, lecker.« Annika wirbelte herum und rannte zurück in den Flur. »Basti, es gibt heute Pizza.«

»Mit allem drauf außer den ekligen Sachen?«

»Na klar, Mama weiß doch, was wir gerne essen.«

Leicht besorgt betrachtete Lisette die Pizzakartons. »Kann er kochen?«

»Was meinst du?« Martina holte Teller und Besteck aus Schrank und Schublade und trug sie zum Esstisch.

»Dein Thorsten. Kann er kochen?«

»Er ist nicht mein Thorsten, Mama. Du weißt doch ...«

»Was weiß ich?« Lisette trat neben sie und legte ihr eine Hand auf den Arm. »Es sind jetzt sechs Jahre. Da ist es vollkommen in Ordnung, wenn du jemand Neuen kennenlernst und dich neu verliebst.«

»Ich habe mich nicht neu verliebt!« Um Himmels willen, warum flatterte denn ausgerechnet jetzt dieses lästige Vögelchen wieder in ihrem Bauch? »Ich bin noch nicht so weit. Und überhaupt ...«

»Was überhaupt?« Nun legte ihre Mutter ihr einen Arm um die Schultern. »Du trägst immerhin schon seine Kleider.«

»Weil ich pitschnass war.«

»Und du hattest seither keine fünf Minuten Zeit, dich umzuziehen?«

»Nein, hatte ich nicht.«

»D'accord. Wenn du es sagst.«

Martina seufzte – schon wieder. Das wurde anscheinend zur Gewohnheit. »Ja, er kann kochen.«

»Sehr gut.« Beifällig nickte ihre Mutter. »Dann besteht ja noch Hoffnung.«

»Worauf?«

»Ich muss jetzt los. In einer halben Stunde fängt mein Töpferkurs im Bürgerzentrum an. Der halbe Frauentreff ist angemeldet. Ich bin ja so gespannt, wie das wird.« Schon war ihre Mutter wieder im Flur, sodass Martina ihr hinterherlaufen musste.

»Fahr bitte vorsichtig, Mama. Der Sturm soll heute Abend und in der Nacht noch schlimmer werden und sogar Orkanstärke annehmen. Und Sturmflut ist auch gemeldet.«

»Hochwasser ist erst um halb zwölf heute Nacht. Bis dahin bin ich dreimal wieder zu Hause. Der Kurs geht doch nur anderthalb Stunden.« Noch einmal küsste Lisette Martina auf beide Wangen. »Aber eklig ist das Wetter schon, da hast du recht. Wo steckt eigentlich Capone?«

»In seinem Körbchen. Er ist kein Freund von Regen und hat bei diesem Wetter anscheinend schlechte Laune.«

»So ein verrückter Hund. Aber très jolie!« Lisette winkte noch einmal und rief den Kindern Abschiedsworte zu, dann eilte sie durch die Haustür zu ihrem alten Mercedes, setzte sich hinters Steuer und fuhr davon.

»Können wir jetzt gleich essen, Mama? Ich hab soooo viel Hunger«, rief Basti von der Küchentür aus. Seine Worte wurden von einer ausholenden Geste begleitet.

»Natürlich, setzt euch schon mal an den Tisch.« Da in diesem Moment eine kräftige Sturmbö Martina fast die Haustür aus der Hand riss, schloss sie diese eilig und folgte ihren Kindern ins Esszimmer.

»Das ist aber ein lauter Sturm«, befand Basti, nachdem er sich ein Stück von seiner Lieblingspizza auf den Teller gehievt hatte. »Voll unheimlich.«

»Du hast recht.« Besorgt schielte Martina aus dem Fenster, hinter dem es trotz der noch frühen Stunde bedrohlich finster geworden war. Die Büsche und Bäume im Garten und ringsum bogen und schüttelten sich bedenklich unter der Naturgewalt, und die Böen prallten mit lautem Getöse gegen das Haus. Da sich gerade auch noch ein Gewitter entlud, war der Lärm wirklich ungewöhnlich. »Aber solange wir im Haus bleiben, kann uns nichts passieren.«

»Aber Capone muss bestimmt noch mal raus«, wandte Basti ein.

Hm? Was ist mit mir? Oh, raus ... Ja, wau, stimmt, ich müsste noch mal. Aber nur kurz, und das hat auch noch ein bisschen Zeit. Da draußen ist es mir nicht geheuer. Das wütende Geknurre am Himmel macht mich schon ganz kirre. Am liebsten würde ich mich unter dem Sofa verstecken. Aber da passe ich leider nicht drunter.

»Guck, Mama, er sieht ganz ängstlich aus.« Mit ausgestrecktem Finger zeigte Basti auf den Mudi, der sich in seinem Körbchen zusammengerollt hatte.

»Ich weiß, er hat ein bisschen Angst vor lautem Donner.« Martina blickte kurz zu ihrem Hund, bemühte sich aber um einen beiläufigen Ton. Christina hatte ihr erklärt, dass sie Capone in solchen Situationen keinesfalls übermäßig trösten oder betüddeln durfte, damit er sich nicht in seiner Angst bestätigt fühlte. »Aber das ist gar nicht nötig, nicht wahr, Capone? Es ist alles in bester Ordnung.«

Das sagst du so einfach. Schnüff. Ich fühle mich kein bisschen wohl, solange es draußen so laut ist.

»Du, Mama, guck mal, die Tannen auf der anderen Straßenseite.« Annika war aufgestanden und hinüber zum Küchenfenster gegangen. »Die wackeln aber ziemlich arg, oder?«

»Wo, lass mal gucken!« Auch Basti sprang auf und rannte ans Küchenfenster. »Boah, was ist denn, wenn die umkippen und auf unser Haus fallen? Sind wir dann alle tot?«

Martina zuckte heftig zusammen. »Nein, selbstverständlich nicht, Basti. Die Bäume kippen nicht aufs Haus. Die haben schon viele andere Stürme überstanden. Kommt, setzt euch wieder an den Tisch, und esst eure Pizza, bevor sie kalt ist.«

Ein erneuter Donner rollte über Lichterhaven hinweg. Martinas Blicke wurden nun auch immer wieder vom Küchenfenster angezogen – oder vielmehr von den hohen Tannen auf dem gegenüberliegenden Grundstück. Sie hatte den Besitzer schon lange darum gebeten, sie absägen zu lassen, doch der Mann war schon fast neunzig Jahre alt und sah offenbar keinen Grund, Geld dafür auszugeben.

»Mama?« Annikas helle, neugierig klingende Stimme riss sie aus den Gedanken.

»Ja, mein Schatz?«

»Bist du echt verliebt?«

»Was?« Beinahe hätte sie sich an ihrem Pizzabissen verschluckt. »Wie kommst du denn darauf?«

»Eeecht?«, mischte Basti sich sofort ein. »In wen denn?«

»In Thorsten natürlich, Dummerchen.« Annika reckte ihr Kinn, und ihre Stimme nahm einen altklugen Tonfall an. »Hast du nicht gehört, was Oma vorhin gesagt hat?«

»Das hast du mitbekommen?« Martinas Herz zuckte in ihrer Brust.

»Klar, ich hab gute Ohren.« Annika grinste. »Seid ihr jetzt ein Paar oder so?«

»Nein.« Energisch schüttelte Martina den Kopf, zügelte sich dann aber. Sie wollte die Sache nicht aufbauschen. »Wir sind nur Freunde, Annika. Oma hat da etwas falsch verstanden.«

»Du hast aber sein T-Shirt an, oder?«

Diesmal unterdrückte sie das Seufzen gerade noch rechtzeitig. »Er hat es mir geliehen, weil meine eigenen Sachen ganz nass waren.«

»Dann hat er ja jetzt keins mehr an.« Basti machte große Augen. »Das ist aber kalt bei dem Regen und Sturm und so.«

Wider Willen musste Martina lachen. »Er hat sich ja auch umgezogen und sich ein T-Shirt von seinem Bruder geliehen.«

»Also ich leihe Annika keine Anziehsachen«, befand Basti sofort. »Die gehören alle nur mir.«

»Die würden mir ja sowieso nicht passen, du Zwerg!«, konterte Annika und streckte ihrem Bruder die Zunge heraus.

»Ich bin gar kein Zwerg!« Basti schnitt eine Grimasse. »Du bist doof und blöd, und ich leihe dir überhaupt nie irgendwas!«

»Ich will ja auch gar nichts von deinen Babysachen geliehen haben.« Annika reckte das Kinn eigensinnig vor. »Hab ich nämlich gar nicht nötig.«

»Kinder, hört sofort auf mit dem Unsinn.« Mit strengen Blicken maß Martina die beiden Streithähne. »Wenn nicht gleich Ruhe ist, geht ihr auf der Stelle ins Bett.«

»Ich hab aber noch nicht fertig gegessen!«, protestierte Basti und stopfte sich gleich darauf ein riesiges Stück Pizza in den Mund.

»Ich auch nicht.« Geziert biss Annika von ihrer Pizza ab und tat, als sei sie eine feine Dame.

Martina verdrehte nur die Augen.

***

Als die Kinder etwas mehr als eine Stunde später in ihren Betten lagen und – hoffentlich – schliefen, kuschelte Martina sich auf die Couch und zappte durch das TV-Programm. Als sie jedoch nichts Vernünftiges fand, entschied sie sich für ein Hörbuch. Sie spielte es auf ihrem Tablet ab und zog sich die kuschelige braune Decke bis zur Nasenspitze hoch.

Draußen tobte der Sturm unvermindert, war sogar den Geräuschen nach noch heftiger geworden. Er pfiff und heulte im Kamin, rüttelte an allem, was nicht niet- und nagelfest war. Das Gewitter war weitergezogen, hatte jedoch eine Menge Regen zurückgelassen, der in wahren Sturzbächen vom Himmel prasselte. Bestimmt waren inzwischen schon die ersten Keller vollgelaufen. Bei solchen Unwettern war das nichts Ungewöhnliches. Es gab in und um Lichterhaven drei Bäche, die bei solchen Regenmassen regelmäßig über die Ufer traten. Ganz bestimmt war die freiwillige Feuerwehr bereits im Dauereinsatz – wenn nicht wegen abgesoffener Keller, dann wegen umgestürzter Bäume oder kleinerer Erdrutsche. Wenn sich die Warnung vor der Sturmflut bewahrheitete – und das würde sie ganz bestimmt –, dann hatten die armen Feuerwehrleute eine anstrengende Nacht vor sich.

Während Martina der Sprecherin lauschte, die Michelle Obamas Erinnerungen an ihre Kindheit und Jugend vorlas, beobachtete sie Capone in seinem Körbchen. Der Hund hatte sich zu einer beigefarbenen Kugel zusammengerollt, den Kopf beinahe unter seinen Hinterläufen versteckt. Doch alle paar Minuten spätestens stand er auf, drehte sich mehrmals um sich selbst, schnaufte, kringelte sich wieder zusammen. Sobald besonders heftige Böen gegen das Haus schlugen, konnte sie erkennen, dass er zusammenzuckte.

Seufzend – schon wieder! – richtete sie sich ein wenig auf. »Hey, Capone, was ist denn los? Kommst du so gar nicht zur Ruhe?«

Nein, wie denn auch, wenn es draußen derart unheimlich ist? Gut, dass du vorhin mit mir nur raus in den Garten gegangen bist. Das hat mir schon vollkommen gereicht. Schnell das Bein gehoben und gleich wieder rein. Hier fühle ich mich wenigstens etwas sicherer. Aber wohl ist mir trotzdem nicht.

Martina lächelte, als sie den traurig-anklagenden Blick aus den braunen Hundeaugen sah, und gab ihren Widerstand auf. »Komm mal her, Süßer.«

Ruckartig hob Capone den Kopf. *Wie, was? Ich? Zu dir? Klar, warum nicht.* Rasch stand er auf, schüttelte sich und tappte auf die Couch zu.

»Und jetzt rauf mit dir.« Auffordernd klopfte Martina neben sich auf die Couch.

Da sie immer noch ausgestreckt lag und sich nur wenig aufgerichtet hatte, blickte Capone sie unsicher an. *Hä? Hoch? Wohin denn?*

»Hier herauf, komm! Lass uns ein bisschen schmusen.« Noch einmal klopfte Martina neben sich auf das Sitzpolster.

Also, äh, zu dir hoch? So? Capone kletterte mit den Vorderläufen auf die Couch und blickte sich unsicher um.

»Nein.« Martina lachte. »Ganz hoch. Hopp, rauf mit dir.«

Echt? Ganz zu dir auf die Couch? Aber wehe, du schimpfst gleich, wenn ich das mache. Mit einem Satz landete Capone auf Martinas Bauch und trampelte begeistert auf ihr herum.

»Hey, nicht doch!« Ihr blieb fast die Luft weg. »Du zertrampelst wichtige Organe!« Kichernd rutschte sie hin und her. »Mach Platz!« Sie führte das entsprechende Handzeichen aus, so gut es im Liegen ging. »Komm schon, leg dich hin. Platz.«

Also gut, aber dann liege ich auf dir drauf. Wenn dir das nichts ausmacht. Kuschelig ist es hier schon, und ich fühle mich gleich viel sicherer. Umständlich ließ Capone sich auf Martinas Bauch nieder und legte ihr den Kopf auf die Brust. *So in etwa?*

»Braver Hund.« Lächelnd kraulte Martina Capone hinter den Ohren. »Hier fühlst du dich viel besser, oder?«

Und wie! Bei meinem Frauchen fühle ich mich immer saugut – oder vielmehr hundegut. Capone hob kurz und gerade weit genug den Kopf, um Martina übers Kinn zu lecken.

»Du kannst so unglaublich lieb sein, wenn du willst.« Mit der rechten Hand zog sie das Tablet auf dem Couchtisch näher und tippte auf die Hörbuch-App, um der Sprecherin die Gelegenheit zu geben, die letzten drei oder vier Minuten von Michelle Obamas Erinnerungen zu wiederholen.

Also eigentlich will ich immer lieb sein. Bin ich es etwa nicht? Na gut, wir sind uns vielleicht nicht immer einig, aber deshalb bin ich doch wohl nicht böse. Oder? Fragend blickte Capone zu ihr auf.

»Du bist schon einer.« Zärtlich wuschelte Martina ihrem Hund durchs Fell und ließ ihre Hände dann auf seinem Rücken liegen. »Ganz schön schwer bist du auch, aber was soll's! Bei diesem unheimlichen Sturm brauche ich auch jemanden, der mich beruhigt.« Prompt wanderten ihre Gedanken zu Thorsten, doch sie versuchte sogleich, an etwas anderes zu denken. Denn dass Thorsten, wenn er jetzt hier wäre, zu ihrer Ruhe beitragen würde, bezweifelte sie stark.

Sie hatte sich gerade wieder in das Hörbuch vertieft, als ihr Smartphone in ihrer Gesäßtasche zu vibrieren begann. Gleichzeitig erklang als Klingelton *La vie en rose*, woran sie sofort erkannte, dass der Anruf von ihren Eltern kam. »Oh, Mist, Moment mal.« Etwas unbeholfen angelte sie nach dem Mobiltelefon. »Nein, Capone, bleibt ruhig liegen, ich hab's gleich.« Aufatmend hob sie das Smartphone an, ließ es aber bei dem Versuch, den Anruf mit nur einer Hand anzunehmen, beinahe fallen. »Mist«, wiederholte sie, schaffte es aber dann, das Telefon mit zwei Händen zu bedienen. »Ja, Mama, bist du es?«

»Und wie ich das bin, ma fille!« Die Stimme ihrer Mutter klang atemlos. »Mon dieu, mon dieu, du glaubst nicht, was bei uns los ist. Wir haben die Feuerwehr im Haus.«

»Was?« Entsetzt richtete Martina sich auf, sodass Capone zu Boden purzelte.

Wau! Au! Was ist denn jetzt los? Ebenso entgeistert wie entrüstet schüttelte der Mudi sich.

»Oh, entschuldige, Capone, das wollte ich nicht.« Erschrocken streichelte Martina den Hund. »Was ist passiert, Mama? Brennt es etwa bei euch?«

»Nein, im Gegenteil. Der Hallerbach, du weißt schon, der hinter unserem Haus langfließt, hat extremes Hochwasser, und zum ersten Mal ist jetzt auch etwas davon in unseren Keller gelaufen. Ach, was sage ich da? *Etwas* ist entsetzlich untertrieben. Das gesamte Kellergeschoss steht fast knietief unter Wasser. Die Waschmaschine und der Trockner ... Ich glaube, die sind beide hin. Ganz zu schweigen von den ganzen Sachen, die im Keller lagern. Den Gartenmöbeln macht das ja vielleicht nicht so viel aus, aber all die anderen Dinge ... Hach, es ist einfach schrecklich.«

»Du liebe Zeit.« Erschrocken und unschlüssig sah Martina sich um. »Soll ich zu euch kommen? Euch irgendwie helfen?

Ich müsste die Kinder ...« Sie stockte. »Oh nein, Bettina und Sönke sind ja gar nicht da.« Ihre Schwiegereltern waren für ein paar Tage zu einem Verwandtenbesuch nach Bremen gefahren.

»Nein, nein, bleib bloß, wo du bist, ma chérie! Du kannst hier ja doch nichts tun. Jörn, unser Feuerwehrchef, kümmert sich gerade höchstpersönlich mit ein paar seiner Jungs um alles hier. Er hat seine Truppe wieder mal aufgeteilt, weil bei diesem Unwetter so viel los ist.«

Martina knabberte an ihrer Unterlippe. »Bist du sicher, dass ich nicht doch ... Ich könnte ... keine Ahnung, etwas zu essen machen?«

»Du?« Ihre Mutter lachte kurz auf. »Nein, Liebes, du brauchst dir keine Arbeit zu machen. Ich wollte dir nur rasch Bescheid geben, was hier los ist. Und möglicherweise wird es bei uns die nächsten Tage etwas ungemütlich, wenn die Handwerker kommen, um die Schäden zu beseitigen. Aber mach dir bitte keine Sorgen. Niemand ist verletzt, und der Schaden begrenzt sich auf Dinge, die sich ersetzen lassen.«

»Na gut. Okay.« Verunsichert rutschte Martina auf der Couch hin und her. »Ich kann wirklich gar nichts tun?«

»Nicht das Geringste.« Es knackte ein wenig in der Verbindung. »Oh, oh, ich glaube, ich muss rasch den Handyakku aufl...« Das Gespräch brach ab.

»Mama? Hallo?« Achselzuckend legte Martina ihr Smartphone auf den Couchtisch und stellte das Hörbuch erneut zurück an eine Stelle, die sie bereits gehört hatte. Dann ließ sie sich wieder zurück in die Polster der Couch sinken. Es widerstrebte ihr, ihren Eltern nicht tatkräftig zur Seite stehen zu können, aber ihre Mutter hatte vermutlich recht. Wahrscheinlich würde sie nur im Weg stehen, und außerdem musste ja jemand bei den Kindern bleiben. Ihr Blick fiel auf Capone, der sich in sein Körbchen zurückgezogen hatte und sie nicht aus den Augen ließ. »Du Armer. Ich wollte dich wirklich nicht so von mir runterschmeißen. Das war nur der Schreck. Hast du dir wehgetan?«

Zögernd erhob Capone sich und tappte erneut zur Couch. *Wehgetan nicht, aber ziemlich erschreckt. Na ja, auch ein bisschen am Couchtisch gestoßen.* Mit riesigen traurigen Hundeaugen blickte er sie an. *Wenn ich es mir recht überlege, tut es sogar richtig doll weh. Kannst du mich trösten?*

»Oh mein Gott, bist du ein guter Schauspieler!« Lachend klopfte Martina wieder auf das Sitzpolster. »Na, komm rauf, versuchen wir es noch mal. Es war eben doch so schön gemütlich mit uns beiden. Hopp und Platz!«

Okay, bin schon da! Mit etwas Anlauf hüpfte Capone erneut auf Martinas Bauch und ließ sich wie ein nasser Sack fallen. *Ha, schön, weich und warm und ... einfach Frauchen.*

Keuchend rang Martina nach Atem. »Meine Güte, du nimmst aber auch alles wörtlich, du Schlawiner.« Erneut begann sie ihn zu kraulen und schaffte es nach einer Weile auch, sich wieder voll und ganz auf das Hörbuch zu konzentrieren. Fast eine Stunde lauschte sie den Erlebnissen und Erinnerungen der früheren First Lady. Etwa um die Zeit herum, als Michelle Barack Obama zum ersten Mal begegnete, schlief Martina ein. Capone auf ihrem Bauch schnarchte leise vor sich hin.

Die Sprecherin las immer noch, als Martina knapp zwei Stunden später hochschrak. Ein ohrenbetäubender Donner hatte sie aus dem Traumland gerissen, in dem sie mit Barack Obama und ihrer Mutter zusammen in einem Keller voller Wasser gestanden und *La vie en Rose* gesungen hatte. Regen prasselte von allen Seiten gegen die Fenster, im Kamin pfiff es gespenstisch, und der Sturm – inzwischen war es ein ausgewachsener Orkan – rauschte um das Haus, zerrte an den teilweise geschlossenen Rollläden, warf sich mit Getöse gegen die Hauswände.

Martina rieb sich leicht verstört übers Gesicht und schickte ein Stoßgebet gen Himmel, dass es keine Dachziegel herunterreißen würde.

Sie hatte den Gedanken kaum zu Ende gedacht, als sie ein markerschütterndes Knirschen vernahm. Dann ein Krachen. Das Haus erzitterte.

Im nächsten Moment kreischte Basti in seinem Zimmer los.

10. Kapitel

Thorsten rollte gerade zusammen mit Jörn den Schlauch auf, mit dem sie den Keller der Petterssens vom Wasser befreit hatten, als eine neue Alarmierung einging. Hinnerk Petterssen, der das Funkgerät bediente, sprang vom Fahrersitz des Feuerwehrautos und winkte Jörn zu sich. Nur wenige Worte wurden gewechselt, dann kehrte der Wehrführer der Freiwilligen Feuerwehr Lichterhaven zu Thorsten zurück. Er war ein hochgewachsener, schlanker Mann von Anfang dreißig, der eine natürliche Autorität ausstrahlte – und dessen Mimik im Moment große Besorgnis ausdrückte. Sein kurz geschnittenes dunkelblondes Haar klebte nass an seinem Kopf, weil er kurz seinen Feuerwehrhelm abgenommen hatte. »Wir müssen sofort weiter. Umgestürzte Bäume haben ein Wohnhausdach schwer beschädigt. Sandsteinweg 2.«

Thorsten ließ beinahe den aufgerollten Schlauch fallen. »Scheiße. Sandsteinweg 2?«

»Ich gebe Martin drinnen rasch Bescheid. Er soll sich die Pumpe schnappen, und dann fahren wir los.«

»Sandsteinweg 2 ist Martinas Haus.« Hastig wuchtete Thorsten den Schlauch an seinen angestammten Platz im Auto. Er lebte jetzt seit gut zwei Jahren in Lichterhaven, und seit anderthalb Jahren war er Mitglied der freiwilligen Feuerwehr. Die Ausbildung zum Feuerwehrmann hatte er bereits mit sechzehn gemacht und später noch einige Fortbildungen zu seiner Qualifikation hinzugefügt. Da er sich in Lichterhaven heimisch fühlte, war es für ihn absolut selbstverständlich gewesen, der Truppe beizutreten. Allerdings hatte er noch keinen Einsatz gehabt, bei dem ein ihm persönlich nahestehender

Mensch Opfer oder Geschädigter gewesen war. »Geht es ihr gut? Und den Kindern? Sind sie in Ordnung?«

»Ihnen scheint nichts passiert zu sein. Die Leitstelle hat nur einen Notruf wegen der umgestürzten Bäume erhalten.« Jörn war bereits auf dem Weg ins Haus des Ehepaars Petterssen, um dem Kameraden Bescheid zu geben.

Thorsten atmete auf und sammelte rasch ein paar Kleinteile ein, die auf dem Boden verstreut lagen. Hinnerk, der Bruder des Hausherrn, war ebenfalls noch einmal ins Haus gegangen. Als Thorsten sich umdrehte, sah er die beiden Männer heftig gestikulierend miteinander reden. Nur Augenblicke später kam Hinnerk zum Feuerwehrauto zurück. Ihm folgten Jörn und Martin, ein Mann Mitte vierzig mit raspelkurzen Haaren und Kinnbärtchen. Jörn half Martin dabei, auch noch die Pumpe im Auto zu verstauen, und schon wenig später fuhren sie zu ihrer nächsten Einsatzstelle.

Thorsten sprang schon aus dem Auto, bevor es richtig zum Stehen gekommen war. Während Jörn sich noch mit einem der beiden anderen Einsatzteams über Funk besprach, holten Hinnerk und Martin bereits Werkzeug und Kettensägen heraus und besahen sich den Schaden.

Thorsten blieb beinahe das Herz stehen, als er sah, was passiert war. Auf der gegenüberliegenden Straßenseite standen vier himmelhohe Tannenbäume – oder vielmehr hatten sie dort gestanden. Drei von ihnen waren durch den Orkan, der nach wie vor unvermindert wütete, umgerissen worden. Zwei waren auf Martinas Hausdach gelandet, die dritte hatte den weißen Gartenzaun zerstört und lag mitten in ihrem Garten. Nummer vier stand noch, bog sich und schwankte jedoch unter der Naturgewalt derart, dass auch er nicht mehr lange würde standhalten können.

Martina stand mit den beiden Kindern im Hauseingang der Nachbarn. Thorsten konnte Bastis lautes Weinen vernehmen und erkennen, dass Martina sich alle Mühe gab, den Jungen zu beruhigen, es aber nicht zu schaffen schien. Annika hatte ihre Arme um die Hüften ihrer Mutter geschlungen und starrte mit weit aufgerissenen Augen und einer Mischung aus Faszination und Entgeisterung auf den Schaden, den die Bäume angerichtet hatten. Das Dach war durch die beiden Bäume eingedrückt worden, und auch die Dachgaube hatte etwas abbekommen. Zwei der drei Fenster waren zersprungen. Der gerade wieder einsetzende Regen würde die Räume im Obergeschoss noch weiter beschädigen, wenn sie nicht schnell handelten. Außerdem musste die vierte Tanne gefällt werden, damit sie nicht auch noch umkippte und weiteren Schaden anrichtete. Doch bei diesem Sturm war das alles andere als ungefährlich.

»Ich habe Sven angerufen.« Jörn war neben Thorsten aufgetaucht. »Unseren Förster. Er hat versprochen, zwei Waldarbeiter herzuschicken, damit sie die Tanne fällen. An die wage ich mich nicht heran. Aber bevor die nicht weg ist, kann ich niemanden ans Haus schicken, das wäre zu gefährlich.«

Mit einem grimmigen Nicken blickte Thorsten erst zu Martina, dann zu ihrem Haus. »Wenn wir nicht schnell machen, wird das Dach noch schlimmer beschädigt.«

Auch Jörn musterte das Haus eingehend. »Der Sturm zerrt an den Stämmen und reißt sie immer weiter zur Seite. Verdammt, aber wir können da jetzt nichts machen, bis die Waldarbeiter hier sind. Die sind für so was ausgebildet.«

»Hoffentlich.«

»Ich rede mal mit Martina.« Schon wollte Jörn sich abwenden, doch Thorsten hielt ihn am Arm zurück. »Lass mich das machen. Wir sind ... na ja. Vielleicht kann ich den Jungen beruhigen. Wir kommen gut miteinander aus.«

»Du und Martina Clausen?« Verblüfft hob Jörn den Kopf, dann grinste er. »Sieh mal einer an. Hätte ich ja nicht gedacht, dass sie auf einen wie dich abfährt. Sie ist doch seit Axels Tod noch mit keinem Mann auch nur per Du gewesen.«

»Von Abfahren war nicht die Rede.« Thorsten hüstelte. »Daran arbeite ich noch.«

»Soso.«

»Es wundert mich, dass du noch nichts gehört hast. Die Sache ist doch schon durch ganz Lichterhaven ... mehrmals sogar, wenn ich das richtig verstanden habe.«

Jörn winkte ab. »Kann schon sein, aber ich befasse mich normalerweise nicht viel mit dem Stadttratsch. Dafür ist mir meine Zeit zu schade.«

»Kann ich irgendwie verstehen.« Thorsten wandte sich wieder in Richtung des Nachbarhauses. Im selben Moment ertönte ein lang gezogenes Heulen, und nur Augenblicke später sauste eine beigefarbene Kanonenkugel auf vier Pfoten an Martina vorbei aus dem Nachbarhaus und auf ihn zu.

Jaaaaaauu, ich hab richtig gehört und gerochen. Da ist Thoooorsteeen! Mein Freund, wau, wie schööön, dass du hier bist. Du glaubst nicht, was uns passiert ist! Wild wedelnd und wie ein Derwisch umkreiste Capone Thorsten und sprang immer wieder an ihm hoch. *Da sind Bäume auf unser Haus gefallen. Das war vielleicht laut und entsetzlich. Ich weiß gar nicht, wie ich das aushalten soll. Schrecklich, schrecklich, wau. Und dann hat Basti ganz grässlich geschrien vor Angst, und Annika hat geweint – und Frauchen auch – und dann mussten wir ganz schnell aus dem Haus. Aber jetzt bist du ja da. Kannst du uns helfen, damit ich wieder in mein kuscheliges Körbchen kann und alle wieder lachen und nicht mehr so aufgeregt sind und weinen?*

»Hey, schon gut, Capone, mach mal halblang.« Wider Willen musste Thorsten über das ungestüme Gebaren des Mudis lachen. »Du wirfst mich ja fast um. Und du hast dich schon wieder losgerissen, was?« Mit einem geschickten Griff schnappte Thorsten sich die Hundeleine, die an Capones Geschirr befestigt war. »Na, komm mal mit zu deinem Frauchen.«

Ja, okay. Ich wollte dich eh bloß begrüßen. Brav folgte Capone ihm bis zur Tür des Nachbarhauses.

Martina sah erschrocken aus, nicht nur, weil Capone ihr wieder einmal entwischt war – oder vielmehr der Nachbarin, die die Leine gehalten hatte, sondern auch, natürlich, wegen der Zerstörung, von der sie kaum ihre Augen abwenden konnte.

Basti heulte immer noch lautstark, was jedoch ein wenig gedämpft wurde, weil er sein Gesicht gegen den Bauch seiner Mutter gepresst hatte. Martina streichelte ihm einigermaßen hilflos über den Rücken. Als sie Thorsten erkannte, weiteten sich ihre Augen vor Überraschung.

»Was machst du denn hier?«

»Sieht man das nicht?« Er gab seiner Stimme absichtlich einen beiläufigen Klang. »Jetzt sag bloß, du wusstest nicht, dass ich bei der freiwilligen Feuerwehr bin.«

»Nein … Doch, natürlich wusste ich das. Aber ich hatte es nicht mehr auf dem Schirm.« Sie schluckte hart. »Mein Haus. Das Dach … Ich lag auf der Couch und habe geschlafen. Und dann hat es gedonnert …« Noch während sie sprach, zuckte ein greller Blitz auf, und nur Sekunden später krachte ein weiterer Donnerschlag. Ihre Augen wurden noch größer, Basti schluchzte schrill. »Schon gut, Schatz, ist ja schon gut. Dir passiert nichts. Uns allen nicht.« Martina kämpfte selbst mit den Tränen, schien aber unbedingt für ihre Kinder tapfer bleiben zu wollen. »Guck doch mal, Basti, wer hier ist. Thorsten. Und er hat eine Feuerwehrmann-Jacke und einen Helm an.«

Das Schluchzen verstummte, langsam drehte der Junge Thorsten sein verheultes Gesicht zu. Dann schniefte er. »Echt? Das ist echt Thorsten. Bist du ein echter, richtiger Feuerwehrmann?«

Rasch ging Thorsten vor dem Kleinen in die Hocke. »Ja, wirklich, ein ganz echter. Das siehst du an der Jacke«, er deutete auf die schwere Feuerwehrjacke, »und den Stiefeln und natürlich an meinem Helm.«

»Boah. Ich will auch mal Feuerwehrmann werden.« Die

Stimme des Jungen klang ganz dünn und heiser. Wieder begannen die Tränen zu fließen. »Unser Haus ist tot und kaputt, und das Dach ist hin – und Mamas Arbeitszimmer und unser Gästezimmer. Ich habe geschlafen, obwohl der Sturm so unheimlich war, aber dann hat es auf einmal soooo doll gekracht, und dann hat mein Bett gewackelt, und ich hab ganz dolle Angst gekriegt und geschrien und geweint und so und ... Jetzt habe ich immer noch so Angst. Unser Haus ...«

»He, kleiner Mann, ist ja schon gut.« Thorsten verspürte einen schmerzhaften Stich in der Herzgegend, als er sah, wie sich die Augen des Jungen erneut mit Tränen füllten und sein Gesicht sich vor Furcht zu einer Grimasse verzog. Vorsichtig ergriff er Bastis Hände. »Das Haus kann man wieder heil machen. Und dir, deiner Mama und deiner Schwester und Capone geht es gut, nicht wahr?«

»Mh.« Zögernd nickte Basti. »Glaub, ja.«

»Siehst du, das ist das Allerwichtigste.« Langsam erhob Thorsten sich wieder und blickte Martina prüfend an. »Ihr könnt erst mal nicht ins Haus zurück, solange wir hier arbeiten.«

»Ich weiß.« Ihre Stimme zitterte nun auch leicht.

»Kannst du sonst irgendwo übernachten?«

»Nein. Meine Eltern haben einen schlimmen Wasserschaden im Keller. Die will ich jetzt nicht auch noch mit uns belasten.« Sie schluckte. »Oh Gott, ich muss sie anrufen.«

»Warte erst mal, bis du dich beruhigt hast.« Rasch nahm er ihr das Smartphone ab, das sie aus ihrer Gesäßtasche gezogen hatte. »Ich komme gerade vom Haus deiner Eltern. Sie haben doch nur Wasser im Keller gehabt. Bestimmt würden sie ...«

»Nein, ich kann doch jetzt nicht auch noch verlangen ... Und ich kann auch hier nicht weg ... Und meine Schwiegereltern sind gar nicht da und ...« Sie verhaspelte sich.

»Ihr könnt gerne bei uns übernachten«, schlug die Nachbarin vor. Sie war eine Frau, ungefähr Mitte sechzig, mit rosigen

Apfelbäckchen und einer kugelrunden Figur. »Wir haben nur ein Gästebett, aber das kriegen wir schon irgendwie hin.«

»Oh nein, das kann ich doch nicht ...« Martina seufzte. »Danke, Karla, das ist sehr nett von dir.«

»Das ist doch selbstverständlich.« Karla hüstelte. »Nur mit Capone müssen wir uns was überlegen. Mein Sontje ist schwer allergisch auf Tierhaare. Aber das machen wir schon irgendwie, und morgen muss ich dann gleich überall Staub saugen und putzen. Kommt mal rein, dann bereite ich für die Kinder das Bett vor, und du, Martina, kannst vielleicht auf der Couch schlafen. Die ist ein bisschen kurz und schmal, aber für eine Nacht geht das schon ...«

»Ihr könnt auch in meiner Wohnung übernachten.« Thorsten hatte das Angebot ausgesprochen, noch bevor er nachdenken konnte. Ehe sein Verstand ihn davon abhielt, zog er seinen Schlüsselbund aus der Hosentasche. »Hier. Du weißt doch, wo meine Wohnung ist, oder?« Martina starrte ihn nur erschrocken an, deshalb redete er rasch weiter. »Ihr könnt alle zusammen in meinem Bett schlafen, das ist groß genug. Hundehaare machen mir nichts aus, und im Kühlschrank ist auch noch was zu essen und zu trinken. Ach ja, Bettwäsche und eine zusätzliche Wolldecke findest du im Flurschrank, und Handtücher liegen im Regal im Bad. Nehmt euch einfach, was ihr braucht.« Er hielt Martina den Schlüsselbund hin, doch sie reagierte nicht. »Ist schon okay, ich bin sowieso noch die halbe Nacht im Einsatz. Macht es euch in meiner Bude bequem, und morgen sehen wir weiter.«

Zögerlich griff Martina nach den Schlüsseln. »Das ist nicht nötig.«

»Doch, ist es. Nimm die Kinder und den Hund – und macht, dass ihr von hier wegkommt und euch von dem Schrecken erholt.« Er sah sich um. »Wo steht dein Auto?«

»In der Garage, wo sonst?« Unsicher blickte Martina zu ihrem Haus. »Da kann ich jetzt nicht hin, oder?«

»Ich berede das kurz mit Jörn.« Thorsten wuschelte dem verstummten Basti durch den Haarschopf und warf Annika ein warmes Lächeln zu, dann begab er sich im Laufschritt zu Jörn und Hinnerk, die gerade den Pick-up einwiesen, mit dem die Waldarbeiter eingetroffen waren.

***

»So ein netter, hilfsbereiter junger Mann!« Karla trat neben Martina und lächelte ihr zu. »Und gut sieht er auch noch aus. Da hast du wirklich Glück, Martina.«

»Äh ...« Martina konnte ihren Blick kaum von Thorsten abwenden, der inzwischen eifrig mit Jörn diskutierte. Sein Schlüsselbund wog schwer in ihrer Hand und fühlte sich warm an. Natürlich – Thorsten hatte ihn ja in der Hosentasche gehabt. Erst mit Verspätung begriff sie, was ihre Nachbarin gesagt hatte. »Thorsten ist nicht ... Wir sind nicht ... Wir sind Freunde, das ist alles.«

»Bist du sicher?« Karla schmunzelte. »Na, meinetwegen. Auf jeden Fall sind solche Freunde die allerbesten. Wenn das mit deinem Auto nicht klappt, kannst du gerne unseres nehmen. Wir müssen morgen nirgendwohin, und bestimmt seid ihr ja im Lauf des Vormittags wieder hier, oder? Bis dahin sind die Bäume auch weg, und ihr könnt wieder ins Haus.«

»Das ist sehr lieb von dir, Karla.« Martina wappnete sich, als Thorsten erneut auf sie zukam.

»An die Garage kommst du erst mal nicht heran. Der Wind droht die Tannen genau in diese Richtung zu drücken.« Während er sprach, kreischte erst eine, dann eine zweite Kettensäge auf. »Entweder du wartest, bis wir hier fertig sind, oder ...«

»Hier, Martina, schnapp dir unseren Wagen.« Karla hatte bereits den Autoschlüssel geholt und tippte auf die Fernbedienung am Schlüsselbund, sodass sich das Garagentor öffnete.

»Es ist zwar kein Kindersitz für Basti drin, aber für jetzt mal eben geht das schon. Der arme Junge muss dringend ins Bett, so verängstigt und überdreht, wie er ist. Und Annika fallen schon im Stehen die Äuglein zu.«

»Das ist wirklich unglaublich nett von dir, Karla.« Martina schluckte an dem Kloß, der sich in ihrer Kehle gebildet hatte. »Und von dir auch, Thorsten. Ich weiß gar nicht, wie ich dir danken soll.«

»Darüber sprechen wir ein andermal.« Er blinzelte ihr zu. »Macht euch jetzt mal schnell auf den Weg, ihr vier. Ich muss wieder an die Arbeit.« Er strich Basti noch einmal über den roten Haarschopf, lächelte Annika zu und gesellte sich dann wieder zu seinen Feuerwehrkameraden, die mit dem Förster zu beraten schienen, wie man am besten vorging, um die Tannen vom Hausdach herunterzuholen.

Martina riss sich von dem entsetzlichen Anblick ihres zerstörten Hauses und den Gedanken an Wasserschäden los. »Na, dann kommt mal, ihr beiden.« Sie schob beide Schlüsselbunde in ihre Jackentasche und nahm ihre Kinder bei den Händen. »Karla, wärst du so lieb, Capone mit rüber zum Auto zu bringen?«

»Aber sicher doch.« Die ältere Frau schnalzte leise. »Auf, Capone, ihr fahrt jetzt zu einem hübschen trockenen Plätzchen und schlaft euch richtig aus.«

Wau? Ich meine ... was? Trockenes Plätzchen klingt toll, aber kommt Thorsten denn nicht mit? Fragend blickte Capone in Thorstens Richtung. *Das ist aber sehr schade. Na gut, was soll's! Ich bin nass und müde, und ein Nickerchen wäre jetzt genau das Richtige. Wohin fahren wir denn?*

***

Martina atmete einmal tief durch, bevor sie den Schlüssel ins Schloss von Thorstens Wohnungstür steckte. Zwar redete sie sich innerlich gut zu, dass ihre Nervosität vollkommen irrational und überflüssig war, dennoch traute sie sich fast nicht, die Wohnung zu betreten. Wenn nicht Basti vollkommen erschöpft und quengelig gewesen und Annika beinahe tatsächlich im Stehen eingeschlafen wäre, hätte sie möglicherweise sogar wieder kehrtgemacht und wäre doch zu ihren Eltern gefahren.

Die Kinder stürmten an ihr vorbei, als das Licht im Flur aufflammte, und auch Capone machte sich sofort auf einen Schnüffelrundgang. Martina schob die Tür hinter sich ins Schloss und sah sich vorsichtig um. Sie fühlte sich wie ein Eindringling, doch ihre Neugier war trotzdem geweckt.

Wie Thorsten ihr bereits erzählt hatte, besaß er eine Menge Möbel, die sie von ihren Besuchen im schwedischen Einrichtungshaus kannte. Er bevorzugte klare Linien, wo sie ein wenig mehr auf verspielten Landhausstil stand. Die Wohnung war nicht besonders groß, deshalb hatte sie schnell einen Überblick. Ein schmaler Flur, kleines Wohnzimmer, Küche mit Essecke, Schlafzimmer, Bad. Eine typische Junggesellenbude, wenngleich aufgeräumter, als Martina gedacht hätte.

Anscheinend war Thorsten ein sehr ordentlicher Mann; immerhin hatte er nicht wissen können, dass sie heute hierherkommen würden, und trotzdem war seine Wohnung in einem präsentablen Zustand. Manch anderer hätte nur bei angekündigtem Besuch das gröbste Chaos beseitigt. Sie war selbst so jemand. Obwohl sie beruflich wirklich gut organisiert war, versank sie zu Hause nicht selten im Chaos. Aufgeräumt wurde einmal in der Woche – meistens samstags vormittags – oder kurz bevor ein erwarteter Besuch eintraf. Tatsächlich schaffte sie in der halben Stunde, die sie dafür dann meistens erübrigte, mehr als sonst an einem halben Tag – nur um den schönen Schein zu wahren.

»Mama, ich muss mal.« Basti hatte diese weinerliche Stimme, die ankündigte, dass er gleich wieder losheulen würde.

»Ich bin so müde, Mama. Wo schlafen wir denn?« Auch Annika klang mittlerweile sehr angestrengt.

Entschlossen riss Martina sich vom Anblick der überwiegend weißen und schwarzen Regale, Schränke und Kommoden los, brachte Basti ins Bad, das sie schnell gefunden hatte, und begab sich danach in Thorstens Schlafzimmer. Auch hier gab es weiße Schränke und dazu ein schwarzes Bettgestell mit ebensolchen Nachttischen. Einfach, unaufgeregt. Die Tagesdecke – der Mann besaß tatsächlich eine! – war hingegen knallrot mit eingewebten silbernen Ornamenten. Das sah nicht nach IKEA aus, sondern eher nach einer teuren Handarbeit. Die Bettwäsche, die Martina darunter fand, als sie die Decke aufschlug und zusammenfaltete, war – wer hätte das gedacht? – schwarz-weiß gemustert. Anscheinend hatte Thorsten keine große Lust, Farben aufeinander abzustimmen. Oder doch? An den Wänden hingen farbige Kunstdrucke von Chagall und einige Fotografien von Landschaften und einer Stadt – Baltimore, las sie unten am Rand, als sie näher herantrat. Dort hatte Thorsten lange Zeit gelebt.

»Schlafen wir alle zusammen in Thorstens Bett?« Annika hatte sich neben sie geschoben und beäugte das Bett neugierig. Es war etwa einen Meter sechzig breit.

Martina nickte. »Das wird wohl das Beste sein.«

»Wir haben aber gar keine Schlafanzüge mit.«

»Es muss heute mal ohne gehen.« Sie überlegte, ob sie die Bettwäsche noch wechseln sollte, aber als in diesem Moment Basti hereingeschlurft kam, die Augen verquollen und bereits zu drei Vierteln geschlossen, entschied sie sich sofort dagegen. »Zieht nur die Schuhe, Pullis und Hosen aus – und dann ab mit euch unter die Decke.«

»Ich kann aber ganz bestimmt nicht schlafen.« Etwas hilflos zerrte Basti sich seinen Pullover über den Kopf, den er sowieso falsch herum übergestreift hatte, als er sich vorhin in Windeseile hatte anziehen müssen.

Rasch half Martina ihrem Sohn, sich auszuziehen. »Hast du immer noch Angst, mein Schatz?«

Ausgerechnet in diesem Moment blitzte es draußen wieder einmal, und ein rumpelnder Donner grollte über Lichterhaven. Der Orkan wütete unvermindert und wehte Sturzbäche gegen die Fensterscheiben.

»Bisschen.« Basti schniefte ein wenig. »Ist unser Haus jetzt ganz kaputt? Müssen wir ausziehen und ein neues bauen?«

»Aber nein, Basti, es ist nicht ganz kaputt.« Nachdem die Kinder sich unter die Decke gekuschelt hatten, setzte sie sich auf den Bettrand und strich ihrem Sohn ein paar Haarsträhnen aus der Stirn. »Nur das Dach und die Gaube haben etwas abbekommen. Das kann man wieder reparieren lassen.« Sie würde gleich morgen früh Kontakt zur Versicherung aufnehmen müssen. »Es wird ein bisschen dauern, aber ausziehen müssen wir deshalb nicht. Nur heute können wir nicht dortbleiben, solange die Männer noch damit beschäftigt sind, die Tannen wegzuräumen.«

»Eine Frau war auch dabei, hab ich gesehen. Die mit der ganz großen Kettensäge.« Annika rollte sich zu einer Kugel zusammen, wie sie es gerne tat. »Das ist die Mama von Janina aus meiner Klasse. Janina hat gesagt, dass sie auch schon weiß, wie man mit so einer Motorsäge sägt, aber sie darf es nicht, weil das für Kinder viel zu gefährlich ist. Aber ihre Mama hat ihr genau gezeigt, wie es geht.«

»Das ist ja spannend.« Auch ihrer Tochter streichelte Martina über die Stirn.

»Ja, total. Janinas Mama ist auch Jägerin und kann schießen und so was alles. Und Janina sagt immer, dass ihr Papa total toll findet, dass seine Frau in so was so gut ist und auch mit Hammer und Nagel umgehen kann, weil er das nämlich nicht hinkriegt. Janina sagt, er kann nicht mal ein Bild gerade aufhängen. Aber dafür spricht er vier Sprachen.« Annika gähnte. »Englisch und Französisch und Russisch und Japanisch. Er ist nämlich Lehrer an der Sprachenschule und gibt auch solche Kurse im Internet, wo Leute online studieren können.« Die Stimme des Mädchens wurde immer undeutlicher. »Das ist cool, oder?«

»Und wie!« Martina lächelte leicht. »Ich kann nur Deutsch und Englisch.«

»Ich hätte zu viel Angst vor so einer Kettensäge.« Das letzte Wort war kaum noch zu verstehen. Annikas Gesichtszüge entspannten sich, und sie atmete ganz gleichmäßig.

Basti hingegen kämpfte noch gegen den Schlaf an. Er hatte die Augen weit aufgerissen und streichelte Capone, der inzwischen ebenfalls den Weg ins Schlafzimmer gefunden hatte und am Bett herumschnüffelte.

Was ist denn das hier jetzt für ein seltsames Arrangement? Warum liegen die Kinder in dem fremden Bett, das so ganz arg nach Thorsten riecht? Das ist doch bestimmt seins, oder? Und warum ist Basti so komisch? Ich kann genau spüren, dass er immer noch Angst hat. Also ich hatte auch welche, als das mit den Tannen passiert ist, weil es so laut und unheimlich war, aber hier sind wir doch sicher, oder? Draußen ist es zwar immer noch so schlimm wie vorhin, aber hier gefällt es mir eigentlich ganz gut. Na ja, es ist alles fremd, aber dann doch wieder nicht, weil es überall so angenehm nach Thorsten riecht.

»Mama?« Basti gähnte erneut, hielt aber beharrlich die Augen geöffnet.

»Ja, mein Liebling, was ist denn? Bist du gar nicht müde?«

»Doch.« Der Junge verzog kläglich die Lippen. »Aber ich will nicht schlafen. Vielleicht träume ich dann, dass wieder Bäume aufs Haus fallen.«

»Ach herrje. Dann stell dir am besten bis zum Einschlafen etwas ganz, ganz Schönes vor. Bestimmt träumst du dann davon.«

»Bestimmt?« Basti runzelte skeptisch die Stirn. »Ich will Benjamin Blümchen hören.«

»Leider geht das jetzt gerade nicht.«

»Ich will aber.« Bastis Stimme war lauter geworden. Hoffentlich weckte er Annika nicht wieder auf.

»Mein Schatz, wir haben leider weder deine CDs noch einen CD-Player hier.« Seufzend sah Martina sich um, dann fiel ihr etwas ein. Rasch zog sie ihr Smartphone hervor. Zum Glück hatte sie eine Powerbank mitgenommen und noch genügend mobiles Datenkontingent. Rasch suchte sie sich aus ihrer Hörbuch-App ein Kinderbuch und schaltete es ein. »Hör mal, das ist *Die kleine Hexe*, die kennst du doch, nicht wahr? Die habe ich als Kind schon sehr geliebt.« Sie stellte die Lautstärke so ein, dass Annika hoffentlich nicht gestört wurde. »Das ist fast so gut wie Benjamin Blümchen, oder?«

»Mhm.« Zwar presste Basti die Lippen immer noch enttäuscht aufeinander, doch dann konnte er doch ein Lächeln nicht unterdrücken. »Ich mag den Raben Abraxas.«

»Ich auch.«

»Kommst du zu uns ins Bett, Mama? Bitte? Dann hab ich nicht mehr solche Angst.«

»Aber klar doch. Ich gehe nur noch rasch ins Bad, ja? Bin sofort wieder zurück.«

»Aber mach schnell, Mama, sonst kann ich nicht einschlafen.«

Sie beeilte sich wirklich sehr – und schmunzelte über den kleinen Berg getragener Socken, die nicht im Wäschekorb lagen, sondern daneben. Erwischt, dachte sie. Ganz perfekt war Thorsten Brunner also doch nicht. Irgendwie fand sie das tröstlich – und seltsamerweise auch sexy.

Damit sie keine Flecken auf seinen Kissen hinterließ, wusch sie sich mit seinem Duschgel das Make-up herunter und tupfte ein wenig von der Feuchtigkeits-Handcreme, die sie immer in der Handtasche hatte, auf ihre Wangen und die Stirn. Besser als nichts, dachte sie, als sie nach einem kurzen Gang zur Toilette aus der Hose schlüpfte. Sie trug noch immer Thorstens

T-Shirt! Zögernd blickte sie an sich hinab und beschloss dann, dass es auch als Nachthemd taugen würde.

Als sie ins Schlafzimmer zurückkehrte, war Basti längst fest eingeschlafen. Rasch kroch sie neben ihm unter die Decke, weil Annika mittlerweile die zweite Betthälfte vollständig mit Beschlag belegt hatte. Ihr Sohn murmelt etwas Unverständliches und kuschelte sich an sie. Für einen Moment überlegte sie, ob sie die Nachttischlampe brennen lassen sollte, entschied sich jedoch dagegen. Mit etwas Glück würden die Kinder ruhig bis zum Morgen durchschlafen – und sie ebenfalls. Das Hörbuch ließ sie jedoch laufen und lauschte mit einem Ohr dem tobenden Orkan draußen und mit dem anderen den Abenteuern der kleinen Hexe. Irgendwann schlief sie ebenfalls ein.

11. Kapitel

Um vier Uhr sieben in der Früh durfte Thorsten seinen Einsatz beenden – zumindest für ein paar Stunden, um sich etwas auszuruhen. Der Sturm hatte nicht nachgelassen, doch Jörn hatte die Einsatz-Teams so aufgeteilt, dass sich immer eine Gruppe nach einigen Stunden ein wenig erholen konnte. Das war ein sinnvolles Vorgehen, denn vermutlich würde der kommende Tag mit weiteren Einsätzen angefüllt sein.

Es wurde vier Uhr vierundzwanzig, bis Thorsten vollkommen gerädert die Tür seiner Wohnung mit dem Zweitschlüssel aufschloss, den er im Aschenbecher seines Autos aufbewahrte. Da der Wagen von Martinas Nachbarin vor dem Haus parkte, wusste er bereits, dass Martina es sich nicht im letzten Moment noch anders überlegt hatte.

Dennoch war er nicht auf den heftigen Stich in der Magengrube gefasst, als er, nachdem er seine Jacke über einen Küchenstuhl gehängt, seinen Helm auf dem Tisch abgelegt und den überraschend leise herumschwänzelnden Capone begrüßt hatte, hinüber ins Schlafzimmer schlich. Der Anblick der wunderschönen rothaarigen Frau in seinem Bett und der beiden kleinen Rotschöpfe daneben raubte ihm für einen Moment vollkommen den Atem – und beinahe auch den Verstand. Am liebsten hätte er sich sofort dazugekuschelt, doch das verbot sich selbstverständlich strikt.

Martina hatte ihre Distanziertheit noch nicht aufgegeben und brauchte wahrscheinlich auch noch eine ganze Weile, bis sie ihren Schutzschild sinken ließ. Er hoffte sehr, dass sie es eines Tages tun würde. Bis dahin musste er ihr beweisen, dass er sie nicht bedrängen, aber jederzeit für sie da sein würde. Als

Freund, auch wenn er so gerne viel mehr für sie gewesen wäre.

Normalerweise war er ein geduldiger Mann, aber auch sein langer Atem hatte Grenzen. Vielleicht lag es daran, dass er auf Anraten seines Bruders ein ganzes Jahr hatte verstreichen lassen, ohne auch nur den Versuch zu wagen, Martina für sich zu gewinnen. Er war frustriert, denn aus seiner Sicht hätte es wahrscheinlich keinen Unterschied gemacht, wenn er vergangenen Sommer bereits den ersten Schritt gewagt hätte. Denn dass sich hinter den Körben, die Martina an ihn verteilt hatte, Interesse an ihm verbarg, hatten sie ja inzwischen festgestellt.

»Hallo Thorsten.« Die flüsternde Jungenstimme ließ ihn erschrocken zusammenzucken. Rasch trat er näher an das Bett heran, jedoch ohne das Licht einzuschalten. Der Lichtschein aus dem Flur reichte, um Bastis verschlafenes Gesicht zu erkennen. Außerdem wurde es draußen schon wieder hell, wenngleich die düsteren Wolken das Tageslicht stark abschwächten.

»Ist unser Haus wieder heil?«

»Heil leider noch nicht.« Auch Thorsten bemühte sich zu flüstern. »Aber die Bäume sind jetzt weg, und das Dach haben wir mit einer schweren Folie abgedichtet, damit es bei euch nicht weiter hereinregnet.« Er hoffte bloß, dass der Sturm die Plane nicht fortwehen würde. Sie hatten sie so gut wie nur möglich befestigt. »Morgen früh könnt ihr wieder nach Hause.«

»Ich will auch mal Feuerwehrmann werden.«

»Wirklich?« Thorsten lächelte. »Das ist ja toll.«

»Mein Großonkel Hinnerk ist auch Feuerwehrmann.«

»Ja, ich weiß.«

»Mein Opa war auch einer, aber jetzt ist er zu alt, und dann muss man aufhören. Wenn man nämlich sechzig ist. Hat Opa gesagt. Deshalb muss Onkel Hinnerk im Winter dann auch aufhören. Dann hat er nämlich runden Geburtstag.«

Thorsten nickte. »Das ist richtig. Aber darüber können wir morgen noch reden, nicht wahr? Jetzt solltest du wieder schlafen. Wir wollen deine Mama und deine Schwester doch nicht aufwecken, oder?«

»Mh, mh.« Basti schüttelte den Kopf und griff nach dem Smartphone, das neben ihm lag. »Kannst du *Die kleine Hexe* noch mal einschalten? Mama hat das als Hörbuch angemacht, weil ich sonst nicht einschlafen kann. Ich weiß aber nicht, wie man das Zickzackmuster wegkriegt. Mama hat ein geheimes.« Auffordernd hielt Basti ihm das Telefon hin.

Stirnrunzelnd nahm Thorsten es entgegen und staunte, wie selbstverständlich der Junge annahm, Martina würde ihm solche Geheimnisse anvertrauen. Zum Entsperren des Bildschirms musste man die angezeigten Punkte auf dem Display durch Wischen auf die korrekte Weise miteinander verbinden. Er selbst hatte diese Funktion an seinem Handy ausgeschaltet, weil sie ihm auf den Geist gegangen war. Wie sollte er aber nun wissen, welches Muster Martina gewählt hatte? Es gab ja schließlich unzählige. Dann erinnerte er sich, wie sie vorhin ihre Eltern hatte anrufen wollen. Es war sehr schnell gegangen, aber ... Er versuchte, sich an ihre Wischbewegung zu erinnern, dann hielt er das Handy so, dass er die Fingerspuren auf dem Display erkennen konnte, und versuchte daraufhin ein c-förmiges Muster. Der Bildschirm entsperrte sich sofort. Innerlich musste er ein wenig grinsen. Im Grunde war Martina nicht allzu schwer zu durchschauen. Ein C für Clausen. Einfach zu merken und irgendwie logisch.

Die Hörbuch-App war noch eingeschaltet, und er klickte auf Starten. Sogleich begann die Kindergeschichte, an die er sich aus seiner Grundschulzeit noch dunkel erinnern konnte. Seine Lehrerin hatte ihnen am Ende eines Schultages immer etwas vorgelesen. Unter anderem auch aus diesem Buch.

Vorsichtig legte er das Handy auf dem Nachttisch ab und lächelte Basti zu. »Gut so?«

Der Junge nickte ebenfalls lächelnd und schloss die Augen. »Dann höre ich den bösen Sturm draußen nicht.«

Auf Zehenspitzen verließ Thorsten das Schlafzimmer wieder, ließ die Tür aber halb offen, weil Capone bestimmt nachts hin und her laufen wollte. Er füllte eine Schale mit Wasser und stellte sie für den Hund auf den Küchenboden, dann trottete er ins Bad, gönnte sich eine Katzenwäsche, zog sich bis auf T-Shirt und Shorts aus und schnappte sich die Wolldecke und ein Kissen aus dem Flurschrank. Die Couch war zum Glück nicht allzu kurz und hatte ihm schon für so manches Nickerchen genügt. Da würde es ihm auch die wenigen Stunden Nachtschlaf bieten können, die ihm noch blieben. Als er sich ausgestreckt hatte, kam Capone angetrottet, schnaufte laut und deutlich und rollte sich direkt vor der Couch zusammen.

Jetzt sind tatsächlich alle meine Lieblingsmenschen da. So was hatte ich ja noch nie. Also dass auch Thorsten mit dabei ist. Na ja, das hier ist ja anscheinend seine Wohnung, aber trotzdem. Ich fühle mich pudelwohl – Pardon, mudiwohl!

Müde drehte Thorsten sich auf die Seite und schloss die Augen – und musste schmunzeln, als die Stimme der Vorleserin bis zu ihm herausdrang. Er lauschte den Abenteuern der kleinen Hexe und ihres Raben Abraxas eine ganze Weile und stellte sich dabei vor, wie es wäre, wenn Martina sich endlich trauen würde, etwas Nähe zuzulassen. Darüber schlief er irgendwann ein.

***

Martina schrak hoch, als eine kalte Hundenase sich in ihre Halsbeuge drückte.

Frauchen, bist du wach? Ich müsste dringend mal raus. Kannst du bitte aufwachen und mit mir vor die Tür gehen?

Irritiert, weil alles um sie herum ungewohnt roch und ein Kinderfuß sich unter ihr Knie geschoben hatte, schlug sie die Augen auf – und erschrak. Wo um alles in der Welt befand sie sich? Dann fiel ihr alles wieder ein, was jedoch nicht dafür sorgte, dass ihr Herzschlag sich beruhigte.

Sie lag in Thorstens Bett! Zusammen mit den Kindern, aber trotzdem. Was hatte sie letzte Nacht bloß geritten, sein Angebot anzunehmen? Die pure Not und Verzweiflung, etwas anderes konnte es nicht gewesen sein.

Ein Blick auf den Wecker auf dem Nachtschränkchen verriet ihr, dass es kurz vor sechs war. Ob Thorsten inzwischen schon von seinem Einsatz zurückgekehrt war? Sie hatte ihn nicht gehört.

Vorsichtig, um Basti nicht zu wecken, stand sie auf und schlich ins Bad, um sich frisch zu machen. Als ihr bewusst wurde, dass sie keinerlei Make-up dabeihatte, seufzte sie. Lediglich ein wenig von dem fast transparenten Puder, den sie immer in der Handtasche hatte, tupfte sie sich ins Gesicht. Sie schminkte sich nie besonders stark, aber jetzt in Thorstens Gegenwart so ganz in natura herumlaufen zu müssen, kam ihr irgendwie doch zu ... intim vor.

Als sie die Jeans seiner Mutter anziehen wollte, fiel ihr ein, dass sie die am Vorabend mit ins Schlafzimmer genommen hatte. Also schlich sie rasch wieder zurück, blieb dann aber doch an der Wohnzimmertür stehen. Ihr Blick war an der Couch hängen geblieben. Dort lag Thorsten lang ausgestreckt und nur mit einem dunkelblauen T-Shirt und schwarzen engen Shorts bekleidet. Die Wolldecke, mit der er sich wohl beim Einschlafen zugedeckt hatte, war zu Boden gerutscht und gab somit den Blick auf seinen gesamten Körper frei. Einen athletischen, viel zu sexy Körper. Rasch huschte Martina ins Wohnzimmer und hob die Decke auf, um sie erneut über Thorsten auszubreiten.

Sie wollte sich gerade wieder aufrichten, als Thorsten gleichzeitig die Augen öffnete und nach ihrem Handgelenk griff. »Guten Morgen, schöne Fee!« Erschrocken wollte sie sich ihm entziehen, doch da hatte er sich bereits aufgerichtet und sie zu sich herabgezogen, sodass sie neben ihm zum Sitzen kam. Er grinste breit. »So kann gerne jeder Tag für mich beginnen.«

Sein Blick glitt über ihren Körper hinweg, der nur von seinem T-Shirt bedeckt wurde, und blieb für einen Moment an ihren nackten Beinen hängen, bevor er ihr wieder in die Augen sah.

»Du musst eindeutig eine Fee sein. Und eine gute noch dazu.«

»Wenn du nicht sofort mein Handgelenk loslässt, werde ich zur bösen Hexe.« Sie schluckte tapfer gegen das erneute Herzklopfen an.

»Na gut.« Ganz selbstverständlich lockerte er seinen Griff, sodass sie sich ihm entziehen konnte. »Habt ihr gut geschlafen?«

»Ich denke schon.« Angelegentlich zupfte sie an dem T-Shirt herum, das ihr nun trotz seiner Länge viel zu kurz vorkam. »Die Kinder sind noch nicht aufgewacht, und ich möchte sie auch erst mal nicht wecken. Basti hatte gestern doch ziemlich große Angst. Aber das ist wohl verständlich, denn immerhin sind die Bäume beinahe genau auf sein Zimmer gekracht.«

»Ihr habt Glück gehabt.« Thorsten fuhr sich mit beiden Händen ordnend durch sein leicht verstrubbeltes Haar. »Später in der Nacht gab es noch einen kleinen, aber gemeinen Tornado am Stadtrand. Das Dach vom Supermarkt im Gewerbegebiet wurde fast vollständig abgedeckt, und die Fensterscheiben von zwei Discountern wurden beschädigt.«

»Um Himmels willen, ein Tornado?« Entsetzt starrte sie ihn an. »Ich dachte, die gibt es nur anderswo.«

»Wir hatten im letzten Jahr auch schon mal eine Windhose, aber die war vergleichsweise harmlos. Jörn meinte, vor ungefähr drei Jahren hätte es mal am Waldrand einen Tornado gegeben, aber auch der war nicht so schlimm wie der heute Nacht.«

»Wie schrecklich. Musst du dann nicht eigentlich bei deinen Kameraden sein?«

»Ich habe ab neun Uhr wieder Dienst. Wir machen in rotierenden Gruppen Pause, damit wir nicht alle gleichzeitig vor Erschöpfung umkippen.« Lächelnd erhob er sich. »Ich mache uns am besten etwas zu essen und einen starken Kaffee.«

Martina seufzte. »Kaffee klingt himmlisch. Ich muss unbedingt mit Capone raus. Er hat mich eben geweckt.«

Ganz recht, ich muss dringend mal vor die Tür, auch wenn es anscheinend immer noch regnet und stürmt. Capone hatte seinen Namen vernommen und kam prompt angeschwänzelt. Mit seiner feuchten Nase stieß er abwechselnd gegen Martinas und Thorstens Waden. *Na los, wer geht denn jetzt? Wuff, wuff!*

»So kannst du nicht rausgehen.« Thorsten deutete lächelnd auf Martinas nackte Beine. »Ist das übrigens immer noch das T-Shirt, das ich dir gestern geliehen habe?«

Martina spürte, wie ihr verräterische Wärme in die Wangen kroch. »Ja, äh, ich hatte gestern so viel um die Ohren, dass ich nicht dazu gekommen bin, mich umzuziehen.«

»Ich kann dir gerne ein zweites Shirt leihen. Immerhin hast du in dem da jetzt schon geschlafen, und es ist ganz verknittert.« Er zwinkerte ihr zu. »Bedien dich ruhig an meinem Kleiderschrank. Ich ziehe mir schnell was über und gehe mit Capone vor die Tür. Wenn du möchtest, kannst du den Kaffee machen, sonst warte einfach, bis wir wieder da sind.«

»Auch wenn ich nicht kochen kann – Kaffee kriege ich gerade noch hin.«

»Das war auch keine Unterstellung, sondern ein Angebot.« Umstandslos verschwand er im Bad.

Ein wenig ratlos und nicht wenig verlegen blieb Martina auf der Couch sitzen und streichelte Capone, der an ihr hochgeklettert war und sich jetzt wie ein nasser Sack über ihren Schoß hängen ließ.

Also ich muss zwar mal dringend, aber das hier gefällt mir auch. Kuschelzeit mit Frauchen ist immer gut. Und Thorsten ist auch immer noch da. Ich finde das großartig. Kann von mir aus jetzt immer so bleiben.

※※※

Für einige Sekunden blieb Thorsten mitten in seinem Badezimmer stehen und versuchte, das Bild von Martinas nackten Beinen von seinem inneren Auge zu vertreiben. Gar nicht so einfach, wenn sein bester Freund beharrlich darauf bestand, ein Eigenleben zu entwickeln.

»Komm schon, reg dich ab«, murmelte er zwischen zusammengebissenen Zähnen, während er sich eiskaltes Wasser ins Gesicht spritzte. Als das nicht half, drehte er das Wasser in der Dusche auf – nicht eiskalt, aber doch so kühl, dass seine Bluttemperatur um einige Hundert Grad sinken würde. Die Feuerwehrhose von vergangener Nacht stopfte er mit einigen anderen Klamotten in die Waschmaschine – zum Glück besaß er noch eine zweite Feuerwehrhose. Die würde er wohl heute ebenfalls ordentlich einschmutzen.

Als er schließlich erfrischt und ein wenig gelassener das Bad verließ, rannten Annika und Basti bereits in seiner Wohnung herum, zogen sich an und halfen Martina, die schon Kaffee gekocht und Brot, Butter und sein Monsterglas Nutella auf den Küchentisch gestellt hatte. Sie war inzwischen – leider – ebenfalls angezogen. Das graue T-Shirt hatte sie durch eines seiner dunkelblauen ersetzt. Die Farbe harmonierte sehr gut mit ihren roten Haaren, und am liebsten hätte er beides angefasst: die herrlichen Locken und die Frau, die sich unter dem Shirt verbarg. Stattdessen schnappte er sich die Hundeleine und rief nach Capone.

»Gehst du jetzt nach draußen?« Basti kam zusammen mit dem Hund auf ihn zu und sah neugierig zu ihm auf.

Das will ich sehr hoffen, denn bald halte ich es nicht mehr aus!

»Ja, das habe ich deiner Mama versprochen, damit sie euch in Ruhe Frühstück machen kann.« Rasch legte er dem Hund Geschirr und Leine an.

»Kann ich mitkommen?«

Grinsend zupfte Thorsten an Bastis Pullover. »Du hast doch

noch nicht mal Strümpfe und Schuhe an, und außerdem regnet es immer noch.«

»Ich kann mich aber ganz, ganz schnell fertig anziehen.«

»Nein, lass mal. Hilf lieber deiner Mama ein bisschen. Wir machen dann bei besserem Wetter einen schönen gemeinsamen Ausflug. Was meinst du?«

In die Augen des Jungen trat ein Leuchten. »Echt? Au ja, Mama, machen wir das? Können wir dann die Feuerwehr besuchen?«

Martina erschien in der Küchentür und blickte mit skeptischer Miene von Basti zu Thorsten. »Ich weiß nicht, ob das so einfach geht. Außerdem hat Thorsten ja auch immer viel zu tun und so …«

»Das klappt schon. Wir können ja mal abwarten, wie am Wochenende das Wetter wird. Wenn es sich für einen Ausflug eignet, frage ich Jörn, ob ich euch eine kleine Privatführung durch unser Feuerwehrhaus bieten kann.«

»Ja, ja, bitte. Ich esse auch alle Teller auf, damit das Wetter gut wird.« Aufgeregt hopste der Junge auf und ab.

»Nee, klar, du isst deine Teller auf.« Annika verdrehte die Augen.

»Ja, muss ich doch, damit die Sonne wieder schient. Das sagt Opa immer und Oma auch.«

Thorsten lachte leise. »Wahrscheinlich meinte sie eher, dass du deinen Teller leer essen, und ihn nicht gleich mit aufessen sollst.«

Basti runzelte die Stirn, dann nickte er ernst. »Ja, genau. Weil aufessen kann ich ihn ja gar nicht.« Jetzt kicherte auch er. »Der Teller ist ja viel zu hart. Bäh.«

»Oh Mann, typisch Kind.« Wieder verdrehte Annika die Augen und tat sehr erwachsen.

»Setzt euch bitte an den Tisch, ihr beiden.« Martina wies auf die Küche, dann wandte sie sich an Thorsten. »Danke. Also dafür, dass du uns Obdach gewährst und, na ja, dass du jetzt auch noch mit Capone rausgehst. Ist das wirklich okay? Ich kann das doch auch selbst tun.«

»Dass du das kannst, steht außer Frage, aber ich glaube, es ist heute besser, wenn du ein paar Aufgaben delegierst. Basti war gestern ziemlich durch den Wind, oder?«

»Ja.« Martina schluckte. »So verängstigt habe ich ihn noch nie gesehen. Aber zum Glück ist er wohl doch recht robust. Heute scheint er die Schrecken von gestern schon wieder weitgehend vergessen zu haben.«

»Mama?« Basti rutschte auf einem der Küchenstühle herum. »Guck mal, was für ein megagroßes Nutellaglas.«

»Ja, mein Schatz, das ist wirklich riesig.«

»Mein einziges wirkliches Laster«, flüsterte Thorsten ihr zu. »Seit meiner Kindheit.«

»Mama?« Wieder schaltete Basti sich ein. »Geht der Sturm gar nicht mehr weg? Was, wenn hier auf das Haus auch Bäume drauffallen? Und auf Omas und Opas Haus und bei Omi und Opi auch und überall? Ist dann irgendwann die ganze Stadt kaputt?«

Martina seufzte. »Vielleicht habe ich mich doch etwas zu früh gefreut.«

»Du schaffst das schon. Bin gleich wieder zurück.« Am liebsten hätte er ihr einen Kuss gegeben, stattdessen zupfte er an einer ihrer weichen Locken. »Komm, Capone, wir stürzen uns mutig ins windige Nass!«

Ja, endlich! Wurde echt langsam Zeit. Hoffentlich weht es uns nicht von der Straße. Aber selbst das ist mir gerade ziemlich egal. Ich muss mal, und zwar flotti!

***

Aufatmend warf Martina sich rücklings auf ihre Couch, nachdem sie die Tür hinter dem Versicherungsberater geschlossen hatte. Er war tatsächlich noch am selben Tag vorbeigekommen, ein Service, den es ihres Wissens kaum noch irgendwo sonst gab. Das war der Vorteil, wenn man in einer kleinen Stadt lebte, in der jeder jeden gut kannte.

Tobias Rieter war mit ihrem Vater gut bekannt und kümmerte sich, schon seit sie denken konnte, um die Versicherungsangelegenheiten ihrer Eltern – und seit sie verheiratet gewesen war, auch um die ihren.

Zum Glück hatte sie sich beim Haus für das Rundum-sorglos-Versicherungspaket entschieden. Zwar war es etwas teurer, doch das zahlte sich jetzt aus, denn um die Kosten für die Reparatur ihres Dachs und der entstandenen Wasserschäden brauchte sie sich ebenso wenig Gedanken zu machen wie um irgendeine andere Kleinigkeit, die damit zusammenhing. Eine Sorge weniger, wenngleich es sicherlich noch ein Weilchen dauern würde, bis die Handwerker mit dem Wiederaufbau beginnen konnten. Schließlich war ihr Haus nicht das einzige, das durch den Orkan Schaden genommen hatte. Die örtlichen Bauunternehmer und Dachdecker rieben sich vermutlich schon freudig die Hände, weil ihnen jede Menge Aufträge ins Haus standen.

Bei kleineren Reparaturen hätte sie ihren Onkel Hinnerk gefragt. Er war ein Allroundtalent und nahm als Ein-Mann-Firma – mit einigen Aushilfen in den turbulenten Sommermonaten – so gut wie jeden Auftrag an, für den ein größerer Handwerksbetrieb gerade keine Zeit hatte. Ob es um eine kaputte Dachrinne ging, einen Hühnergartenzaun, der fuchssicher gemacht werden musste, ein neues Hochbeet, einen verstopften Abfluss oder den Anstrich eines Werftgebäudes – Hinnerk Petterssen kümmerte sich um so gut wie alles. Leider hatte Tobias als Vertreter der Versicherung darauf bestanden, ein bei der Versicherung zertifiziertes Unternehmen mit der Dachreparatur zu beauftragen. Martina verstand das natürlich, auch wenn sie es schade fand, dass ein kleines Unternehmen wie das ihres Onkels bei solchen Dingen einfach übergangen wurde. Andererseits wurde er im Winter bereits sechzig und war vielleicht ganz froh, nicht auf ihrem Dach herumklettern zu müssen.

Der Orkan hatte inzwischen nur noch die Kraft eines stürmischen Windes, und der Regen hatte aufgehört. Sogar die Sonne blinzelte immer mal wieder durch eine Wolkenlücke. Zwar war es immer noch sehr kühl, doch auch das sollte sich laut Wetterbericht bald wieder ändern. Das Wetter an der Nordseeküste war eben unberechenbar und launisch.

Der Gedanke an besseres Wetter brachte einen weiteren mit sich: Ob Thorsten das Angebot, Basti und Annika das Feuerwehrhaus zu zeigen, wirklich ernst gemeint hatte und wahr machen würde? Ratlos blickte Martina zur Zimmerdecke empor, wo eine Fliege träge hin und her krabbelte. Natürlich hatte er es ernst gemeint. Natürlich würde er mit ihnen am Wochenende das Feuerwehrhaus anschauen, sie alle wahrscheinlich danach noch zum Essen einladen und ... was auch immer. Und natürlich würde sie über kurz oder lang schwach werden. Sie wollte es nicht. Noch nicht. Allein der Gedanke daran verursachte ihr unangenehme Schuldgefühle und panisches Magenflattern. Aber er war so ... Verdammt, er war so unglaublich gut zu ihr, zu den Kindern, ja, sogar zu Capone. Welcher Mann drückte schon einer Frau, die er im Grunde genommen kaum kannte, seinen Haustürschlüssel in die Hand und ließ sie mitsamt ihrem Nachwuchs plus Haustier bei sich – in seinem eigenen Bett – übernachten, während er selbst heldenhaft Wasser aus Kellern pumpte, Fahrbahnen von Bäumen befreite und Sandsäcke schleppte, um die Innenstadt vor größeren Flutschäden zu bewahren? Wenn die Kinder bei einem von beiden Großelternpaaren übernachtet hätten, wäre sie selbst runter zum Deich gegangen und hätte mit den Sandsäcken geholfen. Das war für die Lichterhavener ganz normal und selbstverständlich. Sie kannte es so seit ihrer Kindheit. Thorsten war nicht hier aufgewachsen, und er passte trotzdem einfach perfekt hierher.

Das Schicksal spielte zuweilen ein seltsames Spiel. Im Augenblick drängte es Martina mit aller Macht in Thorstens Arme, doch was sollte dann werden? Sie hatte noch nie über einen anderen Mann nachgedacht als über Axel. Selbst nach seinem Tod nicht. Nicht nur, weil da dieses mehr oder weniger unausgesprochene Versprechen im luftleeren Raum stand, sondern auch, weil es für sie praktischer gewesen war. Nein, nicht praktischer. Oder doch, gewissermaßen schon, aber vor allem sicherer. Sie hatte einst beschlossen, nur diesen einen Mann zu lieben, und das hatte sich damals vollkommen richtig angefühlt. Auch heute tat es das noch, auch wenn ihr inzwischen immer öfter Zweifel kamen, ob das Arrangement, das sie mit Axel gehabt hatte, auf Dauer so funktioniert hätte.

Dass sie sich darüber überhaupt Gedanken machte, lag wahrscheinlich auch an Thorsten und seiner so vollkommen anderen Art, mit ihr zu kommunizieren, auf sie einzugehen und … Er half ihr. Nie zuvor hatte jemand ihr wirklich bei etwas geholfen, mal abgesehen von ihren Eltern und Schwiegereltern. Axel jedenfalls nicht.

Mit ihm war es im Grunde immer umgekehrt gewesen. Er hatte den Ton angegeben, und sie hatte sich danach gerichtet und ihn mit aller Kraft unterstützt. Sie hatte es gerne getan – und ohne auch nur einen Moment an der Richtigkeit dieser Haltung zu zweifeln.

Thorsten hingegen gab überhaupt keinen Ton an. Er spielte seine eigene Melodie, wenn man so wollte, aber er ließ sie irgendwie neben ihrer erklingen. Er interessierte sich für das, was sie tat, schien jedoch überhaupt nichts von ihr zu erwarten.

Nun ja, vielleicht nicht überhaupt nichts, aber das, was er gerne wollte, hatte nichts mit Beruf, Karriere oder Lebensentwürfen zu tun. Es war sehr verlockend, mit dem Gedanken zu spielen, sich darauf einzulassen. Einfach nur, um herauszufinden, wohin das führte. Doch wenn sie ehrlich zu sich war, wusste sie das ja schon längst, und sie hatte Angst, dem nicht gewachsen zu sein.

Zeit. Das war es, was sie brauchte. Mehr Zeit, um sich darüber klar zu werden, was sie wollte und ob sie überhaupt bereit war, Thorsten tiefer in ihr Leben zu lassen. Wenn er am Wochenende wirklich mit ihr und den Kindern einen Ausflug machen oder doch zumindest das Feuerwehrhaus besuchen wollte, dann war das eine gute Gelegenheit, ihn noch ein wenig besser kennenzulernen. Das bedeutete ja nicht, dass sie zu irgendetwas verpflichtet war. Sie würde sich Zeit lassen. Viel Zeit.

Zufrieden mit sich und dieser Entscheidung erhob sie sich von der Couch und ging in die kleine Waschküche im Keller, um Thorstens blaues T-Shirt und die Jeans seiner Mutter heraufzuholen. Sie würde beides auf dem Weg zu ihren Eltern bei der Werft vorbeibringen, sich aber nicht lange dort aufhalten, denn schließlich musste sie die Kinder abholen und sich den Wasserschaden in ihrem Elternhaus ansehen. »Capone?« Suchend sah sie sich im Wohnzimmer nach dem Hund um und entdeckte ihn, wie er auf dem Rücken, alle vier Beine von sich gestreckt und zwei davon gegen die Scheibe gelehnt, an der Terrassentür lag und sie aufmerksam beobachtete. »Komm, du Verrückter, wir holen Annika und Basti ab!« Sie lachte herzlich, als Capone schneller als der Blitz aufsprang, freudig bellte und in Richtung Haustür raste. Ein leises Scheppern verriet, dass er die Regenschirme touchiert hatte, die sie am Vormittag neben der Tür platziert hatte. Er bellte empört. Und Martina folgte ihm kopfschüttelnd.

12. Kapitel

»Voll cool das Feuerwehrhaus mit den Autos und den ganzen Schläuchen und Sachen.« Mit leuchtenden Augen trank Basti von seinem Erdbeermilchshake und nahm sich dann ein weiteres Stück seiner Pizza, die Akbay extra für ihn in handliche Mini-Dreiecke geschnitten hatte. »Und die Jacken sind ja voll schwer! Und so einen Helm will ich auch mal und dann Feuer löschen und alles und den Leuten helfen.«

Annika, die ebenfalls eine Pizza vor sich auf dem Teller hatte, nickte ausnahmsweise zustimmend und ähnlich enthusiastisch wie ihr kleiner Bruder. »Das war echt cool. Ich wusste gar nicht, dass es drinnen in dem Feuerwehrhaus sooo groß ist und dass dahinten drin sogar Räume sind, in denen ihr lernen könnt.«

»Die Schulungsräume sind sehr praktisch«, stimmte Thorsten zu und trank einen Schluck von seinem alkoholfreien Weizenbier. »Wir müssen ja regelmäßig Übungen abhalten und Auffrischungskurse, damit wir uns immer genau an alles erinnern, was wir mal im Grundkurs oder in anderen Lehrgängen gelernt haben. Außerdem halten wir einmal im Jahr einen öffentlichen Kurs in Erster Hilfe ab, an dem alle Leute aus Lichterhaven teilnehmen dürfen, auch wenn sie nicht Mitglied der freiwilligen Feuerwehr sind.« Er warf Martina einen kurzen Seitenblick zu. Sie war heute erstaunlich entspannt, obgleich er den Eindruck hatte, dass sie ihre innere Schutzmauer noch immer gut pflegte und darauf achtete, keine Schwachstellen entstehen zu lassen, über die er sie zu überwinden vermochte.

Jetzt lächelte sie allerdings heiter. »Ich schätze, da sollte ich auch mal wieder mitmachen. Mein letzter Erste-Hilfe-Kurs ist schon etliche Jahre her.«

»Können wir da alle mitmachen?« Annika sah sie neugierig an. »Ich hab noch nie Erste Hilfe gelernt.«

Zögernd blickte Martina zu Thorsten. »Das weiß ich nicht. Diese Kurse sind eigentlich für Erwachsene, oder?«

»Ja, stimmt.« Er nickte ihr zu. »Aber ihr bringt mich da auf eine sehr gute Idee. Wir haben ja auch eine Jugendfeuerwehr, die regelmäßig solche Kurse besucht. Vielleicht können wir mal veranlassen, dass die Ausbilder eine Kooperation mit den Schulen eingehen und einen Kurs für alle Kinder anbieten.«

»Das ist eine geniale Idee.« Überrascht hob Martina den Kopf. »Dass ich darauf noch nicht selbst gekommen bin. Ich werde das mal im Stadtrat vorbringen. Vielleicht können wir irgendwie ein Sponsoring aus dem Boden stampfen. Und vielleicht bietet es sich sogar an, solche Kurse im Schwimmbad stattfinden zu lassen. Schließlich ist dort das Verletzungsrisiko nicht gering.«

»Thorsten?« Annika rührte mit dem Glashalm in ihrem Milchshake. »Dürfen Mädchen eigentlich auch bei der Feuerwehr mitmachen?«

Er lächelte Annika nachdrücklich zu. »Selbstverständlich dürfen Mädchen mitmachen. In unserer Truppe haben wir sogar fünf Frauen.«

»Und wie viele seid ihr alle zusammen?«

»Derzeit haben wir achtundzwanzig aktive Feuerwehrleute und ungefähr noch einmal so viele sogenannte inaktive, die entweder schon die Altersgrenze erreicht haben und trotzdem noch mit helfender Hand bei Festen und anderen Gelegenheiten dabei sein wollen, oder die gar keine Ausbildung haben, sondern uns einfach nur so unterstützen.«

Annika runzelte die Stirn. »Wenn ihr achtundzwanzig seid und davon nur fünf Frauen, ist das aber wenig, oder?«

»Stimmt, ausgeglichen sind die Zahlen nicht, aber vielleicht gibt es einfach noch nicht so viele Frauen, die sich für den Dienst in der Feuerwehr interessieren. Das kann sich alles noch ändern. Und außerdem helfen natürlich auch ganz viele Ehefrauen und Freundinnen der Feuerwehrmänner mit, wenn wir ein Fest organisieren oder so etwas.«

»Aber das ist nicht dasselbe, wie eine echte Feuerwehrfrau zu sein.«

»Da hast du recht.« Er musterte das Mädchen neugierig. »Würdest du denn gerne mitmachen? In unserer Jugendfeuerwehr haben wir insgesamt sieben Mädchen und sechs Jungen, da ist das Verhältnis also ganz anders.«

»Und wie alt sind die alle so?«

»Das Mindestalter ist zehn Jahre, du würdest also genau dazu passen, weil du bald zehn wirst. Im August, nicht wahr? Rudi Larsen ist der Jüngste derzeit. Er ist zwölf. Dann sind noch zwei Mädchen dabei, die sind, soweit ich weiß, dreizehn, und alle anderen sind zwischen vierzehn und sechzehn.«

»Sooo alt schon?« Erschrocken riss Annika die Augen auf. »Was soll ich denn dann da? Da kenne ich ja gar keinen, und alle finden bestimmt, dass ich ein Baby bin.« Die Enttäuschung war ihr deutlich anzusehen.

Martina stieß sie leicht mit dem Ellenbogen an. »Du könntest doch mal in deiner Klasse herumfragen. Vielleicht sind ja ein paar Mädchen und Jungen dabei, die auch Lust haben mitzumachen. Tabea vielleicht oder Janina. Und vielleicht Thorben und Gustav.«

»Hm, ja, vielleicht.« Ein Hoffnungsfunke schimmerte in den Augen des Mädchens.

»Wir würden uns über so viel Verstärkung sehr freuen«, ermutigte auch Thorsten sie.

»Das ist blöd, ihr seid so gemein!« Basti schmiss sein angebissenes Stück Pizza auf den Teller und begann zu weinen. »Ich will auch bei der Feuerwehr mitmachen, aber ich bin noch nicht zehn. Ich will zehn sein!«

Hallo, wuff? Was ist denn jetzt los? Capone, der sich unter dem Tisch im *Alibaba* zusammengerollt und ein Nickerchen gehalten hatte, sprang erschrocken auf und stupste den weinenden Jungen an. *Stimmt etwas nicht? Warum weinst du denn?*

»Ach, Basti-Schatz ...« Tröstend legte Martina ihrem Sohn eine Hand auf die Schulter. »Die drei Jahre gehen doch ganz schnell vorbei.«

»Nein, gehen sie gar nicht. Drei Jahre ist noch voll lang, und dann kann Annika schon alles – und ich nicht; Ich will jetzt auch schon mitmachen!«

»An dem Mindestalter können wir leider nichts ändern.« Überrascht und erfreut, dass das Thema »Feuerwehr« bei Martinas Kindern so gut ankam, berührte auch Thorsten den Jungen an der anderen Schulter. »Aber sieh es mal so: Du kannst doch auch so etwas über die Feuerwehr lernen, und wenn du dann in drei Jahren alt genug bist, weißt du schon ganz viel und bist den anderen weit voraus.«

»Woher soll ich das denn lernen?« Das Schluchzen wurde ein wenig leiser.

»Na, zum Beispiel kann ich dir einiges zeigen«, schlug Thorsten spontan vor, obwohl er nie zuvor einem Kind irgendetwas beigebracht hatte. »Zum Beispiel wie man Knoten macht.«

»Knoten?«

»Oh ja, da gibt es ganz viele verschiedene. Oder was an Ausrüstung alles in die verschiedenen Feuerwehrautos hineingehört und wie die alle heißen und wie man richtig funkt.«

»Boah, das alles weißt du?« Bastis Augen wurden kugelrund. »Kannst du auch Erste Hilfe und all so was?«

»Aber klar doch.« Thorsten grinste erleichtert, weil die Miene des Jungen sich wieder aufgehellt hatte. »Und ich kann dir sogar die ganzen Codes verraten, die wir bei einer Alarmierung verwenden, damit alle gleich wissen, was für ein Notfall gerade eingetreten ist.«

»Sind das Geheimcodes?«

Thorsten lachte. »Geheim nicht gerade, aber ganz spezielle Feuerwehr-Abkürzungen, die die meisten Leute nicht verstehen, weil sie sie ja nie gelernt haben.«

Martina hüstelte unterdrückt. »Thorsten, du brauchst dir wirklich nicht so eine Menge ...«

»Was?« Er fing ihren besorgten Blick auf.

»Nicht dass dir das alles zu viel wird. Du hast doch einen anstrengenden Job und dann noch den Feuerwehrdienst. Niemand kann von dir verlangen, dass du Basti das alles beibringst. Es ist furchtbar nett von dir, versteh mich nicht falsch, aber ...«

»Aber?« Er schüttelte milde lächelnd den Kopf. »Verlangt hat es doch gar niemand von mir. Ich habe es selbst angeboten. Die freiwillige Feuerwehr ist sehr wichtig – im Allgemeinen, aber insbesondere auch mir. Ich finde es schön, wenn Kinder und Jugendliche sich dafür interessieren. Da werde ich wohl auch ein bisschen Zeit erübrigen können, um das zu fördern, nicht wahr? Außerdem wird das bestimmt lustig. Nicht weit von hier gibt es sogar ein großes Feuerwehrmuseum. Wir könnten doch alle zusammen mal hinfahren.«

Sie hielt verblüfft inne, dann nickte sie zögernd. »Ja, sicher, das könnten wir mal überlegen.«

»Werde ich dann schon ein richtiger Feuerwehrmann, auch wenn ich noch sooo lange warten muss, bis ich zehn bin?« Basti rutschte aufgeregt auf seinem Stuhl herum und griff etwas zu hastig nach der Pizzaecke. Sie entglitt seinen Fingern und landete im hohen Bogen auf dem Fußboden.

Sofort stürzte Capone sich darauf. *Oh, hmmm lecker! Ist die Stimmung jetzt wieder so gut, dass ich sogar was von der leckeren Pizza abkriege? Mjam, die schmeckt nach mehr!*

»Hey, pass doch auf, Schatz.« Lachend wollte Martina das Pizzastück noch retten, gab es aber auf, als Capone bereits genüsslich darauf herumkaute.

»Zumindest bist du dann schon auf dem allerbesten Weg.« Thorsten wuschelte dem Jungen durchs Haar.

»Na, sieh mal einer an, wen wir hier haben.« Durch eine Hintertür war Francesca in den Gastraum getreten und kam nun mit neugierigem Blick an den Tisch der vier. »Das ist aber schön, euch hier zu sehen.« Sie zwinkerte Thorsten verschwörerisch zu. »So oft hat man Martina schon ewig nicht mehr in irgendwelchen Restaurants gesehen.« Sie kniff Martina scherzhaft in den Oberarm. »Schön, dass du endlich mal wieder rauskommst – also außerhalb deiner Arbeit meine ich. Und noch dazu in so anregender Gesellschaft.«

»Francesca?« Basti hopste immer noch aufgeregt auf seinem Stuhl herum. »Ich werde Feuerwehrmann.«

»Was du nicht sagst!« Übertrieben erstaunt riss Francesca die Augen auf. »Etwa genau wie Thorsten?«

»Jaaaa, und er hat gesagt, wir fahren ins Museum, und er bringt mir Knoten bei und geheime Codes.«

»Das ist ja großartig!« Ein vielsagender Blick traf Martina, der Thorsten nicht entging. Insbesondere weil Martina daraufhin verlegen den Kopf senkte. »Dann weiß ich ja, wer demnächst zum Löschen kommt, wenn es mal brennt.«

»Ich mach auch mit«, mischte Annika sich ein. »Ich bin nämlich im August, wenn mein Geburtstag ist, schon alt genug für die Jugendfeuerwehr, und Mädchen dürfen auch Feuerwehrfrauen werden. Aber ich muss erst Tabea fragen und Janina und noch ein paar andere aus meiner Klasse, weil ich sonst allein bin und die Einzige, die erst zehn ist.«

»Ich sehe schon, die Jugendfeuerwehr wird demnächst aus allen Nähten platzen.« Wohlwollend nickte Francesca Thorsten zu, dann beugte sie sich vor und flüsterte in sein Ohr: »Gut gemacht.«

Er grinste, als er Martinas hochgezogene Augenbrauen bemerkte. »Ich tue, was ich kann«, raunte er ebenso leise zurück.

Francescas Lippen streiften noch immer fast sein Ohr. »Ich hoffe sehr für dich, dass das reicht. Sei gut zu ihr.«

Ihr warmer Atem kitzelte ihn. »Das hatte ich uneingeschränkt vor.«

»Findet ihr es nicht ein wenig unhöflich, vor meinen Augen über mich zu flüstern?« Martinas Miene hatte sich leicht verfinstert, obgleich es um ihre Mundwinkel zuckte. Zumindest bildete Thorsten sich das ein.

Er hob in gespielter Unschuld die Schultern. »Woher willst du wissen, dass wir über dich geflüstert haben? Vielleicht hat Francesca mir ja auch ein unanständiges Angebot gemacht.«

»Ach du liebe Zeit!« Kichernd schlug Francesca ihm mit der flachen Hand gegen die Schulter. »So weit kommt's noch, du Schwerenöter. Unanständiges Angebot! Wenn das mein Akbay gehört hätte!«

»Was dann?« Sein Grinsen verbreitete sich noch eine Spur.

Martina räusperte sich. »Dann würde er sich vermutlich kaputtlachen.«

Francesca tat übertrieben beleidigt. »Unterschätzt mal meinen Akbay nicht. Wenn er glaubt, mich beschützen zu müssen, wird er zum Tier!«

»Ja, zum Schmusetier.« Nun kicherte auch Martina. »Es gibt kaum einen netteren und friedlicheren Mann als Akbay.«

»Das ist wahr.« Aus dem amüsierten Lächeln auf Francescas Lippen wurde ein liebevolles. »Aber nur solange mir niemand etwas Böses will.«

»Na, da bin ich ja froh, dass ich mit absolut lauteren Absichten in dieses Etablissement gekommen bin.« Thorsten deutete auf sein leeres Glas. »Und wenn mir jemand noch ein zweites alkoholfreies Weißbier bringt, wird sich auch die Rechnung, die ich zu begleichen habe, noch einmal angemessen erhöhen.«

»Ich schicke Mutlu sofort zu euch rüber.« Francesca wandte sich zum Gehen, blickte aber noch einmal kurz über die Schulter zurück. »Ich hoffe, ihr lasst noch ein bisschen Platz für Nachtisch. Loukia hat ein fantastisches Tiramisu mit Erdbeeren gemacht. Das müsst ihr probieren.«

Kaum war Francesca fort, als Basti sich mit großen Augen zu Martina hinüberbeugte. »Was ist denn ein unanständiges Angebot? Kann ich auch eins haben?«

Martina verschluckte sich fast an ihrem Pizzabissen. Hustend und lachend schüttelte sie den Kopf. »Lass dir das von Thorsten erklären.«

***

»Das war ein sehr schöner Nachmittag.« Während die Kinder bereits mit Capone im Haus herumtobten, war Martina mit Thorsten noch vor der Haustür stehen geblieben. »Danke, dass du dir so viel Mühe gegeben hast, für die Kinder war das ein wahnsinnig interessantes Erlebnis.« Sie zögerte. »Für mich auch. Jetzt habe ich fast schon ein schlechtes Gewissen, dass ich nicht auch längst Feuerwehrfrau geworden bin.«

Thorsten lachte. »Du bist sicherlich die Allerletzte, die ein schlechtes Gewissen haben muss. Nicht dass ich etwas dagegen hätte, dich in der Truppe zu begrüßen, aber du hast schon so viel um die Ohren und engagierst dich auch ohne Feuerwehr schon an genug Stellen ehrenamtlich. Ich würde sagen, in dieser Hinsicht hast du dein Soll mehr als erfüllt.«

Martina lachte ebenfalls. »Ich wüsste auch nicht, wie ich die ganzen Übungstermine noch in meinen vollen Terminkalender quetschen sollte. Aber vieles, was du heute erzählt hast, war wie ein Weckruf. Ich werde deine Idee mit dem Erste-Hilfe-Kurs für Kinder auf jeden Fall im Stadtrat vorbringen und auch mal auf den Putz hauen, ob wir nicht noch anderweitig die Feuerwehr unterstützen können. Vor allem die Jugendfeuerwehr sollte gefördert werden, damit uns die aktiven Feuerwehrleute nicht irgendwann ausgehen.«

»Über jede Unterstützung sind wir glücklich.« Er wurde wieder ernst. »Wir stehen ja noch vergleichsweise gut da, was Mitgliederzahlen und Beteiligung angeht. Das ist überwiegend

Jörn zuzuschreiben, der es irgendwie immer wieder schafft, alle – oder zumindest fast alle – Mitglieder zu motivieren. Wenn ich mir überlege, wie es in anderen Feuerwehren aussieht ... Es ist sehr traurig, dass sich immer weniger Freiwillige finden, die bereit sind, der Allgemeinheit zu dienen. Dabei ist die Feuerwehr wirklich ein interessantes und spannendes Betätigungsfeld – und abgesehen davon können wir alle jederzeit in die Situation kommen, in der wir sie brauchen.«

»Wie man an unserem Haus sieht.« Martinas Blick wanderte automatisch hinauf zum Dach, das durch eine feste Plane vor Wetterkapriolen geschützt war. Die Handwerker würden erst in zehn Tagen mit der Reparatur beginnen können.

»Stimmt.« Thorstens Blick folgte ihrem. »Und wenn es zu lange dauert, bis Hilfe kommt, weil die örtliche Feuerwehr gar nicht mehr besetzt ist, ist das Geschrei groß.«

»Ich werde sehen, was ich für euch tun kann.« Sie richtete ihren Blick wieder auf Thorsten, wusste aber plötzlich nicht mehr, was sie noch sagen sollte. Bedankt hatte sie sich ja schon. »Also ...«

»Also ...« In seinen Augen funkelte es heiter. »Auch ich hatte einen schönen Tag. Annika und Basti sind einfach toll.«

»Ja, wenn sie nicht gerade streiten.«

»Ich vermute, dass das in dem Alter ziemlich normal ist, oder? Ich hatte leider keine Geschwister, als ich so alt war, kann also keine direkten Erfahrungswerte anführen.«

»War es nicht seltsam für dich, so spät zu erfahren, dass du einen älteren Bruder hast?« Aufmerksam sah sie ihn an und war froh, ein neues Gesprächsthema gefunden zu haben, das sie von dem Geflatter ablenkte, das das Vögelchen in ihrem Bauch auf einmal wieder veranstaltete.

»Ich wusste, dass mein Vater einen weiteren Sohn hatte, der älter war als ich, aber ich wäre nie auf die Idee gekommen, mit ihm in Kontakt zu treten. Ich nahm an, dass er auch von mir wusste, aber er hat ja nie versucht, mich zu finden. Ich ging davon aus, dass er ein ebenso großes Arschloch ist wie mein Vater. Entschuldige.« Er räusperte sich. »Dass Lars keine Ahnung von meiner Existenz hatte, begriff ich erst, als wir uns damals in Baltimore bei dem Bootsbauer trafen.« Bei der Erinnerung lächelte er amüsiert. »Das war schon fast surreal. Wir hatten beide zu dem Zeitpunkt bereits mehrere Monate dort gearbeitet, ohne dass wir uns begegnet sind. Ich hatte die Stelle dort auch nur angenommen, weil ich meinen Bankjob verloren hatte und irgendwie über die Runden kommen musste. Die Bank hat dichtgemacht. Eine Nachwirkung der großen Bankenkrise Jahre zuvor.« Er winkte ab. »Reden wir nicht davon. Am Ende war der Wechsel ja ein Glücksfall für mich ... oder vielmehr uns beide. Lars und ich wurden an dem Tag beide zu einem Meeting gerufen, in dem es um die Planung einer neuen Jachtflotte für einen megareichen Kaufhausmogul ging.«

»Eine ganze Flotte?« Verblüfft starrte Martina ihn an.

»Mit fünf fing es an, aber ich glaube, inzwischen hat er sieben oder acht. Manche Menschen sind so reich, dass sie einfach nicht mehr wissen, was sie mit all ihrem Geld anfangen sollen. Jetzt versorgt er alle Kinder, Neffen und Nichten mit Jachten.« Thorsten hob die Schultern. »Glücklicherweise nicht mein Problem. Lars und ich kamen aus verschiedenen Richtungen den Gang entlang, der zum Konferenzraum führte, und trafen uns genau vor der Tür. Ich habe ihn angesehen, er mich. Wir waren beide geschockt. Ich meine, wenn wir uns nicht derart ähnlich sehen würden – oder unserem Vater –, wäre es uns vielleicht gar nicht aufgefallen. Aber im ersten Moment war es für mich so, als würde ich in den Spiegel sehen. Lars hat mir später erzählt, dass es ihm ähnlich ging.

Ich dachte erst noch, dass das ein irrer Zufall sein muss, doch als Lars auf dieses Treffen sehr ... sagen wir mal, zornig und unfreundlich reagierte, ging ich sofort auf Distanz. Ich dachte, er wäre wütend auf mich und dass er mich nicht leiden kann. Wir haben eine ganze Weile versucht, einander aus dem

Weg zu gehen, aber da wir an dem Projekt gemeinsam arbeiten mussten, ging das nicht. Also haben wir zumindest versucht, einander nicht ausstehen zu können. Vollkommen irrational, so im Nachhinein betrachtet. Wir hatten ja schnell beide herausgefunden, dass die Ähnlichkeit tatsächlich auf naher Verwandtschaft beruht, aber genau das war wohl das Problem. Ich dachte, mein großer Bruder hasst mich, und er war einfach nur geschockt und wütend, weil er nie erfahren hat, dass es mich überhaupt gibt. Es hat eine Weile gedauert – und einen Silvesterabend mit viel Alkohol gebraucht, bis wir uns mal richtig unterhalten haben.«

»Und dabei habt ihr dann festgestellt, dass ihr euch doch mögt?«

Thorsten nickte grinsend. »Wir haben festgestellt, dass wir Brüder sind. Brüder! Da haben wir uns beide all die Jahre lang insgeheim einen Bruder gewünscht, und plötzlich hatten wir einen. Tja, irgendwann kamen wir dann auf die Idee, uns gemeinsam selbstständig zu machen. Erst hatten wir vor, in den Staaten zu bleiben, aber zu jener Zeit wurde mein Heimweh nach Deutschland bereits immer größer, und ich glaube, Lars ging es ebenso. Zu einem großen Teil hing das bei ihm mit Luisa zusammen, obwohl er das damals niemals zugegeben – oder auch nur selbst gewusst – hätte.

Also haben wir den Sprung ins kalte Wasser gewagt und sind nach Lichterhaven zurückgekehrt – er zumindest, für mich war es mehr eine Offenbarung.« Thorstens Blick suchte den ihren und wurde seltsam intensiv. »Ich hätte nie gedacht, dass ich mich hier gleich so heimisch fühlen würde.« Nun wurde seine Stimme etwas leiser und nahm einen rauen Unterton an. »Oder dass ich jemandem wie dir begegnen könnte.«

»Jemandem wie mir?« Martina schluckte etwas zu hektisch, weil ihr Herz ihr bis zum Hals hinauf und viel zu schnell pochte. »An mir ist doch nichts wirklich Besonderes.«

»Da muss ich vehement widersprechen.« Ein warmes Lächeln umspielte seine Lippen. »Es gibt ja Frauen, für die ist ein solches Understatement Teil des Spiels, aber gerade, weil du den Unsinn, den du da redest, wirklich zu glauben scheinst, muss ich dir sagen: Du bist die ungewöhnlichste Frau, die mir je begegnet ist. Das wusste ich schon, als ich dich vergangenes Jahr zum ersten Mal gesehen habe.« Er lachte leise. »Erste Begegnungen haben es für mich offenbar in sich. Ich hoffe nur, dass du mir die Gelegenheit gibst, dir zu beweisen, dass es mir damit ernst ist.«

Wieder schluckte Martina und brachte die nächsten Worte dennoch nur mit schwankender Stimme hervor. »Ich glaube ... Ich weiß, dass es dir damit ernst ist. Es ist nur so, dass ich nicht weiß, ob ... Ich habe ... Ich bin einfach ... Ich kann nicht ...« Sie verhaspelte sich und verstummte, als er näher an sie herantrat.

»Was kannst du nicht?« Mit der rechten Hand fing er eine ihrer Locken auf, die ihr vom Wind ins Gesicht geweht wurde, und strich sie ihr hinters Ohr. Die federleichte Berührung seiner Fingerspitzen an ihrer Schläfe sandte bereits eine Gänsehaut über ihren Körper und noch eine weitere, als er sachte an ihrer pochenden Halsschlagader entlangstreichelte.

Das Vögelchen schlug mehrere Salti, und beinahe versagte ihre Stimme. Dennoch sprach sie aus, was sie bewegte: »Ich habe Angst, Thorsten.«

»Ich weiß.« Er hörte nicht auf sie zu berühren, fuhr sanft über ihre Wange. »Ängste kann man überwinden.«

»Ich weiß nicht, ob ich diese überwinden kann.«

»Du wirst es nur herausfinden, wenn du dich ihr stellst.«

Etwas zittrig, weil ihr allmählich die Knie weich wurden, sog sie die Luft ein. »Ich weiß nicht einmal, wie ich das anfangen soll. Das ist albern, oder? Kindisch. Ich meine ...«

»Das ist weder albern noch kindisch, Martina. Du hast eine schwere Zeit hinter dir.« Er trat noch näher an sie heran und legte mit leichtem Druck einen Finger unter ihr Kinn, sodass sie zu ihm aufsah. »Darf ich dir einen Vorschlag unterbreiten?«

Sie war froh, zuvor noch eingeatmet zu haben, denn seine Nähe ließ sie vollkommen vergessen, wie das ging. »Was für einen Vorschlag?«

In seinen Augen blitzte es herausfordernd. »Ich stelle mich als Testperson zur Verfügung.«

»Testperson?«

»Küss mich, und wir warten ab, was passiert.«

Ihr wild pochendes Herz stockte für einen Moment, bevor es erneut rasend weiterschlug. »Ich soll dich küssen?«

»Behaupte jetzt nicht, du hättest nicht schon darüber nachgedacht.«

Sie konnte überhaupt nicht mehr denken. Sie wurde verrückt. Oder war es längst. »Also gut.« Sie stellte sich auf die Zehenspitzen und berührte seinen Mund mit ihrem. Nur kurz, nur leicht. Ein Stich durchfuhr sie, gefolgt von einem aufregenden Prickeln. »Und was jetzt?«

Er lächelte leicht, doch seine Augen schienen sich verdunkelt zu haben. Eine gefährliche Mischung. »Das war kein Kuss. Allenfalls ein Küsschen. Versuch es noch mal.«

Mutig reckte sie sich ihm erneut entgegen, doch als ihre Lippen aufeinandertrafen, schlang Thorsten seine Arme um ihre Taille und verhinderte damit, dass sie sich wieder zurückziehen konnte. Diesmal schoss nicht nur ein Stich durch sie hindurch, sondern unzählige. In ihrer Magengrube kribbelte und brannte es, als sein Mund weich und zugleich fest über ihren glitt, er sachte ihre Unterlippe einsaugte, mit der Zungenspitze darüber glitt. Nicht fordernd, sondern tastend, fragend, abwartend.

Sie wusste, auch wenn Thorsten sie festhielt, konnte sie sich jederzeit zurückziehen. Sein Griff war nicht besitzergreifend, sondern eher wie ein Angebot von Wärme, Zuneigung, Geborgenheit. Zaghaft, weil sie sich unerfahren wie ein Teenager fühlte, öffnete sie die Lippen einen Spalt. Thorsten legte seine rechte Hand an ihre Wange und fuhr mit der linken in ihr volles Haar. Dann erst nahm er die Einladung an und tastete sich mit der Zungenspitze langsam vor, fast träge, suchend, bis er die ihre fand.

Für einen Moment stand die Zeit still. Oder die Erde hatte aufgehört, sich zu drehen. Vielleicht beides. Möglicherweise lag es daran, dass sie so lange schon nicht mehr geküsst worden war. Viel eher aber daran, dass sie noch nie *so* geküsst hatte. Heiße erregende Schauer durchrieselten sie, erfassten sie, machten sie trunken. Sehnsucht flammte auf, wandelte sich in Leidenschaft. Sie war erschrocken und fasziniert zugleich. War das wirklich sie?

Fröhliches Gebell, Gepolter und Kindergelächter drangen an ihr Ohr, und noch ehe sie reagieren konnte, zog Thorsten sich widerstrebend zurück und blickte ihr forschend in die Augen. Sein Blick war noch dunkler als zuvor und irgendwie verhangen. Doch sein Lächeln war so heiter wie zuvor – vielleicht eine Spur überrascht und ebenso fasziniert.

»Was sagt man dazu? Das hat sich für mich ganz und gar nicht ängstlich angefühlt. Unter diesen Umständen stelle ich mich gerne für weitere Experimente zur Verfügung.«

Da ihr Herz in naher Zukunft wohl nicht mehr in einen normalen Rhythmus finden würde, versuchte Martina, gegen das wilde Pochen anzulächeln. »Du kannst ziemlich überzeugend argumentieren.«

»Mir war nicht klar, dass wir uns in einer Diskussion befinden, aber es freut mich, dass du es so siehst. Ich leiste gerne weitere Überzeugungsarbeit, wenn sie gewünscht ist.«

»Das kann ich mir vorstellen. Es ist nur …« Verdammt, ihr Verstand setzte wieder ein. Und ihr schlechtes Gewissen meldete sich. »Es ändert sich nicht plötzlich alles, nur weil …«

»Weil was?« Seine Miene wurde eine Spur ernster.

»Weil ... du gut küsst und weil ...« Himmel, sie sagte alles falsch. »Ich brauche einfach ... mehr Zeit.« Bravo! rief ihr Verstand. Idiotin! flüsterte ihr Herz. »Ich bin einfach noch nicht ... so weit.«

»Okay.« Jetzt war sein Lächeln gänzlich verschwunden. Er trat einen halben Schritt zurück, und sofort fühlte sie sich einsam und verlassen. »Ich muss übrigens weg – für zehn Tage nach Antwerpen. Dort findet eine große Schiffs- und Bootsmesse statt. Lars wird auch für ein paar Tage mitkommen.«

»Ah ja.« Sie schluckte an dem Kloß, der ihre Kehle zuschnürte. Sie hatte ihn verärgert. Und enttäuscht. Ebenso wie sich selbst. Warum nur konnte sie nicht aus ihrer Haut? »Dann wünsche ich euch viel Erfolg.« Das klang so entsetzlich lahm, dass sie am liebsten im Erdboden versunken wäre. Warum machte sie diesen wundervollen Augenblick kaputt?

Überraschend hob er noch einmal seine Hand an ihre Wange. »Warten wir ab, ob dir die zehn Tage ausreichen, um herauszufinden, ob du mich genug vermisst, um das hier fortzusetzen.« Ehe sie auch nur reagieren konnte, hatte er sich abgewandt und ging mit großen Schritten davon, ohne sich noch einmal zu ihr umzudrehen.

Enttäuscht von sich selbst und erschrocken, weil sie ihn offenbar wirklich verletzt hatte, blickte sie ihm nach. In ihrem Kopf rief sie seinen Namen, wollte ihn aufhalten, sich erklären – und verdammt noch mal ihn noch einmal küssen. Aber sie sagte kein Wort, sondern drehte sich, als er aus ihrem Sichtfeld verschwand, hölzern um und ging ins Haus.

13. Kapitel

Still betrachtete Martina die Fotos, die Thorsten in Antwerpen geschossen hatte. Er hatte sie in einer WhatsApp-Gruppe gepostet, in der neben seinem Bruder und Luisa auch Christina, Ben, Alex, Melanie und ein paar weitere Freunde versammelt waren. Thorsten hatte Martinas Kontakt ebenfalls hinzugefügt, ohne sie vorher zu fragen. Sie hatte nicht protestiert, jedoch bisher auch nicht auf seine Nachrichten – oder die der anderen – reagiert. Sie brauchte Zeit.

Wieder und wieder redete sie sich das ein, wenn ihr Herz begann, sich nach ihm zu sehnen. Weil dieses Sehnen stets das schlechte Gewissen im Schlepptau mit sich führte. Ihre Hand wanderte ganz automatisch zu ihrer Kette mit dem Ring. Sie fühlte sich elend, ließ sich aber weder ihren Kindern noch ihren Eltern oder Schwiegereltern gegenüber etwas anmerken. Und schon gar nicht gegenüber ihrer Schwester oder ihren Freundinnen. Letzteren war sie sowieso schon seit Tagen ausgewichen, weil sie befürchtete, mit Fragen gelöchert zu werden, auf die sie keine Antwort wusste.

Es war Freitagabend, Martinas Schwiegereltern hatten die Kinder übers Wochenende abgeholt, die Handwerker, die sich um das Dach und die beiden Zimmer oben kümmerten, hatten die Baustelle gerade für ihren Feierabend verlassen – und seit Thorstens Rückkehr aus Antwerpen waren bereits vier Tage vergangen. Er hatte sich während der gesamten Zeit seiner Abwesenheit nicht bei ihr gemeldet. Vielleicht hätte er es getan, wenn sie auf seine Posts in der WhatsApp-Gruppe reagiert hätte. Sie hätte auch selbst einmal eine kurze Nachricht schreiben können. Oder anrufen. Aber sie brauchte ja Zeit.

Zeit war wichtig, um nachzudenken, die richtigen Entscheidungen zu treffen. Dummerweise hatte sie im Augenblick eher das Gefühl, mit dieser Abwarterei alles schlimmer anstatt besser zu machen.

Zunächst reagierte sie nicht, als vor dem Haus ein Automotor brummte und dann verstummte. Zu sehr war sie in Gedanken versunken. Doch dann wurden Stimmen laut – weibliche Stimmen. Im nächsten Moment raste Capone freudig bellend zur Haustür.

Da kommt Besuch, Besuch, Besuch! Ganz viele Leute – und ich glaube, ich kenne sie alle. Das riecht nach guten Freunden. Wau, Frauchen, komm schon, mach die Tür auf, damit ich sie alle begrüßen kann.

Anstelle der Türklingel vernahm Martina mehrstimmiges Gelächter. Ahnungsvoll schaute sie zuerst auf die Uhr – es war kurz nach sieben – und stand dann rasch auf, um ihren unverhofften Gästen die Tür zu öffnen.

»Hey, große Schwester, was sagst du nun?« Hannah strahlte sie an wie ein Honigkuchenpferd. »Kleine Überraschung.« Sie hob die linke Hand, in der sie eine Magnumflasche Sekt hielt. »Du hast dich schon so lange nicht mehr gemeldet, da dachte ich, ich trommele mal die Gang zusammen, und wir überfallen dich. Die Kinder sind doch heute nicht da, oder?«

»Sie sind bis Sonntagabend bei Bettina und Sönke.« Da Hannah sich bereits an ihr vorbei ins Haus gedrängt hatte, trat Martina beiseite, um auch den anderen drei Frauen Platz zu machen. Luisa, Christina und Melanie umarmten sie der Reihe nach und schleppten weitere Sektflaschen sowie einen abgedeckten Korb unbekannten Inhalts ins Wohnzimmer.

»Was habt ihr denn vor, um Himmels willen?« Hin- und hergerissen zwischen Erstaunen und Erheiterung folgte Martina ihren Freundinnen und versuchte dabei, Capone zurückzuhalten, der alle gleichzeitig begrüßen wollte und natürlich auch gleich versuchte herauszufinden, was sich in dem Korb befand.

»Nichts da, du Frechdachs!« Christina stellte den Korb auf dem Couchtisch ab. »Da ist nichts drin, was einem Hundemagen gut bekommt.«

Das sagst du so, aber wer weiß, ob du recht hast! Es riecht da drin irgendwie interessant. Bestimmt sind da Leckereien drin.

»Wir waren schnell noch einkaufen, bevor wir hergekommen sind«, erklärte Luisa.

»Ich dachte schon, ihr hättet eine Weinhandlung überfallen.« Martina deutete grinsend auf die vier großen Sektflaschen einer besonders noblen Marke. »Wer soll denn das bitte alles trinken?«

»Na, wir, wer sonst? Der Abend ist schließlich noch jung, und wir alle haben unseren Männern klargemacht, dass sie erst wieder von uns hören werden, wenn wir sie volltrunken anrufen, damit sie uns abholen.« Melanie kicherte. »Aber wir waren auch noch im Supermarkt.« Sie klappte den Deckel des Korbes hoch. »Hauptsächlich in der Tiefkühlabteilung.«

»Oh Gott, ihr habt Eis mitgebracht!« Mit großen Augen starrte Martina auf die vielen verschiedenen runden Eisbecher zweier teurer Speiseeismarken. »Das hat doch ein Vermögen gekostet! Ein einziger Becher kostet doch schon fast fünf Euro.«

»Die eine Marke war im Angebot.« Hannah nahm die Becher aus dem Korb und reihte sie ordentlich auf dem Couchtisch auf. »Hol mal ein paar Löffel und Servietten. Das wird eine geniale Eis- und Sektparty. Mel, such du bitte die Musik aus.« Sie wies auf die Stereoanlage.

»Ich kann kein Eis essen.« Leicht verzweifelt blickte Martina auf die eiskalten Verführer auf ihrem Couchtisch. »Davon werde ich dick und fett.«

»So ein Unsinn.« Christina winkte ab. »Ich sehe dich jeden zweiten Tag auf dem Deichweg oder am Ufer joggen. Ein Vorteil, wenn man so nah am Deich wohnt – und noch dazu über einer hohen ehemaligen Lagerhalle. Man kriegt einfach alles mit, was sich ringsum so tut. Außerdem weiß ich aus verlässlicher Quelle, dass du in der Yogagruppe mitmachst und garantiert trainierst du auch hier zu Hause. Wann du das alles schaffst, ist mir zwar ein Rätsel bei deinem vollen Terminkalender, aber bei dem Sportpensum ist eine Eisparty unbedingt erlaubt.«

»Ich muss etwas tun, sonst gehe ich auf wie ein Hefekuchen.« Verzweifelt schielte Martina auf die Eisbecher, dann gab sie sich geschlagen und holte die Löffel und bunte Servietten aus der Küche. »Ihr seid so gemein!«

»Gern geschehen.« Hannah hatte sich bereits auf einen Sessel geworfen und kraulte Capone hinter den Ohren. »Ich habe mir Sorgen um dich gemacht, Martina.«

»Sorgen? Warum denn?« Natürlich ahnte sie bereits, worum es ging, aber sicherheitshalber tat sie ahnungslos.

»Das haben wir alle.« Auch Luisa setzte sich. »Du hast dich die ganze Zeit nicht einmal auf Thorstens Nachrichten in der WhatsApp-Gruppe gemeldet und auch bei keiner von uns. Aber ich weiß ziemlich sicher, dass du an dem Samstag, bevor Thorsten nach Antwerpen gefahren ist, noch mit ihm unterwegs warst. Mitsamt den Kindern.«

»Ist etwas zwischen euch vorgefallen?«, übernahm Hannah erneut die Inquisition. »Habt ihr euch gestritten?«

»Nein, haben wir nicht.« Übertrieben geschäftig verteilte Martina die Servietten auf dem Tisch und reichte jeder ihrer Freundinnen einen Löffel. Dabei entgingen ihr nicht die vielsagenden Blicke, die die vier einander zuwarfen.

»Aber irgendetwas ist zwischen euch.« Luisa beugte sich ein wenig vor, um Martinas Blick aufzufangen. »Lars sagt, Thorsten wäre tagelang ungenießbar gewesen. Jetzt ist er wohl wieder, na ja, normal, aber trotzdem stimmt irgendetwas nicht. Also setz dich endlich auch hin und dann raus mit der Sprache!«

Seufzend – sie hatte gedacht, sie hätte es sich endlich abgewöhnt – ließ Martina sich auf dem Sofa neben Melanie nieder. »Ihr gebt keine Ruhe, oder?«

»Hey, wir sind deine Freundinnen.« Melanie legte ihr einen Arm um die Schultern. »Selbstverständlich geben wir keine Ruhe, bis du dir alles von der Seele geredet hast.« Sie warf Hannah einen Blick zu. »Wir haben noch keine Gläser.«

»Stimmt.« Martinas Schwester sprang auf und eilte zum Wohnzimmerschrank, um Sektgläser zu holen. »Du kannst ruhig schon mit Reden anfangen, Martina.«

Martina ergab sich ihrem Schicksal. »Da gibt es eigentlich nicht viel zu erzählen.«

»Gut, umso schneller können wir dir adäquate Ratschläge geben.« Christina pustete sich eine ihrer braunen Locken aus dem Gesicht. »Was hat der große böse Thorsten dir angetan?«

»Er ist nicht böse …« Martina zuckte mit den Achseln. »Außer auf mich, vermutlich, aber das war so … Ich weiß auch nicht.«

»Fang mal ganz von vorn an.« Da Luisa inzwischen die erste Flasche geöffnet hatte, übernahm sie es, die Gläser, die Hannah vor ihnen abgestellt hatte, mit dem perlenden Sekt zu füllen. »Am besten mit eurem Ausflug an jenem Samstag – es sei denn, wir müssen noch mehr darüber wissen, was vorher zwischen euch gelaufen ist.«

»Da ist gar nichts zwischen uns gelaufen … bis auf einen Kuss.« Martina spürte, wie ihr die Wärme in die Wangen kroch. »Na ja, zwei Küsse oder drei, aber mehr auch nicht.«

»Drei Küsse!« Hannah quetschte sich einfach noch neben Martina auf die Couch. »Da wird es ja gleich richtig interessant!«

»Nein, also … Der erste Kuss ist schon etwas länger her.«

»Das war an dem Tag, als ihr das Picknick in der Piratenbucht gemacht habt«, fiel Luisa ihr ins Wort und grinste, als alle sie erstaunt ansahen. »Was denn? Ich sag doch, ich sitze direkt an der Quelle der Information.«

Martina spürte, wie sie noch mehr errötete. »Lars hat dir davon erzählt.«

»Aber hallo. Wir erzählen uns alles!« Luisa warf ihr ein liebevolles Lächeln zu. »Kein Grund, nervös oder verlegen zu werden. Ich weiß natürlich auch nicht *alles*. Bloß dass es einen Kuss gab; Thorsten ist Lars gegenüber nicht ins Detail gegangen. Ich habe allerdings gehört, du hättest ihm danach gesagt, dass du ihn nicht mehr wiedersehen willst. Was ja offenbar nicht ganz so funktioniert hat.«

»Küsst er etwa so schlecht, dass du ihn deshalb in die Wüste schicken wolltest?« Christina grinste. »Es soll ja Männer geben, die darin totale Nieten sind. Ich war mal ganz kurz mit einem zusammen, der hat regelrecht gesabbert und ... Bäh, ich erspare euch die Details. Zwischen uns war es nicht ohne Grund schnell wieder aus.«

Das ließ die Frauen in einstimmiges Gelächter ausbrechen.

»Nein, also ...« Auch Martina musste ein Lachen unterdrücken. »Das war natürlich nicht der Grund.«

»Also küsst er gut?« Neugierig beugte Christina sich vor.

Martina biss sich auf die Unterlippe. »Ja, also ...« Allein beim Gedanken an Thorstens Lippen auf ihren wurde ihr warm. »Er küsst ... also er küsst ...«

Die vier Frauen um sie herum brachen in Gejohle und Pfiffe aus. Hannah stieß ihre Schwester begeistert an. »Dein Blick sagt mehr als tausend Worte. Also hat es dir den Boden unter den Füßen weggezogen? Hach, ich wünschte, das würde mir auch mal passieren.«

Mel kicherte. »Pass bloß auf, was du dir wünschst, Hannah. Es könnte in Erfüllung gehen, und das ist nicht immer so einfach, wie es sich anhört. Wenn ich mir Martina so ansehe, kann sie ein Lied davon singen. Genau wie ich.«

»Wie wir alle – oder fast alle«, stimmte Luisa zu. »Hannah ist als Einzige von uns noch Single.«

»Ja, weil sich mir mein Mr. Right hartnäckig entzieht. Kein

Wunder, immerhin sehe ich aus, als wäre ich noch minderjährig.« Achselzuckend wandte Hannah sich wieder ihrer Schwester zu. »Aber bei dir scheint er ja gerade vor der Tür zu stehen.«

Martina fasste wieder einmal an ihre Kette. »Also erstens bin auch ich nach wie vor ... Single.« Beinahe hätte sie Witwe gesagt. »Und außerdem ...« Das Vögelchen flog beständig mit dem Kopf gegen ihre Magenwände. »Ich habe meinen Mr. Right ja schon gehabt.«

Ringsum wurde es still. Nur Hannah ließ sich nicht beeindrucken. »Wo steht denn geschrieben, dass es für jede Frau auf der Welt nur einen einzigen Mann gibt, der perfekt zu ihr passt? Ich meine, klar, wenn man den einen gefunden hat, mit dem man alt werden will, ist das wunderbar. Aber das bedeutet nicht, dass es da draußen nicht noch andere potenziell passende Kandidaten gibt. Und wenn man einen Menschen verloren hat«, nun ergriff sie Martinas Hand und drückte sie, »ist es nicht verboten, irgendwann die Augen zu öffnen und sich nach jemandem umzusehen, mit dem man ein neues Glück finden möchte.«

»Darauf trinken wir. Cheers!« Melanie hob ihre Sektflöte, woraufhin auch die anderen nach den Gläsern griffen.

Martina zögerte noch. »Das ist alles nicht so einfach.«

»Das hat auch niemand behauptet.« Nachdenklich musterte Hannah sie. »Nun mal wirklich raus mit der Sprache. Warum herrscht zwischen dir und Thorsten Funkstille?«

Martina schwenkte den Sekt in ihrem Glas und kämpfte ganz plötzlich mit den Tränen. »Weil ich bescheuert bin.«

»Na, na.« Melanie legte ihr erneut einen Arm um die Schultern. »Das stimmt doch nicht.«

»Doch.« Wieder fingerte Martina an ihrer Kette herum. »Ich habe Angst und ... Ich werde einfach dieses schlechte Gewissen nicht los.«

»Warum hast du denn ein schlechtes Gewissen?« Luisa rückte mitsamt ihrem Sessel näher und begann, die Deckel von den Eisbechern zu lösen. Einen reichte sie Martina. »Hier. Schokolade mit Brownie-Stückchen. Damit redet es sich viel leichter.«

»Okay.« Vorsichtig stellte Martina ihr Glas auf den Tisch und nahm den Eisbecher samt Löffel entgegen. Sie stocherte im Eis und schob sich schließlich eine winzige Portion zwischen die Lippen. Der süße Schokoladengeschmack ließ sie wohlig erschauern. »Wir waren an dem Samstag, bevor Thorsten nach Antwerpen gefahren ist, mit den Kindern unterwegs. Er hat uns das Feuerwehrhaus gezeigt, und hinterher sind wir noch alle zusammen ins *Alibaba* essen gegangen.« Sie kostete einen zweiten Löffel voll Eiscreme. »Er kann ziemlich gut mit Kindern umgehen.«

»Lars sagt, Thorsten schwärmt von Annika und Basti, als wären die beiden seine eigenen Kinder«, warf Luisa ein.

Das Vögelchen machte einen Luftsprung und stieß mit dem Schnabel gegen Martinas Herz. »Er hat sogar angeboten, Basti alles Mögliche beizubringen, was mit der Feuerwehr zu tun hat, weil Annika jetzt unbedingt nach den Sommerferien in die Jugendfeuerwehr eintreten will und Basti dafür noch drei Jahre zu jung ist.«

»Das nenne ich mal vollen Einsatz.« Christina lachte. »Aber er hat das sicher nicht nur vorgeschlagen, weil er an deine Unterwäsche will, Martina, falls du das befürchtest. So viel Aufwand betreibt kaum ein Mann, nur um ein kleines Abenteuer zu erleben.«

»Ich weiß.« Kläglich hob Martina die Schultern. »Er meint es schon sehr ernst.«

»Ich glaube, das ist das Kernproblem«, analysierte Luisa, nachdem sie Martina einer intensiven Musterung unterzogen hatte. »Dir geht das zu schnell, weil du immer noch um Axel trauerst.«

»Ja, nein, ich … trauere nicht mehr. Nicht wirklich.« Zum dritten Mal fasste Martina an die Ringkette.

Diesmal legte Hannah ihre Hand über die von Martina. »Was machst du da eigentlich?«

Überrascht blickte Martina an sich hinab. »Was meinst du?«

»Du spielst dauernd an deinem Ehering herum.« Sanft löste Hannah Martinas Finger von der Kette und berührte den Ring danach selbst. »Du hast ihn seit der Beerdigung nicht ein einziges Mal abgelegt, oder?«

»Nein, warum auch? Das war so mit Axel abgemacht.« Verunsichert blickte Martina erst in die Runde, dann auf ihr Eis.

»Was ist mit ihm abgemacht?« Hannah schnappte sich ebenfalls einen Eisbecher, woraufhin die anderen es ihr gleichtaten.

»Dass sein Ring mit ihm begraben wird und ich meinen immer behalte.« Martina stocherte wieder im Schokoeis herum. »Wenn ich vor ihm gestorben wäre, hätte er das umgekehrt auch so gemacht.«

Die vier Frauen um sie herum schwiegen, teils betroffen, teils nachdenklich. Luisa ergriff schließlich wieder das Wort: »Also klammerst du dich jetzt daran fest wie an einem Rettungsanker und hast ein schlechtes Gewissen, weil du glaubst, du würdest Axel betrügen, wenn du dich auf Thorsten einlässt?«

»Man kann einen Toten nicht betrügen.« Hannah runzelte die Stirn. »Sorry, wenn das jetzt hart klingt, aber es ist doch so.«

»Meinst du, das weiß ich nicht selbst?« Die Tränen, die ihr schon zuvor in den Augen gebrannt hatten, ließen sich nun nicht mehr aufhalten. Wütend knallte Martina den Eisbecher auf den Couchtisch. »Aber nur, weil der Verstand einem etwas sagt, bedeutete das noch nicht, dass … dass … Ich kann nichts dafür. Und jetzt habe ich damit wahrscheinlich eh schon alles kaputtgemacht.«

»Hey, hey.« Sachte zog Melanie sie an sich. »Immer mit der Ruhe. So schnell gehen die Dinge im Allgemeinen nicht kaputt.«

Hannah ergriff Martinas Hände. »Tut mir leid. Ich wollte dich nicht zum Weinen bringen.«

»Manchmal sind Tränen heilsam.« Christina rückte ebenfalls mit ihrem Sessel näher.

Was geht denn hier vor? Warum weint mein Frauchen? Das gefällt mir aber gar nicht. Komm, ich tröste dich ein bisschen und lecke dir die Tränen weg. Die sind ja ganz salzig. Capone quetschte sich auf Martinas Schoß und leckte ihr eifrig übers Gesicht, bis sie wider Willen auflachte.

»Schon gut, Capone, hör auf damit!«

Aber nur, wenn du nicht mehr so traurig bist!

»Es geht doch nichts über den sechsten Sinn eines Hundes.« Mit breitem Lächeln zog Christina den Hund von Martinas Schoß herunter. »Komm her, mein Freund. Deinem Frauchen geht es gut. Du brauchst dir keine Sorgen zu machen.«

Das sagst du so. Mein Instinkt suggeriert mir aber etwas ganz anderes. Wenn mein Frauchen weint, muss ich sie trösten. Schnüff.

»Jetzt seht mich bloß an. Ich führe mich auf wie ein dummes Kind.« Verzweifelt versuchte Martina, die Tränen wegzuwischen, doch es flossen immer neue nach.

»Nein, tust du überhaupt nicht.« Melanie drückte sanft ihre Schulter. »Wir kommen alle mal in eine Situation, in der wir uns irrational verhalten oder nicht mehr weiterwissen. Wenn ich daran denke, wie lange ich versucht habe, mir einzureden, dass ich nichts Besonderes für Alex empfinde, könnte ich mich heute noch selbst in den Allerwertesten beißen.«

»Da sagst du was!« Zustimmend nickte Christina. »Ben und ich haben auch ewig versucht, so zu tun, als wäre alles in bester Ordnung und als wären wir halt nur ein kleines bisschen ineinander verliebt. So als könnte man das einfach an- und später wieder abstellen. Also zumindest ich musste auf die harte Tour lernen, dass das nicht funktioniert. Luisa weiß sicher auch, wie es ist, den eigenen Gefühlen nicht zu trauen, oder?«

Luisa seufzte. »Und wie! Obwohl, meine eigenen Gefühle kannte ich ja ziemlich gut, aber ich war zeitweise wirklich in Sorge, dass Lars nie und nimmer fähig sein würde, seine Gefühle zuzulassen. Manchmal war ich kurz davor, ihm sogar zu glauben, dass er nicht fähig ist, wirklich Liebe zu empfinden, so wie er es immer behauptet hat.«

»So ein Unsinn!« Christina schüttelte den Kopf. »Er hat dich schon geliebt, als du noch im Kinderwagen gelegen hast.«

»Kann sein.« Auf Luisas Lippen erschien ein versonnenes Lächeln. »Aber es hat verdammt lange gedauert, bis die Erkenntnis über ihn kam.«

»Opa hat nachgeholfen.« Christina kicherte. »Lars wäre zwar auch so irgendwann darauf gekommen, schätze ich. Aber mit Opas Hilfe ging es deutlich schneller.«

»Ich weiß bis heute nicht, ob ich euch dafür knutschen soll, dass ihr euch eingemischt habt, oder mit dem nassen Handtuch erschlagen.« Auch Luisa kicherte.

»Der Zweck heiligt manchmal die Mittel.« Christina wandte sich wieder Martina zu. »Ich kann verstehen, dass dich deine neuen Gefühle für Thorsten verwirren. »Du hast doch Gefühle für ihn, oder?«

Martina schniefte ein wenig. »Andernfalls wärt ihr jetzt wohl kaum hier und würdet mich mit Eiscreme vollstopfen.« Mit leicht zittriger Hand griff sie nach dem Schokobecher und ihrem Löffel.

»Eis hat immer schon geholfen.« Hannah gab Martina einen Kuss auf die Wange. »Und der Sekt wird auch nicht schaden. Und falls du irgendwann noch mal zwei Söhne kriegen solltest, kannst du sie Ben und Jerry nennen.«

Lautes Gelächter belohnte Hannah für ihren Vorschlag.

»Rekapitulieren wir noch mal«, nahm Luisa schließlich noch einmal den Faden auf. »Ihr habt einen schönen Samstag miteinander verbracht, und Thorsten hat sich nicht nur super mit deinen Kids verstanden, sondern dich offenbar danach irgendwann noch mal geküsst.«

Seufzend – die Angewohnheit würde sie wohl nie wieder los – tauchte Martina ihren Löffel in das inzwischen angenehm weiche Eis und schob sich eine Portion davon in den Mund. Erst nachdem es auf ihrer Zunge zergangen war, antwortete sie: »Genau genommen habe ich ihn geküsst.«

»Huh!« Wieder jubelten und pfiffen ihre Freundinnen begeistert.

Martina hüstelte. »Weil er mich dazu aufgefordert hat.«

»Das wird ja immer interessanter!«, befand Hannah.

»Wir … Ich wollte – oder sollte – herausfinden, ob … Egal.« Sie zuckte mit den Achseln. »Es war ein schöner Kuss.«

»Schön?« Hannah stieß sie mit dem Ellenbogen an. »Einfach nur schön? So wie du vorhin geguckt hast, dürfte das die Untertreibung des Jahres sein.«

Verlegen starrte Martina in ihren Eisbecher und spürte, wie ihre Wangen sich erwärmten und ihr Herzschlag sich beschleunigte.

»Aha!« Hannah grinste triumphierend. »Seht sie euch an, Ladys! Sie wird ganz rot.«

»Nun quäl deine Schwester doch nicht so.« Christina lachte leise. »Du musst doch selbst wissen, wie es ist, wenn dich ein Kuss vollkommen umhaut.«

Diesmal seufzte Hannah. »Leider nicht. Ich hatte zwar schon ein paar ganz ordentliche Küsse, aber so einen, der mir weiche Knie macht und mich ins All hinausträgt – oder was auch immer man dann fühlt –, hatte ich leider noch nicht. Wie gesagt, Mr. Right lässt beharrlich auf sich warten.«

»Keine Sorge.« Luisa tätschelte Hannahs Arm. »Früher oder später trifft es auch dich.«

»Das will ich stark hoffen!«

Melanie gluckste. »Wie schon gesagt – pass auf, was du dir wünschst. Das Schicksal oder das Universum oder wer auch immer zuständig ist, nimmt Wünsche manchmal allzu wörtlich, und das kann zuweilen schmerzhafte Auswirkungen haben.«

»Wie man an unserer armen Martina sieht«, befand Christina.

»Ich habe mir doch gar nicht gewünscht, mit Thorsten ... ähm ...« Martina räusperte sich. »Jedenfalls nicht zu Anfang. Ich habe ihm zigmal gesagt, dass er mich in Ruhe lassen soll.«

»Gott sei's gedankt, dass er sich auf dem Ohr taub gestellt hat.« Warm lächelte Hannah sie an. »Immerhin gibst du zu, dass du dir jetzt wünschst, du und Thorsten ... na ja, du weißt schon.«

Martina senkte den Blick erneut auf ihr Eis. »Ich kann das nicht. Ich brauche mehr Zeit.«

»Zeit wofür?« Eingehend musterte Melanie sie von der Seite. »Um dein schlechtes Gewissen loszuwerden? Du brauchst wirklich keins zu haben. Ich kann mir nicht vorstellen, dass Axel wollen würde, dass du dein Leben lang allein bleibst.«

Wieder begannen die Tränen zu laufen. »Ich weiß einfach nicht, was er wollen würde oder ob er mir böse wäre.« Als Martina verzweifelt in die Runde schaute, sah sie die beredten Blicke, die ihre Freundinnen austauschten. »Du wirst es nie wissen, weil du ihn nicht mehr fragen kannst, aber je mehr Zeit du dir gibst, um darüber nachzudenken, desto wirrer werden deine Gedanken werden. Du wirst dich im Kreis drehen«, fügte Melanie hinzu.

»Es ist kompliziert«, versuchte Martina sich zu erklären und erzählte stockend, was Axel ihr einst über sein mögliches Leben ohne sie gesagt hatte.

Die vier Frauen um sie herum hörten ihr schweigend zu und blieben auch noch still, nachdem sie ihre Erzählung beendet hatte.

»Das war unfair von ihm. Absolut unfair!«, befand Hannah in die allgemeine Betroffenheit hinein.

»Hannah ...« Martina wollte noch mehr erklären, aber ihre jüngere Schwester schnitt ihr mit einer kantigen Handbewegung das Wort ab.

»Nein, Martina, wirklich. Nimm ihn jetzt nicht in Schutz. Ich finde, das war grausam von ihm. Vielleicht hat er es nicht so gemeint, aber ich empfinde es so, und du solltest das auch. Ich habe Axel immer gerngehabt, wenngleich ... Nein, lassen wir das.«

»Was meinst du?« Martina merkte auf. »Du hast neulich schon mal so was angedeutet.«

»Nein, gar nicht.«

»Hannah!« Martina sah ihrer Schwester verärgert in die Augen. »Lüg mich nicht an.«

»Das tue ich doch gar nicht.« Hannah zog die Schultern hoch, dann stieß sie resignierend den Atem aus. »Also gut. Ich fand schon immer, dass Axel dich zu sehr vereinnahmt hat. So, bitte sehr, ich habe es gesagt. Jetzt könnt ihr mich alle steinigen, und du, Martina, darfst mich hassen.« Sie verschränkte die Arme vor der Brust. »Aber so habe ich es immer empfunden. Ich hatte ihn gern, keine Frage, und ich weiß, dass ihr glücklich miteinander wart. Aber ich frage mich, wie lange das wohl gut gegangen wäre, so wie es zwischen euch lief. Er der große Macher, du sein ergebener und stets unermüdlicher Schatten. Du hast einfach alles für ihn und die Kinder und seine Pläne geopfert. Ohne Wenn und Aber. Hat er das umgekehrt auch nur einmal für dich getan? Dir die Möglichkeit gegeben, dich zu entfalten und zu tun, was du wolltest?«

Martina schluckte hart. »Ich habe getan, was ich wollte.«

»Dann lass es mich anders formulieren.« Herausfordernd suchte Hannah ihren Blick. »Wie lange hätte dir das gereicht? Und was hätte er gesagt, wenn du dich irgendwann für mehr als ihn und seine Pläne interessiert hättest? Was wäre passiert, wenn du deine eigenen Ideen angegangen wärst? Hätte er dich so bedingungslos unterstützt wie du ihn? Vielleicht tue ich ihm unrecht, aber ich glaube, das hätte zumindest eine Menge Knatsch zwischen euch hervorgerufen.«

Erschrocken über die Worte ihrer Schwester und darüber, wie nah sie damit ihren eigenen Überlegungen kam, stopfte Martina sich mehr Eiscreme in den Mund, um nicht sofort antworten zu müssen. Immer wieder wischte sie sich mit dem Handrücken über die Wangen, doch die Tränen wollten einfach nicht aufhören zu fließen.

Hannah stieß einen verärgerten Laut aus. »Tut mir leid, Schatz. Ich wollte das nicht so herausposaunen. Und schon gar nicht dir wehtun. Warum habe ich das jetzt nur gesagt? Du warst glücklich mit Axel, und wahrscheinlich irre ich mich, und ihr wärt bis in alle Ewigkeit glücklich und zufrieden ge...«

»Du hast recht.« Die Worte auszusprechen tat unendlich weh. Doch es befreite auch irgendwie. »Es wäre wahrscheinlich so auf Dauer nicht gut gegangen.« Hart schluckte Martina an dem Kloß in ihrer Kehle, an dem das Schokoeis nur mit Mühe vorbeifloss. »Aber das macht es mir jetzt auch nicht leichter. Ich habe Axel geliebt und fühle mich ihm verpflichtet. Was soll ich denn dagegen tun?«

»Darf ich einen Vorschlag machen?« Luisa rutschte mit ihrem Sessel noch ein wenig näher. »Die Kette.«

»Meine Kette?« Verwirrt legte Martina ihre Hand darüber. »Was ist damit?«

»Luisa hat recht.« Melanie zog Martinas Hand sanft nach unten. »Leg die Kette mit dem Ring ab.«

»Aber ...« Verstört blickte Martina in die Gesichter ihrer Freundinnen. »Warum?«

»Weil sie dich fesselt.« Luisa berührte die Kette, die sie selbst um den Hals trug. Der Anhänger war ein Unendlichkeitszeichen und glich demjenigen auf ihrem Ehering. »Bestimmt hat er dir viel Halt gegeben.«

Martina nickte stumm.

»Ich weiß, was das bedeutet.« Zärtlich streichelte Luisa über den Anhänger an ihrer Kette. »Lars hat mir diese Kette zu meinem achtzehnten Geburtstag geschenkt.« Ein versonnenes kleines Lächeln umspielte ihre Lippen. »Und all die Jahre habe ich sie nicht abgelegt. Sie hat mich mit ihm verbunden. Und sie hat mich daran gehindert, mein Herz für jemand anderen weit genug zu öffnen, um mich ernsthaft darauf einzulassen. Aber das war eine andere Situation. Ich habe die Hoffnung, dass er zurückkommt, einfach nie aufgegeben. Aber ich glaube, in deinem Fall ist die Kette – oder vielmehr der Ring – mehr wie eine Fessel, die du dir unbewusst selbst angelegt hast und die dich daran hindert, loszulassen.«

»Das glaube ich auch.« Melanie nickte zustimmend. »Immer, wenn dich etwas bewegt oder wenn du eine Entscheidung zu fällen hast, greifst du danach.«

»Stimmt.« Hannah musterte den Ring nachdenklich. »Das fällt mir jetzt erst so richtig auf.«

»Das ist völlig okay, schließlich habt ihr euch eine lange Zeit gegenseitig gestützt und Entscheidungen gemeinsam getroffen, aber ich finde«, fuhr Melanie fort, »dass du versuchen solltest, deine ersten Schritte ohne diese Stütze zu machen.« Als Martina protestieren wollte, redete die Freundin rasch weiter. »Das bedeutet nicht, dass du Axel vergessen sollst. Das wird dir gar nicht gelingen, und das wäre auch unnatürlich. Aber um dich an ihn zu erinnern, brauchst du keinen Ring. Der erinnert dich nur an ein Versprechen, das ihr euch vielleicht einmal gegeben habt und das einzuhalten nicht richtig wäre.«

Martina stellte den leeren Eisbecher auf den Tisch. »Seht euch das nur an. Ich werde morgen doppelt so lange joggen müssen. Und übermorgen und ... Was soll's!« Sie hob die Schultern. »Aber versteht ihr: Ich habe den Ring ja abgelegt. Oder zumindest von meinem Finger abgenommen. Wir haben damals abgemacht, dass der oder die Längerlebende sich nie von seinem eigenen Ring trennen soll, während der des Verstorbenen mit begraben werden soll. So habe ich es gemacht.« Sie schluckte, weil sich ihre Kehle erneut verengte. »Entschuldigt, dass ich so eine Heulsuse bin.«

»Quatsch mit Soße.« Hannah knuffte sie erneut in die Seite. »Du darfst so viel heulen, wie du willst. Aber die Kette abzulegen, halte ich auch für eine gute Idee. Versuch es mal für eine Weile. Ein paar Tage oder Wochen. Du sollst den Ring ja nicht wegwerfen. Leg ihn in dein Schmuckkästchen. Dann weißt du, wo er ist. Du kannst ihn herausholen, sooft du möchtest, aber er zwingt dich nicht ständig dazu, an Axel zu denken.«

»Genau.« Melanie nickte mit Nachdruck und auch die anderen Frauen stimmten zu. »Finde heraus, wie es ist, ohne diese ständig präsente Erinnerung zu leben. Vielleicht verzieht sich dann auch dein schlechtes Gewissen irgendwann.«

Zögernd griff Martina nach dem Ring, betastete ihn, spürte seine vertraute Form und die kleinen Brillanten, die auf der Oberseite eingelassen waren. Ihre Kehle verengte sich noch mehr. Dennoch öffnete sie den Verschluss der Kette und nahm sie ab. Es fühlte sich seltsam an, so als wäre sie plötzlich nackt.

»Sehr gut.« Hannah hielt ihr die rechte Hand mit der Handfläche nach oben hin. »Gib sie mir. Ich bringe sie nach oben und lege sie in die Schmuckschatulle. Oder willst du das selbst tun?«

»Ich ... weiß nicht.« Ratlos blickte Martina auf die Kette, besah sich den Ring noch einmal. Lange hatte sie ihn nicht mehr in der Hand gehalten, schließlich hatte er die letzten Jahre immer an ihrem Hals gehangen. Dann legte sie beides in die Hand ihrer Schwester. »In die unterste Schublade der Schatulle. Da sind auch ein paar Erbstücke von unserer Großtante drin.« Ihre Stimme schwankte leicht.

»Alles klar, ich bin gleich wieder zurück.« Hannah sprang auf und verschwand die Treppe hinauf ins Obergeschoss.

»Tief durchatmen.« Sanft drückte Melanie Martinas Hände. »Du zitterst ja.«

»Tut mir leid, ich weiß auch nicht.« Mit aller Macht versuchte Martina sich zusammenzureißen. »Ich fühle mich so seltsam ohne die Kette. Sie begleitet mich jetzt seit sechs Jahren. Ohne sie fühle ich mich irgendwie unvollständig.« Sie schielte in Richtung der Treppe.

»Das gibt sich bestimmt bald.« Christina schob ihr das Sektglas hin. »Aller Anfang ist schwer.«

»Glaubt ihr wirklich, das ändert etwas?« Skeptisch zupfte Martina an ihrer blauen Bluse herum. »Dass es mir jetzt leichterfällt … Ich meine …«

»Mit Thorsten zusammen zu sein?« Luisa zuckte mit den Achseln. »Das musst du herausfinden. Gib dir etwas Zeit.« Als sie Martinas kläglich verzogene Lippen sah, lachte sie. »Nein, ich meine das anders als du. Du darfst dich jetzt nicht vergraben und darüber nachdenken, ob du dich plötzlich anders fühlst. Nimm dir stattdessen Zeit mit Thorsten und finde heraus, wie ihr zusammen funktioniert und ob sich deine Gefühle und Bedenken verändern. Manchmal muss man auch einfach ins kalte Wasser springen.«

»Also kalt wird es ihr mit Thorsten ganz bestimmt nicht.« Hannah war schon wieder zurückgekehrt und schnappte sich ihr Glas, während sie sich wieder neben Martina setzte. »Ihr müsst zugeben, dass er ziemlich heiß ist.« Sie grinste Martina an. »Keine Sorge, ich will ihn nicht, aber anzusehen ist er doch recht angenehm. Und wie du ja bereits zugegeben hast, küsst er gut. Die Wahrscheinlichkeit, dass er alles andere auch gut kann, ist also recht hoch.«

Die Frauen lachten; Martina räusperte sich verlegen. »Ihr habt so leicht reden. Ich fühle mich wie die Jungfrau vor dem Opfergang.«

Ihre Freundinnen glucksten und prusteten schließlich sogar. Hannah zwickte Martina in die Seite. »Also wirklich. Du hast zwei Kinder geboren. Erzähl mir nicht, du wüsstest nicht, wie das mit dem Sex funktioniert.«

Martina spürte, wie ihre Wangen zu glühen begannen. »Nein, also ... Ich weiß schon ... Aber ... Ich war in meinem ganzen Leben nur mit einem einzigen Mann zusammen. Was, wenn ich alles falsch mache? Ich habe überhaupt keine Ahnung ... Außerdem ist es sechs Jahre her.«

»So was verlernt man nicht.« Christina lächelte ihr ermutigend zu. »Und abgesehen davon sind wir Frauen mit einem ziemlich guten Instinkt ausgestattet, wenn es um Sex geht. Du wirst schon sehen, wenn es so weit ist, geht es wie geschmiert.« Sie stockte, hüstelte. »Okay, dieses Wortspiel war nicht beabsichtigt. Sorry.«

Die Frauen lachten laut, selbst Martina konnte nicht anders, als einen Moment zu kichern, bevor sie wieder ernst wurde. »Danke, dass ihr heute hergekommen seid. Ich kann noch nicht sagen, ob ich mich jetzt besser fühle – eher seltsamer, aber trotzdem ist es lieb von euch, dass ihr für mich da seid.«

»Jederzeit.« Melanie drückte sie an sich und die andren Frauen hoben ihre Gläser.

»Cheers!«

14. Kapitel

»Na los, Mel, auf den Rücksitz mit dir. Hannah, dich nehmen wir auch mit.« Ben Brungsdahl verfrachtete die ununterbrochen kichernde Christina auf den Beifahrersitz und wartete, bis Melanie und Hannah auf der Rückbank Platz genommen hatten. Indes führte Lars die leicht schwankende Luisa zu ihrem Auto, das vor der Zufahrt zu Martinas Haus parkte und mit dem die Frauen hergekommen waren. Er lachte, weil Luisa ständig versuchte, ihn zu küssen oder an seinem Ohr zu knabbern.

»Also, wenn ich gewusst hätte, dass ein paar Gläser Sekt dich so anschmiegsam machen, hätte ich dich ja schon früher mal abfüllen können.«

»Das is' nich' der Sekt, das bis' du.« Luisa grinste breit. »Kann ich dir nachher beweisen, wenn wir su Hause sin'.«

»Da sage ich nicht Nein, mein Schatz, aber ich fürchte, bis wir dort ankommen, bist du eingeschlafen.«

»Bin ich gaaar nich'.« Luisa hickste und wäre beinahe über ihre eigenen Füße gestolpert. »Huch! Halt mich fest!«

»Tue ich das nicht immer?« Lachend hielt Lars ihr die Beifahrertür auf. Kaum saß Luisa im Auto, schloss sie auch schon die Augen und sank in sich zusammen. Er schüttelte amüsiert den Kopf. »Wusste ich es doch.«

»Warum soll es dir besser gehen als mir.« Lachend deutete Ben auf seine Frau, die leise schnarchend in ihrem Sitz kauerte. Die beiden Frauen auf der Rückbank kicherten immer noch haltlos. »So ein Besäufnis müssten wir uns mal erlauben!«

»Dann würden wir unser blaues Wunder erleben.« Lars warf einen Blick auf Martina, die erstaunlich aufrecht in der Tür stand. »Alles klar bei dir? Brauchst du noch etwas?«

»Nein, schon gut, ich habe nicht ganz so viel getrunken wie die anderen.« Dazu hatte sie zu viel geweint – zumindest in der ersten Stunde. Danach war es dann doch ziemlich lustig geworden. Sie hatte nur etwa die Hälfte von dem getrunken, was jede ihrer Freundinnen weggezischt hatte. Dennoch war sie froh, sich am Türrahmen abstützen zu können. »Kommt gut nach Hause!«

»Werden wir.« Ben hob zum Abschied die Hand. »Gute Nacht!«

Sie wartete, bis die beiden Autos verschwunden waren, dann wandte sie sich ab – ein wenig zu schnell – und verspürte einen leichten Schwindel. »Oh, oh. Das war wohl doch zu viel.« Da sie sonst nur selten Alkohol trank und wenn, dann höchstens ein Gläschen Wein, hatte die Menge offensichtlich gereicht, um ihr einen ansehnlichen Rausch zu verschaffen.

Äh, wuff? Sind jetzt alle wieder weg? Schade, es war gerade so lustig, wie ihr alle gelacht und mit mir gescherzt habt. Capone erschien in der Wohnzimmertür, nachdem sie die Haustür geschlossen hatte, und gähnte. *Andererseits könnte ein Nickerchen jetzt auch nicht schaden. Aber erst müsste ich dringend noch mal raus, Frauchen. Gehst du bitte mit mir?* Er stupste Martina mit der Nase an und winselte auffordernd.

»Oje, du musst bestimmt noch mal raus, was?« Skeptisch beäugte Martina die Leine an der Garderobe, die sich für einen kurzen Moment in zwei zu verwandeln schien. »Ach herrje, das kann ja heiter werden.« Vorsichtig griff sie nach dem Geschirr, legte es Capone leicht schwankend an und befestigte die Leine daran. Als sie sich aufrichtete, drehte sich alles um sie herum. »Oh, nicht gut, gar nicht gut.« Tief atmete sie ein und wieder aus, bis das Karussell zum Stillstand kam. »Okay, so müsste es gehen. Vielleicht hilft mir die frische Luft, wieder ein bisschen klarer zu werden.« Sie warf sich eine Strickjacke über, dachte in letzter Sekunde daran, den Hausschlüssel einzustecken, und zog die Haustür hinter sich ins Schloss.

Was ist denn mit dir los, Frauchen? Du bist so komisch und gehst ein bisschen in Schlangenlinien. Ich glaube, ich muss gut auf mein Frauchen aufpassen. Irgendwas stimmt nicht ganz mit ihr. Neugierig blickte Capone immer wieder zu Martina hoch und ging brav neben ihr her.

»Du bist aber lieb heute.« Gerührt lächelte Martina auf Capone hinab. »Schau nur, wie schön hell der Mond scheint. Man braucht gar keine Taschenlampe. Alles ist fast taghell erleuchtet. Ich glaube, morgen ist Vollmond.«

Ich weiß zwar nicht, was Vollmond ist, aber du hast recht, für eine Nacht ist es wirklich ziemlich hell. Sehr angenehm. Wenn es zu dunkel ist, fürchte ich mich ein bisschen. Da sind dann überall so unheimliche Schatten.

Glücklich lächelnd, weil die Julinacht so wunderbar lau war und sich kaum ein Lüftchen regte – ungewöhnlich für die Küste –, schlenderte Martina los. »Lass uns zum Deich gehen, Capone. Es ist gerade Flut, und die See sieht bei Mondlicht wie verzaubert aus.«

So weit willst du jetzt noch gehen? Okay, wie du meinst. Ich gebe schon auf dich acht. Obwohl hier im Ort um diese Zeit ja kaum noch jemand unterwegs ist. Überfallen werden wir bestimmt nicht. Hoffe ich zumindest. Ich würde zwar mein Frauchen bis aufs Blut verteidigen, jawohl! Aber lieber ist es mir doch, wenn wir einfach nur gemütlich spazieren gehen.

***

Gähnend streckte Thorsten sich, griff nach der gerade angebrochenen Bierflasche auf seinem Schreibtisch und löschte gleichzeitig das Licht. Es war kurz nach halb eins, doch er hatte die Buchführung für den vergangenen Monat unbedingt noch fertigstellen wollen. Jetzt fühlte er sich zwar einigermaßen gerädert, dafür aber umso zufriedener. Er schnappte sich seine schwarze Lederjacke und warf sie sich über, während er die Treppe nach unten ging, sich noch einmal kurz im Foyer umsah und dann das Bürogebäude verließ und abschloss.

Die Nacht war sternenklar, und ein fast voller Mond spendete so viel Licht, dass Lichterhaven beinahe taghell erleuchtet war. Kaum ein Lüftchen regte sich hier hinter dem Deich, und die Luft war angenehm lau und roch nach Salz und Nordsee.

Tief sog Thorsten diesen Geruch ein, der für ihn fest mit seiner neuen Heimat verbunden war. Er nahm einen Schluck von dem Bier – eiskalt noch und angenehm herb – und ging spontan hinauf auf die Deichkuppe. Wie erwartet, blies ihm hier oben zumindest eine ganz leichte Brise um die Nase, jedoch kaum genug, um die Wetterfahne in einiger Entfernung zu bewegen. Der Anblick der stillen Nordsee, die im Licht des Mondes märchenhaft glänzte und glitzerte, verschlug ihm für einen Moment den Atem. Prompt dachte er an die Frau, die den gleichen Effekt auf ihn ausübte.

Er war wütend gewesen – oder vielmehr verletzt, dass sie wieder einen Rückzieher gemacht hatte. Vielleicht hätte er mit ihr reden, vielleicht sie *über*reden sollen … Doch er war den Weg des geringsten Widerstandes gegangen. Wenn sie Zeit brauchte, würde er sie ihr geben, das hatte er sich und ihr versprochen. Was aber nicht bedeutete, dass es ihn nicht umbrachte.

Sie hatte sich nicht ein einziges Mal bei ihm gemeldet, während er in Antwerpen gewesen war. Noch nicht einmal auf die Fotos in der WhatsApp-Gruppe hatte sie reagiert, obgleich sie sie ganz sicher angeschaut hatte. Sie hatte Angst, sie brauchte Zeit. Zur Hölle damit! Der Kuss, den sie vor zwei Wochen geteilt hatten, dieser eine Kuss, hatte eine vollkommen andere Sprache gesprochen. Sehnsucht hatte darin gelegen und Leidenschaft, keine Furcht, keine Zurückhaltung. Wie sollte er es nur schaffen, *diese* Martina hinter der Mauer hervorzulocken, die sie um sich herum aufgeschichtet hatte?

Er trank noch einen weiteren Schluck von seinem Bier und nahm die Deichtreppe zur Seeseite hin, überquerte die frisch gemähte Liegewiese – sie roch angenehm nach geschnittenem Gras – und blieb schließlich dicht an der Ufermauer stehen. Das Wasser hatte gerade seinen Höchststand erreicht und leckte in kleinen schwappenden Wellen an der steinernen Uferbefestigung, plätscherte sanft gegen die Stufen, die alle fünfzig Meter hinab ins Watt führten.

Die nächtliche Nordsee hatte etwas Beruhigendes, fand er. Nach der Sturmflut neulich war sie tagelang noch aufgewühlt und gewaltig gewesen, doch jetzt zeigte sie ein vollkommen anderes Gesicht. Sanftmütig, still, betörend.

Als Thorsten sich umsah, entdeckte er weit im Osten, in Richtung Leuchtturm, mehrere Lichter am Wasser, und einmal bildete er sich ein, aus der Ferne helles Gelächter zu vernehmen. Vermutlich trieben sich irgendwelche Jugendliche am und im Wasser herum. Lars hatte ihm erzählt, dass er und seine Freunde in ihrer Jugend oft Partys am Strand oder auf den Liegewiesen gefeiert und manchmal auch nachts in der Nordsee gebadet hatten. Wahrscheinlich war es heute noch genauso, und Thorsten fand es irgendwie tröstlich, dass sich manches änderte, anderes aber nie.

Dennoch war er froh, weit genug von den Feiernden entfernt zu sein, um die Ruhe und Einsamkeit genießen zu können, die die Sommernacht ihm heute bot.

Gerade als er den dritten Schluck Bier zu sich nahm, vernahm er erst ein aufgeregtes Bellen, dann einen Schrei und zuletzt ein lang gezogenes Freudengeheul, das rasend schnell von Osten her näher kam. Es dauerte nicht lange, bis Capone ihn erreicht hatte, wild an ihm hochsprang und sich vor Freude beinahe umbrachte.

Thorsten, Thorsten, Thorsten! Mein Lieblingsfreund! Ist das schööön, dich wiederzusehen. Lass dich begrüßen, abschlecken, hach! Und ich dachte noch, das wird ein ganz komischer, stiller

Spaziergang mit Frauchen. Und dann das! Wau, wie freue ich mich!

»Du liebe Zeit, Capone, immer mit der Ruhe!« Lachend versuchte Thorsten, den Hund zu beruhigen, der sich davon jedoch nicht im Mindesten beeindrucken ließ. »Sitz, Capone! Oh Mann, du gehorchst ja wirklich kein bisschen.«

Ja, warum auch? Ich begrüße dich doch nur. Freust du dich nicht genauso wie ich?

»Schon gut, Capone, ich freue mich ja auch, dich zu sehen.«

Siehste, wusste ich es doch. Nur langsam beruhigte der Hund sich wieder.

Suchend blickte Thorsten in die Richtung, aus der Capone gekommen war. »Dein Frauchen wird alles andere als begeistert sein, dass du ihr schon wieder abgehauen bist. Das musst du dir wirklich abgewöhnen.«

Warum denn? Ich laufe ja nicht weg, aber ich kann halt schneller rennen als sie. Immerhin habe ich vier Beine und Frauchen nur zwei. Sie wird schon irgendwann nachkommen.

»Großer Gott, Capone!« Vollkommen außer Atem kam Martina auf Thorsten zugelaufen. »Oh, du bist es, Thorsten.«

Na also, wusste ich es doch. Da ist sie schon.

»Martina.« Da sie schwankte, griff Thorsten nach ihren Armen. »Immer mit der Ruhe.«

»Entschuldige.« Sie atmete heftig ein und wieder aus. »Geht gleich wieder.«

Thorsten blickte auf den Mudi hinab, der sich brav hingesetzt hatte und hechelnd zu ihnen aufblickte. Es sah aus, als würde er lachen, und seine Rute wischte wild über den Boden hin und her. »Das ist jetzt das dritte Mal, dass wir einander auf diese Weise begegnen. Langsam kommt mir der Verdacht, dass du Capone mit Absicht loslässt, wenn ich in der Nähe bin.«

»Was?« Entgeistert starrte Martina ihn an. »Das kannst du doch nicht wirklich ... Oh Mann.« Sie schwankte erneut und griff sich an den Kopf.

Alarmiert hielt Thorsten sie erneut fest. »Stimmt etwas nicht? Geht es dir nicht gut, Martina?«

»Doch, alles okay. Oder ... nein, nicht wirklich. Meine Schwester war bis vorhin zu Besuch. Und Christina und Mel und Luisa.«

»Und deshalb taumelst du jetzt durch die Nacht?«

»Sie hatten Eiscreme dabei. Die teuren, richtig leckeren Sorten.«

Er runzelte verwirrt die Stirn. »Jetzt ist dir schlecht?«

»Und Sekt«, fuhr sie fort. »Jede ... jede Menge Sekt.«

»Aha.« Er begriff.

»Grins nicht so!«

»Du bist betrunken.«

»Nein!« Vehement schüttelte Martina den Kopf, stöhnte und hielt sich an seinem Jackenärmel fest. »Ja, ein bisschen.«

»Und da treibst du dich mitten in der Nacht am Ufer der Nordsee herum?« Vorsichtig legte Thorsten ihr einen Arm um die Schultern und führte sie zur Liegewiese. »Setz dich.«

Etwas umständlich gehorchte sie und sofort legte Capone sich dicht neben sie und legte seinen Kopf auf ihrem Oberschenkel ab.

Ich hoffe doch, dass es meinem Frauchen gut geht. Am besten passe ich ganz genau auf sie auf.

Thorsten ließ sich dicht an Martinas anderer Seite nieder. »Du gehörst ins Bett, junge Dame.«

Martina kicherte, dann lachte sie trocken. »Vermutlich. Aber Capone musste noch mal raus, und dann war die Luft so schön warm und windstill – und der Mond ... Hast du den Mond gesehen?«

»Er ist nicht zu übersehen, würde ich sagen.«

»So hell scheint er nicht oft. Und die vielen Sterne und ... Ich hatte einfach Lust auf einen Spaziergang am Wasser. Die Nordsee sieht bei Mondschein immer wie verzaubert aus, weißt du.« Sie richtete ihren Blick auf das schimmernde Wasser. »Da, siehst du?«

Thorsten folgte ihrem Blick. »Ja, ich sehe es.«

»Als Mädchen bin ich oft abends hierhergekommen, wenn der Mond schien. Nie so spät wie heute, dann hätten meine Eltern mich gelyncht, aber sobald es dunkel war und der Mond aufging. Dann habe ich hier gesessen ...« Sie sah sich um. »Na ja, nicht ganz genau hier, sondern weiter da drüben.« Sie deutete gen Osten. »Da, wo jetzt das Schwimmbad steht. Da war früher ein großer Spielplatz mit Rutschen und Schaukeln und Wippen und so. Meistens saß ich auf einer Schaukel, die war so ähnlich wie die in der Piratenbucht, und habe aufs Wasser geschaut und geträumt.«

Da sie ihren Kopf gegen seine Schulter lehnte, legte er ihr seinen Arm um die Hüfte. Der Alkohol schien sie redselig gemacht zu haben, also versuchte er sein Glück. »Wovon hast du geträumt?«

»Ach, von allem Möglichen und nichts Besonderem. Die Schule, die Zukunft ... Ich war ja noch ein junges Mädchen. Das war, noch bevor ich mit Axel zusammenkam. Noch bevor ich überhaupt über ihn nachgedacht habe.«

»Was hast du dir damals für deine Zukunft gewünscht?«

Kurz hob Martina den Kopf wieder von seiner Schulter und schien nachzudenken. »Ganz ehrlich? Ich weiß es nicht mehr genau. Es ist schon lange her, und vieles davon waren bestimmt nur Jungmädchenflausen. Ritter auf weißem Ross, endlose ewige Liebe und Glück, alles schön und perfekt. So etwas in der Art vermutlich.«

»Ein Ritter auf weißem Ross?« Amüsiert schmunzelte Thorsten.

Martina zuckte mit den Achseln und lehnte sich erneut an ihn. »Lach nicht. Mit vierzehn oder fünfzehn hat man solche Phasen schon mal und träumt von dem perfekten Prinzen.«

»Und wie sieht so ein perfekter Prinz aus?«

»Frag mich was Leichteres.« Sie lachte wieder trocken. »Natürlich sieht er umwerfend gut aus und findet mich genauso umwerfend hübsch, und er hat einen guten Job, ist liebenswürdig und ein Gentleman – und natürlich würde er alles für mich tun, mich beschützen und alle meine Ideen und Pläne toll finden und unterstützen und meine Interessen teilen und mich niemals im Stich lassen, und wir würden uns perfekt ergänzen ... und ich würde alles das auch für ihn tun. Wir würden glücklich und zufrieden bis an unser Lebensende ... und so weiter. So in etwa.«

»Wow, ganz schön anspruchsvoll, die Martina aus deiner Vergangenheit.«

»Irgendwie schon, ja. Aber in dem Alter darf man das noch sein.«

Aufmerksam musterte er sie von der Seite. »Später nicht mehr?«

»Später lernt man, dass die Welt nicht perfekt ist und man hier und da Abstriche machen muss. Kein Mann ist perfekt. Niemand ist das. Glücklich war ich ja dann trotzdem.«

»Okay.« Nachdenklich blickte er auf die Nordsee, deren Wellengeplätscher ihre Unterhaltung sanft untermalte.

»Wie sah denn deine Traumprinzessin aus?« Neugierig wandte sie ihm das Gesicht zu. »Du hattest in dem Alter doch bestimmt auch eine.«

»Klar.« Er grinste schalkhaft. »Eine Mischung aus Scarlett Johansson und Megan Fox.«

»Hey!« Empört stieß sie ihm den Ellenbogen in die Seite.

Lachend versuchte er, ihr auszuweichen. »Was denn, ich bin nur ehrlich! Teenager-Jungs sind relativ einfach gestrickt, was das angeht. Obwohl ich auch ein paar sehr nette echte Freundinnen hatte, in die ich jedes Mal unsterblich verliebt gewesen bin.« Er wurde wieder halb ernst. »Das mit den spezielleren Wunschträumen kam eine Weile später.«

»Ach ja?«

»Ziemlich viel später.« Er unterdrückte ein Räuspern, zögerte kurz und setzte dann alles auf eine Karte. »Genauer gesagt fing das an dem Tag an, als eine ziemlich wütende rothaarige Frau in unser Büro in der Werft gestürmt kam und meinen Bruder wegen eines Stückchen Lands sprechen wollte, das unser Vater nicht an sie hergeben wollte.«

Martina wurde ganz still, antwortete nicht darauf.

»Sie hat mich sofort in ihren Bann gezogen, weißt du?«

»Hat sie das?« Ihre Stimme schwankte leicht.

»Und wie! Ich konnte kaum noch klar denken. Falls ich also irgendetwas Bescheuertes gesagt haben sollte, lag das daran, dass ich vollkommen von der Rolle war.«

»Du hast versucht, mit mir zu flirten.«

»Und du hast mich abblitzen lassen. Mehrfach.«

»Ich weiß. Und ich habe es damals ernst gemeint.«

»Deshalb habe ich mich ja auch zusammengerissen und dich in Ruhe gelassen.«

»Bis neulich.« Sie scharrte ein wenig mit dem rechten Fuß im Gras. »Darauf war ich nicht vorbereitet.«

Beiläufig begann er, mit ihren Locken zu spielen. »Zumindest hast du mir diesmal keinen Korb gegeben.«

»Habe ich wohl.«

»Nur im ersten Reflex.« Lächelnd strich er mit seinen Lippen über ihre Schläfe und spürte, wie sie erschauerte. »Aber jetzt sitzen wir hier zusammen und genießen den Mondschein.«

Sie richtete ihren Blick wieder geradeaus. »Tut mir leid, dass ich neulich ... und dass ich mich nicht eher bei dir gemeldet habe.« Ihre Hand griff an ihren Hals, sie zögerte, dann ließ sie sie wieder sinken.

»Du hast gesagt, du brauchst mehr Zeit.«

»Ja.« Sie atmete hörbar ein und wieder aus. »Meine Schwester und meine Freundinnen meinen, ich soll es damit nicht übertreiben.«

»Mit dem Zeitlassen?«

»Sie meinten, manchmal muss man ins kalte Wasser springen.« Nach einem weiteren tiefen Atemzug wandte sie sich ihm voll zu. »Vielleicht haben sie recht.«

Ehe er reagieren konnte, spürte er ihren Mund auf seinem und in der nächsten Sekunde einen heftigen Stich, der seinen Herzschlag beschleunigte. Martina drehte sich ganz zu ihm herum, schwang plötzlich ein Bein über seine und ließ sich auf seinen Oberschenkeln nieder. Sie griff nach den Aufschlägen seiner Jacke und klammerte sich daran fest. Ihre Lippen glitten hungrig über seine, teilten sich, ihre Zunge suchte nach seiner.

Thorsten unterdrückte ein Stöhnen. Die Art und Weise, wie Martina ihn küsste, erhitzte sein Blut umgehend und ließ seine Gedanken wilde Kapriolen schlagen. Ihre Zungen trafen wieder und wieder aufeinander, erst träge, dann immer gieriger. Martinas Hände glitten unter seine Jacke, fuhren an seinem Hemd entlang. Er trug es seit irgendwann am frühen Abend locker über seiner Jeans, weil es so bequemer war. Jetzt spürte er, wie ihre Hände es hochschoben, ihre Fingerspitzen über seine Haut tasteten.

Die Erregung ließ ihn Sternchen sehen. Begehrlich zupfte und zerrte er auch an ihrer Bluse, bis er sie aus dem Bund ihrer Jeans befreit hatte. Doch das Teil lag viel zu eng an, als dass er seine Hände bequem darunter hätte schieben können. Deshalb tastete er als Nächstes nach den Knöpfen, öffnete den obersten, den nächsten und übernächsten, schob den glatten Stoff auseinander und bis über ihre Schultern.

Begehrlich zog er sie fester an sich, griff in ihr dichtes weiches Haar, neigte ihren Kopf ein wenig nach hinten. Martina erschauerte heftig, als er seine Lippen von ihren löste, um damit über ihr Kinn und ihren Hals hinab bis zu ihrem Schlüsselbein zu streifen. Tief sog er ihren Duft in sich ein, strich mit der Zunge über ihre warme zarte Haut.

Mit den Fingerspitzen streichelte er an der anderen Seite ihres Halses entlang nach unten, über ihr Dekolleté ... und stutzte kurz. Sie trug heute gar nicht ihre Kette mit dem Ring.

Er wusste nicht, ob sie seine Überraschung bemerkt hatte, aber sie versteifte sich ganz kurz, fast unmerklich, dann umfasste sie sein Gesicht mit ihren zarten und doch so kräftigen Händen, suchte beinahe verzweifelt erneut mit ihren Lippen die seinen, küsste ihn noch leidenschaftlicher.

In seinen Ohren begann das Blut zu rauschen, und jede Faser seines Körpers stand in Flammen. Er wollte sie. Jetzt! Doch in seinem Kopf schrillten die Alarmglocken. »Martina.« Widerstrebend und um Beherrschung ringend, löste er sich ein wenig von ihr, suchte ihren Blick, als sie verwirrt die Augen öffnete. »Das geht zu schnell.«

»Was?« Verblüffung mischte ich in ihrer Miene mit Verwirrung. »Aber ... Ich dachte, du wolltest ... und ich ...«

»Da dachtest du richtig, aber ...« Er schluckte gegen seinen immer noch rasenden Herzschlag an. »Warum jetzt? Warum so plötzlich?« Er hielt kurz inne, dann nahm er ihre Hand, die sie erneut wie im Reflex an ihren Hals gehoben hatte. »Wo ist die Kette mit deinem Ring?«

»Die Kette ...« Sie biss sich auf die Unterlippe. »Hannah und meine Freundinnen haben gesagt, dass ich sie ablegen soll. Weil sie mich fesselt. Und dass mir das hilft, mein verdammtes schlechtes Gewissen loszuwerden.«

Obwohl das Blut immer noch durch seine Adern rauschte und etliches davon fast schmerzhaft in seinem Unterleib pochte, musterte er sie so ruhig und aufmerksam, wie es ihm nur möglich war. »Hat es geholfen?«

Sie zögerte, schien in sich hineinzuhorchen. »Ich weiß nicht. Mir ist schwindelig.«

Wider Willen musste er lachen. »Kein Wunder. Du bist ganz schön betütert.« Er war ein Idiot, dass ihm das nicht sofort klar geworden war. Sie hatte sich Mut angetrunken.

»Ich bin so dumm. Und blöd. Eine blöde Gans!« Verlegen rutschte sie von seinem Schoß herunter und setzte sich wieder neben ihn. Sie senkte den Kopf und nestelte hektisch an den

Knöpfen ihrer Bluse herum. »Und ich mache alles falsch. Einfach alles!«

»Nein, Martina, warte mal.« Er verhinderte gerade noch, dass sie aufstand. »Bleib hier. Du machst überhaupt nichts falsch. Nur der Zeitpunkt ist nicht so günstig.«

Als sie ihn fragend ansah, hob er lächelnd die Schultern. »Ich bin nämlich leider ein verdammter Gentleman, das habe ich dir schon mal gesagt, oder? Und deshalb ist es mir unmöglich, die Situation auszunutzen. Auch wenn du noch so überzeugend küsst.«

Ihre Augen weiteten sich vor Verblüffung.

Aus seinem Lächeln wurde ein Grinsen. »Glaub mir, ich würde nichts lieber tun, als die Sache von eben zu einem für uns beide befriedigenden Ende zu führen. Aber nicht jetzt und nicht hier. Außerdem bevorzuge ich es, wenn du dabei alle Sinne beieinander hast – nicht, dass du hinterher behauptest, dich nicht mehr daran erinnern zu können.« Nun erhob er sich und zog sie mit sich auf die Füße. Prompt schwankte sie heftig und ließ sich gegen ihn sinken. Für einen kurzen Moment schlang er die Arme um sie und hielt sie fest. »Ich bringe dich und Capone jetzt nach Hause«, murmelte er dann und löste sich wieder ein wenig von ihr, stützte sie aber weiterhin.

Verlegen fuhr sie sich durchs Haar und knöpfte nun doch ihre Bluse zu, zumindest die beiden letzten Knöpfe, die er erwischt hatte. »Das brauchst du doch nicht. Das wäre ein riesiger Umweg für dich. Ich kann auch allein gehen. Mit Capone.«

Wie, was? Der Mudi war ebenfalls auf die Füße gesprungen. *Was ist mit mir? Wohin gehen wir denn jetzt?*

»Vergiss es. Ich lasse dich nicht allein durch Lichterhaven taumeln.« Thorsten zog sie an sich und legte ihr einen Arm um die Schultern.

»Ich taumele nicht.« Angestrengt versuchte sie, ganz ruhig zu stehen.

Er lachte leise. »Außerdem meinte ich nicht dein Zuhause.«

Ihr Kopf hob sich ruckartig. »Ich soll mit zu dir ...?«

»Ihr beide.« Er nahm ihr die Hundeleine ab. »Du hast nämlich recht, bis zu mir ist es deutlich näher.«

»Aber ich dachte ...«

»Du brauchst eine ordentliche Mütze Schlaf, Martina.« Er küsste sie zärtlich auf die Schläfe. »Über alles andere machen wir uns dann später Gedanken.«

15. Kapitel

Ein schrilles Piepsen riss Martina aus dem Tiefschlaf. Im nächsten Moment vernahm sie ein Fluchen neben sich. Das Piepsen verstummte. Dann erklang wieder die raue männliche Stimme, diesmal jedoch deutlich sanfter. »Entschuldige. Ich hatte vergessen, die Weckfunktion auszuschalten. Schlaf einfach weiter. Es ist erst Viertel nach sieben.«

Der Mann neben ihr im Bett – dieser absolut erstaunliche Mann – legte seinen Arm locker von hinten um ihre Mitte. In seiner noch schlaftrunkenen Stimme konnte sie das Lächeln hören, das vermutlich gerade seine Lippen umspielte.

Martinas Herz pochte schnell und wild gegen ihre Rippen. Sie lag in Thorstens Bett, schon wieder, und diesmal mit ihm zusammen. Sie hatten ... Hatten Sie? Nein, sie hatten nicht. Und dennoch ... dennoch, oder vielleicht auch gerade deswegen, verzogen sich auch Martinas Lippen zu einem kleinen Lächeln. Erstaunlich war nämlich überhaupt kein Ausdruck für das, was Thorsten war.

Jeder andere Mann – oder doch zumindest fast jeder –, da war sie sich sicher, hätte ihren angeschickerten Zustand am vergangenen Abend für sich ausgenutzt. Zumindest ein bisschen. Doch dass sie nach wie vor ihre Unterwäsche trug – und schon wieder eines seiner T-Shirts, bewies, dass er sie nicht angerührt hatte. Und sie ihn ebenso wenig. Zumindest nicht ... so.

Trotzdem war das, woran sie sich aus der vergangenen Nacht noch erinnerte, unglaublich schön gewesen. Thorsten hatte sie mit zu sich nach Hause genommen, Capone einen vollen Wassernapf hingestellt und eine Decke in die Schlafzimmerecke gelegt, auf der der Mudi den Geräuschen nach immer noch tief und fest schnarchte.

Verlegenheit hatte Thorsten nicht eine Sekunde lang aufkommen lassen, jedoch vehement darauf bestanden, dass sie mit ihm zusammen in seinem Bett schlief. Schlief! Nichts anderes. Oder doch zumindest fast nichts anderes. Sie erschauerte wohlig, als sie daran dachte, wie nervös sie gewesen war und wie rasch er ihr ein Gefühl der Ruhe und Geborgenheit gegeben hatte, nur indem er sie in seine Arme gezogen und festgehalten hatte. Natürlich war sie kein junges, unbedarftes Mädchen mehr. Sie hatte gespürt, dass ihre Nähe ihn erregt hatte, doch er hatte sie trotzdem einfach nur gehalten – und geküsst. Nur sanft, nie fordernd.

Überhaupt hatte er von ihr bisher noch nichts gefordert. Weder im Hinblick auf Sex noch in irgendeiner anderen Hinsicht. Das war für sie so neu – und machte sie nachdenklich, weil sie sich zu fragen begann, ob es nicht eigentlich immer so sein müsste. Auch früher. Axel gegenüber war immer sie es gewesen, die keine Forderungen gestellt hatte. Sie war gar nicht auf die Idee gekommen, denn sie hatte sich ja glücklich, wohl und zufrieden gefühlt. Erst jetzt begann sie zu begreifen, dass sie auf manches verzichtet hatte, ganz selbstverständlich – für ihn.

Der Gedanke an Axel stimmte sie für einen Moment melancholisch, doch als sie spürte, wie Thorsten näher an sie heranrückte und seine Nase in ihrem Haar vergrub, schwanden alle Erinnerungen dahin.

»Du sollst doch weiterschlafen«, murmelte er amüsiert. »Nicht anfangen nachzudenken. In diesem Bett herrscht strenges Denkverbot. Zumindest wenn es sich um Grübelgedanken handelt.«

Sein warmer Atem verursachte ihr eine Gänsehaut, ebenso wie seine vom Schlaf noch leicht belegte Stimme. Mutig kuschelte sie sich an ihn, um noch mehr von seiner Wärme zu spüren. »Ich bin immer schon so früh wach. Wenn man zwei Kinder hat und alles allein machen muss, verlernt man, wie es ist, ausschlafen zu dürfen.«

»Dann wird es allmählich Zeit, dass du nicht mehr alles allein machen musst.« Beiläufig begann er, an ihrem Ohrläppchen zu knabbern. »Abgesehen davon sind die Kinder doch heute gar nicht da.«

»Stimmt.« Rund um ihr Ohr begann die Haut zu kribbeln, und ihr wurde heiß. »Sie sind bis morgen Abend bei ihren Großeltern.« Ein wenig rang sie nach Atem, als seine Zunge an ihrer Ohrmuschel entlangfuhr; ein brennendes Ziehen durchfuhr sie bis hinab in ihre Körpermitte. »Aber hauptsächlich ... weil ...« Sie rang erneut nach Atem, weil er seine Liebkosungen noch intensivierte. »Was wird das?«

»Entspann dich.« Er knabberte einfach weiter und küsste die Stelle hinter ihrem Ohr. »Weil was?«

»Weil ...« Sie hatte für einen Moment vollkommen vergessen, was sie hatte sagen wollen. »Das historische Stadtfest.« Sie erschauerte, weil die Erregung immer mehr von ihr Besitz ergriff. »Komitee ... Das Planungskomitee. Ich bin da drin und ... wir treffen uns heute Vormittag ... um ... elf ...« Ihre Stimme erstarb, als Thorsten von ihrem Ohr abließ und stattdessen einen Finger unter ihr Kinn legte. Mit sanftem Druck brachte er sie dazu, ihm ihr Gesicht zuzuwenden. Dann küsste er sie auf den Mund. Wieder lag keinerlei Forderung darin, aber doch spürbare Erregung.

Die Hitze zwischen ihren Schenkeln nahm zu und steigerte sich zu einem sehnsüchtigen Pochen. Als sich ihre Zungen berührten, begannen sich Martinas Gedanken wild in ihrem Kopf zu drehen. Alles an ihr sehnte, verzehrte sich nach ihm.

»Wow.« Spürbar widerstrebend löste Thorsten seine Lippen von ihren und blickte ihr in die Augen. »Das ist mal eine angenehme Art, geweckt zu werden.«

»Du hast mich geweckt, nicht ich dich.« Sie bemühte sich, ihre Atmung wieder unter Kontrolle zu bekommen. »Oder vielmehr dein Wecker.«

»Stimmt, aber wenn du nicht so gut riechen und schmecken würdest, wäre ich einfach wieder weggedöst.« Er grinste breit. »Hunger?«

»Hunger?« Noch hatten sich ihre Gedanken nicht wieder geordnet, und sie brauchte einen Moment, um zu begreifen, was er meinte, während sie sich ganz auf den Rücken drehte.

Lachend richtete er sich ein wenig auf. »So gerne ich das hier weiterführen würde ... Ich finde, wir sollten uns damit noch ein klein wenig mehr Zeit lassen. Wie geht es dir eigentlich? Hast du Kopfschmerzen? Nach eurer gestrigen Alkoholeskapade würde es mich nicht wundern.«

Martina rieb sich über die Stirn. »Nein, keine Kopfschmerzen. Ich fühle mich bloß ein bisschen matt. Aber Hunger habe ich tatsächlich. Das war früher schon immer so. Wenn ich abends Alkohol getrunken hatte, war ich am nächsten Tag ein Fass ohne Boden. Manche Dinge ändern sich wohl nicht.«

Thorsten lachte. »Da hast du Glück. Wenn ich mich betrinke, büße ich es am nächsten Tag mit einem ordentlichen Kater. Gönnen wir uns also ein gemütliches Frühstück und schauen, wohin uns der Tag führt. Was meinst du?«

»Ich ...« Ihre Erinnerung setzte schlagartig wieder ein. »Ich kann nicht. Ich muss, wie gesagt, nachher zu diesem Treffen wegen des Stadtfestes. Das findet ja schon in drei Wochen statt, und wir müssen noch viel vorbereiten. Außerdem muss ich dringend den Wocheneinkauf erledigen, und das ist samstags echt schrecklich, aber ich schaffe es nie unter der Woche. Und dann müsste ich auch noch Wäsche waschen und bügeln und ...«

»Schsch.« Er schnitt ihr das Wort ab, indem er sie einfach noch einmal küsste.

»Aber ich muss wirklich ...«

»Schon gut, schon gut.« Er rollte sich einfach auf sie. »Dann versuche ich es eben so.«

Sie keuchte erschrocken, nicht weil sie sich bedrängt fühlte, sondern weil ihr sofort wieder heiß wurde und sie deutlich spürte, wie erregt er nach wie vor war, und weil sie darauf sofort reagierte. »Was machst du denn da?«

»Ich versuche, dich abzulenken. Oder doch zumindest, dich für einen Moment zum Schweigen zu bringen, damit du dir meinen Vorschlag anhörst.«

»Was für einen Vorschlag?« Erstaunt hielt sie inne. »Ich sagte doch ... Es tut mir leid, aber meine Wochenenden sind immer ziemlich vollgepackt, weil ich da alles aufholen muss, was ich unter der Woche nicht schaffe.«

»Pst.« Erneut küsste er sie, kurz, aber entschlossen. »Jetzt rede ich, mein Liebling.«

Sie erschrak bei diesem Kosenamen, der ihm so selbstverständlich über die Lippen gekommen war.

»Gut, jetzt habe ich deine Aufmerksamkeit.« Ein Lächeln breitete sich auf seinem Gesicht aus. »Mein Vorschlag lautet folgendermaßen: Wir frühstücken erst mal ganz gemütlich, dann fahren wir rüber zu deinem Haus, du ziehst dich um ... Nicht, dass mir nicht gefallen würde, wie du in meinen Shirts aussiehst, aber für dein Meeting darf es dann wohl doch etwas förmlicher sein, nicht wahr?«

»Ich kann aber doch auch einfach zu mir nach Hause laufen.«

»Liebling.« In seine Augen trat der Schalk. »Ich bin noch nicht fertig. Also: Nachdem du dich umgezogen und für das Meeting fertig gemacht hast, gibst du mir deine Einkaufsliste.«

»Was?« Verblüfft riss sie die Augen auf.

»Während du dann fleißig das Stadtfest planst, werde ich mich todesmutig ins Getümmel stürzen und deine Einkäufe erledigen. Lars und ich sind übrigens beim Umzug wieder mit unserem Boot auf Rädern dabei. Sag mir nur, ob wir wegen des neuen Mottos irgendwas verändern sollen.«

»Äh, okay ... Du willst für mich einkaufen?«

»Dann musst du es nicht mehr tun und hast heute Nachmittag frei.« In seinen Augen blitzte es fröhlich.

»Ja, aber ...« Noch nie hatte ein Mann ihr angeboten, für sie einzukaufen. »Ich muss auch noch ...«

»Waschen und bügeln. Beides nicht gerade meine Lieblingsbeschäftigungen, aber deine sicher auch nicht. Auch da kann ich dir gerne helfen, wenn du willst.«

»Du willst bügeln?«

»Wollen ist leicht übertrieben.« Er lachte wieder. »Aber ich kann es durchaus. Oder glaubst du, die Hemden, die ich auf der Arbeit trage, kommen schon gebügelt aus der Waschmaschine?«

»Ich ... also ... Das kann ich doch nicht von dir verlangen!«

»Hast du ja auch nicht. Ich biete es dir an, und noch dazu aus absolut eigennützigen Motiven. Erstens kann ich dann schon währenddessen in deiner Nähe sein, wenn wir uns die Arbeit aufteilen, und zweitens hast du dann allein nicht mehr so viel zu tun und, wie schon erwähnt, heute Nachmittag frei. Und diese freie Zeit gedenke ich mit dir zu verbringen.«

»Aha.« Ihr wurde schon wieder warm, wenn auch diesmal auf eine vollkommen andere Weise. »Das klingt, als hättest du bereits Pläne geschmiedet.«

»Habe ich.«

»Wirst du sie mir verraten?«

»Nope.« Aus seinem Lächeln wurde ein breites Grinsen. »Ein bisschen Überraschung muss sein.«

***

Nervös scharrte Martina mit den Füßen unter dem Tisch. Sie saß jetzt mit den Vertretern des Stadtrates sowie des Touristikverbandes und des Gewerbevereins schon seit über zwei Stunden in dem Konferenzraum im Rathaus und diskutierte die verschiedenen Aufgaben, die noch zu erledigen waren, damit das traditionelle historische Stadtfest wieder ein voller Erfolg werden würde.

Das Fest ging über eine ganze Woche. Es waren Führungen, diverse Veranstaltungen und ein bunter Jahrmarkt mitten im historischen Stadtkern geplant. Sie hatten es erstmals von drei auf sieben Tage verlängert, um es für die Touristen wie auch die Einheimischen noch attraktiver zu machen. Der Hauptfesttag mit einem großen historischen Umzug war aber nach wie vor der Samstag, der zweite Tag des Festes. In diesem Jahr hatten sie sich das achtzehnte Jahrhundert als Motto gewählt und alle Dekorationen und die Kostüme der Umzugsteilnehmer darauf abgestimmt. Mit der örtlichen Gastronomie war ebenfalls abgesprochen, dass entsprechende zeitgenössische Gerichte angeboten würden – neben den üblichen gängigen Speisen und Getränken.

Martina war für die Koordination zuständig, doch da sie alles generalstabsmäßig geplant hatte, blieb für sie nun nur noch die Oberaufsicht und Berichterstattung während der Meetings. Die hatte sie bereits hinter sich und hörte nun mehr oder weniger aufmerksam den anderen Mitgliedern des Komitees zu, die über alle möglichen Kleinigkeiten debattierten. Normalerweise hätte sie hier und da einen Rat oder Vorschlag eingeworfen, doch je länger sie hier festsaß, desto mehr schweiften ihre Gedanken ab.

Sie stellte sich vor, wie Thorsten durch die diversen Discounter und den nach den Reparaturarbeiten am Dach gerade wiedereröffneten Supermarkt hetzte, in der Drogerie an einer endlos langen Kassenschlange anstand … In der Drogerie! Sie wurde jetzt noch rot, wenn sie nur daran dachte.

Ihren Einkaufszettel hatte sie über die Woche hinweg bereits geschrieben. Sie hatte es sich angewöhnt, immer gleich zu notieren, wenn etwas zur Neige ging, und am Freitagabend ergänzte sie dann nur noch die üblichen Lebensmittel und manchmal ein paar andere Posten. Diesmal waren ihr die Tampons ausgegangen. Als ihr bewusst geworden war, was sich alles auf ihrem Einkaufszettel befand, hatte sie ihn neu schreiben wollen, doch Thorsten hatte nur gelacht und ihn ihr weggeschnappt. So erschrocken war sie lange nicht gewesen.

Seine lapidare Antwort darauf war gewesen: »Liebling« – er hatte sie schon wieder Liebling genannt! –, »stell dich nicht so an. Ich bin mit einer alleinerziehenden Mutter aufgewachsen. Was glaubst du, wie oft ich ihr Binden, Tampons, Bodylotion, Gesichtscreme, bestimmte Sorten Lippenstift, Eyeliner und weiß der Himmel, was sonst noch, kaufen musste? Glaub mir, ich bin geradezu ein Experte auf dem Gebiet – und vollkommen abgehärtet.«

Trotzdem fühlte es sich unwirklich und seltsam an, sich vorzustellen, wie er solche Dinge für sie einkaufte. Was würden die Leute denken? In Lichterhaven kannte man sich. Wenn er in die Drogerie ging und Damenhygieneartikel einkaufte, würde das nicht unbemerkt bleiben. Und da man sie und ihn schon miteinander gesehen hatte, würde die Gerüchteküche garantiert im Nullkommanichts die abstrusesten neuen Süppchenrezepte kreieren. Worauf hatte sie sich da nur eingelassen?

Hatte sie sich eingelassen? Auf ihn? Ihr klopfendes Herz gab ihr die Antwort, die ihr Verstand noch nicht so ganz glauben wollte.

Sie hatten im Bett gefrühstückt, gescherzt, gelacht. Thorsten hatte ihr von den Booten erzählt, die er mit seinem Bruder gerade baute, und ihr versprochen, ihr eine ganz private Führung durch die Werft zu geben, wenn sie wollte. Natürlich wollte sie. Sie fand es unheimlich spannend, mit anzusehen, wie eine Jacht entstand. Dabei war ihr gleich die Idee gekommen, dass man für die örtlichen Schulen Führungen durch die diversen Gewerbe- und Handwerksbetriebe der Stadt einführen könnte. Überall wurden Auszubildende gesucht, und vielleicht konnte man auf diesem Wege das Interesse bei den jungen Leuten wecken – und möglicherweise auch das eine oder andere Praktikum vermitteln.

Als sie Thorsten davon erzählte, hatte er ihr zugestimmt, und Augenblicke später hatten sie bereits lebhaft darüber diskutiert, wie man diese Idee am besten umsetzte. Bei der Gelegenheit hatte sie ihm angeboten, die neuen Werbeprospekte für die Werft zu entwerfen, weil sie darin viel Übung hatte.

Irgendwann hatte er sie natürlich auch nach dem Stadtfest gefragt und was sie alles geplant hatten. Zwar waren er und Lars auch Mitglieder im Gewerbeverein, aber den letzten Newsletter hatte er noch nicht gelesen und war deshalb nicht auf dem neuesten Stand, was die aktuellen Entwicklungen betraf. Also berichtete sie, was sie alles noch zu tun haben würde, bis das Fest begann, und welche neuen Ideen sie bereits für das kommende Jahr gesammelt hatte.

Sie verstanden sich so gut, so selbstverständlich, dass sie sich inzwischen fast wie in einem kitschigen Film vorkam. Nicht dass sie etwas gegen kitschige Filme hatte – sie mochte es, wenn darin das Pärchen quasi auf rosa Wolken miteinander durchs Leben tanzte. Aber das hier war das wahre Leben. Niemand hatte im Drehbuch vermerkt, dass ab jetzt nur noch die Sonne scheinen und rosa Wattewölkchen sie umhertragen würden.

Sie war gestern tatsächlich ins kalte Wasser gesprungen. Zwar mit einem etwas anderen Ausgang, als sie angenommen hatte, doch nun befand sie sich im freien Fall. Das Wasser hatte sie noch gar nicht erreicht. Das Gefühl, zu fallen, war aufregend und beängstigend zugleich. Sie hatte keine Ahnung, wie lange dieser freie Fall noch andauern würde und was passieren würde, wenn sie unten – irgendwo weit unten im Wasser – eintauchte. Würde die Angst zurückkehren? Das schlechte Gewissen? Sie verdrängte jeglichen Gedanken daran, so gut es ging, doch wie es nun einmal mit dem Gewissen so war: Hatte man es einmal geweckt, wenn auch nur mit einem winzigen

Gedankenblitz, kämpfte es sich unermüdlich und ohne Rücksicht auf Verluste an die Oberfläche. So wie jetzt.

»Damit wären die wichtigsten Punkte für heute geklärt.« Ulrike Liebenstein, die Stellvertreterin des Bürgermeisters, erhob sich von ihrem Stuhl und nickte lächelnd in die Runde. »Ich würde sagen, damit sind wir alle in unser verdientes Wochenende entlassen. Wir sehen uns am Donnerstag um achtzehn Uhr wieder, wie immer: selbe Zeit, selber Ort.«

Zustimmendes Gemurmel wurde ringsum laut.

Leicht irritiert, weil sie offenbar die letzten zehn Minuten der Sitzung nicht mitbekommen hatte, sah Martina sich um und sammelte dann hastig ihre Papiere zusammen. Auf dem Weg nach draußen gesellte Ulrike sich zu ihr. »Alles in Ordnung, Martina? Du hast heute ein bisschen abgelenkt gewirkt.«

»Habe ich das?« Martina hüstelte. »Tut mir leid. Es ist gestern ziemlich spät geworden, weil meine Schwester und ein paar Freundinnen mich überfallen haben. Und dann bin ich auch noch …«

»Zu einem heißen Date verabredet?« Ulrikes Blick hatte sich auf jemanden vor der Rathaustür gerichtet, durch die sie gerade traten. »Das erklärt natürlich alles.« Sie lachte herzlich.

»Ein Date?« Verblüfft folgte Martina Ulrikes Blick und verspürte das inzwischen vertraute Flattern in der Magengrube. In einigen Schritten Entfernung lehnte Thorsten mit verschränkten Armen und einem heiteren Lächeln an einem Laternenpfahl. Er hatte auf sie gewartet!

»Wie ich hörte, geht ihr seit Neuestem miteinander aus.« Die stellvertretende Bürgermeisterin war eine gute Freundin von Francesca, sodass sie ganz sicher bereits jedes Detail, das es über Thorsten und sie zu erfahren gab, inhaliert hatte. »Das finde ich großartig, Martina. Du hast einen ausgezeichneten Geschmack – und er ebenfalls. Ihr gebt ein hübsches Paar ab.« Ulrike zwinkerte ihr verschwörerisch zu. »Ich wünsche euch viel Spaß, bei was auch immer ihr vorhabt. Wir sehen uns!«

Schon war sie davongeeilt, sodass Martina jetzt die wenigen Schritte auf Thorsten zuging.

»Hallo.« Ob sich ihr Herzschlag in seiner Gegenwart jemals wieder normal verhalten würde? »Was machst du denn hier? Du musst doch nicht auf mich warten. Bestimmt hast du Besseres zu tun.«

»Ich warte erst seit höchstens einer Minute.« Er nahm ihr umstandslos die Aktentasche ab. »Aber selbst, wenn ich schon länger hier gestanden hätte, wäre es nicht schlimm gewesen. Im Gegenteil. Alles ist besser als Supermärkte am Samstagmittag. Bis auf Drogerien, die sind womöglich noch übler.«

»Ich hatte dich gewarnt. Du hättest meine Einkäufe nicht zu erledigen brauchen. Ich weiß, wie anstrengend das sein kann.«

»Hey, ich habe mich nicht beschwert, lediglich ein Statement abgegeben. Mein Auto steht da drüben auf dem Marktparkplatz. Ich habe nur hier gehalten, weil du meintest, dass deine Sitzung ungefähr zwei bis zweieinhalb Stunden dauern würde. Da Ulrikes Auto noch dort stand, ging ich davon aus, dass ihr noch beratet, und habe mein Glück versucht. Erfolgreich, wie du siehst. Ich kann das hübscheste Mädchen abschleppen.«

Sie schmunzelte, wurde aber gleich wieder ernst. »Sind die Einkäufe etwa noch im Auto?«

»Ja, deshalb hätte ich auch nicht allzu lange gewartet. Zwar habe ich mehrere Kühlakkus in den Einkaufskörben, aber bei dem heißen Wetter halten die wohl nicht sehr lange.« Mit der freien Hand ergriff er wie selbstverständlich die ihre. »Ob Capone sich allein zu Hause gut betragen hat?«

Ganz automatisch verschränkte sie ihre Finger mit seinen, und doch fühlte Martina sich plötzlich verlegen und befangen und hatte das Gefühl, dass alle Welt sie beobachtete. »Das werden wir sehen. Aber zwei, drei Stunden hält er meistens aus, ohne ein allzu großes Chaos zu veranstalten.«

»Wann ist deine nächste Übungsstunde mit Christina?«

»Am Montagnachmittag.« Martina wich seinem Blick

ebenso aus wie dem aller Personen, die ihnen entgegenkamen. »Und wenn sie mich nach unseren Fortschritten fragt, kann ich ihr nur sagen, dass Capone jetzt zumindest Sitz macht, wenn man es ihm sagt.«

»Das ist doch prima.«

»In sieben bis acht von zehn Fällen.«

»Immerhin.«

»Aber er reißt sich dauernd los, wenn wir unterwegs sind.«

»Aber anscheinend nur, wenn ich in der Nähe bin, oder?«

»Macht es das besser?«

Thorsten lachte. »Nein, vermutlich nicht, aber es ist aufschlussreich.«

»Findest du?« Als sie sich nun doch traute, ihn anzusehen, hüpfte ihr Herz kurz verschreckt, denn sein Blick war unverwandt auf sie gerichtet, und in seinen Augen las sie Dinge, für die sie noch nicht bereit war. Lange noch nicht. Sie brauchte mehr Zeit. »Verdammt noch mal!« Erschrocken zuckte sie zusammen, als ihr klar wurde, dass sie die Worte laut ausgesprochen hatte.

Thorsten blieb stehen und zog sie näher zu sich heran. »Ich traue mich fast nicht, mir vorzustellen, was dich zu diesem Ausruf veranlasst haben mag. Ich hoffe, dass es, egal was es war, dich nicht davon abhält, den Rest des Tages mit mir zu verbringen.«

»Ich …« Scheiß auf die Zeit! »Nein, schon gut. Ich war nur gerade …« Sie schüttelte den Kopf über sich. War sie wirklich derart verkorkst? »Du hast mir immer noch nicht gesagt, was du überhaupt vorhast.«

»Das erfährst du auch erst, wenn wir dort sind.« Mit einem vieldeutigen Lächeln führte er sie zu seinem Auto, ließ sie einsteigen und klemmte sich hinters Steuer. »Einen Hinweis kann ich dir aber schon geben, weil er für den Fortgang meiner Pläne relevant ist: Du brauchst einen Badeanzug.«

***

»Ich habe schon ewig nicht mehr in der Nordsee gebadet.« Unsicher, wie sie sich fühlen sollte, blickte Martina über die gut besuchte und noch recht neue künstlich angelegte Badebucht samt Lagune hinweg. »Außer natürlich mit den Kindern, aber meistens gehen wir ins Schwimmbad, weil es für mich einfacher ist. Hier an der Lagune war ich noch gar nicht. Annika und Basti sind mit meinen Eltern schon ein paarmal hier gewesen, aber ich habe es noch nicht geschafft, mir alles von Nahem anzusehen. Ich meine, natürlich war ich dabei, als das hier im Mai alles eingeweiht wurde, und vorher auch schon während der Bauarbeiten ...«

»Du bist noch nie selbst hier geschwommen?« Überrascht sah Thorsten sie von der Seite an. »Wie willst du denn adäquat für etwas Werbung machen – darum geht es doch in deinem Touristikverband –, wenn du es noch nicht ausprobiert hast?«

»Ich weiß nicht ... Ich habe nun mal nicht so viel Freizeit und bin ja meistens mit den Kindern zusammen.«

»Das sollte kein Vorwurf sein.« Sachte strich er ihr eine Locke hinters Ohr. »Im Gegenteil, meine Idee scheint ja dann genau richtig gewesen zu sein. Hast du ein gutes Buch eingepackt? Jede Menge Sonnencreme?« Er deutete auf den Rucksack, den sie über der Schulter trug, und stellte seinen, der ebenfalls gut gefüllt war, auf dem Boden ab. Dann breitete er die hellgraue Decke aus, die er unter den Arm geklemmt hatte. »Es ist übrigens sehr nett von deinen Eltern, dass sie für ein paar Stunden auf Capone aufpassen.«

Martina lächelte bei dem Gedanken an das Telefonat, das sie deshalb geführt hatte, und das Treffen mit ihren Eltern, als sie Capone bei ihnen vorbeigebracht hatten. »Meine Mutter scheint dich sehr zu mögen. Sie hat schon lange nicht mehr extra ihren eingekochten Kuchen hervorgeholt, nur um ihn uns als Wegzehrung mitzugeben.«

»Ich bin schon gespannt, wie er schmeckt. Eingekochter

Kuchen klingt sehr ... experimentell. So was habe ich noch nie gegessen.«

»Mama schwört darauf.«

»Dein Vater hat mich ganz schön streng gemustert.« Thorsten klang, als wäre er mehr amüsiert als beeindruckt.

»Das tut er bei allen Männern. Selbst bei Axel hat er das gemacht. Und wenn Hannah mal jemanden mitbringt, gehört das zu seinem Standardprogramm. Jedes Mal sagt er ihr, dass sie den Kerl zum Mond schießen soll, weil er nicht der Richtige für sie ist.«

»Wirklich?« Erheitert verzog Thorsten die Lippen. »Also entscheidet dein Vater über das Wohl und Wehe eurer Eroberungen?«

»Nicht wirklich, aber er hat doch ein ziemlich gutes Gespür. Zumindest bei Hannah hatte er bisher immer recht.«

»Und bei dir nicht?«

Sie hob die Schultern. »Anfangs fand er, dass aus Axel und mir nichts Vernünftiges werden könne. Aber dann haben wir ihm das Gegenteil bewiesen.«

»Auch Väter können sich mal irren.« Thorsten musterte sie aufmerksam. »Was glaubst du, wird er dir über mich sagen?«

»Das weiß ich nicht.« Martina hob die Schultern. »Er hat dir immerhin eine Führung durch Haus und Garten angeboten und dass du demnächst mal mit ihm zusammen segeln gehen könntest ...«

»Ist das gut oder schlecht?«

»Keine Ahnung.« Ratlos blickte sie in die Ferne. »Das ist bisher noch nie vorgekommen.«

»Dann nehme ich es als Kompliment, bis mir etwas anderes gesagt wird.« Lachend zog Thorsten sein T-Shirt über den Kopf. »Und jetzt ausziehen.«

Für einen Moment rührte Martina sich nicht. Der Anblick von Thorstens nacktem Oberkörper hatte sie schon einmal beinahe paralysiert, und der Anblick hatte von seinem Reiz nicht das Geringste verloren. Als er jedoch auch Schuhe und Jeans auszog, beeilte sie sich, es ihm gleichzutun. Sie wusste inzwischen, dass er enganliegende Shorts als Unterhosen bevorzugte, doch für den Strand hatte er sich für etwas weitere Boxershorts in Dunkelgrau entschieden. Seine Beine waren leicht gebräunt, was darauf schließen ließ, dass er in diesem Sommer schon häufiger am Strand die Sonne genossen hatte.

Martina trug unter ihren Klamotten einen einfachen einteiligen Badeanzug mit einem Zickzackmuster in Dunkelblau und Dunkelgrau, der durch den hohen Beinausschnitt ihre kurvige Figur zumindest ein wenig streckte. Verbergen konnte sie ihre Rundungen natürlich nicht und ebenso wenig die sehr helle Haut und die unzähligen Sommersprossen, die sich zwar nicht in ihrem Gesicht tummelten, dafür aber auf ihren Schultern und ihrem Dekolleté. Eine Laune der Natur, obwohl sich, wenn sie sich zu lange in der Sonne aufhielt, ein paar dieser lästigen Tupfen auch auf ihre Nase und die Wangenknochen verlaufen würden.

»Du siehst fantastisch aus.« Unvermittelt trat Thorsten auf sie zu und zog sie an sich, um sie zu küssen. Martina erschrak ein wenig, doch da war der kurze Moment bereits vorbei, und er ließ sie wieder los. »Ich bin ein Glückspilz, denn ich bin mit der schönsten Frau in und um ganz Lichterhaven hier. Garantiert werden mich alle Männer glühend beneiden.«

»Übertreib doch nicht so.« Martina spürte, dass sie errötete. »Ich brauche erst mal ganz viel Sonnenmilch. Die mit dem Lichtschutzfaktor eine Million.«

»Bei deiner hellen Haut ist eine Million wohl fast noch zu wenig, was?« Lachend zog er die Flasche mit der Sonnencreme aus ihrem Rucksack. »Ich helfe dir beim Einreiben.« Schon hatte er etwas von der dickflüssigen Lotion auf ihren Schulterblättern verteilt. Martina hob rasch den Zopf, den sie sich geflochten hatte, zur Seite und ließ es zu, dass er sie sanft und sorgfältig eincremte. Er tat es ohne großes Aufheben, doch seine Hände hinterließen dennoch kribbelnde Spuren auf ihrer Haut, und für einen Moment war sie heilfroh, dass ihr Badeanzug gepolsterte Cups besaß, denn andernfalls wäre nur allzu deutlich sichtbar gewesen, dass ihr Körper auf die Berührungen reagierte.

Als er mit ihrem Rücken fertig war, übernahm sie die Flasche von ihm und rieb sich weiter ein. »Zum Glück ist das Zeug wasserfest, zumindest für eine Weile. Früher gab es meistens nur die Sonnenmilch, die sich beim Kontakt mit Wasser in Wohlgefallen aufgelöst hat.« Sie bemühte sich, normal zu reden und sich nicht anmerken zu lassen, dass seine Nähe sie zunehmend alarmierte. »Wenn ich als Kind oder junges Mädchen mit meinen Freunden schwimmen war, habe ich die meiste Zeit damit verbracht, mich einzucremen. Wenn ich es nicht tue, sehe ich nach einer halben Stunde aus wie ein frisch gekochter Hummer.«

»Das ist wohl die Kehrseite der Medaille, wenn man so wunderschönes rotes Haar hat.« Auch Thorsten rieb sich mit Sonnencreme ein und ließ sich danach auf der Decke nieder. »Setz dich zu mir, Martina, und genieße deinen freien Nachmittag.«

»So ganz bin ich noch nicht im Freizeitmodus angekommen«, gab sie zu, während sie es sich neben ihm bequem machte. »Ich bin es einfach nicht gewohnt, dass jemand mir Arbeit abnimmt. Abgesehen von meinen Eltern oder Schwiegereltern natürlich, aber das ist irgendwie etwas ganz anderes, und ich will die vier auch nicht so sehr belasten.«

»Ab und zu solltest du dir aber doch mal etwas Gutes tun.« Thorsten streckte sich lang aus und verschränkte die Hände hinter dem Kopf. »So wie jetzt. Entspann dich und genieße den Tag. Niemand will irgendetwas von dir. Na ja, bis auf mich, aber darüber sprechen wir später.« Er zwinkerte ihr heiter zu.

Hitze und Verlegenheit stiegen in ihr auf, und gleichzeitig spürte sie eine Gänsehaut über ihren Körper wandern.

233

Eine höchst seltsame Mischung, die sie ganz kribbelig machte.

»Hier ist ganz schön was los«, versuchte sie, das Gespräch auf sicheres Terrain zurückzuführen.

»Allerdings. Das dürfte ja voll in deinem Sinne – und dem des Touristikverbandes – sein, nicht wahr?«

Froh, dass er darauf eingegangen war, nickte sie lächelnd. »Ja, natürlich. Wir haben an dem Konzept jahrelang gearbeitet. Angefangen hat das ja schon lange, bevor ich mich dafür engagiert habe.« Sie blickte auf das in der Sonne grau glitzernde Wasser hinaus. »Natürlich sind wir sehr abhängig von Ebbe und Flut, aber irgendwie funktioniert es.«

»Möchtest du schwimmen?« Thorsten setzte sich wieder auf. »Noch ist das Wasser ja recht hoch. Wenn wir zu lange warten, wird es sich schon weiter zurückgezogen haben. Dann ist es hier zu flach zum Schwimmen.«

»Ja, warum nicht!« Zögernd erhob Martina sich und ließ sich von ihm an der Hand bis zum Wasser ziehen. »Es war gut«, redete sie weiter, um ihre Nervosität zu überspielen, »dass wir hier gleich jede Menge Gräser und Schilfe angepflanzt haben. Je mehr sie sich in den künstlichen Dünen ausbreiten, desto weniger Schaden können Sturmfluten und dergleichen zukünftig hier anrichten.«

»Und schön sieht es auch noch aus. Fast wie natürlich entstanden.« Da sie das Ufer erreicht hatten, tauchte Thorsten einen Zeh ins friedlich heranplätschernde Wasser. »Kühl, aber nicht kalt. Genau richtig bei annähernd dreißig Grad im Schatten, würde ich sagen.«

»Ja, es ist bestimmt ... Hey!« Erschrocken schrie sie auf, als er sie mit einem Ruck mit sich ins Wasser zog. Mit der freien Hand spritzte er ihr einen Schwall Wasser entgegen, sodass sie noch einmal erschrocken aufkreischte. Kichernd versuchte sie, ihn ebenfalls mit Wasser zu treffen. Da er sie jedoch gnadenlos weiter hinter sich herzog, gelang es ihr nicht. Sie stolperte, fiel vornüber ins kalte Nass – und zerrte ihn einfach mit sich.

»Heimtückisch!« Prustend kam er wieder auf die Füße. »Na warte.« Er stürzte sich auf sie, bevor sie sich wieder einigermaßen aufrichten konnte. Lachend wehrte sie ihn ab, fiel erneut, tauchte unter und wieder auf. Das Wasser reichte hier nur bis zu ihren Oberschenkeln und würde weiter draußen auch nicht mehr allzu viel tiefer werden. Hüfttief war das Wasser hier in der Bucht – in der Lagune drüben würde es ihr höchstens bis zur Brust reichen.

Sie hatte vergessen, wie herrlich es war, sich in dem kühlen salzigen Nass zu aalen. Als Thorsten spielerisch nach ihr greifen wollte, hechtete sie an ihm vorbei und schwamm mit energischen Bewegungen weiter hinaus. Wasser war ihr Element, vielleicht hing sie deshalb auch so sehr an ihrem Meerwasser-Wellenbad. Sie liebte es einfach, auch wenn sie sich den Spaß viel zu selten selbst gönnte.

Es dauerte nur Augenblicke, bis Thorsten neben ihr auftauchte und erneut versuchte, sie festzuhalten, diesmal mit Erfolg. Sie blieb mit dem Oberkörper unter Wasser, weil es sich so angenehm anfühlte. Wenn sie sich hinkniete, reichte das Wasser ihr hier nun bis zum Hals.

Auch Thorsten ging auf die Knie und zog sie sanft in seine Arme. Die Wärme seines Körpers bildete einen erregenden Kontrast zum frischen Nordseewasser. Martina erschauerte – wohlig und ein wenig nervös, weil sie schon wieder das Gefühl hatte, von den Leuten ringsum beobachtet zu werden.

Seine Arme hatten sich locker um ihre Taille gelegt, sein Blick tastete über ihr Gesicht, von ihren Augen zu ihren Lippen und wieder zurück zu ihren Augen. Das Vögelchen drehte mehrfache Loopings in ihrem Bauch, als er sie zärtlich küsste. »Du siehst nicht nur umwerfend aus, du fühlst dich auch so an«, raunte er gegen ihre Lippen. »Und du schmeckst auch so.«

»Ich schmecke salzig, genau wie du.« Ihre Stimme klang leicht belegt, weil ihr seine Nähe wieder einmal den Atem nahm.

»Kann sein.« Seine Lippen tasteten erneut über ihre. »Aber darunter schmecke ich dich.«

Ihr ging es ebenso. Sie roch ihn, schmeckte ihn, spürte ihn, und für eine Weile versank die Welt um sie herum. Verlegenheit und Nervosität schwanden, sie schlang ihre Arme um seinen Hals und erwiderte seinen Kuss mit zunehmender Leidenschaft, bis er ein amüsiertes Lachen ausstieß. »Ich fürchte, das sollten wir nicht zu lange tun, andernfalls kann ich die nächste halbe Stunde das Wasser nicht verlassen.« Grinsend presste er sich fester an sie. Sie hatte seine Erregung zuvor schon gespürt, und aufregende Schauer rieselten durch ihren Körper.

»Ja, vielleicht hast du recht.« Sie löste sich ein wenig von ihm – und stieß einen überraschten Laut aus, als er sie mit einem ordentlichen Schwall Wasser bespritzte. »Na warte!« Kichernd schaufelte sie ebenfalls eine Ladung Wasser in seine Richtung. Er wich aus – und schon entspann sich eine wilde Wasserschlacht zwischen ihnen.

***

Lächelnd beobachtete Thorsten Martina aus den Augenwinkeln. Sie lag bequem ausgestreckt auf der Decke, benutzte ihren Rucksack als Kopfkissen und hatte sich eine graue Schirmmütze aufgesetzt, um ihre Augen zu beschatten. Während er einfach nur vor sich hin träumte, hatte sie sich in einen Roman vertieft – einen Agenten-Thriller, wenn er Cover und Titel richtig interpretierte. Auch er hatte sich ein Buch mitgebracht, jedoch im Augenblick keine Lust zu lesen. Die Frau an seiner Seite zog ihn zu sehr in seinen Bann, auch wenn er sich das im Moment nicht anmerken ließ, um sie nicht zu stören.

Es war mittlerweile kurz nach vier, und das Wasser zog sich immer weiter zurück. Es würde zwar noch gut vier Stunden dauern, bis der Tiefstand erreicht war, doch aus dem Badevergnügen würde bald zunehmend ein Waten im Watt werden, wenn man nicht weiter hinausgehen wollte. Lediglich in der Lagune blieb das Wasser stehen, zumindest ein wenig, sodass die Kinder darin noch bequem planschen konnten.

Aus dem strahlenden Sonnenschein war ein Wechsel aus Sonne und Wolken geworden, der Wind hatte leicht aufgefrischt. Möglicherweise würde es in der Nacht wieder Hitzegewitter und Regen geben. Noch aber war das Wetter bestens geeignet, um sich zu entspannen und den Tag zu genießen.

Anfangs hatte es so ausgesehen, als ob Martina nicht die innere Ruhe aufbringen würde, um sich wirklich auf diesen freien Nachmittag einzulassen. Doch nach einer Weile war die Anspannung dann doch von ihr abgefallen.

Er schien sie ein wenig zu intensiv gemustert zu haben, denn sie hob ihren Blick von dem Buch und legte es beiseite.

»Das scheint eine spannende Geschichte zu sein.« Er deutete mit dem Kinn auf das Buch. »Du warst eine ganze Weile ziemlich vertieft.«

»Entschuldige.« Sie senkte verlegen den Blick. »Ich wollte nicht …«

»Du brauchst dich doch nicht zu entschuldigen, nur weil du tust, was ich dir vorgeschlagen habe. Worum geht es in dem Roman?«

»Es ist ein Action-Thriller und Teil einer Serie. Das hier ist schon Band drei und ich hoffe, die Autorin wird bald den vierten Band veröffentlichen.« Martina nahm das Buch in die Hand und blätterte kurz darin, legte es aber wieder beiseite. »Es geht um einen CIA-Agenten, dessen Identität von einer Geheimorganisation vollständig ausgelöscht worden ist, damit er für sie arbeitet. Er hat nur noch ganz wenige Freunde, und die helfen ihm, herauszufinden, wer dahintersteckt. Nebenher helfen sie außerdem noch Leuten, die in Schwierigkeiten sind, denn von irgendwas muss er ja leben.«

»Klingt aufregend.«

»Ist es auch.« Sie lächelte leicht. »Ich kann dir die ersten zwei Bände leihen, wenn du möchtest.«

»Gerne.« Er beugte sich ein wenig zu ihr hinüber und berührte ihren Oberarm mit dem Zeigefinger. »Du fängst an, dich zu röten. Anscheinend lässt der Sonnenschutz nach.«

»Oh.« Sie tippte sich selbst gegen den Arm und runzelte die Stirn. »Mist. Ich fürchte, ich muss aus der Sonne gehen, sonst ... Du weißt schon.«

»Frisch gekochter Hummer.« Er lachte. »Na, dann packen wir mal ein. Besitzt du übrigens einen Grill?«

»Einen Grill?« Verblüfft hielt sie inne. »Ja, schon, aber der war schon ewig nicht mehr in Gebrauch. Er hat mal meinem Vater gehört, und der hat ihn uns geliehen, als wir gerade geheiratet hatten. Inzwischen hat er so einen großen mehrflammigen Gasgrill mit allem Drum und Dran, deshalb will er den alten nicht zurück. Da ich mich am Grill aber genauso dumm anstelle wie am Herd, habe ich ihn eingemottet.«

»Ein Holzkohlegrill also?«

»Äh ... ja.«

»Okay, ich sehe ihn mir gleich mal an. Zur Not kann ich auch meinen Grill holen fahren, aber normalerweise müsste deiner ja noch funktionieren.«

»Du willst grillen?«

Er nickte, erheitert über ihre Verblüffung. »Die Zutaten dafür habe ich bereits eingekauft, ebenso wie einen Sack Holzkohle.«

»Okay.« Martina schlüpfte in ihre Jeans und die Bluse. »Ich werde dir aber vermutlich keine große Hilfe sein können.«

»Das werden wir ja sehen.« Er zog sich ebenfalls sein T-Shirt über. »Eigentlich müssten wir uns noch mal abduschen.« Er trat nah an sie heran. »Aber vielleicht machen wir das lieber bei dir zu Hause.«

Sie rang nach Atem, und ihre Augen weiteten sich; auf ihren Wangen erschien dieser entzückende rötliche Hauch. »Ja, ähm, duschen sollten wir wirklich noch mal. Die Duschen hier haben ja nur kaltes Wasser, und diese Mischung aus Salzwasser und Sonnencreme kriegt man damit nicht ab.«

»Falls du jemanden brauchst, der dich einseift – ich stelle mich gerne zur Verfügung.«

»Das denke ich mir.« Sie lachte leise. »Mal sehen, ob ich dir das erlauben werde.«

Verblüfft über ihren unbeschwerten Ton hob er die Augenbrauen. »Bist du sicher, dass ich um Erlaubnis bitten werde? Ich könnte dich auch einfach überfallen.«

»Das wirst du nicht tun.«

»Warum nicht?«

Sie grinste. »Weil du ein Gentleman bist.«

»Verdammt.« Lachend faltete er die Decke zusammen, während sie noch ein paar herumliegende Sachen einsammelte und wahllos in den beiden Rucksäcken verstaute.

16. Kapitel

»Dass waren die besten Steaks, die ich je gegessen habe.« Martina lehnte sich in ihrem Gartenstuhl zurück und klopfte sich auf den Bauch. »Aber verrate bitte niemals Alex Messner, dass ich das gesagt habe. Eigentlich ist er ja der Grill-Meister von Lichterhaven. Oder doch zumindest in meinem Bekanntenkreis. Seine Eltern geben zwei- oder dreimal im Jahr Grillfeiern und laden Familie, Freunde und Bekannte dazu ein. Die nächste Feier ist übrigens am Sonntag nach dem Stadtfestumzug.«

»Ich weiß. Ich wurde eingeladen.« Auch Thorsten lehnte sich zufrieden in seinem Stuhl zurück. »Immerhin gehöre ich durch Lars jetzt auch irgendwie zur Messner-Familie.«

»Da hast du wirklich Glück, die Messners sind klasse. Ich werde auch immer eingeladen, weil ich mit Christina befreundet bin. Wir sind ja schon zusammen zur Schule gegangen und so. Auf Alex' Grillkünste darf ich nichts kommen lassen, sonst werde ich meines Lebens nicht mehr froh.«

»Na, vielleicht sollte ich ihn mal zu einem Grillduell herausfordern.«

Martina kicherte. »Das wäre mal was.«

»Ich habe immerhin ein paar Jahre in den USA gelebt und bei echten Barbecue-Künstlern gelernt. Oder zumindest habe ich mir einiges abgeschaut.«

»Frag ihn mal, ob er sich der Herausforderung stellt.«

»Das werde ich tun.« Er griff nach seinem alkoholfreien Bier und prostete Martina zu. »Deine Mitarbeit am Abendessen war aber auch nicht ohne.«

»Ich habe doch nur Gemüse geschnippelt.«

»Ohne das Gemüse wäre unser gemischter Salat aber nicht vorhanden gewesen.«

»Na ja ...«

Er nickte ihr zu. »Stell dein Licht nicht unter den Scheffel. Salat kannst du schon mal.«

»Weil du das Dressing gemacht hast.«

»Das ist nicht schwierig. Ich kann dir gerne aufschreiben, wie es geht.«

»Die Frage ist bloß, ob ich es dann auch so hinbekomme.«

»Wir üben einfach zusammen.« Als sie begann, die Teller zusammenzustellen, half er ihr rasch, und gemeinsam trugen sie das Geschirr in die Küche und stellten es in die Spülmaschine. Capone, den sie auf dem Rückweg vom Strand wieder abgeholt hatten, folgte ihnen dicht auf den Fersen.

Was macht ihr denn da jetzt? Ist da vielleicht noch ein bisschen Fleisch übrig? Das hat sooo gut gerochen. Und geschmeckt. Thorsten hat mir ja netterweise eine Kostprobe zugesteckt. Obwohl Frauchen mit ihm geschimpft hat. Aber hey, ich verhungere doch sonst. Na gut, vielleicht nicht wirklich, weil mein Napf hoch voll mit gutem Hundefutter ist, aber das, was ihr Menschen esst, ist immer viel, viel interessanter und leckerer.

»Das haben schon andere versucht. Meine Mutter zum Beispiel, aber sie hat es irgendwann aufgegeben. Ich weiß auch nicht, warum ich mich in der Küche so blöd anstelle. Hannah hingegen ist die reinste Küchenfee. Deshalb sind die *Foodsisters* auch so erfolgreich. Anscheinend hat sie alle Kochgene, die eigentlich für mich gewesen wären, noch zusätzlich geerbt. Spaghetti mit Tomatensoße gehen gerade noch, und selbst die werden bei mir meistens pappig. Oder zu sehr al dente. Am liebsten ist es mir, wenn ich nur irgendwas aufwärmen muss – mit eingeschaltetem Kurzzeitmesser. Oder Sandwiches, die kann ich richtig gut.«

»So schnell entmutigst du mich nicht.« Er trat hinter sie und schlag seine Arme um ihre Taille. »Aber selbst, wenn du ein hoffnungsloser Fall wärst, würde mir das nichts ausmachen. Ich bin schließlich nicht mit dir zusammen, damit du mich bekochst. Das kann ich schon selbst, seit ich aufs Gymnasium gekommen bin.«

»So früh hast du kochen gelernt?«

»Ein paar Sachen konnte ich sogar noch früher. Meine Mutter hat immer ganztags gearbeitet, also blieb mir nichts anderes übrig, als zu lernen, wie man kocht. Wenn sie abends todmüde heimkam, hat sie oft keine Energie mehr gehabt, um groß Abendessen zu machen. Irgendwann haben wir dann angefangen, uns abzuwechseln. Das hat ganz gut funktioniert.«

»Du scheinst ein Mustersohn gewesen zu sein.« Sie drehte den Kopf, um ihm ins Gesicht sehen zu können. »Deine Mutter kann sich glücklich schätzen.«

»Ja, vielleicht.« Er zuckte mit den Schultern. »Sie war keine sehr strenge Mutter, aber sie hatte ein paar gewichtige Regeln. Eine davon lautete, dass jegliches Machogehabe in unseren vier Wänden verboten war. Und jede auch nur ansatzweise sexistische Denke. Sie hat sich selbst beigebracht, wie man Autoreifen wechselt und mit einer Schlagbohrmaschine umgeht. Ich musste dafür lernen, wie man kocht, wäscht, bügelt ... Frauensachen einkauft«, fügte er schmunzelnd hinzu. »Du glaubst nicht, wie oft ich mir hämische Sprüche anhören musste, wenn einer meiner Kumpels mich zufällig beim Großeinkauf getroffen und Tampons und Slipeinlagen in meinem Einkaufswagen entdeckt hat. Dieselben Kumpels gehen heute allerdings selbst mit stolzgeschwellter Brust Pampers kaufen und schwingen den Staubsauger. Die meisten jedenfalls.« Er senkte den Kopf ein wenig, um an Martinas Hals zu schnuppern. »Du riechst schon wieder verboten gut.«

Sie erschauerte leicht. »Das ist bloß mein Duschgel.«

»Ich hätte dich doch in der Dusche überfallen sollen.« Aber er hatte es nicht getan, sondern gewartet, bis sie im Bad fertig war, und sich dann schnell selbst unter die Dusche gestellt, um Salz, Sand und Sonnencreme abzuwaschen. Er war natürlich in Versuchung gewesen, seine scherzhafte Drohung wahr zu machen, doch seit sie wieder hier waren, schien Martina nervös zu sein, wenn auch kaum merklich. Deshalb hatte er beschlossen, ihr weiterhin Zeit und Raum zu lassen, damit sie den ersten Schritt tun konnte. Sie musste entscheiden, ob sie zu mehr bereit war. Falls nicht, würde er das akzeptieren – und, verflucht noch mal, an Frustration eingehen.

»Stimmt etwas nicht? Du schaust plötzlich so grimmig drein.« Martina hatte sich ganz zu ihm herumgedreht und musterte ihn aufmerksam.

Er schüttelte die wenig hilfreichen Gedanken ab. »Nein, schon gut. Ich dachte nur gerade ...« In diesem Moment grollte in der Ferne ein Donner. »... dass wir vielleicht noch mal mit Capone rausgehen sollten. Das Wetter scheint umzuschlagen.«

»Du hast recht.« Sie warf einen Blick aus dem Fenster. »Im Wetterbericht haben sie ja vor nächtlichen Wärmegewittern gewarnt. Anscheinend kommen die jetzt früher als prophezeit.«

Hab ich da etwas vom Rausgehen vernommen? Wuff? Also da wäre ich sofort dabei. Ich habe nämlich heute Nachmittag so viele Leckerchen bekommen, dass ich dringend noch mal muss. Brummelnd und wedelnd schwänzelte Capone um sie herum.

Martina lachte. »Wahrscheinlich haben meine Eltern Capone wieder mal gnadenlos mit Leckerchen vollgestopft und jetzt muss er mal.«

Ja, genau. Also los, worauf wartet ihr noch?

»Zieh ihm schon mal das Geschirr an. Ich räume vorsichtshalber noch schnell die Sitzpolster in die Kiste, falls es anfangen sollte zu regnen.« Thorsten eilte nach draußen, räumte das restliche Geschirr vom Tisch ins Haus und brachte die Polster in Sicherheit. Als er die Terrassentür schloss, stand Martina bereits mit Capone an der Leine bereit und sah ihm schweigend entgegen. Dann lächelte sie unvermittelt. »Danke.«

»Wofür?« Er schnappte sich ihren Hausschlüssel, den sie immer auf das Schränkchen im Flur legte, und hielt ihr und dem Hund die Tür auf.

»Einfach so. Für alles. Das war ein wunderschöner Tag.«

Er grinste vielsagend. »Und er ist noch nicht vorbei.«

**

Lachend rannte Martina mit Capone an der Leine die letzten Schritte bis zu ihrer Haustür und wartete auf Thorsten, der ihre Hausschlüssel eingesteckt hatte. »Also, dass wir heute zum zweiten Mal nass geworden sind, ist ganz allein deine Schuld, dass das mal klar ist.«

Zum zweiten Mal? Also ich nicht, ich war bis eben schön trocken. Brrr! Capone schüttelte sich heftig nach dem Regenguss, in den sie geraten waren.

»Igitt, Capone!« Martina wich einen Schritt zurück, bekam aber trotzdem eine Dusche ab.

»Meine Schuld?« Ebenfalls lachend hechtete auch Thorsten unter das Vordach an der Haustür und kramte den Schlüssel hervor. »Ich habe den Regen nicht bestellt.«

»Aber mich genötigt, noch dieses sündhaft leckere Eis bei Gabriella zu essen. Hätten wir das nicht getan, wären wir rechtzeitig vor dem Regen wieder zurück gewesen.«

»Wir sind nun mal am *Café Eisträume* vorbeigekommen, da war die Gelegenheit günstig.« Endlich war die Tür offen, und sie flüchteten vor dem immer stärker niederprasselnden Regen und dem aufkommenden kräftigen Wind ins Haus.

»Ja, günstig, um mich zu verführen.« Sie stockte, als ihr bewusst wurde, was sie da gesagt hatte. »Zu einer Kalorienbombe«, fügte sie rasch hinzu. »Das werde ich noch ewig bereuen.«

»Blödsinn.« Thorsten fuhr sich mit gespreizten Fingern durch sein feuchtes Haar, dann trat er näher an Martina heran, blieb jedoch auf Armlängenentfernung stehen. »Du hattest heute schon so viel Bewegung, dass das Eis gar nicht ins Gewicht fällt – wörtlich.« Er grinste. »Außerdem musst du wirklich aufhören, dich in einem so schlechten Licht darzustellen. Du siehst toll aus. Genau richtig, von oben bis unten. Da ich dich jetzt im Badeanzug gesehen habe, weiß ich haargenau, wovon ich spreche.« Nun kam er doch noch einen Schritt näher und berührte sie sanft an der Wange. »Aber falls dir nach noch mehr Kalorienverbrennen zumute sein sollte, hätte ich da die eine oder andere Idee, wie ich dir assistieren könnte.«

Martinas Blutdruck stieg in ungeahnte Höhen, ebenso wie ihr Puls, und die Stelle, an der Thorsten sie berührt hatte, kribbelte irritierend heftig. »Also, nun ...« Sie knabberte an ihrer Unterlippe. »Das sollten wir vielleicht, also ... Nachher ...« Plötzlich fühlte sie sich hilflos und lächerlich tollpatschig. Hastig griff sie nach dem Handtuch, das an der Garderobe hing. »Ich muss nur erst schnell Capone abtrocknen und ihm sein Futter und frisches Wasser geben und dann ...«

»Martina.«

»Komm her, Capone.« Sie kniete sich hin und begann, das Fell des Hundes trocken zu reiben.

Oh ja, das ist gut! Danke, Frauchen. Dieser Regen ist ja wirklich nervig. Dauernd wird man nass, und dann trieft es überall. Aber das Handtuch tut echt wuffig gut.

»Martina!« Thorstens Stimme klang leicht ungeduldig.

»Ich bin gleich fertig.« Ohne ihn anzusehen, erhob sie sich, hängte das Handtuch wieder an den Haken und eilte in die Küche. Dort schnappte sie sich Capones Näpfe, füllte in den einen frisches Wasser und in den anderen eine großzügige Portion Hundefutter. »Ob er allerdings Hunger hat, weiß ich nicht. Er hat ja dauernd Leckerchen bekommen, bei meinen Eltern bestimmt auch schon.«

»Martina, hör auf damit, und sieh mich an!« Nicht mehr ungeduldig, sondern eindeutig verärgert, griff Thorsten nach ihrem Ellenbogen, nachdem sie die Näpfe wieder auf ihren Platz gestellt hatte.

Das Vögelchen in ihrem Bauch flatterte hektisch im Kreis, stieß sich den Kopf an ihrem Herzen und plumpste einige Stockwerke tief bis in den Keller. »Thorsten, es tut mir leid. Ich wollte nicht ...«

»Untersteh dich und entschuldige dich auch noch.« Oh ja, er schien wirklich wütend zu sein. So wütend, dass sie sich nicht traute, ihm ins Gesicht zu sehen. »Was ist eigentlich mit dir los?«

»Ich weiß auch nicht. Ich dachte nur, weil wir ... Ich ... Aber ...« Verdammt, warum brachte sie keinen vollständigen Satz mehr zustande?

»Habe ich dich irgendwie bedrängt?«

Verblüfft hob sie den Kopf. »Nein. Ich ...«

»Hast du den Eindruck gewonnen, ich wäre nur mit dir zusammen, um dich schnellstmöglich ins Bett zu bekommen?«

»Aber nein ... Natürlich nicht.«

Er runzelte die Stirn. »Warum in aller Welt glaubst du dann, wir müssten das heute unbedingt durchziehen? Wenn du noch nicht dazu bereit bist, dann ist das so. Ich weiß, dass es schwierig für dich ist. Möchte ich gerne mit dir schlafen? Ja, natürlich möchte ich das! Ich denke, das ist nicht zu übersehen. Aber ich werde dich nicht zu etwas drängen, was du nicht willst. Oder noch nicht kannst. Und wenn du es nie kannst, werde ich auch das überleben. Es wird mir nicht gefallen, aber ich gehöre nicht zu den Männern, die einer Frau ihren Willen aufzwingen, ob nun offen oder subtil. Gentleman, du weißt schon.« Während er sprach, hatte er die Arme vor der Brust verschränkt.

»Ja, das weiß ich.« Sie fuhr sich mit beiden Händen durchs Haar, stellte fest, dass ihr geflochtener Zopf sich halb aufgelöst hatte, und zog das Haargummi heraus, um die Locken mit den

Fingern zu entwirren. Sie war froh, damit ihre Hände beschäftigen zu können, die zu zittern begonnen hatten. »Ich weiß, dass du mich nicht ... Dass wir nicht ... Ich wollte nicht ...« Verflixt, sie stotterte nur noch!

»Warum sagst du dann nicht einfach, dass du noch nicht bereit bist und mehr Zeit brauchst?«, unterbrach er sie, noch immer ärgerlich.

»Weil ... Herrje.« Sie legte die Hände an ihre glühenden Wangen und schluckte gegen ihren wilden Herzschlag an. »Ich ... Ich bin eigentlich schon ... Also, ich brauche nicht mehr Zeit.« Ihr Blick irrte im Raum herum, weil sie einfach nicht den Mut aufbrachte, ihn auf Thorstens Augen zu richten. »Ich weiß bloß nicht, wie ...« Sie atmete tief durch. »Ich habe keine Ahnung, was ich als Nächstes tun soll.«

Sie hörte, wie Thorsten geräuschvoll die Luft ausstieß.

Den Blick auf einen Punkt am Boden fixiert, fuhr sie unsicher fort: »Mir fehlt nicht bloß die Übung, weil ich seit sechs Jahren allein bin. Ich hatte im Grunde nie wirklich welche. Also nicht mit – das hört sich jetzt blöd an – verschiedenen Männern. Ich war in meinem ganzen Leben nur mit einem zusammen, und das so lange, dass es gar keine Frage war, wie ... oder auf welche Weise ...« Sie wandte sich ab. »Das ist so was von beschämend. Und erbärmlich. Ich weiß einfach nicht, wie ich es anfangen soll, ohne mich lächerlich zu machen.«

»Hey.« Mit einem Schritt war Thorsten bei ihr und legte seine Arme um sie, zog sie an sich, sodass ihr Rücken seine Brust berührte. »Entschuldige, dass ich dich angeschnauzt habe. Aber auch, wenn ich vielleicht falschlag – du hättest mir etwas sagen können, nein, müssen. Ich weiß, dass die Situation für dich neu und ungewohnt und ziemlich schwierig ist. Aber für mich ist es auch nicht einfach, denn ich kann deine Gedanken nicht lesen.« Er brachte seinen Mund ganz nah an ihr Ohr, sodass sie seinen warmen Atem ebenso spürte wie seine tiefe, leicht raue Stimme. »Wenn du Angst hast, sag: *Ich habe Angst.*

Wenn du nicht weiterweißt, sag: *Ich weiß nicht weiter*. Und wenn du mit mir zusammen sein willst, sag ...«

»Ich will mit dir zusammen sein.« Sie schluckte erneut hart und drehte sich in seinen Armen um. »Und ich habe Angst. Und ich weiß nicht weiter.«

»Okay.« Nun klang seine Stimme eine Spur belegt. Er berührte sie am Kinn, bis sie den Kopf hob und ihm endlich in die Augen sah. Sie waren warm, dunkel und gleichermaßen liebevoll wie verlangend auf sie gerichtet. »Damit kann ich arbeiten.«

***

Als Thorsten Martinas Hände umfasste, spürte er, dass sie zitterten. Trotzdem wirkte sie nicht furchtsam, sondern tatsächlich nur verunsichert. Doch in ihren Augen las er auch noch andere Dinge. Sie spiegelten seine Sehnsucht und sein Verlangen, und das nahm ihm den Atem.

Hinter sich hörte er, wie Capone geräuschvoll sein Trockenfutter kaute und zwischendurch immer wieder von dem Wasser schlabberte. Diese Geräuschkulisse reizte ihn zum Lachen. »Ich glaube, wir ändern zunächst einmal den Schauplatz. Grinsend zog er Martina mit sich in den Flur, blieb dort am Treppenaufgang stehen und wartete ab, was sie tun würde.

Sie warf einen Blick nach oben und schien über etwas nachzudenken. Kurz fuhr sie sich mit der Hand an den Hals, zuckte zusammen und zupfte schließlich an ihrer geblümten Shirtbluse herum.

Abwartend musterte er sie. »Irgendwelche Erinnerungen?«

»Nein.« Sie atmete tief durch. »In diesem Haus gibt es keine direkten Erinnerungen. Als Axel starb, war es noch ein Rohbau. Er hat es nie fertig gesehen. Dieses Haus ist ... meins.« Sie schluckte, dann lächelte sie zaghaft. »Wir sollten nach oben gehen, oder?«

»Wenn du nicht willst, dass ich dich gleich hier auf der Treppe vernasche.« Er zog sie an sich und küsste sie, bis sein Blut zu kochen schien und sie nach Atem rang.

»Vernaschen?« Sie lachte nervös. »Gibt es das Wort überhaupt noch?«

»Auf jeden Fall.« Er glitt mit dem Mund über ihr Kinn hinab bis in ihre Halsbeuge. »Soll ich es dir beweisen?«

»Äh …« Sie erschauerte, als sie seine Zunge auf ihrer Haut spürte. »Vielleicht doch lieber …«

»Oben.« Lächelnd folgte er ihr die Stufen hinauf. In seiner Magengrube verspürte er ein angenehmes Ziehen, das sich bis in seine Herzgegend ausbreitete. Zwar hatte er gehofft, dass Martina ihre Zweifel und Bedenken endlich über Bord geworfen hatte, doch nun tatsächlich am Ziel seiner Träume – dem ersten großen Etappenziel – angelangt zu sein, löste neben Verlangen auch ein überwältigendes Glücksgefühl in ihm aus. Er wollte Martina schon, seit er sie zum ersten Mal gesehen hatte. Aber noch mehr wollte er, dass sie ihn ebenso begehrte. Und vielleicht … vielleicht noch vieles mehr.

Bald. Nur Geduld, ermahnte er sich. Ein Schritt nach dem anderen. Zunächst einmal galt es, den Moment zu genießen – und die Frau, in die er sich unrettbar verliebt hatte, glücklich zu machen. Für diese eine Nacht. Und danach … würden sie weitersehen.

***

Ein wenig ratlos blieb Martina mitten in ihrem Schlafzimmer stehen. Sie fühlte sich aufgewühlt und ein wenig überfordert, und das ärgerte sie. Sie war, verdammt noch mal, eine erwachsene Frau und führte sich auf wie die sprichwörtliche Jungfrau vor dem ersten Mal. Als sie zum ersten Mal mit Axel geschlafen hatte, war sie nicht so verunsichert und ängstlich gewesen. Verdrehte Welt!

»Hast du es dir anders überlegt?« Thorsten zog sie an den Händen zu sich heran und sah sie forschend an.

»Nein.« Ihre Wangen begannen zu glühen. »Nein, habe ich nicht.«

»Gut.« Er ließ ihre Hände los und zog sie stattdessen in seine Arme, küsste sie, erst sanft, dann zunehmend hungriger. Seine Hände glitten über ihren Rücken nach oben bis in ihren Nacken, dann in ihr Haar. »Ich liebe dein Haar. Hatte ich das schon erwähnt?«

Seine Berührungen sandten erregende Schauer über ihren Körper. »Ich ... glaube, du hast so etwas schon hin und wieder erwähnt.«

»Und ich mag, wie du riechst.« Wieder zog er mit den Lippen eine Spur von ihrem Kinn den Hals hinab und saugte leicht an der Stelle, wo ihre Halsschlagader heftig pochte. Gleichzeitig zupfte er an ihrer Bluse, schob sie so weit hoch, dass er die nackte Haut darunter berühren konnte. Seine warmen, ganz leicht rauen Hände verrieten, dass er nicht ausschließlich am Computer arbeitete, und verursachten ihr eine Gänsehaut.

Und endlich – endlich! – erwachte sie aus ihrer Verunsicherung. Als sich ihre Lippen erneut trafen – und diesmal auch ihre Zungen, zerrte sie an seinem Shirt, schob es hoch und half ihm, es auszuziehen. Mit beiden Händen strich sie über seinen Brustkorb, spürte warme Haut, feine Härchen und darunter harte Muskeln. Ein zehrendes Sehnen breitete sich in ihr aus, pochte in ihrer Körpermitte. Instinktiv presste sie sich an ihn, wollte so viel wie nur möglich von ihm spüren.

Thorsten atmete scharf ein, ließ von der Haut an ihrem Rücken ab und umfasste erst ihre Hüfte, dann ihren Po, zog sie noch enger an sich, während ihre Zungen gierig miteinander rangen. Martina spürte seine Erregung sehr deutlich – und ihr Körper antwortete mit einem noch heftigeren Pochen und Ziehen, das sie so zuvor noch nicht erlebt hatte. Wie war es nur möglich, einen Mann derart heftig zu begehren? Wie hatte ihr entgehen können, dass es so etwas gab? Dabei war sie doch früher mit Axel glücklich gewesen. Zufrieden. All das. Aber nicht so. Nicht ... so.

Seltsamerweise lenkte der Gedanke an Axel sie überhaupt nicht ab. Die Erinnerung kam ... und verging genauso schnell wieder. Zurück blieb einzig das Sehnen nach Thorsten tief in ihrem Inneren.

Als er sich erneut an ihrer Bluse zu schaffen machte, zog sie sie rasch über den Kopf und öffnete auch gleich noch den dunkelgrauen Spitzen-BH und streifte ihn ab.

Wieder sog Thorsten zischend den Atem ein, strich mit den Händen über ihre Schultern und Arme hinab, dann wieder hinauf und schließlich auch federleicht über ihre Brüste. Ihre Brustwarzen richteten sich auf und zogen sich zusammen, als seine Fingerspitzen darüber streichelten. Die Berührung sandte winzige Stiche, Feuerblitzen gleich, durch sie hindurch.

»Schön«, murmelte er gegen ihre Lippen. »Perfekt.«

»Ich bin nicht perfekt.« Sie lächelte, als er die Stirn runzelte. »Aber es gefällt mir, dass du es so empfindest.«

»Das tue ich, weil es so ist.« Ein Lächeln erschien auf seinen Lippen. »Davon wirst du mich nicht abbringen.«

»Okay.« Ein seltsames Glücksgefühl durchrieselte sie, irgendwie berauschend, aber auf eine leise Art, kaum fassbar. »Was nun?«

Aus seinem Lächeln wurde ein schalkhaftes Grinsen. »Wenn du mich so fragst – ich hätte da ein paar ausgezeichnete Ideen. Dazu sollten wir aber deutlich weniger anhaben.«

»Das dürfte leicht zu bewerkstelligen sein.« Er konnte seine Überraschung nicht verstecken, als sie auf ihn zutrat und sich an den Knöpfen seiner Jeans zu schaffen machte. Mittlerweile hatte sie vollkommen vergessen, warum sie zuvor so unsicher gewesen war. Sie folgte ihrem Instinkt – und schien damit genau richtigzuliegen, denn als sie ihre Hand unter seinen Hosenbund schob, keuchte Thorsten leise auf und griff gleichzeitig mit seiner linken Hand in ihr Haar und mit der rechten an ihre Brust, liebkoste hier, streichelte dort. Ihre Lippen trafen erneut aufeinander, ihre Zungen umtanzten einander, Leidenschaft traf auf Begehren, aus Begehren wurde heiße Lust. Thorsten öffnete den Knopf an Martinas Jeansshorts und gleich darauf auch den Reißverschluss, und schon streifte er ihr das Kleidungsstück über die Hüften, zusammen mit ihrem Spitzenslip. Sie kickte beides zur Seite und schlüpfte aus ihren halbhohen Sandalen.

Thorsten schmunzelte, als sie auf diese Weise ein wenig kleiner wurde. »Du bist ja ein Zwerg.«

Sie lachte leise. »Nicht perfekt, siehst du. Damit musst du jetzt leben, denn größer werde ich nicht mehr.«

»Den Grad der Perfektion beeinträchtigt deine Körperlänge nicht im Mindesten.« Mit gleichermaßen bewundernden wie hungrigen Blicken betrachtete er sie, zog sie an sich und ließ seine Hände erneut über ihren Rücken bis hinab zu ihrem Po wandern.

Erneut ließ sie ihre Finger in seine Hose gleiten, wo seine Erektion hart gegen den Stoff drückte. Als sie ihn umfasste, stöhnte Thorsten unterdrückt auf und schob sie in Richtung Bett.

※※※

Martina schob ihm die Jeans energisch über die Hüften. Er kickte die Sneakers von den Füßen und entledigte sich hastig der Hose samt Socken. Auch seine blauen Shorts folgten, obwohl er kurz überlegte, sie vorsichtshalber lieber noch etwas länger anzubehalten.

Sie sanken aufs Bett, küssten sich leidenschaftlich. Dann begann er, Martinas Körper genauer zu erforschen. Erst mit Blicken, dann mit den Händen, den Lippen. Als er mit der

Zungenspitze über ihre Brustwarzen strich, spürte er, wie sie vor Erregung erschauerte.

Sie hatte die Augen geschlossen, und um ihre Lippen spielte ein fast unmerkliches Lächeln. Ihre Bauchdecke flatterte leicht, und ihre Finger strichen immer wieder über die Bettdecke, auf der sie lag, über seine Arme, seine Schultern, während er mit dem Mund verschlungene Pfade über ihren Körper zeichnete, mehr von ihr sah, roch, schmeckte. Schon nach kurzer Zeit war ihm, als würden ihr Geruch und ihr Geschmack durch sein aufgeheiztes Blut rauschen.

Unterhalb ihres Bauchnabels nahm er sich besonders viel Zeit, küsste, leckte, knabberte, fuhr mit dem Zeigefinger die Rundungen ihrer Hüfte und ihrer Oberschenkel nach. Er konnte hören, sehen und spüren, wie sie sich ganz allmählich anspannte. Nicht furchtsam, sondern erwartungsvoll. Sie war in diesem Moment gefangen, so wie er es sich erhofft hatte. In seinem Unterleib pulsierte das Blut mittlerweile fast schon unangenehm heftig, doch er wollte die süße Qual sowohl für sie als auch für sich selbst noch ein wenig verlängern. Ganz abgesehen davon, dass er ... »Verdammt!«

»Was ist?« Überrascht öffnete Martina die Augen und runzelte die Stirn, als er in einer Mischung aus Erheiterung und Verzweiflung das Gesicht verzog. »Stimmt etwas nicht?«

»Nein, schon gut. Ich muss nur noch mal aufstehen und die Tüte suchen, die ich heute von der Drogerie mitgebracht habe.«

»Die habe ich ins Bad gestellt.« Sie schmunzelte. »Du hast Kondome mitgebracht. Ohne mir etwas davon zu sagen – oder mich zu fragen.«

»Ich dachte nur ...« Er grinste. »Sicher ist sicher. Im wahrsten Sinne des Wortes.« Widerstrebend richtete er sich auf. »Ich hätte vorhin daran denken sollen.«

»Warte.« Sie hielt ihn am Arm fest. »Wir ... Also, wenn aus deiner Sicht nichts dagegenspricht, können wir auch ohne ...

Ich, also ich verhüte schon seit vielen Jahren auf natürliche Weise. Nicht dass ich es die letzten Jahre gebraucht hätte, aber schon nach Annikas Geburt habe ich damit angefangen ... Ich kenne meinen Zyklus ziemlich genau, und im Augenblick kann ich nicht schwanger werden.«

»Du ...« Verblüfft rückte er wieder dicht neben sie. »Bist du dir da ganz sicher? Ich meine ... auf natürliche Weise?«

»Ja, das ist recht einfach, wenn man sich an ein paar Regeln hält. Ich habe vor einiger Zeit sogar eine Frauengruppe hier im Ort dazu ins Leben gerufen, und wir sind inzwischen fast dreißig Mitglieder.«

»Eine Frauengruppe.«

Sie kicherte. »Ist jetzt egal. Und wie das mit der natürlichen Verhütung funktioniert, erkläre ich dir vielleicht besser ein andermal.«

»Ja, vielleicht ist das besser.« Er drückte sie sanft auf das Bett zurück und küsste sie. »Du bist wirklich ...«

»Vollkommen sicher.«

»Okay.« Er schluckte und spürte eine neue Welle der Erregung aufbranden. »Ich bin auch schon eine Weile enthaltsam gewesen. Und davor nur mit ... Schutz ...« Er stöhnte unvermittelt auf, als sie ihn mit ihren zarten Händen zu streicheln begann. »Das ... ist ... brandgefährlich ...«

»Darauf hatte ich gehofft.« Lächelnd fuhr sie fort, nun ihrerseits seinen Körper zu erforschen. Erst nur mit den Händen, bald jedoch nahm auch sie Lippen und Zunge zu Hilfe, bis er sich ihr energisch entziehen musste, um die Sache nicht schon zu beenden, bevor sie überhaupt richtig begonnen hatte.

»Du hast wirklich etwas Heimtückisches an dir.« Grinsend streichelte er über ihre Hüfte, ihren Oberschenkel und wagte sich endlich auch zu den glatten weichen Innenseiten ihrer Schenkel vor. Das Blut stach in seinem Unterleib, als sie die Beine etwas spreizte. Er spürte ihre Wärme und einladende

Feuchtigkeit. Lust wallte noch heftiger in ihm auf, ließ ihn Sternchen sehen.

Martinas Seufzer wurden zu einem Stöhnen, als er begann, sie intensiver zu streicheln. Sie bäumte sich auf. Und ihre ungehemmte Reaktion ließ ihn beinahe die Kontrolle über sich verlieren. Er spürte, wie sie nach seinen Schultern griff; ungeduldig forderte sie ihn auf, zu ihr zu kommen. Als er sich zu ihr hinunterbeugte, auf seine Unterarme abgestützt auf ihr lag, schlang sie ihre Beine besitzergreifend um seine Hüften und drängte sich ihm entgegen. Ihre Augen waren geschlossen, doch als er sie erneut küsste, öffnete sie sie und sah ihm unverwandt ins Gesicht.

Sein Herz pochte hart und einem Trommelwirbel gleich gegen seine Rippen. Er näherte seine Lippen wieder den ihren, hielt kurz inne. »Bereit?«

Ihr Nicken war kaum merklich, doch ihr Blick hatte sich verdunkelt und spiegelte all das Begehren wider, das er selbst verspürte. Als sich ihre Lippen trafen, drang er langsam, behutsam, in sie ein. Ihm wurde beinahe schwindelig vor Anstrengung, sich zurückzunehmen, doch er wollte sie auf keinen Fall überfordern. Zwischen ihnen stieg eine Art Hitzewelle auf, Lust toste durch seine Adern, betäubte sein Hirn. Als er sie zur Gänze ausfüllte, hielt er inne, wartete ab, damit sie sich an ihn gewöhnen konnte.

***

Martina kam es vor, als wären sie beide in diesem Moment nicht von dieser Welt. Sie spürte nichts um sich herum, nur Thorsten. Tief in ihr gefangen harrte er aus, abwartend. Die Empfindungen, die er in ihr auslöste, waren die reinste Tortur und zugleich so süß, so erregend, dass sie es schon nach einigen Atemzügen kaum noch aushielt. Das Blut rauschte heiß durch ihre Adern, in ihrer Körpermitte pochte und zerrte es herrlich.

Als er sich jedoch nicht rührte, einfach weiter abwartete, bewegte sie sich unter ihm, drängte ihm entgegen, umschloss ihn in ihrem Inneren. Sie wollte es, jetzt. Mehr.

Er stöhnte, als sie ihn mit ihren Bewegungen zu einer Reaktion herausforderte. Gierig verschloss er ihren Mund mit seinem, suchte und fand ihre Zunge, bewegte sich mit dem Rhythmus, den sie vorgab, bis er seinen eigenen fand, schneller in sie stieß, kraftvoller.

Mit leichtem Druck ihrer Beine schaffte sie es, ihn dazu zu bewegen, dass er sich auf den Rücken legte. Martina setzte sich auf, nahm ihn erneut in sich auf und bestimmte nun selbst den Rhythmus. Wie sie es liebte, die Führung zu übernehmen und ihm damit sichtlich den Verstand zu rauben! Sie hielt inne, bewegte sich nur noch langsam, träge, bis sie die Qual der Lust kaum noch aushielt. Er zog sie zu sich hinab, küsste sie wild, gierig, drehte sie mit Schwung wieder auf den Rücken. Jetzt spürte sie nur noch, fühlte, wollte.

Sie zog seinen Kopf zu sich herab, wollte keinen Millimeter Luft zwischen ihnen beiden zulassen. Wild stieß er in sie, ebenso wild küssten sie sich, bis sie spürte, wie er sich anspannte, immer mehr, sein Atem ging schnell, stoßweise, so wie ihrer. Auch sie spannte sich an – und als sie für einen Moment lockerließ, brauste zusammen mit seinem nächsten Stoß der Höhepunkt über sie hinweg, wie eine Flutwelle, der sie hilflos ausgeliefert war.

Ihr Aufschrei wurde von seinem leidenschaftlichen Kuss gedämpft und mischte sich nur Augenblicke später mit dem tiefen Stöhnen, das sich Thorstens Kehle entrang, als er seine Beherrschung aufgab und ihr in die wirbelnde Flutwelle folgte.

✻✻✻

Martinas Herz raste, immer noch hörte sie ihr eigenes Blut in den Ohren rauschen und bis in ihre Fingerspitzen kribbeln.

Thorsten lag schwer halb auf, halb neben ihr, das Gesicht in ihrer Halsbeuge verborgen, die Finger seiner linken Hand in ihrem Haar vergraben. Am liebsten wäre sie bis in alle Ewigkeit exakt so liegen geblieben. Denn sie fühlte sich wundervoll. Leicht wie eine Feder und doch schwer wie Blei. Befriedigt und doch immer noch ein wenig erregt. Befreit und zugleich gefangen von einem berauschenden Gefühl: Sie war glücklich.

»Alles okay bei dir?« Thorstens Stimme klang dumpf, weil er den Kopf zum Sprechen nicht hob. »Du bist so still.«

»Das liegt daran, dass mir die Worte fehlen.« Lächelnd streichelte sie über seine Schulter, seinen Arm, seinen Rücken. Und ganz plötzlich, ohne dass sie es verhindern konnte, rannen ihr Tränen aus den Augen, über ihre Wangen und Schläfen. »Mist!«

Erschrocken hob Thorsten den Kopf. »Was hast du? Warum weinst du?«

»Ich weiß nicht.« Sie lächelte immer noch. »Vielleicht habe ich gerade meinen Verstand verloren.« Umständlich wischte sie sich mit dem Handrücken über die Augen, doch es half nichts.

»Geht es dir wirklich gut?« Besorgt musterte Thorsten sie und streichelte mit dem Daumen über ihre tränennassen Wangen.

»Ja, ganz bestimmt.« Sie schluckte gegen die Enge in ihrer Kehle an. »Ich bin nur so …« Überwältigt schlang sie ihre Arme um seinen Hals, zog ihn ganz fest an sich. »Es geht mir gut, wirklich. Ich glaube, ich vertrage nur diese Überdosis Glückshormone nicht. So was ist meinem Körper fremd.«

Thorsten lachte ganz nah an ihrem Ohr. »Dann sorgen wir dafür, dass er sich daran gewöhnt.« Er küsste sie auf die empfindliche Stelle hinter ihrem Ohr. »Meiner fühlt sich übrigens auch ganz fantastisch.« Lächelnd hob er den Kopf wieder. »Du bist eine unglaubliche Frau, Martina. Das wusste ich schon vom ersten Moment an, aber jetzt habe ich den Beweis. Nur solltest du eines gleich vorneweg wissen. Eine Warnung sozusagen.« Er hielt mit vielsagender Miene inne.

»Und was ist das?« Neugierig erwiderte sie seinen Blick.

Sein Lächeln vertiefte sich. »Wenn ich etwas so Wunderbares finde, behalte ich es in aller Regel und gebe es nicht wieder her. Da bin ich ziemlich egoistisch.«

Ihr Herz zuckte leicht, und das Vögelchen übte mal wieder Loopings in ihrem Bauch. Doch eines fehlte diesmal: Sie verspürte weder Reue noch ein schlechtes Gewissen. Deshalb erwiderte sie sein Lächeln uneingeschränkt. »Tja, da gibt es nur ein Problem. Ich bin kein Etwas, sondern eine Person.«

»Ich weiß. Du bist die schönste, interessanteste, klügste und besonderste Frau, die mir je begegnet ist. Meine Regel wende ich deshalb auch auf dich an – wenn du es mir erlaubst.«

»Ich glaube nicht, dass ich dagegen etwas einzuwenden habe.« Sie schluckte schon wieder, weil ihre Augen erneut brannten und sie vor lauter Glück kaum Luft bekam. »Aber ich muss dich auch warnen. Mich gibt es nur im Dreierpack, das ist dir hoffentlich klar. So etwas wie jetzt, dass wir ein ganzes Wochenende für uns haben, kommt extrem selten vor.«

»Ich wäre traurig, wenn es anders wäre.« Er beugte sich über sie und küsste sie zärtlich. »Deine Kinder sind nämlich klasse, und ich würde sie gern noch viel besser kennenlernen.«

»Sie mögen dich, und seit dem Besuch im Feuerwehrhaus bist du sogar ihr Held.« Sie runzelte die Stirn. »Besonderste?«

Er lachte leise. »Bitte keine Beschwerden über meine Wortkreationen. Mein Gehirn ist noch von einem ziemlich gefährlichen Hormoncocktail benebelt.«

»Gefährlich?«

Grinsend ließ er seine Finger um ihre rechte Brust kreisen, zupfte spielerisch an der aufgerichteten Spitze, bis sie sich zusammenzog. »›Gefährlich‹ ist gar kein Ausdruck. Höchstes Suchtpotenzial und verursacht erotische Fantasien.«

»Ach ja?« Interessiert musterte sie ihn. »Was für welche denn?«

Sie stieß einen überraschten Schrei aus, als er sie packte und sich mit ihr herumrollte, bis sie auf ihm zu liegen kam. »Das wirst du schon sehen, mein Liebling, denn ich werde dich an jeder einzelnen teilhaben lassen.«

17. Kapitel

»Nun bleib doch mal einen Moment stehen!« Lachend hielt Hannah Martina am Arm fest, als diese zum ungezählten Mal quer über den von Jahrmarktbuden belagerten Marktplatz laufen wollte, um überall nach dem Rechten zu sehen. »Du hast jetzt Feierabend. Der Festumzug ist perfekt gelaufen, wir sind alle nur einmal nass geworden, und jetzt scheint die Sonne wieder. Also mach mal Pause, und trink ein Bierchen.« Auffordernd hielt sie Martina ihre frisch geöffnete Flasche hin.

»Nein danke, ich will kein Bier.« Widerstrebend gesellte Martina sich zu Hannah und deren beiden besten Freundinnen Ella und Caroline, mit denen sie gemeinsam den Cateringservice *Die Foodsisters* ins Leben gerufen hatte. »Aber eine Cola light wäre jetzt nicht übel.«

»Kriegst du sofort.« Hannah drehte sich um und winkte einem der drei jungen Männer, die im Getränkepavillon Dienst taten. »Mario, gib meiner Schwester mal eine Cola light, die geht auf mich.«

»Kommt sofort.« Mario war groß und schlaksig und musste in dem Pavillon immer wieder den Kopf einziehen, um sich nicht an einer der Deckenstreben oder den Lampen zu stoßen. »Hier, bitte sehr.« Er reichte Martina die eisgekühlte Flasche, an der das Wasser herabperlte. »Wo hast du denn Capone gelassen? Allein zu Hause?«

»Um Himmels willen, nein.« Lachend nahm Martina das Getränk entgegen. »Da würde er garantiert wieder irgendwas aushecken oder Chaos stiften. Im Moment liebt er Schrank- und Schubladengriffe über alles. Eine oder zwei Stunden

Alleinsein schafft er schon, aber alles, was darüber hinausgeht, wird gefährlich für meine Einrichtung.«

»Da müsst ihr also noch viel üben.«

»Und wie! Thorsten hat ihn heute Vormittag mitgenommen, und soweit ich weiß, hat sich während des Umzugs seine Mutter um den Hund gekümmert. Ich müsste eigentlich mal schauen, wo sie steckt, und sie von ihrer Pflicht entbinden.« Schon wollte sie wieder loshetzen, doch Hannah hielt sie erneut am Arm fest.

»Nix da, Schwester. Du bleibst schön hier, bis du ausgetrunken und in den Feierabendmodus geschaltet hast.«

»Ich muss aber noch … Okay, okay«, gab Martina sich geschlagen, als sie die feixende Miene ihrer jüngeren Schwester sah. »Aber eigentlich ist es meine Pflicht, mich um den reibungslosen Ablauf des Stadtfestes zu kümmern. Immerhin hat man mir die Organisation übertragen.«

»Läuft doch alles wie geschmiert«, befand Ella und schüttelte ihr langes pechschwarzes Haar. In ihren blauen Augen funkelte es vergnügt. »Ich sehe nicht, wo du dich gerade kümmern müsstest. Schnapp dir mal lieber deinen neuen Loverboy und mach dir eine schöne Zeit.«

»Loverboy?« Entsetzt starrte Martina die Freundin ihrer Schwester an.

Ella grinste breit. »Okay, ich gebe zu, ein Boy ist dein Thorsten schon lange nicht mehr. Aber ein guter Lover bestimmt. Gib's zu!«

Martina wurde rot. »Ich wüsste nicht, was dich das angeht.«

»Das geht mich eine Menge an, weil du nämlich meine große Ersatzschwester bist und mir viel an deinem Wohlergehen liegt. Und seit drei Wochen strahlst du wie ein Honigkuchenelefant. Also scheint Thorsten irgendwas ziemlich richtig zu machen.« Sie hielt bedeutsam inne, blickte sich im Kreis um. »Und umgekehrt ebenso, denn dein Thorsten kriegt das Dauergrinsen auch nicht mehr aus dem Gesicht.«

Hannah nickte zustimmend. »Ist mir auch schon aufgefallen, und, ganz ehrlich, das wurde auch langsam Zeit. Du hast den armen Mann ein ganzes Jahr am langen Arm vertrocknen lassen.«

»Was habe ich?« Empört schüttelte Martina den Kopf. »Das stimmt doch gar nicht.«

»Hast du – oder hast du ihm nicht letztes Jahr um diese Zeit einen ziemlich drastischen Korb gegeben?« Hannah neigte den Kopf ein wenig zur Seite. »Wenn man der Gerüchteküche Glauben schenken darf, waren es sogar mehrere.«

»Deshalb ist er aber noch lange nicht vertrocknet.«

»Zu deinem Glück nicht.« Ella lachte. »Aber eins steht fest: Ich hätte mich bei so einem Mann nicht derart lange beherrschen können.«

»Pfff.« Caroline, die dem Gespräch bisher nur amüsiert gefolgt war, winkte ab. »Du beherrschst dich doch schon mal grundsätzlich nicht, wenn es um Männer geht.«

»Na und?« Ella zuckte gleichmütig mit den Achseln. »Wenn mir einer gefällt, teste ich ihn nun mal an.«

»Du testest ihn an?« Caroline runzelte die Stirn. »Was ist das denn für ein Ausdruck?«

»Genau der passende.« Ella grinste wieder. »Mit Männern ist es wie mit Eiscreme. Um herauszufinden, welches deine Lieblingssorte ist, musst du erst alle Varianten probiert haben.«

Caroline stöhnte übertrieben auf, musste gleichzeitig aber lachen. »Verschone mich mit deiner verdrehten Philosophie. Das ist doch nur eine Ausrede, um jeden Abend mit einem anderen Kerl zu flirten.«

»Lass sie doch.« Hannah legte Ella einen Arm um die Schultern. »Ich wünschte, ich hätte nur halb so viel Erfolg bei Männern wie Ella, dann hätte ich meinen Mr. Right bestimmt schon längst gefunden. Aber die glauben ja alle, ich wäre noch minderjährig und dass sie sich strafbar machen, wenn sie mich nur ansehen. Da kann ich suchen, wie ich will, ich werde nie den richtigen Mann finden. Insofern hat Ella es wirklich tausendmal besser, Philosophie hin oder her.«

»Nur mit dem Unterschied, dass ich gar nicht auf der Suche nach Mr. Right bin.« Ella schnappte sich ihr noch halb volles Weinglas vom Tresen und nippte daran. Dabei machte sie ein paar Schritte rückwärts, ohne darauf zu achten, was hinter ihr geschah. Zu spät vernahm sie die dunkle Männerstimme, die Anweisungen rief.

»Ein bisschen nach links! Langsam! Vorsicht, Leute, der Festwagen muss hier durch!«

»Pass auf, Ella!« Martina griff nach der Hand der Freundin, um sie aus dem Weg zu ziehen, doch da war es bereits zu spät. Der hochgewachsene blonde Mann in Feuerwehrhose und -T-Shirt, der rückwärts gehend einen riesigen Feuerwehrfestwagen aus Pappmaschee samt Zugmaschine im Schritttempo über den Marktplatz dirigierte, stieß unsanft mit Ella zusammen. Der Rotwein aus ihrem Glas ergoss sich breitflächig über ihre rosa Bluse.

»Huch!« Erschrocken wirbelte Ella herum und prallte zurück, als sie vor sich nicht nur den blonden Mann, sondern auch einen riesigen grünen Traktor sah, dessen vordere Reifen so hoch waren wie sie selbst. »Du liebe Güte, Jörn! Musste das sein?« Gequält verzog sie ihr Gesicht und zupfte an ihrer Bluse herum, auf der nun ein dunkelroter Fleck prangte. »So ein Mist, das Teil ist ganz neu.«

Auch Jörn drehte sich um, jedoch deutlich geruhsamer. Abschätzend musterte er Ella. »Ich habe laut und deutlich auf mich aufmerksam gemacht – und auf den Festwagen. Kann ich etwas dafür, wenn du Tomaten auf den Ohren hast? Außerdem ist ja wohl auch der Trecker kaum zu überhören.«

»Das sagst du so.« Betrübt blickte Ella an sich hinab. »Jetzt könnte ich wohl höchstens beim Wet-T-Shirt-Contest etwas reißen.« Seufzend knöpfte sie die Bluse auf und zog sie einfach aus. Darunter trug sie ein sehr knappes dunkelblaues Top. Es hatte jetzt zwar auch einen großen nassen Fleck, aber zumindest sah man darauf nicht, dass es Rotwein war. Ringsum pfiffen ein paar Männer anerkennend durch die Zähne.

»Und was wird das jetzt? Ein Striptease?« Stirnrunzelnd musterte Jörn sie. »Nicht dass du noch ein öffentliches Ärgernis erregst.«

»Wohl kaum. Wie man sieht, ärgert sich hier niemand über meinen Anblick.« Ella hatte sich von ihrem ersten Ärger schon wieder erholt und lächelte Jörn übertrieben schmelzend an. »Das Ärgernis bist eher du. Warum muss das Ungetüm denn ausgerechnet jetzt hier mitten durch die Menge fahren?«

Jörn hob die Schultern. »Weil es hinten auf dem Parkplatz nicht stehen bleiben kann. Also bringen wir es zurück zu der Scheune, in der es bis nächstes Jahr Unterschlupf finden wird. Wenn wir das nicht tun, bist du die Erste, die sich beschwert, weil ihr Auto auf dem Parkplatz blockiert wird.«

»I wo, ich beschwere mich nicht.« Ella strich sich eine schwarze Haarsträhne hinters Ohr. »Ich kann eh nicht mehr fahren, aber ich bin sicher, ich würde, wenn ich wollte, ganz schnell einen netten Kerl finden, der mich nach Hause bringt.«

Einige der umstehenden Männer lachten und bestätigten ihre Aussage.

Sie grinste breit. »Siehste.«

Spöttisch verzog Jörn die Lippen. »Und anstelle von Fahrgeld bezahlst du dann in Naturalien, oder was?«

»Wer weiß, vielleicht?« Mit blitzenden Augen drückte sie ihm ihre Bluse in die Hände. »Aber zuerst einmal bezahlst du – und zwar für die Reinigung.«

Auf Jörns Stirn entstand eine steile Falte. »Du hast sie wohl nicht alle.«

»Wer hat mich denn angerempelt?«

Seine Miene verfinsterte sich. »Du hast nicht aufgepasst.«

»Seid ihr mal langsam fertig mit Quasseln?« Der Fahrer des

Traktors, Jörns Vater, beugte sich aus dem Seitenfenster. »Oder sollen wir hier festwachsen?«

»Mama, Mama, guuuck mal! Ich fahre Treeecker!« Heftig winkend beugte auch Basti sich aus dem Fenster.

Verblüfft trat Martina an das Ungetüm heran. »Nanu, dich sehe ich ja jetzt erst. Wo ist denn Annika? Ich dachte, ihr seid bei Oma und Opa.«

»Annika ist dahinten irgendwo mit Thorsten. Er hilft nämlich mit der Feuerwehr, weil der Wagen hier wegmuss, und Annika wollte auch mithelfen, ganz hinten, damit keiner überfahren wird. Aber ich wollte lieber hier oben mitfahren.«

»Ich hab's ihm erlaubt.« Jörns Vater, Eric Paulsen, nickte Martina freundlich zu. »Ich hoffe, du hast nichts dagegen. Der Lütte hat seinen Heidenspaß hier oben. Ist ja der Trecker von meinem Jüngsten, und ich pass schon auf, dass nichts drankommt. Weder an den Trecker noch an den Jungen.«

»Ist schon in Ordnung.« Lächelnd winkte Martina ihrem Sohn noch einmal zu, wurde dann aber von Jörn abgelenkt, der versuchte, Ella die Bluse zurückzugeben. Sie weigerte sich jedoch und behauptet stur, er sei an dem Zusammenstoß schuld und müsse das Kleidungsstück deshalb reinigen lassen.

»Für so was habe ich jetzt keine Zeit.« Verärgert musterte er die rosa Bluse. »Du siehst doch, dass ich beschäftigt bin.«

»Ich hab ja auch nicht gesagt, du sollst sie heute noch in die Reinigung bringen. Die ist samstags eh geschlossen.« Ella lächelte breit, als ein Mann mit hellbraunem Haar hinter sie trat und ihr die Arme um die Taille legte.

»Also ich stelle mich gerne zur Verfügung, falls du jemanden suchst, der die Reinigung übernimmt. Ich könnte bei der Gelegenheit auch gleich dich mit reinigen. So schön unter der Dusche mit viel Schaum ...«

»Na klar, das hättest du wohl gerne.« Lachend lehnte Ella sich gegen die Brust des Mannes und legte ihre Hände locker auf seine Unterarme. »Aber Hanno, Schätzchen, du weißt doch, dass ich nicht mit Lichterhavener Eingeborenen unter die Dusche hüpfe. Auch wenn die Sache mit dem Schaum verführerisch klingt.«

»Vielleicht kann ich dich ja irgendwann doch noch umstimmen.« Spielerisch zupfte Hanno an dem dünnen Träger ihres Tops.

»Die Wahrscheinlichkeit ist ganz, ganz gering, mein Süßer.« Lachend löste sie sich wieder von ihm. »Ich habe ja nun wirklich nur wenige Regeln, an die ich mich halte, aber die mit den eingeborenen Männern steht an oberster Stelle.« Sie wandte sich wieder Jörn zu. »Nun sei kein Ei. Du hast mich fast umgerannt, also sieh bitte zu, wie du den Rotweinfleck wieder aus der Bluse herausbekommst.«

»Du gibst ja wohl sonst keine Ruhe.« Missmutig beäugte Jörn die Bluse noch einmal, dann stopfte er sie einfach in die große Beintasche seiner Feuerwehrhose.

»Hey!« Ella schlug ihm halb empört, halb erheitert, mit der flachen Hand gegen den Oberarm, dann grinste sie und kniff ihn in den Bizeps. »Wow, der Mann aus Stahl. Da könnte ich glatt schwach werden.«

Jörn schob sie sanft, aber bestimmt beiseite. »Halt mich aus deinen Spielchen raus, Ella. Außerdem bin ich der Prototyp des Eingeborenen. Meine Familie lässt sich in Lichterhaven bis ins vierzehnte Jahrhundert zurückverfolgen.«

»Ja, Ella, die Paulsens sind Lichterhavener Urgestein.« Kichernd reichte Caroline ihrer Freundin ein frisch gefülltes Weinglas. »Hier, trink das, und lass den Mann aus Stahl in Ruhe, damit er seines Amtes walten kann.«

»Du bist seine Cousine, also musst du dich wegen Befangenheit heraushalten.« Heiter prostete Ella erst Jörn, dann ihren Freundinnen zu. »Auf ein wunderbares Stadtfest und einen gelungenen Festumzug. Martina, du bist die perfekte Organisatorin.«

»Danke.« Martina lachte. »Jetzt hast du Jörn verjagt.«

»Macht nichts.« Ella winkte ab. »Er wäre sowieso nicht geblieben. Alles, was mit der Feuerwehr zu tun hat, geht vor. Und offenbar auch dieser Wahnsinns-Festwagen. Wer hat den überhaupt gebaut?«

»Na, Jörn.« Martina stellte ihre leere Colaflasche auf den Tresen des Pavillons. »Mario, gib mir bitte noch eine. Wer mag noch etwas trinken?« Fragend blickte sie in die Runde und gab die Wünsche ihrer Freundinnen rasch an Mario weiter. »Genauer gesagt haben Jörn und seine Feuerwehrtruppe daran gearbeitet. Sein Bruder hat wohl auch mitgeholfen, und den Entwurf samt Maßzeichnungen hat Lars angefertigt.«

»Ist nicht wahr.« Ella blickte dem langsam davonrollenden roten Pappmaschee-Ungetüm mit großen Augen nach. »Das Teil ist unglaublich. Da hätte ich ihm ja glatt meine Bewunderung aussprechen müssen.«

»Lieber nicht.« Caroline gluckste erheitert. »Die Sache mit deiner Bluse hat ihm schon den Rest gegeben. Ich glaube nicht, dass er sich über deine Lobeshymnen gefreut hätte. Ihr zwei seid einfach nicht kompatibel. Wart ihr noch nie.«

»Na und? Ehre, wem Ehre gebührt.« Ella zuckte mit den Achseln. »Na ja, so wichtig ist es dann wohl doch nicht. Und nächstes Jahr wird er mit dem Wagen bestimmt wieder am Umzug teilnehmen. Dann ist immer noch Zeit, ihn zu loben.« Sie wandte sich an Martina. »Die Idee, das Fest auf eine ganze Woche auszuweiten, ist übrigens einsame Spitze. Ich hoffe, ihr belasst es zukünftig dabei. Auf diese Weise ziehen wir noch viel mehr Touristen nach Lichterhaven.«

»Wir müssen abwarten, wie sich das Fest entwickelt.« Martina sah sich einigermaßen zufrieden auf dem Marktplatz um. »Wenn es so bleibt wie heute, werden wir die sieben Tage wohl beibehalten. Kommendes Jahr sowieso, denn da feiern wir gleichzeitig das hundertfünfzigjährige Bestehen der Feuerwehr. Das wird noch größer aufgezogen, und wir laden alle Feuerwehren aus dem näheren und weiteren Umkreis ein.«

»Was für Aussichten!« Ellas Augen funkelten vergnügt. »Eine ganze Stadt voller hübscher Feuerwehrleute. Da werden die Touristinnen sich aber freuen.«

»Du wohl auch.« Hannah stieß Ella mit dem Ellenbogen an. »Du willst ja nur neue Kerle abchecken.«

»Und wennschon.« Ella winkte ab. »Wenn der eine oder andere dabei ist, der mir gefällt, ist das doch praktisch. Und wenn nicht – ich bin ja nicht mannstoll oder so. Ich flirte nur gerne.«

»Ja, ja, schon klar.« Grinsend hakte Hannah sich bei ihr unter. »Lass mir bitte ein paar Männer übrig. Ich versuche auch auszusehen, als wäre ich tatsächlich siebenundzwanzig und nicht erst siebzehn.«

Ella küsste sie auf die Wange. »Ich gebe die Info getreulich weiter. Aber du solltest dich freuen, dass du so gute Gene hast. Wenn wir alle schon runzelig und wabbelig sind, wirst du immer noch aussehen wie der taufrische Morgen. Ich wäre darüber nicht traurig.«

»Schlüpf mal für ein paar Tage in meine Haut, dann redest du anders.« Mit gespreizten Fingern fuhr Hannah sich durch ihr kurzes, leuchtend rotes Haar. »Was soll's! Frau kann auch ohne Mann glücklich sein und ein erfülltes Leben führen.«

»Da hast du vollkommen recht«, pflichtete Martina ihr bei. »Ein Mann sollte nicht der Hauptgrund für eine Frau sein, ein erfülltes Leben zu leben.«

»Das sagt die Richtige.« Hannah kicherte, als in diesem Moment Thorsten hinter Martina auftauchte, sie von hinten umarmte und ihr einen Kuss auf den Hals gab. »Jetzt hätte ich dir gerne einen Spiegel vorgehalten, große Schwester. Von wegen der Mann ist kein Grund.«

»Kein Grund wofür?« Neugierig blickte Thorsten in die Runde, ohne Martina loszulassen.

»Für eine Frau, um glücklich zu sein«, antwortete Martina und spürte, wie ihre Wangen sich verräterisch erwärmten.

»Also nicht der Hauptgrund. Nicht dass du mich falsch verstehst. Ich denke bloß, dass eine Frau ihr Glück nicht einzig und allein von einem Mann abhängig machen sollte. Das musste ich auch erst lernen.« Sie schluckte und biss sich verlegen auf die Unterlippe, weil Thorsten sie erneut in die Halsbeuge küsste und dann an ihrem Ohr zu knabbern begann. »Was machst du denn da?«

»In deiner Rangliste wenigstens ein paar Stufen aufsteigen.«

Sie schluckte und spürte, wie sich eine Gänsehaut auf ihrem Körper ausbreitete. »Ich habe ja nicht gesagt, dass du mich nicht glücklich machst.«

»Hört, hört!« Hannah strahlte wie ein kleines Kind. »Meine große Schwester ist glücklich. Endlich!«

Die Freundinnen und sogar ein paar Unbeteiligte, die in der Nähe standen, jubelten und applaudierten.

Martinas Wangen glühten mittlerweile. »Großer Gott, wir sind die Jahrmarktsattraktion!«

»Gern geschehen.« Lachend nahm Thorsten ihr die Cola light aus der Hand und nahm einen großen Schluck.

»Mama, guck mal! Ich hab der Feuerwehr geholfen und einen Helm bekommen.«

Annika drängte sich neben Martina und zupfte aufgeregt an ihrer Hand. »Den hat Jörn mir gegeben und gesagt, wenn ich in die Jugendfeuerwehr aufgenommen werde, darf ich ihn behalten.«

»Das ist ja super.« Martina strich ihrer Tochter über den Rücken. »Aber die Aufnahme findet erst nach den Sommerferien statt.«

»Das passt schon.« Thorsten klopfte spielerisch mit den Fingerknöcheln gegen den Feuerwehrhelm. »Sie kann ihn solange übungsweise behalten.«

»Mensch, der steht dir ja unglaublich gut!« Ella ging vor Annika in die Hocke und musterte sie bewundernd. »So was von chic. Das wird der letzte Schrei diesen Sommer.«

»Echt, findest du?« Annika strahlte vor Begeisterung. »Ich hab geholfen, dass die Leute Abstand zu dem Wagen halten, damit niemand umgefahren wird. Vor allem die kleinen Kinder nicht. Da muss man total aufpassen und seine Augen überall haben.« Sie setzte eine altkluge Miene auf. »Thorsten hat gesagt, ich bin für solche Aufgaben perfekt geeignet, weil ich nämlich eine natürliche Auto…ri… Wie war das noch mal?« Fragend blickte sie zu Thorsten auf.

»Eine natürliche Autorität.« Sichtlich stolz blickte er auf das Mädchen hinab. »Die hast du wirklich. Und du bist ganz ruhig und unaufgeregt geblieben. Perfekte Voraussetzungen für eine Feuerwehrfrau.«

»Ja, genau.« Mit wichtigem Gesichtsausdruck nickte Annika. »Und wenn ich groß bin, mache ich alle Kurse, die du auch gemacht hast. Und dann werde ich auch so gut wie du und außerdem auch Wehrführerin.«

»Wow, das sind ja Pläne!« Beeindruckt blickte Hannah von Annika zu Thorsten und dann zu Martina. »Da wird Jörn sich aber freuen, dass er bereits eine Nachfolgerin hat, falls er mal irgendwann aufs Altenteil wechselt.« Sie stieß Thorsten leicht mit dem Ellenbogen an und senkte die Stimme, obwohl Annika mittlerweile mit Ella in ein Gespräch vertieft war. »Die Kleine hat ihren großen Helden in dir gefunden. Ich hoffe, du weißt, was das bedeutet.«

Thorsten schob sich an Martinas Seite und ließ einen Arm fest um ihre Hüfte gelegt. »Sie ist ein tolles Mädchen. Sehr klug und ihrer Mutter extrem ähnlich. Nicht nur optisch. Eine Macherin.« In seiner Stimme schwang so viel Stolz und Zuneigung mit, dass Martinas Kehle sich zuschnürte. »Ich bin gerne ihr Held.« Er kniff Martina spielerisch in die Seite. »Wenn ich schon nicht deiner sein darf.«

»Davon war nie die Rede!« Martina versuchte immer noch, gegen den Anflug von melancholischem Überglück anzukämpfen – anders vermochte sie es nicht zu bezeichnen, dass ihr dauernd die Tränen kommen wollten. »Ich meinte eben nur, dass eine Frau nicht ...«

»Ich habe dich schon verstanden.« Er lächelte ihr warm zu. »Und ich gebe dir vollkommen recht. Keine Frau – und auch kein Mann, wenn ich das mal hinzufügen darf – sollte sich selbst aufgeben müssen, um einen anderen Menschen glücklich zu machen oder um zu versuchen, dadurch Glück zu finden. Das kann auf Dauer nicht gut gehen.«

»Wahre Worte«, pflichtete Hannah ihm bei und musterte dabei Martina aufmerksam. »Ich hoffe, du nimmst mir nicht übel, was ich neulich Abend zu dir gesagt habe – wegen Axel und so.«

»Nein, wirklich nicht, keine Sorge.« Tapfer lächelte Martina gegen das Brennen in ihren Augen an. Jetzt hatte sie endlich diese elende Seufzerei in den Griff bekommen, dafür hatte sie nun viel zu dicht am Wasser gebaut. Auch wenn es Glückstränen waren, die ihr dauernd dazwischenfunkten – sie fühlte sich allmählich wie eine Heulsuse.

»Hey, weinst du etwa?« Besorgt trat Hannah näher an sie heran. »Thorsten, deine Frau weint. Wenn du daran schuld bist, kratze ich dir die Augen aus.«

»Nein, bitte ...« Martina hob die rechte Hand in einer abwehrenden Geste und wischte sich mit dem Handrücken der linken über die Augen.

»Es geht ihr gut.« Thorsten zog sie sanft etwas näher zu sich heran. »Die paar Tränchen vergehen wieder. Zur Not sorge ich höchstpersönlich dafür. Das hat bisher immer funktioniert.«

»Also hat sie das öfter?« Mit gerunzelter Stirn blickte Hannah von ihm zu Martina und wieder zurück.

»Manchmal.« Thorsten gab Martina einen Kuss auf die Schläfe. »Kein Grund zur Beunruhigung.«

»Wenn du das sagst.« Hannah beäugte Martina immer noch eingehend. »Bist du wirklich okay? Das Angebot der Augenkratzerei besteht nach wie vor.«

Martina lachte verlegen. »Nein, wirklich. Ich bin nur im Moment ein bisschen dünnhäutig. Thorsten kann gar nichts dafür. Oder ... vielleicht doch, aber nur im positiven Sinne.«

»Hört, hört.« Thorsten lächelte breit. »Vielleicht erlange ich meinen Heldenstatus bei dir schneller zurück als gedacht.«

»Wehe, du benimmst dich anders als heldenhaft!« Halb ernst, halb spielerisch, drohte Hannah ihm mit erhobenem Zeigefinger.

»Schon gut, die Botschaft ist angekommen.« Er lächelte immer noch, kräuselte dann aber überrascht die Lippen. »Du meine Güte, was will die denn hier?«

Martina hob alarmiert den Kopf. »Was meinst du?« Noch während sie sprach, sah sie, was er meinte. Henriette Verhoigen, die derzeitige Frau seines Vaters, kam mit ausholenden Schritten auf sie zu. Ihr langes blondes Haar war wie immer perfekt frisiert und zu einem aufwendigen Knoten hochgesteckt, und sie trug einen teuren Hosenanzug mit ärmellosem Top aus lachsfarbener Seide zu hochhackigen weißen Riemchensandalen. Für ihre fünfundfünfzig Jahre sah sie unglaublich jung und sexy aus. Martina hatte sich schon hin und wieder gefragt, ob die Frau wohl geliftet war. Auf jeden Fall schien sie regelmäßig Sport zu treiben, denn an ihrem Körper fand sich nicht ein Gramm überschüssiges Fett oder schlaffe Haut.

»Da seid ihr ja.« Henriette lächelte verbindlich in Thorstens Richtung, etwas freundlicher an Martina gewandt und dann kurz nur, aber sehr liebenswürdig, auf Annika hinab. »Ich dachte schon, ich hätte euch in all diesem Trubel verpasst.«

»Verpasst? Ich wüsste nicht, dass wir verabredet gewesen wären.« Thorsten blieb vollkommen ruhig und gelassen, lächelte sogar, doch Martina konnte spüren, dass er sich wachsam angespannt hatte. Die Frau seines Vaters – seine Stiefmutter gewissermaßen – hatte bisher noch nie von sich aus Kontakt zu ihm aufgenommen. Natürlich war er ihr hier und da schon mal bei offiziellen Anlässen begegnet, aber da er sich, soweit es ging, von seinem Vater fernhielt, gab es kaum Berührungspunkte und schon gar keinen Grund für Henriette, ihn aufzusuchen.

»Ach nein, natürlich waren wir das nicht.« Graziös winkte Henriette ab. »Aber ich hatte gehofft, dich hier zu treffen, weil ich dir etwas auszurichten habe.«

»Von meinem Vater?« Er runzelte die Stirn. »Kann er mir das nicht selbst sagen?«

»Nein, nicht von Carl. Von mir selbst.«

»Ach.« Nun runzelte Thorsten überrascht die Stirn. »Und das wäre?«

»Ich weiß, dass du und dein Vater kein gutes Verhältnis zueinander habt.« Sie hob beide Hände in einer Geste, die wohl ratlos wirken sollte, jedoch den Eindruck erweckte, als führe sie etwas im Schilde. »Oder vielmehr gar keins. Und das ist verständlich, wenn man die Umstände bedenkt. Aber ich möchte gerne den Frieden bewahren und würde dich oder vielmehr euch« – sie schloss Martina in die folgende ausholende Handbewegung mit ein – »gerne für morgen Abend zum Essen einladen. Und auch deine verehrte Frau Mutter, wenn es sich einrichten lässt, Thorsten. Ein gemütlicher Abend mit gutem Essen und Wein. Martina, Sie können gerne Ihre Kinder mitbringen, wenn Sie möchten. Wie ich erfahren habe, sind Sie ja nun mit Thorsten verbandelt.« Abwartend blickte sie von einem zum anderen.

Thorsten verzog skeptisch die Lippen. »Und Vater ist damit einverstanden?«

»Dein Vater wird sich damit abfinden, dass in dieser Familie ab sofort Ruhe und Frieden herrschen. Am liebsten wäre es mir, wenn Lars und seine entzückende Luisa ebenfalls dazukämen.«

»Da wirst du aber Pech haben.« Thorsten verzog grimmig die Lippen. »Lars wirst du nicht mit seinem Vater an einen Tisch bringen.«

»Noch nicht, aber ich arbeite daran.«

»Aber gewiss nicht morgen Abend, denn da sind Lars und Luisa bei den Messners zum großen Familiengrillfest eingeladen.« Thorsten warf Martina einen kurzen Blick zu. »Wir im Übrigen auch. Wir müssen dir also leider eine Absage erteilen.«

Martina atmete auf. Zwar wollte sie nicht, dass Thorsten sich mit seinem Vater regelrecht entzweite, aber ein Abend in Carl Verhoigens Gesellschaft war alles andere als eine angenehme Vorstellung für sie. Insbesondere, weil er ihr nach wie vor Schwierigkeiten wegen des Grundstücks neben dem Schwimmbad machte. Oder vielmehr hatte er sich seit Wochen nicht mehr gerührt. Auf ihre Nachfragen hatte man ihr nur mitgeteilt, er befände sich auf irgendwelchen Geschäftsreisen. Offenbar war er also jetzt wieder zurück.

»Ach ja, die Messners sind eine so sympathische Familie.« Henriettes leutseliges Lächeln blieb unverändert. »Lars kann sich glücklich schätzen, dass er in Luisa so eine wundervolle Frau gefunden hat – und damit auch eine so liebevolle Familie. Das kann man ihm weiß Gott nur gönnen. Carl hat in dieser Hinsicht leider vieles, wenn nicht gar alles, verbockt.« Sie seufzte leise. »Nun gut, diese Einladung zu dem Grillfest geht natürlich vor. Ich glaube, Lars' Schwiegermutter hat uns sogar ebenfalls eine Einladung geschickt. Sie fühlt sich wohl dazu verpflichtet. Nun ja.« Das Lächeln auf ihren Lippen vertiefte sich, und es schien, als mache ihr Thorstens Absage gar nichts aus. Im Gegenteil, sie wirkte, als habe sie einen Sieg errungen. »Dann vielleicht ein andermal, nicht wahr? Wir bleiben in Verbindung.« Ehe sie sich zum Gehen wandte, beugte sie sich noch kurz zu Annika hinab. »Du siehst ja einmalig gut aus mit diesem Feuerwehrhelm, junge Dame! Gehe ich recht in der Annahme, dass du mal eine Feuerwehrfrau werden willst?«

»Ja, klar!« Unbekümmert lächelte Annika der ihr unbekannten Frau zu. »Thorsten hat gesagt, dass ich den Helm behalten darf, bis ich nach den Sommerferien in die Jugendfeuerwehr aufgenommen werde. Hat er extra so mit Jörn ausgemacht.«

»Ausgezeichnet.« Henriette nickte Thorsten anerkennend zu. »Du machst das jetzt schon hundertmal besser als dein Vater. Auf bald!« Damit rauschte sie von dannen.

»Du lieber Himmel, war das wirklich Henriette Verhoigen?« Unbemerkt waren Lars und Luisa an den Pavillon getreten. Lars blickte Henriette misstrauisch hinterher. »Was wollte sie denn hier?«

Thorsten drehte sich zu seinem Bruder um und kräuselte ebenso skeptisch die Lippen. »Frieden stiften.«

»Wie bitte?« Luisa starrte ihn verblüfft an.

»Hat sie behauptet.«

»Frieden?« Lars runzelte die Stirn. »Im Ernst?«

»Sie sah nicht aus, als ob sie Spaß macht.« Thorsten hob ratlos die Schultern. »Sie wollte uns alle – euch beide eingeschlossen – samt Martina und ihren Kindern für morgen zum Essen einladen.«

»Du machst wohl Witze!« Entgeistert riss Lars die Augen auf. »Die ganze Mischpoke in Vaters Haus? An seinem Tisch?«

»Ich habe ihr gesagt, dass sie das vergessen kann, weil wir morgen alle schon zum Grillen eingeladen sind.«

Luisa blickte zwischen den beiden Männern nachdenklich hin und her. »Sie wollte uns wirklich alle einladen?«

»Wenn ich es doch sage. Sie wirkte sehr eloquent und entschlossen.«

»Vielleicht wollte sie wirklich nur nett sein«, mischte Martina sich vorsichtig ein, obwohl ihr nicht ganz wohl dabei war, Partei für diese Frau zu ergreifen. Sie begriff ja nicht einmal, wie Henriette, die sehr klug und belesen wirkte – und im Grunde auch recht nett – sich mit einem Mann wie Carl Verhoigen hatte einlassen und ihn sogar heiraten können.

»Also ich will Henriette ja nicht schlechtmachen.« Lars räusperte sich. »Sie ist von allen Frauen, die mein Vater in den vergangenen Jahrzehnten verschlissen hat, die intelligenteste und vom Umgang her auch die angenehmste. Aber eine Frau, die sich auf Carl Verhoigen einlässt, hat eine Agenda. Ob ihre wirklich lautet, Frieden zu stiften, vermag ich nicht zu beurteilen. Eins weiß ich jedoch sicher: Sie muss etwas im Schilde führen. Ich wüsste nur gerne, was, um ihr nicht unvorbereitet ins Messer zu laufen.«

»Tja, das Messer, wie du es nennst, hat sie ja vorzeitig wieder einklappen müssen.« Thorsten winkte Mario heran. »Also werden wir uns wohl noch ein Weilchen gedulden müssen, um herauszufinden, worauf sie es wirklich abgesehen hat. In der Zwischenzeit sollten wir uns ein bisschen amüsieren. Mario, gib meinem Bruder mal ein Bier – und Luisa?« Er blickte seine Schwägerin fragend an.

»Auch ein Bier, bitte.«

»Noch ein Bier.«

»Ich möchte eine Limo«, vermeldete Annika.

»Und eine Limo«, bestellte er pflichtschuldig. Als er in einiger Entfernung Eric Paulsen mit Basti näher kommen sah, berichtigte er rasch: »Mach zwei Limos daraus. Und für mich ein alkoholfreies Weizen. Einer muss ja am Ende noch fahren können.«

18. Kapitel

»Thorsteeen?« Basti, schon im Schlafanzug, hängte sich schwer an Thorstens Arm, als dieser neben ihm die Treppe ins Obergeschoss hinaufging.

»Pst.« Rasch legte Thorsten einen Finger an die Lippen. »Deine Mama telefoniert mit dem Bürgermeister, da stören wir sie besser nicht.«

»Mmmh, okay.« Basti wartete, bis sie oben vor dem Bad angekommen waren. »Thorsteeeen?«

»Ja, was ist denn, Kumpel?« Thorsten schob die Badtür auf und ließ dem Jungen den Vortritt. Annika stand bereits am Waschbecken und putzte sich die Zähne.

»Wohnst du jetzt bei uns?«

Thorsten stutzte kurz. Dann lächelte er. Die Frage des Jungen war berechtigt. In den vergangenen drei Wochen hatte er so viel Zeit mit Martina und ihren Kindern verbracht und fast jede Nacht hier geschlafen, dass er sich tatsächlich richtig heimisch fühlte. »Nein, eigentlich nicht, Basti, aber ich bin sehr gerne mit euch zusammen.«

Annika gurgelte und spuckte Wasser und Zahnpastaschaum ins Waschbecken. »Du hast Mama lieb, und ihr seid jetzt ein richtiges Paar, oder? Weil Mama mal gesagt hat, dass ihr nur Freunde seid.«

Zumindest darauf konnte er geradeheraus antworten. »Ja, Annika, wir sind ein richtiges Paar, und ich habe deine Mama sehr lieb.«

»So richtig echt mit *Ich liebe dich* wie in den Filmen?«

In seiner Magengrube startete ein Flugzeug im Steilflug gen Himmel. »Genauso, Annika.« Er senkte die Stimme ein wenig und machte eine Verschwörer-Miene. »Aber verratet ihr das noch nicht, ja? Ich habe es ihr nämlich noch nicht gesagt.«

»Warum nicht?« Basti sah ihn mit großen Augen an. »Ich sag Mama immer, dass ich sie lieb habe.«

»Das ist doch was anderes.« Annika setzte wieder einmal ihre altkluge Miene auf. »Wenn ein Mann das zu einer Frau sagt, muss das ganz romantisch sein und besonders. Ist doch so?« Fragend blickte sie zu Thorsten auf.

»Wenn es sich einrichten lässt.« Er zupfte spielerisch an ihren roten Locken. »Zumindest beim ersten Mal sollte es eine besondere Situation sein, und auf so eine warte ich noch.«

»Ich verrate ihr nichts, Ehrenwort.« Annika tat, als ziehe sie einen Reißverschluss über ihrem Mund zu.

»Ich auch nicht.« Basti tat es ihr etwas ungelenk gleich. »Thorsteeen?«

»Was denn noch?« Er deutete auf die Zahnbürste des Jungen. »Vergiss nicht vor lauter Fragen, deine Zähne zu putzen.«

»Nein, vergesse ich nicht.« Basti schnappte sich die Zahnbürste und die Zahnpastatube. »Thorsten? Wenn du hier dauernd bist und es ist, als ob du bei uns wohnst, weil du Mama lieb hast ... Hast du uns dann auch lieb?«

Die treuherzige Frage ließ ein warmes Gefühl in Thorsten aufsteigen. »Ja, und wie! Euch beide.« Er nickte auch Annika zu.

»Und ziehst du denn irgendwann ganz echt bei uns ein?«

»Das weiß ich nicht, Basti. Vielleicht ...«

»Weil, wenn du uns lieb hast und Mama auch und alles, dann könntest du doch Mama heiraten, und dann wärst du unser Papa.«

Er schluckte hart. Mit so wenigen, unkomplizierten Worten hatte der Junge große Wünsche ausgesprochen. Wünsche, die Thorsten vorsichtshalber noch unter Verschluss gehalten hatte. »Weißt du, Basti, das geht nicht so schnell, weil ...« Wie sollte er komplizierte Erwachsenenbeziehungen so erklären, dass ein Siebenjähriger sie verstehen würde?

»Ich weiß schon.« Basti drückte Zahnpasta auf die Borsten seiner Zahnbürste und legte die Tube auf dem Waschbeckenrand ab. »Erwachsenensachen sind immer total schwierig. Aber man kann einen neuen Papa kriegen, wenn man keinen mehr hat. Antje aus meiner Klasse hat einen und Merle auch, und Mustapha hat eine neue Mama und sogar zwei neue Geschwister. Und weil du ja dauernd hier bist und es sich anfühlt, als würdest du hier wohnen ... Unser echter Papa wohnt ja auf dem Friedhof.«

»Was?« Irritiert runzelte Thorsten die Stirn.

»Ja«. Basti nickte bekräftigend. »Mama besucht ihn da manchmal.«

»Unser Papa wohnt nicht auf dem Friedhof, Dummerchen.« Annika warf ihrem Bruder einen großschwesterlich-herablassenden Blick zu. »Also sein Körper schon, der ist da zur letzten Ruhe gebettet. So sagt man das. Das habe ich mir gemerkt, weil Oma das so nennt. Aber seine Seele wohnt im Himmel. Und Mama geht auf den Friedhof, um das Grab schön zu machen, weil das der Ort ist, wo man sich an die Gestorbenen erinnert. Mama redet sogar dort mit Papa. Ich hab das auch schon mal versucht, aber ich weiß nicht, was ich ihm sagen soll. Ich erinnere mich ja gar nicht an ihn. Das ist irgendwie blöd.« Sie sog die Oberlippe in den Mund. »Ist das schlimm, Thorsten? Dass ich meinem Papa nichts erzähle?«

Mit dieser Wende des Gesprächs hatte Thorsten nicht gerechnet. Von unten hörte er immer noch Martina am Telefon, konnte also nicht auf Hilfe ihrerseits hoffen. Aber wenn er ein Teil dieser Familie werden wollte, musste er mit solchen Situationen fertigwerden, das stand fest. Also dachte er gründlich über die Frage des Mädchens nach, bevor er antwortete: »Ich finde nicht, dass ihr euch deshalb Gedanken machen müsst. Weißt du, egal, wo euer Vater jetzt ist – er weiß ja, dass ihr noch viel zu klein wart, als er gestorben ist, als dass ihr euch jetzt noch an ihn erinnern könntet. Deshalb hat er euch bestimmt nicht weniger lieb. Und ihr könnt und sollt ihn natürlich auch lieb haben. Wenn euch nichts einfällt, was ihr auf dem Friedhof – oder wo auch immer sonst – zu ihm sagen sollt, dann ist das nicht schlimm. Dass ihr an ihn denkt, reicht vollkommen aus. Damit bleibt er ja in eurem Herzen immer ein bisschen lebendig.«

Annika zog die Nase nachdenklich kraus, dann nickte sie. »Okay.«

Basti fuchtelte ein bisschen mit seiner Zahnbürste herum. »Glaubst du, er wäre traurig oder böse, wenn du unser neuer Papa wirst?«

Thorsten schluckte hart. »Also noch sind wir ja nicht so weit.«

»Aber wenn?« Basti blieb hartnäckig. »Willst du nicht unser neuer Papa werden?«

»Hör doch mal auf.« Annika bedachte ihren Bruder mit einem strafenden Blick. »Dazu muss er doch erst mal Mama fragen, ob sie ihn heiratet. Und Mama müsste Ja sagen und ...«

»Na und? Hat Mama dich nicht auch lieb?« Bastis treuherziger Blick war weiterhin auf Thorsten gerichtet. »Wenn sie dich lieb hat, könnt ihr doch heiraten.«

»Das macht man aber nicht so schnell«, erklärte Annika. »Du weißt echt gar nichts. Thorsten und Mama sind erst ein paar Wochen zusammen. Meine Freundinnen sagen, dass man mindestens ein halbes Jahr oder so warten muss, bis der Mann die Frau fragt, ob sie ihn heiratet. Manchmal fragt auch die Frau, aber meistens der Mann. Und manchmal dauert es auch ein Jahr oder so.«

»Sooo lange?« Enttäuschung malte sich auf Bastis Miene ab.

Thorsten räusperte sich. »Ich glaube, dafür gibt es keine feste Regel. Sicher ist aber, dass ich sehr, sehr gerne mit euch zusammen bin, und daran wird sich auch so schnell nichts ändern.«

»Gut.« Endlich begann Basti, sich die Zähne zu putzen.

»Ich geh schon mal ins Bett.« Annika wandte sich zur Tür. »Kommst du gleich noch Gute Nacht sagen?«

»Aber klar doch.« Thorsten nickte ihr zu und wartete, bis Basti mit seiner abendlichen Badroutine fertig war. Dann begleitete er ihn bis in sein Zimmer und setzte sich zu ihm auf die Bettkante. »Alles klar bei dir, Kumpel?«

»Mhm.« Basti kuschelte sich unter seine Decke. »Wo ist mein Teddy?«

»Hier.« Thorsten hob das Kuscheltier vom Fußboden auf und reichte es dem Jungen, der es fest in den Arm nahm.

»Ich bin gar nicht müde.« Basti gähnte.

»Wirklich nicht? Na, so was.« Lachend strich Thorsten ihm eine rote Haarsträhne aus der Stirn. »Das ging mir in deinem Alter auch immer so. Immer musste ich früh ins Bett.«

»Genau.«

»Und war überhaupt nicht müde.«

»Ja.«

»Das ist ziemlich gemein, oder?«

»Mhm.« Basti rutschte ein wenig unter der Decke hin und her und gähnte erneut. »Ich mag, dass du jetzt immer abends hier bist und Gute Nacht sagst. Wenn Mama das macht, mag ich das auch, aber jetzt sagt ihr beide Gute Nacht, und das ist schöner.«

»Doppelt hält besser, meinst du?«

»Ja.« Ein drittes Gähnen begleitete Bastis Antwort. »Ich bin echt noch nicht müde.«

»Du musst jetzt aber langsam schlafen. Schau mal auf die Uhr.« Thorsten hob den runden Wecker in der Form eines lachenden Elefanten von Bastis Nachttisch und zeigte ihm das Ziffernblatt. »Es ist schon fast halb neun.«

»Aber wir haben Ferien und können ausschlafen.«

»Das ist richtig. Trotzdem ist es besser, wenn Kinder nicht so spät ins Bett gehen.« Thorsten lächelte, als ihm etwas einfiel.

»Weißt du, was meine Mutter immer gemacht hat, damit ich müde werde?«

»Was denn?« Interesse glomm in den Augen des Jungen auf.

»Mach die Augen zu.«

Basti gehorchte.

Sachte fuhr Thorsten mit dem Zeigefinger über die Augenbrauen des Jungen und dann in Form einer Acht um seine Augen herum, wieder und wieder. »Na, wie ist das?«

»Cool.« Bastis Stimme war schon sehr undeutlich.

»Dann mache ich noch ein bisschen weiter, ja?«

»Mhm.« Basti entspannte sich immer mehr. »Thorsten?«

»Ja?«

»Ich hab dich nämlich auch lieb.«

Vor Verblüffung hielt Thorsten für einen Moment inne. Sein Herz machte einen merkwürdigen Satz und schlug dann schwer gegen seine Rippen. Ungekannte Emotionen ergriffen von ihm Besitz, die ihn zu überwältigen drohten. Dennoch zwang er sich, ganz ruhig zu bleiben, und fuhr noch ein Weilchen weiter mit der Fingerspitze um Bastis Augen herum, obwohl dieser längst eingeschlafen war.

Als er schließlich durch die Tür zu Annikas Zimmer trat, hatte das Mädchen sich hinter einem Buch verkrochen. Die Bettdecke hatte sie bis zum Kinn hochgezogen, und links und rechts von ihr hockten ein Plüschtiger und eine große Plüschmaus. »Du hast es ja kuschelig.«

Langsam ließ Annika das Buch sinken. »Ich muss meine Kuscheltiere immer alle in meinem Bett haben, sonst kann ich nicht einschlafen.« Sie hob die Bettdecke ein wenig an, sodass Thorsten ein Sammelsurium an Plüschtieren darunter erkennen konnte. »Die passen nachts alle auf mich auf.«

»Aha.« Er half ihr, die Decke wieder über der Kuscheltierschar auszubreiten. »Ist es denn hier drinnen nachts so gefährlich?«

»Weiß nicht. Manchmal träume ich schlecht, aber nicht oft. Ich finde es spannend, wenn ich mir vorstelle, dass nachts gefährliche Geister oder Monster oder so hier rumspuken und mir nichts tun können, weil ich ja hier unter der Decke sicher bin.«

»Soso.« Schmunzelnd setzte Thorsten sich auch hier auf die Bettkante. »So wie ich das sehe, bist du perfekt beschützt, mit so einer Kuscheltierarmee.«

»Ich sammele Kuscheltiere.« Annika legte das Buch auf den Nachttisch. »Aber nur die richtig schönen.«

Grinsend zog Thorsten einen leicht irr blickenden Nager unter ihrer Decke hervor, weil er fast zu Boden gefallen wäre. »Der hier ist auch schön?«

Annika kicherte. »Das ist Scrat von *Ice Age*. Seine Nuss ist auch irgendwo unter der Decke. Die fällt ihm immer aus dem Arm.«

»Ah, na gut. Dann schicken wir ihn mal wieder auf die Suche nach der Nuss.« Thorsten schob das Plüschtier unter die Decke zurück und zwickte das Mädchen dabei in den Fuß.

»Hey!« Kichernd strampelte sie ein wenig. Dann wurde sie wieder ernst. »Wegen dem, was Basti vorhin gesagt hat.«

»Was meinst du?« Aufmerksam musterte er Annika.

»Das mit dem Heiraten und so.« Sie kaute ein wenig auf ihrer Unterlippe. »Ich fände das schön. Wir hatten ja nie einen Vater. Nicht so richtig.«

»Ich weiß.«

»Und meine Freundinnen haben gesagt, dass man da echt auch Pech haben kann, weil manche Männer so blöd sind oder nur mit der Frau zusammen sein möchten und die Kinder gar nicht mögen. Aber du bist nicht so.« Sie zögerte kurz. »Hast du uns echt lieb?«

Er nickte ruhig. »Warum sollte ich das sagen, wenn ich es nicht so meine?«

»Schön.« Annika kuschelte sich noch fester in ihre Decke. »Basti will immer alles ganz schnell haben, wenn er sich was in den Kopf gesetzt hat. Er weiß noch nicht, dass so was Zeit braucht.«

»Aber du schon?«

»Klar, ich bin ja viel älter. Zweieinhalb Jahre.« Überraschend griff sie nach seiner Hand. »Mama lächelt in letzter Zeit total viel und ganz anders als früher. Und sie ist nicht mehr so oft voll gestresst. Ich finde, ihr passt gut zusammen.«

»Wirklich?« Er lächelte leicht. »Das freut mich.«

»Ja, mich auch.« Lächelnd schloss Annika die Augen. Nach einer Weile öffnete sie sie wieder. »Weißt du was?«

»Was denn?«

»Vielleicht wäre es gut, wenn du nicht mehr so lange wartest, bist du *Ich liebe dich* zu Mama sagst. Oma sagt immer, wenn man sich einer Sache sicher ist, sollte man sie nicht auf die lange Bank schieben, sondern handeln.« Ihre Augenlider klappten wieder zu, und fast augenblicklich schlief sie ein.

Sinnierend und mit einem Anflug von Rührung kämpfend, blickte Thorsten auf die kleine Mädchenhand hinab, die vertrauensvoll in seiner lag. Wie hatte er sich in so kurzer Zeit nur so unrettbar verlieben können? Nicht nur in Martina, sondern auch in diese beiden Kinder? Als er Martina vor einem Jahr zum ersten Mal begegnet war, hatte er mit vielem gerechnet, aber nicht mit diesen beinahe schmerzhaften Emotionen, die ihn jetzt durchrüttelten und ihm die Kehle zuschnürten.

»Alles okay hier? Schlafen die beiden schon?« Martina streckte den Kopf zur Tür herein und warf einen prüfenden Blick auf ihre Tochter. »Du hast wirklich ein Händchen dafür, die beiden zu Bett zu bringen, ohne dass ein großes Theater vorausgeht. Danke.«

»Keine Ursache.« Vorsichtig löste er seine Hand von Annikas, erhob sich und löschte die Lampe auf dem Nachttisch. »Alles geregelt mit dem Bürgermeister?«

Leise verließen sie das Kinderzimmer und gingen hinab ins Wohnzimmer, um den Filmabend einzuläuten, den sie sich für heute vorgenommen hatten.

»Ja, alles gut. Alle sind begeistert, wie gut der Umzug heute gelaufen ist und wie viele Leute danach noch auf dem Marktplatz gefeiert haben.«

»Ein voller Erfolg also.«

»Ja.« Sie lächelte zufrieden. »Absolut.«

»Das wundert mich nicht. Immerhin hast du ja alles organisiert.« Vor der Couch blieb er stehen und zog sie in die Arme.

»Na ja, ganz allein war ich das nicht …« Sie stockte, als er sie zärtlich küsste. »Nanu, wofür war das?«

»Ich nehme mir einen Ratschlag deiner Tochter zu Herzen.«

»Was für einen Ratschlag?« Verwundert runzelte sie die Stirn.

»Diesen hier.« Er umschloss ihr Gesicht sanft mit beiden Händen und blickte ihr in die Augen. »Ich liebe dich, Martina.«

**

Martina erstarrte kurz, ihre Augen weiteten sich. Dann schluckte sie hart. »Ich …« Sie atmete tief ein. »Ich weiß.«

Verblüfft hob er die Augenbrauen. »Du weißt?«

»Ich, na ja …« Sie lächelte verlegen. »Ich habe es mir zumindest gedacht.«

»Ich bin ziemlich leicht zu durchschauen, meinst du?«

»Ja, also … Nein, also … Ich weiß nicht …«

»Martina.« Vorsichtig zog er sie in seine Arme. »Ich habe das nicht gesagt, damit du Angst bekommst, und auch nicht, weil ich dich bedrängen will. Du musst jetzt nichts darauf antworten. Ich fand nur, dass du es wissen solltest. Sicher wissen, nicht nur glauben.«

»Okay.« Sie schlang ihre Arme um seinen Hals und verbarg ihr Gesicht an seiner Schulter. Sog seinen Geruch tief in sich ein. Wartete auf das gemeine schlechte Gewissen. Doch es meldete sich nicht. Stattdessen durchdrang sie ein warmes Gefühl der Geborgenheit. Des Ankommens. Sie schluckte noch einmal. »Verdammt noch mal.« Verärgert blinzelte sie gegen die aufsteigenden Tränen an. Als das nichts half, streifte sie sie an Thorstens Shirt ab. »Entschuldige. Ich bin schrecklich.«

»Nein, bist du nicht.«

»Doch, bin ich.« Sie hob den Kopf und sah ihm in die Augen. Ihr Blick war leicht verschleiert, deshalb blinzelte sie noch ein paarmal, doch es half nicht. »Hat Annika dir wirklich geraten, mir zu sagen, dass du mich liebst?«

»Gewissermaßen. Sie meinte, dass man Dinge, die man wirklich will und derer man sich sicher ist, nicht auf die lange Bank schieben soll.«

»Das hat sie von meiner Mutter. Die sagt das auch immer.«

»Deine Mutter scheint eine kluge Frau zu sein.«

»Sie ist morgen auch auf dem Grillfest bei den Messners. Meine Eltern sind eingeladen.«

»Ich freue mich schon, sie wiederzusehen, und bin schon gespannt, ob dein Vater mir einen Termin für die Haus- und Gartenbesichtigung vorschlägt.«

»Die was?«

»Weißt du nicht mehr? Die Premiere. Ich bin der erste Mann, dem dein Vater diese Führung angeboten hat. Plus einen Segeltörn.«

»Oh.« Sie hüstelte. »Stimmt ja. Das hatte ich schon wieder ganz verdrängt.«

»Ach ja?«

»Du hast mich abgelenkt.« Sie zog ihn wieder näher zu sich heran. »Das tust du schon seit Wochen.«

»Ist das gut oder schlecht?« Forschend suchte er wieder ihren Blick.

»Es kann nicht schlecht sein, wenn ich mich dabei so wundervoll fühle.« Sie stellte sich auf die Zehenspitzen und küsste ihn zärtlich.

In seine Augen trat ein Strahlen, gepaart mit einem schalkhaften Funkeln. »Dann hoffen wir mal, dass dein Vater mir nicht seinen heimlich eingerichteten Folterkeller zeigen will, in dem er die Verehrer seiner Töchter um die Ecke zu bringen gedenkt. Oder dass er mich mitten auf der Nordsee über Bord werfen will.«

Martina kicherte. »Also da habe ich auch noch ein Wörtchen mitzureden.«

»Hast du das?«

»Und wie ich das habe!« Sie küsste ihn noch einmal. »Für meine Schwester kann ich nicht sprechen, aber ich für meinen Teil wäre ganz und gar nicht damit einverstanden, wenn mein Vater dem Mann, den ich liebe, den Garaus macht.« Sie hielt inne, weil ihr Atem sich in ihrer Kehle verfing. Ihr Herz vollführte einen wilden Trommelwirbel, und das Vögelchen in ihrem Bauch stob verschreckt umher.

Thorsten lächelte noch immer erheitert, doch als er begriff, was sie gesagt hatte, wurde er schlagartig ernst. »Martina.« Seine Stimme klang belegt. Das Leuchten in seinen Augen wurde noch intensiver. »Wirklich?«

Sie schluckte zwar schon wieder gegen Tränen an, doch sie nickte tapfer lächelnd. »Ich hätte es dir schon früher sagen können. Warum ich es nicht getan habe, weiß ich nicht. Eigentlich wollte ich dir zuvorkommen, aber anscheinend muss ich noch an meinem Timing arbeiten. Ich bin so sehr daran gewöhnt gewesen, immer nur zu reagieren, anstatt selbst den ersten Schritt zu tun, dass ich wohl noch eine Weile brauchen werde, um dich zu überholen.«

»Du willst mich überholen?« Sanft streichelte er über ihre Wangen, ihren Hals, ihre Schultern.

»Zumindest mit dir Schritt halten sollte ich als selbstbewusste Frau, oder?«

»Das tust du doch schon längst.« Er küsste sie und zog sie gleich darauf fest in seine Arme. »Und mir ist gleich, wer was wann zuerst sagt.«

»Hauptsache, es wird gesagt.«

Er verbarg sein Gesicht in ihrer Halsbeuge. »Hauptsache, es ist wahr.« Seine Hände wanderten über ihren Rücken, unter ihre Bluse, streichelten ihre Haut, zupften an ihrem Gürtel. Seine Lippen strichen über ihren Hals hinauf. Schon spürte sie seine Zunge an der empfindlichen Stelle hinter ihrem Ohr und erschauerte. Der Filmabend würde heute wohl ausfallen.

19. Kapitel

»Ach, hier bist du, Anke!« Lisette Pettersson setzte sich neben ihre gute Freundin Anke Messner auf die steinerne Bank am Rande des messnerschen Gartens. Auf der Rasenfläche waren Bänke aufgebaut, an denen bereits etliche Gäste saßen und sich an Salaten vom Büfett und Fleisch und geschmortem Gemüse vom Grill gütlich taten. Weiter hinten unter einer Baumgruppe tollten Kinder und mehrere Hunde umher. Auf der Terrasse war eine Stereoanlage aufgebaut, aus der nicht zu laute Popmusik erklang, und auf den bequemen Gartenstühlen daneben saßen mehrere Männer und Frauen älteren Semesters und unterhielten sich. »Die Feier ist wieder einmal très belle! Wunderschön. Und ist das etwa der kleine Jonas bei Arne? So ein süßer Enkel, den ihr da habt.«

»Und er läuft schon, unglaublich, wie die Zeit dahinfliegt.« Anke sah ihrem Mann schmunzelnd dabei zu, wie er mit dem Kleinkind spielte.

Lisette ließ ihren Blick derweil über die Gäste schweifen und stieß unvermittelt einen tiefen Seufzer aus. »Hach, sieh nur, Anke! Mein Mädchen! Wie glücklich sie aussieht.«

Anke folgte ihrem Blick und lächelte ebenfalls. »Martina und Thorsten. Wer hätte das gedacht?«

»Na, ich!« Mit einem warmen Glücksgefühl im Herzen beobachtete Lisette, wie ihre älteste Tochter zusammen mit dem Mann, den sie liebte – daran bestand überhaupt kein Zweifel! –, Seite an Seite auf den Grill zusteuerte, an dem Alex Messner wie immer seinen Dienst verrichtete. Die beiden gingen Hand in Hand, ein Anblick, der Lisettes Herz noch mehr erwärmte, während Basti praktisch an Thorstens Bein hing und laut kicherte. Annika lief vor ihnen her, rückwärts, weil sie Martina und Thorsten gestenreich irgendetwas erzählte.

»Eine glückliche Familie.« Anke stieß Lisette leicht mit dem Ellenbogen an. »Wie konntest du das denn wissen?«

»Eine Mutter weiß so etwas.« Lisette erwiderte den Rippenstoß. »Erzähl mir nicht, dass du keinen sechsten Sinn hast, wenn es um deine Kinder geht. Mir war vom ersten Moment, als Martina von Thorsten zu sprechen begann, klar, dass da etwas in der Luft liegt. Etwas Großes. Ah, mon Dieu! So schön. Ich kann dir gar nicht sagen, wie mich das freut.« Sie rieb sich mit dem Handrücken ein Tränchen von der Wange. »Sieh nur! Schau!« Sie deutete auf ihre Tochter, die gerade von Thorsten einen zärtlichen Kuss erhielt. »Und die Kinder mögen ihn auch so gern.«

»Er ist wirklich ein netter Mann.« Anke lehnte sich bequem auf der Bank zurück. »Er sieht Lars unglaublich ähnlich, aber vom Temperament her sind sie verschieden. Thorsten ist weniger vorbelastet. Er hatte es nie so schwer wie sein Bruder. Es war wohl ein einmaliger Glücksfall, dass sie sich in den Staaten gefunden haben.«

»Oh ja, und noch mehr, dass sie zusammen zurückgekommen sind.« Noch einmal seufzte Lisette von ganzem Herzen. »Wenn Martina Thorsten nicht begegnet wäre ... Ich weiß nicht, ob sie noch einmal so glücklich geworden wäre.«

»Na, na, bestimmt wäre sie das. Sie hat sich ein gutes Leben aufgebaut, trotz aller Widrigkeiten und des großen Verlustes, den sie erleiden musste.«

»Natürlich hat sie das.« Nachdrücklich nickte Lisette. »Ich bin so unglaublich stolz auf sie. Aber der Mensch ist nicht dazu geschaffen, ewig allein zu bleiben. Zumindest die meisten Menschen sind es nicht. Thorsten hat geschafft, was uns allen in den vergangenen Jahren nicht geglückt ist. Er hat mein Mädchen aus ihrem Kokon herausgelockt und ihr gezeigt, dass sie wieder glücklich sein kann. Richtig, rundum glücklich. Ich fürchte, sie hat ihr Herz all die Jahre eingesperrt, weil sie fürchtete, Axel unrecht zu tun, wenn sie sich neu verliebt.«

»So etwas kommt bestimmt häufig vor, wenn jemand den Lebenspartner verliert«, gab Anke zu bedenken.

»Mag sein, aber ich wäre so traurig gewesen, wenn sie sich die Chance auf ein neues Glück versagt hätte. Wie hätte das dann geendet? Sie glaubte, Axel zu betrügen, da bin ich ganz sicher. Ich bin so froh, dass Thorsten nicht lockergelassen hat.«

»Hier sitzt ihr!« Ingrid kam mit drei Gläsern Limonade heran und reichte erst Anke, dann Lisette je eines. »Habt ihr gerade über unser neues Traumpaar geredet?«

Lisette rückte ein wenig zur Seite. »Aber ja doch. Komm, setz dich zu uns. Ich habe gerade zu Anke gesagt, wie froh ich bin, dass dein Sohn nicht so leicht aufgegeben hat, als Martina ihn anfangs abweisen wollte.«

Ingrid lachte. »Sie wollte ihn nicht nur abweisen, sie hat es getan. Mehrmals. Aber Thorsten war noch nie jemand, der schnell aufgibt. Manchmal kann er geradezu nervtötend hartnäckig sein, wenn er sich etwas in den Kopf gesetzt hat.«

»Ins Herz gesetzt wohl eher.« Anke trank einen Schluck Limonade.

»Das ist auch der einzige Grund, weshalb ich ihm nicht den Kopf gewaschen habe, weil er Martina einfach nicht in Ruhe gelassen hat.« Nun hatte auch Ingrid ihren Blick auf die Vorgänge am Grill gerichtet. »Sein Herz war betroffen – und nicht zu knapp. Und nachdem ich Martina etwas näher kennenlernen durfte, war mir klar, dass es auf ihrer Seite ähnlich sein musste. Andernfalls hätte ich ihm nahegelegt, seine Avancen einzustellen.« Sie runzelte die Stirn. »Was machen sie denn da jetzt?«

Auch Lisette hatte aufgemerkt. »Ich weiß es nicht. Alex gibt Thorsten eine Schürze.«

»Und eine Grillzange.« Anke gluckste. »Er wird Thorsten doch wohl nicht an seinen heiligen Grill lassen? Das wäre ja was ganz Neues.«

»Ooomaaa!« Basti hatte inzwischen von Thorstens Bein abgelassen und kam strahlend auf Lisette zugerannt. Als Capone die Stimme des Jungen vernahm, hörte er auf, mit den anderen Hunden zu spielen, und raste ebenfalls herbei.

Yay, wau, da ist ja Basti wieder. Hier ist es so lustig und spaßig und einfach nur klasse. Ganz viele Leute und Kinder und Hunde. Vor allem Boss, der ist ein guter Kumpel, aber noch ganz andere, und manche kannte ich noch nicht. Nur Jolie fehlt, aber vielleicht kommt sie ja noch. Lars und Luisa habe ich auch noch nirgendwo gesehen, und die sind ja ihr Herrchen und Frauchen. So spannend, einfach klasse. Doppelwau!

Basti kicherte, als Capone um ihn herumsauste und ihn mit seiner Nase ein ums andere Mal fröhlich anstupste. »Capone, Capone, Sitz!«

Was? Äh, na gut, wenn du es so willst. Eigentlich höre ich ja nicht auf Kinder. Die sind wie Welpen und haben eigentlich nichts zu sagen. Aber gut, ausnahmsweise, weil ich dich so mag, Basti. Der Mudi setzte sich brav hin und hechelte mit freundlicher Miene.

»Braver Hund«, lobte Lisette. »Du machst dich ja.«

Wuff. Also, ja. Wenn du meinst.

»Ooomaaa?« Basti drängte sich dicht an Lisette und legte ihr die Arme um den Hals.

»Was denn, mein Schatz?« Lisette erwiderte die Umarmung des Jungen zärtlich. »Du bist ja ganz aufgeregt.«

»Thorsten grillt.«

»Was du nicht sagst!«

Anke hustete verblüfft. »Dass Alex ihm das erlaubt! Normalerweise ist der Grill strengstes Sperrgebiet.«

»Weeeeiheil…« Basti machte eine wichtige Miene. »Thorsten und Alex machen ein Wettgrillen.«

»Ein was?« Überrascht starrten die beiden Frauen hinüber zum Grill, um den sich mittlerweile noch mehr Leute geschart hatten. »Mama hat gesagt, das ist wie Kochduell im Fernsehen, nur mit Grillen. Weil Thorsten gesagt hat, er kann ganz leckere Rezepte aus Amerika. Und Mama soll seine Assistentin sein.«

Lisette prustete. »Dann hat er leider verloren. Du weißt doch, dass deine Mama nicht gut kochen kann.« Sie hüstelte und schielte in Ingrids Richtung. »Gar nicht, um genau zu sein.«

Ingrid lachte herzlich. »Das hat mein Sohn mir bereits erzählt.«

Lisette hob die Schultern. »Ich habe alles versucht, aber es ist hoffnungslos mit ihr. Hannah, die kann kochen wie eine Göttin! Und backen. Ich kriege schon Hunger, wenn ich nur daran denke. Aber Martina … Gar nicht. Nicht mal Spaghetti kriegt sie hin, ohne dass es ein Desaster wird.«

»Thorsten meinte, für einfache Sklaventätigkeiten wie Gemüse schnippeln und Salat zupfen eignet sie sich ganz gut«, gab Ingrid zu bedenken. »Solange sie ihm also nur dabei assistiert, müsste alles gut gehen. Mein Sohn kann übrigens wirklich ganz ausgezeichnet grillen. Und diese amerikanischen Dinner Rolls, die er fürs Büfett mitgebracht hat, müsst ihr unbedingt probieren. Die sind göttlich!«

»Habe ich schon.« Lisette verdrehte genießerisch die Augen. »Très magnifique! Das Rezept muss ich haben.«

»Bisher hält er es geheim.« Ingrid lachte. »Selbst ich hatte noch kein Glück. Aber wer weiß, vielleicht, eines Tages …«

Lisettes Augen leuchteten auf. »Glaubst du, die beiden werden …?«

»Pst!« Rasch legte Ingrid einen Finger an die Lippen. »Beschreien wir es nicht. Aber ich denke, die Chancen stehen gar nicht so schlecht.«

»Mon Dieu, mon Dieu!« Wieder wischte sich Lisette ein paar Tränen von den Wangen.

»Warum weinst du denn, Oma?« Basti wirkte ein wenig erschrocken. »Bist du traurig?«

»Nein.« Lisette schniefte. »Glücklich.«

»Weinst du, weil du dich freust?« Der Junge zog die Stirn in tiefe Falten. »Komisch. Mama macht das auch dauernd.«

»Was, weinen?« Überrascht merkte Lisette auf.

»Ja, aber sie sagt, das wäre nur, weil sie sich freut. Sie hat gesagt, das nennt man Glückstränen, aber sie ärgert sich immer, weil sie keine Heulsuse sein will.«

»Oh Gott, oh, Dieu!« Noch mehr Tränen flossen über Lisettes Wangen. Gerührt nahm sie den Jungen erneut in den Arm, löste sich aber gleich darauf wieder von ihm, weil er zu zappeln begann. »Willst du wieder zu Mama und Thorsten zurück?«

»Nö, aber rüber zu den anderen Kindern. Mit Capone.«

Ah, endlich bemerkt mich mal wieder jemand. Jetzt mache ich schon eine Ewigkeit brav Sitz. Bald reicht es doch, oder? Ich will spielen. Wuff!

»Na, dann lauf zu.« Lisette gab Basti einen liebevollen Klaps. »Ab mit euch, ihr beide.«

Junge und Hund stoben jauchzend und bellend von dannen.

»Wie die Mutter, so die Tochter, was?« Schmunzelnd reichte Anke Lisette ein Taschentuch.

»Ja, schon immer. Diese Heulerei ist schrecklich. Terrible!« Geräuschvoll schnäuzte Lisette sich und schob das Taschentuch danach in die Tasche ihrer Caprijeans. »Martina hat das eigentlich nur als Kind und als Mädchen gemacht. Später dann nicht mehr. Seit sie Axel kennengelernt hat, war es damit vorbei. Ich glaube, er fand es albern. Dabei war es ja im Grunde keine große Sache. Aber jetzt ... jetzt ...«

»Jetzt darf sie wieder flennen, so viel sie will, meinst du?« Ingrid blickte zu Martina hinüber, die inzwischen ebenfalls neben Thorsten am Grill stand. Daneben war ein langer Tisch mit Zutaten aufgebaut, den Thorsten und Alex sich offenbar aufgeteilt hatten. Melanie und Christina eilten hin und her und verteilten Messer, Zangen und Schüsseln mit Grillfleisch. Ben trug einen neuen Sack Holzkohle herbei.

Lisette nickte mit einem gerührten Lächeln. »Ja, jetzt darf sie. Sie erlaubt es sich endlich wieder. Ma belle fille!«

»Mamilein, was ist denn mit dir los?« Hannah kam mit einem von Thorstens Dinner Rolls in der Hand näher. »Du weinst ja mal wieder.« Sie folgte dem glückseligen Blick ihrer Mutter und lachte. »Na klar, unsere Turteltauben. Zuckerschock-Gefahr.« Sie grinste breit. »Wurde aber auch langsam mal Zeit, dass Martina in die Pötte kommt. Ich meine, hallo? So einen Mann wie Thorsten findet man nicht so oft. Da muss man zugreifen, bevor es eine andere tut.« Sie lächelte Ingrid zu. »Obwohl ich ehrlich gesagt nicht glaube, dass eine andere bei ihm großes Glück gehabt hätte. Der war wohl auf den ersten Blick verloren.« Es folgte ein abgrundtiefer Seufzer. »Wenn mir das doch auch mal passieren würde!« Sie fuhr sich durch ihr kurzes Haar. »Aber darauf kann ich garantiert warten, bis ich alt und grau werde. Was niemals der Fall sein wird.«

»Was? Warum denn nicht?« Erstaunt musterte Ingrid sie. »Eine bildhübsche junge Frau wie du müsste sich doch vor Verehrern nicht retten können.«

»Pfff.« Hannah drehte sich demonstrativ einmal im Kreis. »Nicht, solange ich aussehe wie ein Kind.«

»Das tust du doch gar nicht«, protestierte Lisette. »Du wirkst jung, aber doch nicht …«

»Doch, Mama. Ich bin siebenundzwanzig und sehe aus wie siebzehn. Wenn ich außerhalb von Lichterhaven Alkohol trinken will, muss ich regelmäßig meinen Ausweis vorzeigen. Kein Mann interessiert sich auf den ersten Blick für mich, weil alle denken, sie machen sich strafbar.«

»Ach, ma fille.« Lisette griff nach der Hand ihrer Tochter und drückte sie. »Dann musst du eben auf denjenigen warten, der sich die Zeit nimmt, einen zweiten Blick zu riskieren.«

»Ja, fragt sich nur, wie lange ich noch darauf warten muss. Das mit dem Alt und Grau wird ja auch nicht funktionieren, weil ich mit hundert wahrscheinlich immer noch aussehe wie mit zwanzig.«

»Mal abgesehen davon, dass dich andere Frauen dafür glühend beneiden werden«, Anke zwinkerte ihr ermunternd zu, »glaube ich kaum, dass es wirklich so schlimm ist, wie du behauptest. Du wirst schon sehen, eines Tages steht der Richtige vor dir. Und bis dahin machst du dir eine schöne Zeit.«

»Muss ich wohl.« Da Hannah selten lange Trübsal blies, grinste sie schon wieder. »Ich muss versuchen, Thorsten das Rezept für diese Dinner Rolls abzuluchsen.« Sie wandte sich an Ingrid. »Womit kann man ihn am besten bestechen?«

»Ich fürchte, da bin ich überfragt.« Ingrid hob die Schultern. »Nicht einmal mir hat er das Rezept bisher verraten. Dabei kann es nicht schwierig sein, weil er diese Brötchen ziemlich oft backt, und es geht immer recht schnell.«

»Na gut.« Hannah setzte eine grimmige Miene auf. »Ich finde es schon noch heraus. Notfalls muss Martina ihn für mich erpressen.« Damit machte sie sich auf den Weg hinüber zum Grill, um den sich mittlerweile fast die Hälfte der Gäste geschart hatte.

»Vielleicht sollten wir auch mal nachsehen, was dort vor sich geht«, schlug Anke vor und erhob sich.

Lisette und Ingrid taten es ihr gleich, doch ehe sie losgehen konnten, stieß Ingrid einen überraschten Laut aus. »Du liebe Zeit. Ich glaube, ich sehe Gespenster!«

»Was meinst du?« Anke folgte ihrem Blick und hustete. »Ach herrje. Damit hatte ich nicht gerechnet.«

»Was ist denn los?« Verwundert blickte Lisette von einer zur anderen.

»Die Verhoigens.« Anke fasste sich an die Stirn. »Großer Gott, ich hätte nicht gedacht, dass sie die Einladung annehmen würden. Das tun sie doch sonst nie!«

Ingrid starrte sie verblüfft an. »Du hast sie eingeladen?«

»Sie gehören zur Familie. Irgendwie.« Anke räusperte sich verlegen. »Ich halte es für recht und billig, sie zu Familienfeiern einzuladen. Bisher hat Henriette immer abgesagt, und irgendwie stand ich unter dem Eindruck, dass das unsere unausgesprochene Abmachung ist. Ich hätte gleich wissen müssen, dass etwas nicht stimmt, weil sie dieses Mal nicht angerufen hat.«

»Was in aller Welt wollen sie hier? Doch bestimmt nicht mit uns feiern.« Ingrid beobachtete Carl und Henriette, die nebeneinanderher über die Wiese gingen. Henriette hatte sich bei Carl untergehakt und lächelte freundlich, während Carl aussah wie ein gefräßiger Kater, der den Kanarienvogel erblickt hat.

»Ich hoffe, du bist nicht böse, dass ich die beiden überhaupt eingeladen habe, Ingrid.« Anke presste verlegen die Lippen aufeinander. »Es ist immer so eine Sache mit Freunden und Familie. Nicht immer passt da alles gut zusammen.«

»Mach dir um mich keine Sorgen.« Ingrid folgte dem Vater ihres Sohnes mit Blicken. »Für mich ist die Sache mit Carl schon so lange vorbei, dass sie auch niemals stattgefunden haben könnte. Außer dass ich dann auf den besten aller Söhne hätte verzichten müssen, und das würde ich mir niemals auch nur vorstellen wollen. Trotzdem will ich gerne wissen, weshalb Carl hier ist.«

***

Martina kicherte, weil Thorsten ihr jedes Mal, wenn er an ihr vorbeiging, einen Kuss aufs Ohr oder auf den Nacken gab. Sie hatte ihre Haare heute zu einem schicken Knoten aufgesteckt und damit offenbar Thorsten zu dergleichen Angriffen herausgefordert. Allerdings verhielt Alex sich bei seiner Frau Melanie auch nicht viel anders. Die beiden waren dafür bekannt, dass sie sich zu allen möglichen und unmöglichen Gelegenheiten küssten. Was sie allerdings fast noch mehr erheiterte, waren die Grillschürzen, die die Männer trugen. Auf der von Alex stand *Hohepriester des Grills*, die kannte sie bereits. Doch woher er so spontan die Schürze genommen hatte, die Thorsten jetzt umgebunden hatte, war ihr schleierhaft. In großen weißen Lettern stand da auf schwarzem Untergrund *Ich bin bloß der Hilfssheriff!* Und darunter etwas kleiner: *Alles Wichtige regelt der Hohepriester*. Die Schürzen und der Umstand, dass Alex sich zunächst strikt geweigert hatte, einen Konkurrenten an seinen Grill zu lassen, hatte bereits mehrfach für Heiterkeitsausbrüche der Gäste gesorgt. Inzwischen hatten sich die beiden Männer allerdings auf einen friedlichen Wettstreit geeinigt. Soweit man bei der Verwendung von scharfen Messern und jeder Menge blutiger Steaks von friedlichen Zuständen reden konnte.

Martina war von Thorsten zum Zermahlen einer Kräutermischung in einem steinernen Mörser verdonnert worden. Eine Aufgabe, der sie sich gerade noch gewachsen fühlte, weil sie inzwischen die Marinade kannte, für die Thorsten die Kräuter benötigte, und ihm schon ein paarmal nach genauen Anweisungen zur Hand gegangen war.

Als sie jetzt begann, die Gewürze zu zerstoßen, fiel ihr auf, dass ein Raunen durch die Reihen der Zuschauer ging. Neugierig hob sie den Kopf – und riss verblüfft die Augen auf. Fast direkt vor ihr standen Carl Verhoigen und seine Frau Henriette. Während sie leutselig lächelte – vielleicht ein klein wenig angestrengt –, grinste er breit und eine Spur herablassend.

»Sieh einer an. Das scheint ja wie ein Virus zu sein, das sich epidemieartig ausbreitet.« Seine Stimme troff vor Überheblichkeit – wie immer.

»Was meinst du denn?« Henriette sah sich neugierig um und trat näher an den Grill heran. »Hier riecht es aber interessant.«

»Na, Männer in Schürzen. Sind wir hier im Kindergarten, oder was?«

»Ich bitte dich, Carl.« Henriette drehte sich zu ihrem Mann um und maß ihn mit einem strafenden Blick. »Viele große Chefköche waren und sind Männer. Daran ist doch nichts Ungewöhnliches.«

»An diesen albernen Schürzen aber durchaus.« Carl schnaubte. »Hohepriester und Hilfssheriff?«

Thorsten hatte sich ein Küchenhandtuch geschnappt und wischte seine Hände daran sauber. »Vater. Was für eine Überraschung.« Er warf Henriette einen abschätzenden Blick zu. »Dachte ich mir doch, dass da eine heimliche Agenda im Spiel ist.«

»Ach, wegen meiner gestrigen Einladung meinst du?« Graziös winkte Henriette ab. »Aber nein, wo denkst du denn hin. Wir haben ganz spontan beschlossen, herzukommen und Hallo zu sagen. Nicht wahr, Carl?«

»Du hast ja keine Ruhe gegeben.« Carl rümpfte die Nase. »Als hätte ich nicht Besseres zu tun.«

»Es gibt nichts Besseres, als den Frieden innerhalb der Familie zu bewahren.« Auf Henriettes Gesicht zeichnete sich ein Ausdruck der Entschlossenheit ab. »Dazu gehört auch zu akzeptieren, dass deine Söhne sind, wie sie sind, nicht wahr? Dass sie dir nicht nacheifern möchten, wird wohl niemanden verwundern.«

Ringsum wurde geraunt und getuschelt.

Überraschenderweise verzog Carl nur spöttisch die Lippen, äußerte sich jedoch nicht weiter zu den Worten seiner Frau. Stattdessen trat er auf Thorsten zu. »Wo wir gerade von Familie reden: Sehr clever von dir, wie du die Angelegenheit mit dem Land gelöst hast. Schnappst dir einfach den hübschen roten Feger und pimperst sie, bis sie das Schwimmbad aufgibt. Hätte von mir sein können, der Plan.«

»Wie bitte?« Entgeistert starrte Martina erst ihn, dann Thorsten an.

Thorsten wirkte nicht weniger fassungslos. »Bitte was hast du da gerade gesagt?«

»Oje.« Henriette seufzte theatralisch. »Und ich hatte gehofft, uns bleibt das Drama erspart. Carl, also wirklich!«

»Halt dich da raus, Frau.« Carl warf Henriette einen verärgerten Blick zu. »Geschäfte sind meine Sache.« Er wandte sich

Martina zu. »Nichts für ungut, Frau Clausen, aber allmählich sollten wir die Verträge mal spruchreif gestalten. Sie wissen genau, dass Sie von niemandem sonst ein so gutes Angebot für den Schuppen kriegen werden. Ist quasi ein Familienangebot, wenn Sie so wollen.«

»Ich ...« Sie starrte ihn einfach nur an.

»Jetzt hör mir mal genau zu.« Thorstens Miene hatte sich bedrohlich verfinstert. »Wenn du noch einmal so despektierlich von Martina sprichst, vergesse ich für ein Weilchen, dass du mein Erzeuger bist.« Er ballte kurz die Hände zu Fäusten. »Was bringt dich überhaupt auf den Gedanken, meine Beziehung mit ihr hätte auch nur ansatzweise etwas mit dem Schwimmbad und deinen Plänen zu tun?«

»Wir hatten immerhin eine Abmachung.« Triumphierend grinste Carl in die Runde.

»Ihr hattet eine was?« Martina trat neben Thorsten und fasste ihn am Arm. »Wovon redet er denn da?«

***

»Ich habe keine Ahnung.« Thorsten maß seinen Vater mit zornigen Blicken. »Fantasierst du jetzt schon?«

»Mitnichten. Als ich neulich bei dir war, haben wir doch darüber gesprochen.«

»Er war bei dir?« Martina begriff gar nichts mehr, spürte aber ein ungutes Gefühl in sich aufsteigen. Wut, nein, rechtschaffenen Zorn. Auch sie ballte die Hände zu Fäusten.

»Vor ein paar Wochen.« Thorsten runzelte die Stirn. »Das hatte ich schon wieder vollkommen vergessen.« Er wandte sich an Carl und fixierte ihn. »Wir haben keine Abmachung. Ich habe dich rausgeworfen.«

»Ich ging davon aus, das klar ist, was ich von dir erwarte.«

»Was du von mir ...?« Thorsten schüttelte fassungslos den Kopf. »Du hast von mir gar nichts zu erwarten, Vater. Schon gar nicht hinsichtlich des Schwimmbades. Das ist Martinas Geschäft, nicht meins.«

»Ja.« Carl lächelte verschlagen. »Aber wenn du und sie, du weißt schon, dann kommt das Geschäft in die Familie. Wirklich ziemlich clever, denn so sparen wir am Ende eine Menge Geld. Ich kann den Betrieb übernehmen, und wir können das alles unter uns Männern ausmachen.« Er hüstelte. »Besser wäre es dann allerdings, wenn du bis dahin diese lächerliche Schürze ablegst. Eine Frau zu hofieren ist ja gut und schön, aber man kann auch alles übertreiben.«

»Übernehmen?« Martina schnappte nach Luft.

»Du träumst wohl.« Thorsten legte Martina kurz eine Hand auf die Schulter, dann baute er sich dicht vor seinem Vater auf. Die Gäste ringsum waren verstummt. Lediglich das Lachen und Geschrei der Kinder und das fröhliche Gebell der Hunde im Hintergrund bildete einen Kontrast zur angespannten Stimmung rund um den Grill.

Wieder fixierte Thorsten seinen Vater. »Lass dir eines ein für alle Mal gesagt sein: Ich bin nicht mit Martina zusammen, weil sie ein Schwimmbad besitzt, das du gerne haben willst. Ich bin mit ihr zusammen, weil ich sie liebe. Sie und auch ihre beiden Kinder. Das Konzept scheint dir vollkommen fremd zu sein, dennoch erwarte ich von dir, dass du solche Angriffe zukünftig einstellst und dich benimmst wie ein normaler Mensch. Denn selbst, wenn ...« Er holte tief Luft. »Selbst, wenn Martina und ich nächstes Jahr um diese Zeit verheiratet sind ...«

Das Raunen wurde lauter und mischte sich mit ein paar Pfiffen und Applaus.

»... bleibt das Schwimmbad weiterhin ihr Betrieb. Vielleicht unserer, wenn sie das möchte, aber sie ist und bleibt die Chefin. So wie ich Teilhaber an der Werft bleibe.« Er näherte sein Gesicht dem seines Vaters. »Zwei Paar Schuhe, verstehst du? Also versuch erst gar nicht, uns gegeneinander auszuspielen oder diese lächerliche Familienkarte auszuspielen. Wir waren nie eine Familie und werden es auch nie werden, wenn du diesen Mist nicht sein lässt. Falls du etwas mit Martina zu regeln hast, sprich mit ihr. Sie ist eine gute Geschäftsfrau und weiß, was sie tut. Dazu braucht sie mich nicht – und ich werde den Teufel tun und mich einmischen, wenn sie das nicht ausdrücklich von mir erbittet. Und selbst dann bleibt sie diejenige, die die Entscheidung für ihr Unternehmen trifft, ob dir das nun gefällt oder nicht. Wir leben im einundzwanzigsten Jahrhundert. Dein antiquiertes Frauenbild kannst du in die Tonne treten. Wenn Martina verkaufen will, wird sie das tun. Soweit ich sie kenne, dürfte das aber extrem unwahrscheinlich sein. Ob wir nun zusammen sind, verheiratet oder was auch immer.« Er wandte sich Martina zu. »Willst du dein Schwimmbad an meinen Vater verkaufen?«

Martina riss die Augen auf. In ihrem Inneren tobten gerade mehrere Wirbelstürme und schleuderten das Vögelchen wild umher. »Nein. Niemals. Nicht an ihn und auch sonst an niemanden.«

»Siehst du.« Grimmig lächelnd nickte Thorsten seinem Vater zu. »Damit wäre die Sache erledigt.« Er drehte sich zu Alex um. »Reich mir mal die Schüssel mit den Steaks, damit wir hier weiterkommen. Der Wettstreit ist noch immer im Gange.«

»Schon klar.« Ein wenig betreten reichte Alex ihm eine längliche Schüssel mit frischen Rindersteaks. »Dein Vater ist ganz rot angelaufen.«

»Meinetwegen. Wenn er umkippt, rufen wir den Notarzt.« Thorsten rieb sich über die Stirn, dann stieß er geräuschvoll die Luft aus. »Was habe ich da eben alles gesagt?«

»Was meinst du?« Alex feixte. »Den verkappten Heiratsantrag an Martina? Geschmeidig, das muss ich schon sagen. Nächstes Jahr um diese Zeit? Hut ab!«

Suchend blickte Thorsten sich um. »Wo ist sie hin?«

»Keine Ahnung.« Auch Alex blickte sich um. »Da drüben ist deine Mutter und spricht mit Henriette.« Er hüstelte. »Und dein Vater steht dabei wie ein begossener Pudel. Ein seltener Anblick.«

»Ich könnte ihm den Hals umdrehen.« Thorsten blickte auf die Steaks, dann auf den Grill. »Kleines Time-out, ja? Ich muss Martina finden.«

»Lass dir Zeit.« Gutmütig nickte Alex ihm zu. »Ich werde dich so oder so himmelhoch schlagen.«

»Das werden wir ja sehen.« Thorsten drückte ihm die Schüssel wieder in die Hände und machte sich auf die Suche nach Martina.

Er fand sie vor dem Haus an der Straße. Dort stand sie ganz ruhig, den Blick auf die Kastanien gerichtet, die zwischen den Häusern auf der anderen Straßenseite wuchsen. Als er sich ihr näherte, drehte sie sich um und blickte ihn aus glänzenden Augen an. Auf ihren Wangen sah er Tränenspuren.

»Scheiße. Es tut mir leid, Martina. Ich konnte nicht wissen, dass er ...«

»Nächstes Jahr um diese Zeit?« Ihre Stimme klang belegt, jedoch weder wütend noch verletzt, wie er befürchtet hatte.

Leicht verunsichert trat er auf sie zu und nahm ihre Hände in seine. »Ich hätte das nicht so herausposaunen sollen.«

»Warum nicht?«

»Schon gar nicht, ohne dich vorher zu ...« Er hielt inne. »Was meinst du?«

Sie lächelte etwas zittrig. »Es scheint gewirkt zu haben. Hast du nicht den Ausdruck auf seinem Gesicht gesehen? So als würden ihm alle Felle wegschwimmen. Weißt du, was ich glaube?«

»Nein ...« Noch immer wusste er nichts mit ihrer merkwürdigen Reaktion anzufangen.

»Ich glaube, er hatte gehofft, dich irgendwie auf seine Seite ziehen zu können. Er ist echt so was wie ein Soziopath. Jetzt hat er wohl begriffen, dass das nicht funktioniert. Und weißt du, was ich noch glaube?«

»Verrat es mir.« Verblüfft, aber erfreut nahm er zur Kenntnis, dass sie näher an ihn herantrat und ihre Arme um seine Hüften schlang. »Ich glaube, Henriette versucht gerade, ihn unter den Pantoffel zu befördern.«

»Was?« Er lachte ungläubig.

»Und sie scheint zumindest teilweise damit Erfolg zu haben.« Martina grinste breit. »Möglicherweise ...« Sie lachte auf. »Kann es sein, dass sie die ganze Szene heute geplant hatte? Dass sie wusste, was Carl sagen und wie er sich verhalten würde?«

Er zog die Stirn in tiefe Falten. »Du meinst, sie hat ihn nur hergebracht, damit wir ihn auflaufen lassen?«

»Ganz abwegig ist der Gedanke nicht.« Sie hüstelte verhalten. »Ein bisschen Soziopathin steckt wahrscheinlich auch in ihr. Aber irgendwie mag ich sie – auf eine sehr skeptische Art und Weise.«

»Du magst Henriette?«

Wieder lachte Martina. »Na ja, vielleicht ist *mögen* ein wenig übertrieben, aber ... doch, irgendwie schon.«

In diesem Moment fuhr Lars' Wagen vor.

Er und Luise stiegen aus und holten die freudig bellende Jolie aus der Box im Kofferraum.

»Hallo, ihr beiden.« Fragend blickte Lars von Thorsten zu Martina. »Was treibt ihr denn hier so allein? Flüchtet ihr vor den Menschenmassen, oder sucht ihr ein Örtchen für ein Stelldichein?«

»Weder noch.« Martina lächelte amüsiert. »Ich brauchte einen Moment zum Verschnaufen.« Sie räusperte sich. »Wir sollten euch vielleicht besser warnen.«

»Warnen?« Luisa kräuselte die Lippen. »Wovor?«

»Vater ist hier.« Lars hatte Carl Verhoigens schwarzen Audi A8 bereits erblickt.

»Ach herrje.« Luisa ergriff Lars' Hand. »Was will er denn hier?«

»Uns die Laune verderben, was sonst?« In Lars' Stimme klang ein gereizter Unterton mit.

»Ich glaube, diesmal war es eher andersherum.« Martina deutete auf den gepflasterten Weg, der um das Haus der Messners zum Garten führte. »Da sind sie.«

»Oh, oh.« Luisa richtete sich starr auf und hakte sich bei Lars unter.

»Ah, Lars, Luisa, ihr seid jetzt auch da. Wie schade, dass wir euch nun verpassen, aber wir müssen weiter. Verpflichtungen.« Henriette lächelte wieder ihr leutseliges Lächeln. Ihr Arm war bei Carl untergehakt, doch Martina konnte genau erkennen, dass sie ihre Finger schraubstockartig in sein Jackett gekrallt hatte. Sie führte ihn; ein seltsames Bild. »Und die hübsche Jolie. Meine Güte, ist sie groß geworden. Ein wunderschöner ausgewachsener Hund.« Henriettes strahlendes Lächeln hatte mindestens fünftausend Watt. »Ich melde mich noch mal wegen des Abendessens, ja? Ich möchte euch unbedingt alle zusammen einladen. Die Kinder auch, Martina. Ich freue mich schon. Das wird nett! Aber jetzt müssen wir uns beeilen. Bis bald.« Als sie an Martina vorbeiging, blieb sie kurz stehen. »Mach dir keine Sorgen um das Grundstück neben dem Schwimmbad. Jetzt, wo Carl weiß, was ihr für Pläne habt, wird er es euch selbstverständlich zum Geschenk machen. Sagt uns unbedingt frühzeitig Bescheid, wann der Termin ist.« Sie lächelte Martina verschwörerisch zu. »Und du teilst Carls Büro mit, wann du mit den Erweiterungsarbeiten beginnen willst, damit der Papierkram rechtzeitig erledigt werden kann.«

Carl schnaufte empört. »Sag mal, geht's noch? Was soll der Unsinn? Halt dich gefälligst aus meinen Angelegenheiten raus.«

»Ach, Carl, dass du immer so unhöflich werden musst. Reiß dich mal am Riemen. Ein großzügiges Hochzeitsgeschenk ist das Mindeste, was du den beiden schuldest. Thorsten, weil du so ein grotesk mieser Vater bist, und Martina, weil du ihr so viele unnötige Schwierigkeiten gemacht hast. Also wirklich.

Als hätten wir nicht schon genug Geld auf dem Konto. Und du gehst nicht mal gerne schwimmen. Was du mit dem Wellenbad wolltest, ist mir von Anfang an schleierhaft gewesen.« Während sie sprach, zerrte sie Carl mit sich in Richtung Auto. »Du solltest dich allmählich zur Ruhe setzen. Vielleicht Rosen züchten. Oder dir eine Modelleisenbahn zulegen.« Am Auto angekommen, drehte sie sich noch einmal um und winkte fröhlich. »Auf bald, wir bleiben in Verbindung!«

Einigermaßen sprachlos starrte Lars dem davonfahrenden Auto hinterher. »Was in aller Welt war das?«

»Das …« Thorsten konnte ein leicht hysterisches Lachen kaum unterdrücken. »Das ist Carl Verhoigen 2.0.«

»Martina, Thorsten, da seid ihr!« Hannah erschien auf dem Pflasterweg. »Kommt ihr mal bald wieder rüber? Alex behauptet schon, Thorsten würde kneifen.«

»Kneifen bei was?« Fragend musterte Lars seinen Bruder.

Hannah kam näher. »Beim Grillduell. Nun kommt schon, wir haben alle den zweiten Hunger!«

»Grillduell?« Lars prustete. »Sag bloß, du hast den Hohepriester herausgefordert.«

»Das muss ich mir ansehen.« Luisa folgte Hannah mit Jolie in den Garten; Lars folgte ihr eilig. Als die beiden schon fast außer Hörweite waren, hörte Thorsten Lars raunen: »Was war das mit einem Hochzeitsgeschenk?«

»Und was nun?« Es kam selten vor, dass Thorsten sich so ratlos fühlte.

Martina küsste ihn zärtlich auf die Lippen. »Jetzt gehen wir ebenfalls zurück zum Grill, damit du Alex mal zeigst, was eine Harke ist – Verzeihung, ein Steak.«

»Okay …« Als sie ihn an der Hand nahm, folgte er ihr zögernd.

»Ach, und noch etwas.« Sie blieb vor dem Durchgang zum Garten stehen. »Wenn wir kommendes Jahr um diese Zeit verheiratet sein wollen …«

Ein sinkendes Gefühl machte sich in seinem Inneren breit.
»Ja? Was dann?«

Martina ließ seine Hand los und schlang ihre Arme um seinen Hals. »Dann erwarte ich spätestens zu Weihnachten einen formellen und furchtbar romantischen Antrag von dir.«

20. Kapitel

Sechs Monate später

Fest in ihren grauen Wintermantel gehüllt, ihren hellgelben Schal mehrmals um den Hals geschlungen, trat Martina durch die Pforte des Friedhofs und ging zielstrebig den Weg, den sie schon unzählige Male gegangen war. Früher. In letzter Zeit deutlich seltener. Seit dem vergangenen Sommer gar nicht mehr. Trotzdem war das Grab, an dem sie stehen blieb, sorgsam gepflegt. Ihre Schwiegereltern kümmerten sich liebevoll darum. Auch jetzt im Winter. Es hatte geschneit. Selten für Lichterhaven – und mehr als höchstens fünf Zentimeter hoch war die weiße Pracht auch nicht. Dennoch sorgte der Schnee dafür, dass alle Konturen, die gesamte Welt ringsum, weicher wirkte, verschwommen – hell und schön.

Den Blick auf den großen schiefergrauen Grabstein gerichtet, in den neben Axels Namen und Geburts- sowie Sterbedaten auch ein Bilderrahmen mit einem Foto von ihm eingelassen war, kramte sie in ihrer Manteltasche nach der Kette mit dem Ring. Sinnierend blickte sie für eine Weile darauf, bevor sie zu sprechen begann.

»Hallo Axel.« Sie schluckte. »Ich war lange nicht mehr hier. Das tut mir leid, aber … Es musste sein. Ich hoffe, du bist deswegen nicht böse …« Sie räusperte sich verlegen. »Nein, bist du nicht. Und falls doch, ist das dein Problem. Weißt du, ich habe in letzter Zeit viel nachgedacht – und viel gelernt. Über mich, aber auch über uns. Ich habe dich geliebt, das weißt du. Und irgendwie werde ich dich immer lieben.« Tief atmete sie die eisige Luft ein. »Aber ich habe mich auch an dich geklammert, weil es so viel leichter war, mich von dir führen zu lassen. Das konntest du gut. Du warst der geborene Anführer, und du hast mich mitgerissen. Versteh mich nicht falsch, das war okay so. Ich war glücklich. Damals.

Dann hast du mich gezwungen, selbst die Verantwortung zu übernehmen, indem du gestorben bist.« Vor ihrem Mund bildeten sich weiße Atemwölkchen, während sie sprach. »Es mag vielleicht morbid klingen, aber letztendlich hast du mir damit einen Gefallen getan. Ich war plötzlich gezwungen, mein eigenes Leben zu leben, nicht nur unseres. Und jetzt ... Jetzt habe ich endlich auch die Verantwortung für mein Herz zurückerobert.«

Sie stockte und blinzelte ein paarmal, weil ihr wieder einmal die Tränen kommen wollten. »Ja, ja, ich weiß, du fandest es immer albern, wenn ich zu nah am Wasser gebaut habe. Aber weißt du was? So bin ich nun mal. Find dich damit ab. Ich tue es ja auch. Endlich.«

Wieder entstand eine Pause, in der sie noch einmal den Ring in ihrer Hand betrachtete. »Ich habe jemanden gefunden, weißt du. Jemanden, der Anteil an meinem Leben nimmt, ohne mich zu vereinnahmen. Der ebenso ein Teil von mir geworden ist wie ich von ihm. Der mich unterstützt, auch wenn ich es nicht erwarte, und den ich unterstütze, obwohl auch er keinerlei Ansprüche an mich stellt. Das ist eine vollkommen neue Erfahrung für mich, Axel. Glaub nicht, dass ich dir irgendwelche Vorwürfe mache. Das tue ich nicht. Ich wollte dich nur darüber informieren, dass es mir endlich wieder gut geht. Dass ich wieder glücklich bin. Die Kinder übrigens auch. Sie lieben Thorsten und freuen sich schon, dass er bald ihr richtiger Vater sein wird. Ja, du hast richtig gehört. Ich werde wieder heiraten.«

Sie streckte die Hand mit dem Verlobungsring aus und lächelte leicht. »Er hat mich am Heiligen Abend gefragt. Ganz formell und furchtbar romantisch. Bei ihm im Büro in der

Werft. Ich weiß, das klingt für dich jetzt komisch, aber du weißt ja nicht, dass wir uns dort zum ersten Mal begegnet sind.«

Bei der Erinnerung an Thorstens Antrag hüpfte das Vögelchen in ihrem Bauch fröhlich umher.

»Du würdest ihn bestimmt mögen, Axel, und ganz bestimmt wärst du glücklich, wenn du sehen könntest, wie gut er mit Annika und Basti auskommt. Die beiden sind jetzt voll im Feuerwehr-Fieber. Annika ist seit Ende August bei der Jugendfeuerwehr und hat bereits mehrmals verkündet, dass sie später einmal mindestens Wehrführerin werden will. Basti ist ja noch zu jung für die Truppe, aber Thorsten übt trotzdem schon mit ihm und hat ihm sogar einen Spielzeughelm zu Weihnachten geschenkt, der fast genauso aussieht wie die echten. Ich glaube, wenn ich Basti lassen würde, würde er sogar damit ins Bett gehen.« Sie lachte leise.

»Mit dem Schwimmbad geht es auch voran. Du erinnerst dich sicher, dass ich dir von meinen Plänen für die Erweiterung erzählt habe, als ich zum letzten Mal hier war. Ich habe endlich das Grundstück nebenan bekommen. Carl Verhoigen hat es uns zur Hochzeit geschenkt. Ja, wirklich. Thorsten ist nämlich Carls unehelicher Sohn, auch das weißt du ja noch gar nicht. Wie auch immer, Carl ist immer noch ein grässlicher alter Mann, aber seine Frau, du erinnerst dich bestimmt noch an Henriette, hat ihn neuerdings ganz schön an der Kandare. Wir waren sogar schon mal zum Essen bei ihnen eingeladen. Der Abend war zwar eine mittlere Katastrophe, aber sie lässt nichts unversucht, um das, was sie Familienfrieden nennt, zu stiften. Die Bauarbeiten werden im März beginnen. Zwar wird der Schwimmbadbetrieb dieses Jahr dadurch ziemlich eingeschränkt sein, aber ich bin sicher, das wird irgendwie funktionieren. Die Pläne, die der Architekt gezeichnet hat, sind einfach genial. Du wärst ganz bestimmt begeistert. Wir werden das Wellenbecken vergrößern und ein zweites Schwimmbecken ohne Wellenbetrieb anfügen. Und eine Salzgrotte. Das Solarium und die Saunalandschaft werden vergrößert, und es kommt ein Tauchbecken hinzu und so eine Megarutsche, wie du sie damals schon haben wolltest. Damals hat der Platz ja nicht gereicht, aber jetzt kann ich sie bauen lassen. Außerdem plane ich einen Sprungturm. Wir haben sogar genügend Platz, um das Innen- und das Außenwellenbecken zukünftig über eine Schleuse miteinander zu verbinden. Das wird richtig toll.«

Einen langen Moment schwieg sie und beobachtete den Friedhofsgärtner, der am anderen Ende des Friedhofs einen Weg vom Schnee befreite.

»Weißt du, Axel, was das Beste an alldem ist? Ich habe endlich kein schlechtes Gewissen mehr. Ich war mir dessen nie wirklich bewusst, aber es war gemein von dir, mir einzureden, dass du, wäre ich zuerst gestorben, für immer allein geblieben wärst. Bestimmt wolltest du mir damals nicht wehtun, deshalb bin ich dir auch nicht böse. Aber es war falsch von dir, so etwas zu sagen und damit zu implizieren, dass ich mich genauso verhalten müsse. Wahrscheinlich verstehst du es inzwischen selbst.«

Nach einem letzten Blick auf die Kette mit dem Ring schob sie sie zurück in ihre Manteltasche und zog stattdessen ihr Handy hervor und klickte sich durch die Bildergalerie, bis sie die Fotos fand, die Thorsten damals bei ihrem Picknick in der Piratenbucht von ihr gemacht hatte. Sie saß, nein, lag, bequem in der Reifenschaukel, die Augen geschlossen, auf den Lippen ein entspanntes, glückliches Lächeln. Er hatte ihr die Fotos irgendwann nach ihrer ersten gemeinsamen Nacht per SMS geschickt und dazu vermerkt, dass die Kosten dafür nun gedeckt seien. Sie schmunzelte bei der Erinnerung, was für eine freche Antwort sie ihm darauf gesimst hatte, und richtete ihren Blick wieder auf den Grabstein.

»Ich habe es jedenfalls verstanden. Ich habe dich geliebt, von ganzem Herzen, und du mich. Dennoch war ich in vielerlei

Hinsicht allein, und vielleicht wäre das mit uns auf Dauer auch schwierig geworden, wer weiß? Im Mai werde ich Thorsten heiraten ... und dann sehen wir weiter. Gemeinsam. Miteinander. Mein Leben geht endlich weiter, und wenn du magst, werde ich dir weiterhin davon berichten, wie es mir und natürlich Annika und Basti geht.« Sie lachte leise. »Und Capone. Das ist unser Hund, du weißt schon. Er ist immer noch frech wie nur was, und selbst Christina zweifelt inzwischen daran, dass er jemals so richtig gut gehorchen wird. Wenn ich jetzt nicht bald wieder nach Hause zurückkehre, wird er garantiert wieder irgendwas zerpflücken. Toilettenpapierrollen haben es ihm angetan, aber auch Socken. Obwohl er die seltsamerweise nur sammelt und in seinem Körbchen hortet, aber nicht zerkaut. Irgendwas findet er aber leider immer, was er in Unordnung bringen oder kaputt machen kann, der Schlawiner. Zum Glück bisher nie irgendwelche wertvollen Sachen. Sieht man mal von dem Schlips ab, den Thorsten auf unserer Verlobungsfeier getragen hat. Wir waren in der *Seemöwe* chic essen, mit der ganzen Familie. Anscheinend kann Capone keine Krawatten leiden, denn noch in derselben Nacht hat er das Ding in Konfetti verwandelt. Es war aus Seide. Na ja, was soll's? Kunststücke lernt er komischerweise ganz schnell. Annika hat ihm beigebracht, Pfötchen zu geben. Und weißt du, was sie als Kommando benutzt?« Martina lachte in sich hinein. »*Liebe*. Immer wenn sie das Wort sagt, gibt Capone Pfötchen. Drollig, nicht wahr? Also ...« Sie wurde wieder ernst. »Ich werde dich auf dem Laufenden halten, okay?«

Still betrachtete sie das Foto hinter der Glasscheibe am Grabstein und spürte, wie ein leichter Wind sie anwehte und in den Büschen und Bäumen ringsum raschelte.

Lächelnd nickte sie dem Foto zu, wandte sich ab und ging nach Hause.

Thorstens amerikanische Dinner Rolls (Lion House Rolls)

Zutaten:

2 Cups lauwarme Milch (amerikanisches Cup-Maß beachten!)
2 Esslöffel Trockenhefe (ca. 2 Päckchen)
1/4 Cup Zucker
2 TL Salz
1/3 Cup zerlassene Butter (5 1/3 Esslöffel – plus etwas zum Bestreichen der Brötchen nach dem Backen.)
1 großes Ei
5 bis 5 1/2 Cups Weißmehl

Zubereitung:

Milch in eine große Rührschüssel geben.
Hefe und eine Prise Zucker zu dieser Mischung hinzufügen und auflösen, solange die Milch noch warm ist.

Hefe für ein paar Minuten gehen lassen, bis sie anfängt, Blasen zu werfen bzw. aufzugehen. Um den Vorgang zu beschleunigen, kann man die Schüssel mit einem Tuch abdecken und sie an einen warmen Ort stellen.

Als Nächstes Zucker, Salz, Butter, Ei und 2 Cups Mehl hinzufügen. Bei niedriger Drehzahl der Küchenmaschine oder des Handmixers mit den Knethaken mischen, bis die Zutaten feucht sind, dann auf mittlerer Drehzahl 2 Minuten lang weitermixen.

Nach und nach 3 weitere Cups Mehl hinzufügen und bei niedriger Geschwindigkeit weiterkneten, danach bei mittlerer Geschwindigkeit für 2 weitere Minuten kneten. Der Teig sollte jetzt allmählich fester werden.

Ca. 1/2 Cup Mehl zugeben und nochmals kneten. Dies kann per Hand oder Mixer erfolgen. Thorsten knetet immer mit den Händen.

Der Teig sollte weich, nicht zu klebrig und nicht zu fest sein. Thorsten weiß, dass es genügend Mehl ist, wenn der Teig sich leicht vom Rand der Schüssel (oder dem Knetbrett) löst und nicht stark an den Fingern kleben bleibt. Es ist nicht notwendig, die gesamten 5 1/2 Cups Mehl zu verwenden, aber so viel nimmt Thorsten immer.

Den Teig von den Seiten der Schüssel kratzen und etwa einen Esslöffel Pflanzenöl um die Seiten der Schüssel gießen. Den Teig in der Schüssel umdrehen, sodass er mit dem Öl bedeckt ist. Dies hilft, das Austrocknen des Teigs zu verhindern. Mit einem Küchentuch oder einer Frischhaltefolie abdecken und an einem warmen Ort bis zur doppelten Größe (ca. eine Stunde) aufgehen lassen.

Ein Schneidbrett oder eine andere Unterlage oder Arbeitsfläche mit Mehl bestreuen und den Teig auf das Mehl legen. Dabei so viel Mehl verwenden, dass er nicht mehr klebt, aber weiterhin geschmeidig bleibt.

In ein etwa 5 mm dickes Rechteck rollen und mit geschmolzener Butter bestreichen. Thorsten verwendet etwa 1/4 Cup geschmolzene Butter zum Bestreichen.

Das große Rechteck in kleinere von ca. 5 x 10 cm schneiden. Tipp: Mit Daumen und Zeigefinger ein »L« bilden, um abzuschätzen wie breit und hoch die Rechtecke werden müssen.

Die Rechtecke von der schmalen Seite her aufrollen und in eine gefettete (oder mit Pergament ausgekleidete) rechteckige Back- oder Auflaufform legen (der Rand der Form sollte mindestens 5 cm hoch sein), wobei das Ende der Rolls immer nach unten zeigt. Nochmals mit einem Küchentuch abdecken, damit die Brötchen beim Aufgehen nicht austrocknen.

An einem warmen Ort aufgehen lassen, bis die Brötchen doppelt so groß sind (ca. 1–1,5 Stunden). Im auf 200 °C vorgeheizten Ofen (Ober-/Unterhitze) (180 °C Umluft) 15–20 Minuten backen oder bis die Dinner Rolls goldbraun sind. Die Backzeit hängt von der Größe der Rolls ab.

Gleich nach dem Backen mit geschmolzener (ggf. leicht gesalzener) Butter bestreichen.

Ergibt zwischen 24 und 30 Dinner Rolls.

Hinweis:

Geformte Rolls können für den späteren Gebrauch eingefroren werden. Einfach die doppelte Menge an Hefe bei der Teigherstellung verwenden. Nach dem ersten Aufgehen die Rolls formen, aber nicht erneut gehen lassen. Stattdessen die Rolls in eine Backform legen und sofort in den Gefrierschrank stellen. Wenn der Teig fest gefroren ist, die Rolls aus der Form nehmen und in Gefrierbeutel geben, die Luft herausdrücken und die Beutel gut verschließen. Die Dinner Rolls können bis zu 3 Wochen lang eingefroren und nach Bedarf aufgetaut und gebacken werden.

Susanne Oswald
Verliebt im Café Inselglück
€ 15,00, Klappenbroschur
ISBN 978-3-9596-7411-9

Seit Langem träumt Hannah davon, ihre kleine Pension auf Amrum in ein Café umzubauen. Sie weiß auch schon genau, wie es aussehen soll. Das Café Inselglück soll der perfekte, unverwechselbare Wohlfühlort sein. Und dazu gehören natürlich auch süße Köstlichkeiten. Da kann es nur Schicksal sein, dass Hannah beim Aufräumen ein altes Backbuch ihrer Urgroßmutter hinter dem Bücherregal findet. Sofort wird sie vom Kuchenfieber gepackt, und ist von da an kaum aus der Küche fortzubekommen. Doch ausgerechnet jetzt, wo alles so perfekt läuft, bekommt Hannah von ihrem Verlobten Lennard nicht die Unterstützung, die sie sich erhofft hat. Mit einem Mal ist Hannah sich nicht mehr sicher, ob sie wirklich den richtigen Mann an ihrer Seite hat.

www.harpercollins.de

Astrida Wallat
Dolce Vesuvio. Ein Italien-Roman.
€ 10,00, Taschenbuch
ISBN 978-3-7457-0059-6

Wer braucht schon die Gegenwart, wenn die Vergangenheit voller Wunder steckt? Carlotta vergöttert Vulkane, antike Dichter und alles, was tief unter der Erde verborgen liegt. Doch als sie das Angebot erhält, den Sommer bei einer Ausgrabung in Pompeji zu verbringen, wirbelt das mächtig Staub auf in ihrem Leben. Statt auf den erhofften Sensationsfund trifft sie im malerischen Kampanien ausgerechnet auf ihren Konkurrenten Alessandro Mantegna – und der setzt ein Drama in Gang, das Carlotta dringend stoppen muss. Dazu aber muss sie nicht nur lernen, hinter die Fassaden ihrer geliebten Ruinen zu blicken, sondern auch in den Himmel Italiens, die Herzen der Männer und in die lang gehütete Geschichte ihrer eigenen Familie.

www.harpercollins.de

Lisetta Renzi
Das Haus der verlorenen Träume
€ 10,00, Taschenbuch
ISBN 978-3-7457-0066-4

Zwölf Jahre war Isabel nicht mehr in Italien. Nun fährt sie aus einem traurigen Anlass zurück: Ihre Großtante Ada ist gestorben. Isabel erbt ihr wunderschönes Haus in den Hügeln der Toskana – allerdings nur zur Hälfte. Die andere Hälfte bekommt ausgerechnet Neri, der Sohn des Grafen von Torrelupo und Isabels erste große Liebe. Jahrelang haben sie sich nicht gesehen, und Isabel hat nicht die geringste Lust, mehr Zeit als nötig mit Neri zu verbringen – zu schmerzhaft ist der Verrat von damals. Doch als Neri kurzerhand in das Haus einzieht, kann Isabel ihn nicht länger ignorieren.

www.mira-taschenbuch.de

**Susan Wiggs
Wie Sterne am Himmel**
€ 10,00, Taschenbuch
ISBN 978-3-7457-0062-6

Für die Modedesignerin Caroline Shelby waren die Sterne zum Greifen nah. Bis ihr New Yorker Chef ihre Entwürfe stahl und dann ihre beste Freundin plötzlich starb. Aber Caroline lässt sich nicht unterkriegen. Sie zieht mit den verwaisten Kindern an den einzigen Ort, der ihnen ein sicheres Zuhause bietet: das kleine Küstenörtchen Oysterville am Westpazifik. Hier begegnet sie ihrer ersten großen Liebe Will wieder, und die Frauen ihres Heimatorts tun sich zusammen, um bei ihrem Neuanfang zu helfen. Doch dann droht Caroline die Kinder zu verlieren …

www.mira-taschenbuch.de